南开大学外国语学院国别与区域研究论丛
总主编　阎国栋

# 日本古代大陆移民的文学研究
## ——移民、文学、王权

王　凯　著

南開大學出版社

天　津

**图书在版编目(CIP)数据**

日本古代大陆移民的文学研究：移民、文学、王权 / 王凯著. —天津：南开大学出版社，2023.1
(南开大学外国语学院国别与区域研究论丛 / 阎国栋总主编)
ISBN 978-7-310-06314-7

Ⅰ.①日… Ⅱ.①王… Ⅲ.①日本文学－古典文学研究 Ⅳ.①I313.062

中国版本图书馆 CIP 数据核字(2022)第 201397 号

## 版权所有　侵权必究

日本古代大陆移民的文学研究——移民、文学、王权
RIBEN GUDAI DALU YIMIN DE WENXUE YANJIU —— YIMIN、WENXUE、WANGQUAN

### 南开大学出版社出版发行
出版人：陈　敬
地址：天津市南开区卫津路 94 号　　邮政编码：300071
营销部电话：(022)23508339　营销部传真：(022)23508542
https://nkup.nankai.edu.cn

天津创先河普业印刷有限公司印刷　全国各地新华书店经销
2023 年 1 月第 1 版　　2023 年 1 月第 1 次印刷
230×170 毫米　16 开本　18.75 印张　2 插页　261 千字
定价：93.00 元

如遇图书印装质量问题，请与本社营销部联系调换，电话：(022)23508339

本书为教育部人文社会科学研究青年基金项目《日本古代大陆移民的文学研究》（项目批准号：11YJC752026）的研究成果。本书由南开大学区域国别研究基地项目资助出版。

# 总　序

阎国栋

南开外语学科是我国历史最为悠久、专业最为完备、学术积淀最为深厚的外语学科之一，在海内外拥有良好的知名度和美誉度。南开大学初以"文以治国，理以强国，商以富国"的理念设文理商三科，所有课程分为文言学、数理、哲学及社会科学、商学四组。其中文言学组包括国文、英文、法文、德文、日文五学门。也就是说，南开在建校之初便设立了四个语种的"外语专业"。1931年南开大学成立英文系，毕业于美国内布拉斯加大学并享有"桂冠诗人"之誉的陈逵教授任系主任，次年由柳亚子先生之子、美国耶鲁大学博士、著名学者柳无忌先生接任。1932年底，美国加利福尼亚大学硕士司徒月兰女士来南开任教。1937年抗日战争全面爆发后，英文系随学校南迁昆明，与清华大学外国语文学系和北京大学外国文学系组成著名的西南联合大学外国语文学系。

1949年，中华人民共和国成立后，南开大学英文系获得新生。1949年增设俄文专业，英文系遂改名为外文系。1959年，周恩来总理回母校视察，在外文系教室与师生亲切交谈，全系师生受到莫大鼓舞。1972年外文系增设日语专业。1979年成立俄苏文学研究室，次年成立英美文学研究室，后来又先后成立了日本文学研究室和翻译中心。1980年，我国实行学位制度以后，南开大学英语语言文学学科和俄语语言文学学科获批硕士学位授予权；1986年，日语语言文学学科获批硕士学位授予权；1990年，经国务院学位委员会批准，英语语言文学学科获得博士学位授予权。

1997年10月，南开大学外国语学院成立，由原外文系（包括英语、俄语和日语三专业）、国际商学院的外贸外语系、旅游学系的旅游英语专业和公共外语教学部组成。在本科建设方面，学院的专业语种不断增加。2002年，经教育部批准增设法语专业；2003年增设德语专业，2010年增设翻译专业，2014年增设西班牙语专业，2017年增设葡萄牙语、意大利语专业。2019年增设阿拉伯语专业。自此，学院的本科专业涵盖了联合国工作语言（英、法、俄、阿拉伯、西班牙）和"一带一路"沿线国家的主要语言，基本具备了更好服务国家与社会，为南开大学的国际化助力的学科基础。

2017年，南开大学拔尖人才培养计划"外语专业与人文社科专业双向复合国际化人才培养项目"正式启动，实现了"外语+专业"和"专业+外语"人才培养模式的实质性创新，使南开大学在高素质国际化人才培养方面走在了全国前列。

2021—2022年，英语、日语、俄语、意大利语专业相继成为国家级一流本科专业建设点，翻译、德语、法语、西班牙语和葡萄牙语专业入选一流本科专业建设点。

2022年，经学校批准，学院与原公共英语教学部实现深度融合，建立公共外语教学部，自此，"十系一部"（英语系、俄语系、日语系、法语系、德语系、翻译系、西班牙语系、葡萄牙语系、意大利语系、阿拉伯语系及公共外语教学部）的格局最终形成。

学院积极谋求外向型教学联合，持续推动国际化人才培养，已与美国、英国、加拿大、日本、德国、法国、俄罗斯、乌克兰、奥地利、西班牙、葡萄牙、意大利、巴西、埃及等国的高水平大学建立了密切的合作关系，仅院级交流项目就多达30余项。大大开阔了学生的国际视野，显著提升了学生的跨文化交际能力。学院与英国格拉斯哥大学、布里斯托大学、伦敦大学亚非学院以及日本金泽大学的联合研究生院项目也相继启动，持续为本科毕业生提供更多更好的留学深造资源。

在研究生教育方面，学院的授权点也逐步扩展。2003年，学院获批外国语言学与应用语言学硕士学位授予权；2007年，获批英语翻译硕士专业学位（MTI）授予权；2011年，国务院学位委员会批准学院外国语言文学学科为博士学位授权一级学科，俄语和日语学科获批博士学位授予权。2014 年，获批日语翻译硕士专业学位（MTI）授予权。2015 年起，南开大学—格拉斯哥大学联合研究生院开始招收"翻译与专业实践"硕士研究生，由中英双方共同授课、联合培养。2017 年，增设德语语言文学专业硕士点；2021 年增设国别和区域研究方向硕士点；2022 年，增设法语语言文学专业以及 MTI 俄语口译和法语笔译三个硕士点。自此，学院形成了具有 5 个博士授予学科、8 个学术硕士招生方向和 6 个专业学位领域的高层次外语专业人才培养体系。

学院同时也注重和加强科研管理机制的进一步完善，激发学术活力和潜力，学术研究取得长足发展。2003 年，设立南开大学外国语言文学学科博士后科研流动站；2016 年，组建 7 个跨语种研究中心，即语言学研究中心、外国文学研究中心、翻译学研究中心、区域国别研究中心、中华文化国际传播研究中心、外语教育与教师发展研究中心以及东亚文化研究中心。在全院教师的共同努力下，学院先后获得数十个国家社科基金和教育部人文社科基金立项，其中包括三项国家社科基金重大项目。

近年来，学院始终坚持立德树人的根本立场，发扬南开外语学科的优良传统，不忘初心使命，团结全院师生，锐意进取，努力谋求更快更好的发展。学院坚持"外语专长，人文素养，国际视野，中国情怀，南开特色"的人才培养理念和"涉外事务的从业者，国际问题的研究者，人类文明的沟通者，语言服务的提供者"的人才培养目标，凝心聚力，不断提高人才培养质量，努力将学院建设成为中国复合型国际化人才的培养基地和样板。

开展国别和区域研究本来就是外语学科的内涵和实质所在，更是外语学科在新时代适应国家发展需要和服务国家战略的主动作为。2013 年，国务院学位委员会发布《学位授予和人才培养一级学科简介》，规定外国语言研究、外国文学研究、翻译研究、国别与区域研究、比较文学与跨文化研究为外语学科的五大研究方向。2016 年，我院成立区域国别研究中心，次年被认定为天津市人文社会科学重点研究基地，并更名为"南开大学区域国别研究中心"。2021

年，我院设立"国别与区域研究"二级学科硕士点。2022年，国务院学位委员会、教育部印发了《研究生教育学科专业目录（2022年）》，在交叉学科下门类下设置"区域国别学"一级学科。

国别区域研究是对某一国家或者区域所进行的跨学科研究，涵盖历史、政治、社会、文化、经济和国际关系等多个层面，是一种以外国或地区为研究对象，涉及所有人文和社会科学学科的综合性学问。国别区域研究既要关注现实问题，又要重视历史问题；除了研究人文科学，还要兼顾社会科学；不仅应当开展国别研究，而且应当从事区域研究。目前国别区域研究已经成为学院新的学术增长点和学科发展动力，形成了欧洲国家及欧洲问题研究、美国问题研究、俄罗斯问题研究、拉美国家及拉丁美洲问题研究、日本及东亚问题研究、中外关系研究、国际汉学研究和中华文化国际传播研究等多个研究团队。一批年轻的学者正在成长，并逐步成为学科建设的中坚力量。希望这套"南开大学外国语学院国别与区域研究论丛"能为我国外语学科的发展做出属于南开外语人的贡献。

2022年9月18日

# 前　言

古代的归化人是我们的祖先，是形成日本古代社会的主力。

——关晃[①]

日本古代国家和日本民族的形成与中国大陆封建王朝和朝鲜半岛诸国有着千丝万缕的联系。在一定程度上，正如石母田正的"国际契机论"所说，如果没有外部的影响的话，日本列岛的历史很难以一己之力前进发展。大陆和半岛对日本列岛的影响是通过人的移动以及随之而行的物的移动，进而通过前者引发的制度、文化、思想等的转移而产生的。在这一漫长的历史进程中，日本古代大陆移民，即日本学者所谓的"归化人""渡来人"发挥了举足轻重的作用。

至今，我们多从历史学的角度研究大陆移民，其文学价值则往往容易被忽视。然而对于大陆移民而言，文学是其参加古代日本政治，乃至当时古代东亚国际政治的利器。大陆移民的历史参与对于日本列岛历史的演变，尤其是王权的形成和确立有着非常重要的意义。概言之，日本在1—3世纪时，通过与大陆王朝的交流，形成原始王权，4—6世纪时，对半岛和大陆王朝先进的制度和文化积极摄取，发展倭王权，7—9世纪时，构建律令国家，实施班田制度，巩固王权统治，10—11世纪时，内化大陆文明，强化王权威严。此间，大陆移民或成为政治外交的直接参与者和推进者，或起到了文化交流的催化剂的作用。然而，当我们抽象地描述大陆移民的历史变迁，具体地分析他们在各个历史时期扮演的角色时，大陆移民所创作的文学，以及日本古代文学对大陆移民的书写，无疑是迄今仍存的研

---

[①] 関晃:『帰化人』，東京：至文堂，1956年，第1页。

究盲点。因此，透过文学棱镜考察大陆移民，同时以大陆移民的视角考察日本历史的发展，能够看到一番别样的风景。

全书由十章构成，结合史料，考证日本古代大陆移民的文学活动与作品；沿着历史发展的脉络，以王权为视角，论述公元3—9世纪的大陆移民与文学（文字）之间的关系；论述了日本列岛内文学产生与大陆移民势力消长之间的关联，并通过考证古代歌谣、和歌以及汉诗中的大陆移民作品，对其形成背景、内容及意义进行了挖掘阐述；在此基础上，论述了大陆移民与当时文化的关系，阐述了大陆移民对日本文学乃至东亚古代文学产生的重要性。在最后，以王权继承为线索，梳理了书中描述大陆移民活动的主要历史区间。

本书分为前后两篇，前篇由第一至六章构成，主要研究论述大陆移民的文学。

第一章主要从宏观角度，整理、概述了大陆移民如何通过文字和文学帮助原始王权崛起、倭王权成长和古代皇权确立，书写建立日本古代律令国家的辉煌篇章；同时揭示了当日本本土氏族开始掌握文字、文学这一工具，大陆移民氏族便被统治者抛弃，被本土氏族排挤，并最终黯然退出历史舞台的历史过程。

第二章主要以难波津之歌这首古代歌谣以及记载此歌的木简为研究对象，论述难波津之歌的产生以及演变与大陆移民和日本古代王权的关系。在不同阶段，难波津之歌的功能不尽相同，这反映的正是大陆移民及其所代表的朝鲜三国与日本古代王权这两者力量的此消彼长。如果说，古代日本的文学问题就是政治问题的话，那么与大陆移民密切相关的难波津之歌这一"文学"现象正是日本古代史乃至当时东亚国际关系史中的政治问题的集中体现，这也充分显示了日本上代文学的意义所在。

第三章和第四章均主要以和歌集《万叶集》作为文本进行研究。第三章论述了随着日本进入奈良时代这一律令国家的黄金时期以后，天皇的皇权统治达到顶峰，而为日本古代国家的形成与皇权的树立做出了诸多贡献的大陆移民氏族的政治社会地位则日趋下降。为了挽回氏族没落的命运，大陆移民氏族歌人尝试利用和歌本身以及作歌环境等资源，或讥讽时政，或反对专制，或利用皇权，体现了大陆移民氏族的悲愤与无奈。第四章则以《万叶集》中收录的古歌为研究对象，通过论述古歌与大陆移民的关系，考察大陆移民的时空观。大陆移民借助古歌扩大自身在日本列岛内以及本土氏族中的政治活动空间，推动了一场使用文学手段开展政治活动的"古歌运动"。从《万叶集》的和歌排列来看，大陆移民回归飞鸟、白凤时代的怀古情节深深地影响到了编撰者，乃至影响了当时的日本本土氏族对于大陆移民的认识。

第五章和第六章则主要以汉诗集《怀风藻》作为文本进行研究。第五章在考察了长屋王身世的基础上，论述在以佛教信仰作为国家意识形态的当时，从长屋王与大陆移民之间的国际化交友圈可知，其个人崇尚道教的神仙思想。因此，长屋王最终在藤原氏的积极干预和圣武天皇的消极对应下，被加上"左道倾国"的罪名遭受灭门之灾，即"长屋王之变"。可见，长屋王是东亚世界形成的参与者和体现者，长屋王之变不仅仅是皇权继承和奈良贵族间政治斗争的问题，更是反映时代的意识形态问题。第六章主要对第五章论述的基础史料做了整理，对《怀风藻》中留下汉诗的古代大陆移民诗人做了考证性研究。本章的考证展示了《怀风藻》的国际化色彩，尤其展现了东亚国际外交政治舞台在汉诗这一文学作品上的投影。在这个外交色彩浓郁的政治舞台上，大陆移民氏族诗人所展现的不仅是汉诗这一文学素养，而且是通过汉诗体现出来的他们内心的呐喊。利用汉诗这一文学工具平衡古代日本与他国的外交，维持自己在日本国内政治的立场，对于大陆移民氏族诗人来说，其重要性远远超过了文学创作本身的意义。

后篇由第七至十章构成，主要论述大陆移民与文化的关系。

第七章和第八章从某种意义上来说可谓通过文学作品从民俗学角度考察了大陆移民。第七章通过考证，论述古代日本人所谓之"常世"即为古代中国的江南地区，并指出古代日本人对于"常世"所在地莫衷一是的态度，与漂流往返于江南地区和列岛之间的大陆移民相关。长期接纳来自古代东亚各国移民的日本列岛逐渐成为文化的大熔炉，本土人固有的异界观与外来文化在此互相交融，最终形成了古代日本人的多重、多元的常世观。第八章主要论述"瑞雪兆丰年"这一农谚如何通过《文选》等汉籍在奈良时期传入日本，成为了古代日本铸史兴文的重要参考文献。这一农谚思想虽然在一定区域内的大陆移民中产生一定影响，但是在古代日本的贵族与百姓层面似乎并未广泛流传。这体现了大陆移民在思想文化传播上的局限性，而这又与日本本土氏族的自然观有着密切关联。

第九章则是对大陆移民文化属性的概述。文学是古代东亚国际社会交流中的重要纽带。文学不但在日本社会发展过程中发挥了作用，也对整个古代东亚秩序的形成有着重要影响。从文学到文化的升华，体现了大陆移民的重要价值。无论是对于大陆移民、日本古代王权，还是古代东亚国际社会，文学都具有极为重要的意义，而大陆移民的文化价值不可估量。

后篇的第十章虽有画蛇添足之嫌，但是作者试图通过此章，以天皇生前退位为线索，论述大陆移民最为活跃的奈良时代的王权特征，为理解全书前九章提供宏观视野；而后续的余论则是从上代文学形成的角度，为考察大陆移民的文学提供框架结构。最后，附录的大陆移民人名辞典则是为了方便读者在相关阅读或从事相关研究时参考使用。

本书各章节中，除了第五、第六和第十章为新内容外，其余章节均是在已发表的论文基础上修改而成的，修改篇目整理如下：

第一章内容基于《大陆移民与日本古代王权——从文字、文学角度的研究》(《古代文明》2012 年第 4 期)补充改写而成。

第二章内容基于《日本古代大陆移民文学与王权——以难波津之歌为中心》(《日语学习与研究》2010 年第 5 期)补充改写而成。

第三章内容基于《日本古代大陆移民的"文学性"政治斗争——基于〈万叶集〉的一考察》(《日语学习与研究》2013 年第 2 期)补充改写而成。

第四章内容基于《大陆移民与万叶古歌》(《外国问题研究》2012 年第 4 期)补充改写而成。

第七章内容基于『常世は何処か——古代中国の江南地方を仮説として』（中西进编：『東アジアの知——文化研究の軌跡と展望』2017年）补充改写而成。

第八章内容基于《瑞雪兆丰年与中国农耕文化在日本的传播问题》（《古代文明》2015年第2期）补充改写而成。

第九章内容基于《日本古代文字与文学的史学考察——兼论日本古代大陆移民的文化价值》（李卓主编：《全球化过程中东亚文化的价值》2013年）补充改写而成。

余论的内容曾发表于北京日本文化中心（日本国际交流基金会）官方订阅号，"日本研究之窗"系列讲座第一讲：《女性天皇的上代文学》。

本书致力于打破传统的学科界限，从"古代学"这一新学术理念出发，综合文史哲以及相关社会科学的理论方法，对日本乃至东亚古代社会进行通盘考察。作者希望采用"以文论史、以史证文"的方法，从日本古代的历史和文学两个方面，对日本古代大陆移民及其文学作品进行"跨界"研究，开展一次多学科研究的尝试。但是终因学力微薄，恐未能完全实现既定目标，恳请学界同仁批评指正！

著者
2022年5月

# 目 录

## 前 篇

**第一章　移民·文学·王权** ……………………………… 3
　一、引言 ……………………………………………………… 3
　二、日本古代大陆移民概况 ………………………………… 4
　三、文字的东渐：大陆移民的先祖与原始王权 …………… 9
　四、文学的萌芽：大陆移民的贡献与倭王权 ……………… 11
　五、文学的"斗争"：大陆移民的衰落与古代皇权 ……… 14
　六、小结 …………………………………………………… 16

**第二章　大陆移民与古代歌谣——以难波津之歌为中心** … 18
　一、引言 …………………………………………………… 18
　二、歌木简的发现 ………………………………………… 19
　三、难波津的历史地位 …………………………………… 23
　四、古代大陆移民与难波津之歌的诞生 ………………… 25
　五、日本古代王权与难波津之歌木简 …………………… 28
　六、小结 …………………………………………………… 30

**第三章　大陆移民文学中的政治斗争**
　　　　——基于《万叶集》的研究 ……………………… 31
　一、引言 …………………………………………………… 31
　二、官职卑微：《万叶集》中的大陆移民氏族歌人 ……… 32
　三、讥讽时弊：大陆移民王族的愤怒与无奈 …………… 35
　四、投机冒险：大陆移民氏族的犹豫与彷徨 …………… 38
　五、亲皇笼络：大陆移民氏族的抉择与妥协 …………… 42
　六、小结 …………………………………………………… 48

## 第四章　大陆移民文学的政治时空
### ——"古"与"今"的交错·················49
一、引言·················49
二、万叶古歌·················49
三、大陆移民与古歌创作·················53
四、古歌运动·················62
五、大陆移民的古今意识·················66
六、小结·················71

## 第五章　长屋王的政治与文学·················73
一、引言·················73
二、"皇三代"的身世：高贵的血统·················75
三、"准"皇位继承人：通达的仕途·················78
四、"富二代"的生活：庞大的家政机构·················81
五、作为政治的佛教·················86
六、佐保文学圈：神仙世界·················90
七、左道倾国：长屋王之变·················95
八、小结·················100

## 第六章　大陆移民政治外交中的文学
### ——基于《怀风藻》的考证·················102
一、引言·················102
二、平城迁都之前的移民氏族诗人·················103
三、平城京前期的移民氏族诗人·················109
四、平城京后期的移民氏族诗人·················122
五、小结·················130

# 后　篇

## 第七章　大陆移民与"常世"观念——从文学到信仰·················133
一、引言·················133
二、日本古代文学中的"常世"·················133
三、"常世"的位置·················137

  四、古代江南地区与常世国……143
  五、小结……150

## 第八章　大陆移民与农耕思想的传播
### ——"瑞雪兆丰年"在日起源流播考……152
  一、引言……152
  二、大陆移民与"瑞雪兆丰年"之歌的出现……153
  三、古代日本人对"雪"的认识……156
  四、大陆移民与瑞雪兆丰年……160
  五、"瑞雪兆丰年"之歌的流传……165
  六、小结……172

## 第九章　大陆移民的文化价值……174
  一、引言……174
  二、倭人与文字……174
  三、文字的应用……177
  四、从文字到文学……179
  五、大陆移民与古代文学……181
  六、大陆移民的文化价值……183
  七、小结……185

## 第十章　日本古代天皇让位论……186
  一、引言……186
  二、大化之前的生前退位——合议共立的终结……189
  三、律令法与太上皇制度的诞生……195
  四、不改常典与直系继承……197
  五、生前退位的佛理与法理……202
  六、神佛习合与世俗皇权……205
  七、结语……208

## 余　论　女性天皇与上代文学……209
  一、佛教兴隆与文学记录……209
  二、上代文学投影中的畸形母爱……210
  三、忧虑的天皇与繁荣的文化……212

四、天武王权的终结与诗歌文学的大成 …………………… 213
附　录：**日本古代大陆移民人名辞典** ……………………………… 217
**参考文献** ……………………………………………………………… 267
　　基础史料 …………………………………………………………… 267
　　专著期刊 …………………………………………………………… 270

前篇

# 第一章 移民·文学·王权

## 一、引言

在日本民族、国家以及社会文化形成的进程中，古代大陆移民起到了举足轻重的作用。①所谓"古代大陆移民"，即日本学者所称的"归化人""渡来人"，主要是指公元前后至公元9世纪从中国以及朝鲜半岛进入日本列岛的人群以及他们的子孙后代。由于历史上这一人群来源繁多，成员复杂，其活动方式更是多种多样，因此使用"古代大陆移民"这一术语加以概括和描述或许并不完整全面。随着近期研究的深入发展，大陆移民的真实面貌正变得愈发清晰，命名也呈现出多样化趋势。②本章以下沿用"大陆移民"之简称，是为了保持在研究史上对这一名词前后论述的统一性，实乃权宜之计。

大陆移民引进的典章制度、技术工具为建设日本古代国家、推动倭人社会发展、促进古代王权成熟做出了卓越的贡献。其中，文学（文字）是联系移民与日本古代王权的重要纽带，其地理因素尤为突出，作用十分重要。

---

① 在有关日本民族、古代国家与古代文化的重要著作中，都包含论述并高度评价日本古代大陆移民的相关内容。例如：藤間生大：『日本民族の形成—東亜諸民族との関連において』，東京：岩波書店，1951年；石母田正：『日本の古代国家』，東京：岩波書店，1971年；林屋辰三郎：『日本の古代文化』，東京：岩波書店，1971年。

② "东亚交往民"是笔者提出的概念，主要指以古代东亚为舞台，互相往来、互相交流的移民（王凯：『万葉集』と日本古代大陸移民—「東亜交往民」の概念提起について—．國學院雜誌．2015年1月）。

## 二、日本古代大陆移民概况

大陆移民东渡日本列岛的历史进程漫长且复杂,大致可以分为以下四个阶段。[①]

第一阶段是公元前后至公元3世纪,以邪马台国时期为截点。此阶段的前期,许多大陆移民尚未定居日本列岛,还没有正式被倭人的王权编入体制之内。尽管如此,身在大陆或朝鲜半岛的先民们却已经对当时倭人社会的发展产生了巨大的影响。尤其在公元前后,生活于大陆和朝鲜半岛的大陆移民的先祖们,或因原始交易,或为逃避东汉末年的战乱而远渡重洋来到日本列岛,以不同方式参与了倭人的海外活动。由于当时日本列岛内文字尚未产生,更无文学之谈,因此这时期的大陆移民主要通过语言或汉字帮助倭人加强了与大陆以及朝鲜半岛的联系。这一过程中,他们自身也逐渐向名副其实的"移民"过渡。然而,由于缺乏详细的考古资料与文献史料,这一部分大陆移民的具体人数不得而知,他们也没有留下可以考证的文学遗产。

第二阶段是发生了大陆移民潮的4世纪。从好太王碑等金石文资料中可以了解到,这是一个倭国与朝鲜半岛经常混战且联系紧密的世纪。在这一轮百年风云中,大陆移民的命运也紧紧地和外交军事联系在了一起。在被迫来到倭国的大陆移民中有亡民(流亡者)和俘虏;他们有的来自百济、新罗,也有的来自朝鲜半岛南部的任那等地,人数众多,身份也复杂多样。自西汉以来,居住在乐浪郡和带方郡的汉人后裔遍布朝鲜半岛,其中不少人将以汉魏为源流的大陆文化带入了日本列岛,秦氏便是其中主要代表之一。据《日本书纪》应神天皇十四年是岁条和十六年八月条关于秦氏起源说的记

---

① 関晃:「帰化人」条,国史大辞典编集委员会:『国史大辞典 第4卷』,東京:吉川弘文館,1984年,第31頁。

载，秦氏之祖弓月君从百济携"百二十县"的百姓前来"归化"，但因新罗阻挠，滞留三年；后得应神天皇所派军队解救才来到倭国。这则记录不仅体现了这一阶段大陆移民迁徙的理由与性质，同时也在一定程度上反映了移民人数之众多，路途之艰辛。大批掌握一定文字技术的大陆移民的到来为列岛吹入了春风，孕育了文学的萌芽。在大陆移民的帮助下，列岛内的倭人开始尝试使用不熟练的文字表达自己的思想意志。虽然倭人此时的文字运用尚不熟练，显得幼稚，然而这是此后列岛内产生文字的第一步，也间接地为文学的生发做好了准备。

第三阶段开始于5世纪后半期。在这一时期，掌握中国南朝文化的百济人、任那人相继来到倭国。此外，伴随着倭五王与中国南朝的通好，中国也有大陆移民从江南地区直接东渡扶桑。6世纪中叶以后，随着倭国与高句丽关系的好转，熟知中国北朝文化的高句丽人亦纷至沓来。这一时期，吴人工匠是大陆移民的主要组成部分之一。《日本书纪》雄略天皇十四年春正月丙寅朔戊寅条记载，出使吴国的身狭村主青在回国后，献上了从吴国带来的"手末才伎，汉织、吴织及衣缝兄媛、弟媛等"，可见当时大陆移民职业之丰富，人数之众多。大量掌握当时尖端技术的大陆移民的到来，引发了日本列岛内生产力的大变革。据考古学证明，当时人们的居所以及墓葬等与生产、生活、祭祀相关的文物均体现出明显的大陆样式。江上波夫等日本学者还据此提出了北方的骑马民族经朝鲜半岛南下日本建立新王朝之说，[1]足见这一时期大陆移民对日本产生了重要的影响。由于文化水平更高的大陆移民的到来以及倭人与大陆封建王朝和朝鲜半岛的交流，生活在日本列岛的人们对于文字的掌握和使用也有了长足进步。在大陆移民的影响下，歌谣等表达倭人情感的文学样式开始逐渐产生。

第四阶段是公元7世纪以后的时期。齐明六年（660年），唐和新罗联军攻破百济王城。天智二年（663年），日本水军也被唐朝和

---

[1] 江上波夫：『騎馬民族国家—日本古代史へのアプローチ』，東京：中央公論社，1967年。

新罗的联合水军大败于白村江。因复国无望，百济贵族和官僚等大举逃亡日本，据推测，其数量可能有四五千人之多。天智七年（668年），高句丽灭亡，高句丽王族等大批亡命者亦纷纷来到日本列岛。这一时期的人口流动形成了日本古代移民史上的又一大高潮。高层次的大陆移民的到来极大推动了列岛文学文化的发展。在经历了飞鸟、白凤文化的辉煌之后，在奈良时代的文学中，以《万叶集》为代表的和歌与以《怀风藻》为代表的汉诗成为了日本古代文学的双璧，日本古代文学迎来了成熟绚烂的时期。

经过上述四个阶段的移民，日本列岛内大陆移民的人数不断攀升。这一点从平安时代初期弘仁年间（810—824年）编纂的《新撰姓氏录》中便可略见一斑。《新撰姓氏录》是一部勅撰氏族志，共31卷，总共收录了聚居在左右两京、山城、大和、摄津、和泉等畿内地区的共计1182个氏族。其中，皇别（以天皇、皇子为祖）氏族有335个，神别（以天津神、国津神为祖）氏族有404个，诸藩氏族有326个，未定杂姓（难以确定先祖）氏族有117个。[①]这里的"诸藩"，主要是指来自中国或朝鲜半岛的大陆移民氏族，约占氏族总数的28%，足以说明大陆移民人数之多。虽然《新撰姓氏录》统计的范围只限于京畿地区，但据此不难想象当时日本列岛内的大陆移民总人数之庞大。

来自中国大陆和朝鲜半岛的大陆移民大多"身怀绝技"，他们大致可以分为"文字型移民"与"技术型移民"。就前者而言，主要以倭汉氏为代表，即那些向倭人传授文字、儒教、佛教、律令制度知识，为当时日本社会发展提供上层建筑方面信息资源的大陆移民。[②]这一部分移民对此后日本古代文学的产生起到了巨大的推动作用，是本文重点考证论述的对象。就后者而言，主要以秦氏为代表，即

---

[①] 韩昇：《日本古代的大陆移民研究》，台北：文津出版社，1995年，第56—60页。
[②] 关于"倭汉氏"可参看：小島憲之、直木孝次郎、西宮一民　校注・訳：『新編日本古典文学全集2　日本書紀①』，東京：小学館，1994年，第486頁；佐伯有清：『新撰姓氏録の研究—本文篇』，東京：吉川弘文館，1962年，第291頁；関晃：「第二部　倭漢氏の研究」，『古代の帰化人』，東京：吉川弘文館，1996年。

那些为日本列岛带来铸造、饲养等生产技术,帮助提高当时倭人社会生产力水平的大陆移民。①这两类大陆移民相辅相成,皆为古代王权所用,共同推动了日本社会的发展。特别需要注意的是,日本古代大陆移民具有"政治移民"特征。他们或因本国外交需要而被"贡献",或因军事战争而被迫逃亡,这些情况都与当时日本内部的政治形态以及古代东亚国际社会的变动密不可分。大陆移民的这一政治属性使得他们在后来几百年的历史进程中,能够与古代王权的树立、古代国家的形成以及古代东亚诸社会的互动紧密联系,对古代日本以及东亚局势产生深远影响。在古代的东亚世界,政治往往通过文学来体现,两者密不可分。因此,大批文武双全的大陆移民在发挥了其在内政外交方面作用的同时,也在文学上留下了宝贵的遗产,或者,说他们通过文学实现了自己的历史价值更为确切。

在数量庞大的大陆移民移居日本列岛后,对他们的安置工作便成为古代日本统治者需要考虑的一大问题。大陆移民在来到日本列岛之初,自然是随遇而安。从移民路线上来分,一部分大陆移民经由北路来到现在的北九州地区。由于那里与朝鲜半岛在地理上距离最近,因此也成为了早期大陆移民的据点。许多考古发现证明,北九州地区的遗迹打着朝鲜半岛社会文化的烙印,这也显示了两地间有着紧密的联系。另一方面,从移民南路来到日本列岛的大陆移民,主要是经过现在的冲绳列岛北上,最后进入了近畿地区。在他们的推动下,近畿地区发展成为了古代日本的另一政治中心。②

此后,随着日本古代国家的逐渐形成,列岛内的政治、文化中心开始由原来的北九州地区向大和地区转移。伴随着这一过程,原来主要定居在北九州地区的大陆移民也逐渐扩散至濑户内海沿岸,并最终集中到了近畿地区。这些新迁入的大陆移民与原来就生活在当地的大陆移民相互融合并一起为王权服务。与此同时,日本古代王权为了加强与朝鲜半岛和大陆中原王朝的交流,开始主动引进大

---

① 平野邦雄:「秦氏の研究」,『史学雑誌』,第70卷3号,1961年。
② 王凯:从邪马台国到大和朝廷的变迁——三角缘神兽镜的铸造和前方后圆坟的营建,南开日本研究,2014年,第237—246页。

陆移民为其统治服务。据《日本书纪》雄略天皇二年十月条记载，雄略天皇"以心为师，误杀人众"。然而这位被天下人唾弃为"大恶天皇"的暴君却唯独宠爱"史部身狭村主青、桧隈民使博德"这两位大陆移民。可见，当时的日本统治者对于布列身边的大陆移民并不设防。因此，古代王权得到了大陆移民的帮助，在政治、经济、文化、外交等方面都取得了重要进展，逐渐开始向律令国家过渡。另一方面，来自统治者的"特殊关照"，也在客观上使得大陆移民可以在近畿这一相对比较稳定繁荣且自然条件较好的地区安定下来，并开始了他们融入日本氏族社会的进程。正所谓"仓廪实而知礼节"，稳定的生活环境更加有利于大陆移民发挥其"软实力"。

然而，随着律令国家外交的展开，特别是在与朝鲜三国和大陆王朝的交往中，日本古代统治者对大陆移民这一群体逐渐开始实行"特殊对待"。7世纪以后，日本皇权除了监视新来的大陆移民以外，[①]还将一部分大陆移民安置到了远离当时政治中心的关东地区，乃至更为偏远的东北地区。[②]在大陆移民氏族中，除了如秦氏、汉氏等来到日本列岛历时已久且与日本王权紧密结合的氏族以外，其他氏族的政治社会地位均开始下降，并最终消失在了历史长河中。这种人为的安置，客观上也使得大陆移民在日本列岛内分布范围更广，对日本文化与社会在整体上的影响范围也扩大了。然而，不得不承认，随着古代日本人自身的文学文化素质的提高，他们对大陆移民的依赖性逐渐减少，具有日本民族特色的文学逐渐兴盛，并在最后形成了所谓的"国风文化"。

---

① 田中史生：『倭国と渡来人—交差する「内」と「外」』，東京：吉川弘文館，2005年，第186—188頁。

② 据《日本书纪》天智天皇五年是冬条记载："以百濟男女二千餘人居于東国。凡不擇緇素、起癸亥年至于三歲、並賜官食。"另据《续日本纪》元正天皇灵龟二年五月辛卯条记载："辛卯，以駿河、甲斐、相模、上総、下総、常陸、下野七国高麗人千七百九十九人遷于武藏国，置高麗郡焉。"

## 三、文字的东渐：大陆移民的先祖与原始王权

大陆移民定居日本列岛的过程也是古代王权发展成熟的过程。在王权进化的过程中，日本统治者通过改善组织内部的问题，克服与其他豪族之间的矛盾，积极利用外部资源，逐渐壮大了自身力量。在这一过程中，大陆移民所发挥的作用是不可忽视的。其中，文字型移民利用文字、文学辅佐王权统治的作用更是功不可没。

公元前后至公元 3 世纪左右，日本还处于一种松散的部落联盟状态，奴国、面土国以及邪马台国分别成为了这一联盟不同时期的盟主。[①]与这一时期的国家形态相对应的原始王权呈现出多元化和分布广的特点。从地理位置上来讲，原始王权广泛地分布在北九州地区和近畿地区；而在权力结构上，它又分别存在于组成联盟的各个部落之中。其演化的历史进程如图 1.1 所示：[②]

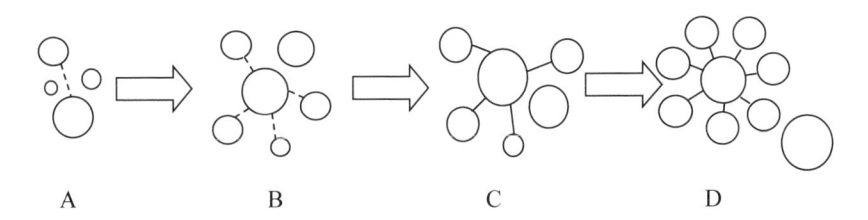

图 1.1　原始王权的演化（公元前后至公元 3 世纪）

A：公元前，日本列岛内的倭人部落有大有小，彼此之间联系薄弱。由于缺乏文献记载，在这些部落中是否存在王权统治不得而知。

B：公元 57 年左右，北九州地区的倭人部落形成了以奴国为中心的、不稳定的部落联盟。从其向汉王朝朝贡来看，在奴国中应该存在原始王权统治；但是其他部落情况如何，由于缺乏记载，不得而知。

C：公元 107 年左右，北九州地区的倭人部落形成了以面土国为中心的、松散的部落联盟。虽然这一联盟的成员部不多，且向心力较弱，但是相互之间的政治统御联系与奴国时期相比得到了加强。从面土国国王帅升携其他部落首领贡献"生口"来看，在面土国与其盟国中

---

① 沈仁安：《日本起源考》，北京：昆仑出版社，2004 年，第 11—39 页，第 70—91 页。
② 文中示意图均为笔者根据文献史料和考古资料自绘而成，下文不再赘述。

都存在原始王权统治。

D：公元238年左右，以邪马台国为中心的、关系较为紧密的部落联盟登上历史舞台。邪马台国时期的部落联盟与面土国时期相比，成员部落增多，凝聚力加强。根据卑弥呼遣使曹魏以及《三国志》中关于"女王国"的相关记载可知，在邪马台国与其盟国中都存在原始王权统治。值得注意的是，在当时的日本列岛内，除邪马台国以外，还存在与其相对抗的"狗奴国"等其他类似的部落联盟。

早在西汉时期，《汉书》便对"倭"的地理情况有了记载。[1]从此后的记录中可以推测，这是日本原始王权被动接受来自大陆王朝在文字上的启蒙与冲击的时期。无论是通过原始交易，还是通过两汉铜镜的传入，文字已经在不知不觉中进入了倭人的社会生活。然而，遗憾的是，当时的倭人并不理解文字的意义。鉴于日本列岛这种在政治上未开化的状态，尚在朝鲜半岛的大陆移民的先祖们发挥了文化的引领作用。他们凭借自身掌握的文字与文化，为倭人出谋献策，帮助倭奴国国王在建武中元二年（公元57年）实现了对东汉王朝的朝贡，[2]使得倭人第一次接触到了大陆王朝的核心。在这一过程中，倭人只是无条件地享受大陆移民的先祖们为其准备的文字环境。公元107年，面土国国王帅升"愿请见"东汉皇帝，[3]虽然可以据此看出倭人开始主动接触中国大陆王朝的意愿，但是由于此时倭人仍然不具备文字能力，结果恐怕还是依仗大陆移民先人的"鼎力协助"才达到了目的。在倭人与汉王朝的交往中，文字起到了潜移默化的作用，倭人开始逐渐认识到了文字不可比拟的重要性。为了获得大陆王朝下赐的物品，以确立、巩固其在列岛内的原始王权，倭人的部落首领们开始重视与大陆王朝的交往，也开始重视此时已经零星进入列岛的文字使用者——大陆移民。不过，此时的大陆移民一般是手工艺者，因此文字文化水平并不高；且他们大多游离于原始王权之外，对原始王权不能产生有效影响。然而，发生在汉灵帝光和年间（公元178—184年）的"倭国乱"[4]为大陆移民与原始

---

[1] 班固：《汉书》，北京：中华书局，1962年，第1668页。
[2] 范晔：《后汉书》，北京：中华书局，1965年，第2821页。
[3] 范晔：《后汉书》，第2821页。
[4] 姚思廉：《梁书》，北京：中华书局，1973年，第806—807页。

王权的结合创造了契机。来自江南地区的大陆移民不但拥有当时倭人所需的铜镜铸造技术，其中还有不少具备文字能力的人群。大陆局势的不稳定，客观上促进了大陆移民不断东渡避难；而"倭国乱"则促进了文字型大陆移民与部落首领们的接触，使得他们开始与日本原始王权相结合。与大陆移民接触的部落首领占得了与大陆王朝交往的先机，并由此获得了在日本列岛内稳定的统治权。邪马台国的卑弥呼正是利用了大陆移民才顺利地开始了与曹魏的交往，并获得了其需要的铜镜与大刀这些象征统治权威的器物。[1] 从被动地接受文字，到主动地寻求文字，原始王权这一态度上的转变加速了日本古代国家的形成。这一过程中，来自大陆移民先祖的"启蒙教育"显然是卓有成效的，正是他们的推动播下了列岛内文字创造的种子，也间接地为文学的产生创造了必要条件。

## 四、文学的萌芽：大陆移民的贡献与倭王权

公元4世纪至6世纪，日本的政治中心由原来的北九州地区转移到了大和地区，并且以"倭国"的身份亮相古代东亚国际舞台。掌握倭王权[2]的是倭王家族（以下简称"倭王家"），其首领倭王利用大陆移民进行政治、军事上的改革，最终确立了自身在豪族中的领导地位，构建了统一的国家和较为集中的王权统治，改变了原始王权时期权力分散的状况。这一时期也是日本古代王权的激变期。倭王家原来仅系日本列岛内一豪族，只是维持统治组织运营的机关，政权实质上被其他豪族所占有。但是，经过历代倭王的苦心经营，他们在巧妙地联合其他豪族的同时，逐渐增强了自身的力量，并最终在6世纪后期确立起了统治权威，为倭国过渡到律令国家时期而

---

[1] 王凯：《铜镜与日本原始王权》，《日本研究》，2010年第1期。
[2] 在国内学界一般称之为"大和王权"。本文认为"大和王权"这一命名偏重于"大和国"这一地理因素；而当时倭国内采取的是以倭王为核心的豪族合议制度，而且从古代东亚国际社会这一宏观角度出发，与"倭国"相对应，称其为"倭王权"更加妥当。

作好了前期准备。图 1.2 为这一过程的演示。

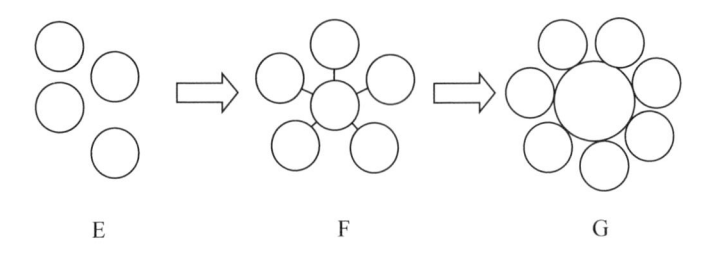

E　　　　　　　F　　　　　　　G

**图 1.2　倭王权的演化（公元 4 世纪至公元 6 世纪）**

  E：公元 3 世纪至公元 4 世纪左右，日本列岛内的政治中心由北九州地区向大和地区转移，原来王权内部的平衡被打破。以倭王家为代表，这一时期在日本列岛内出现了多个势均力敌的地方豪族势力。他们之间相互竞争，对外实行侵略扩张，对内实行王权统治。

  F：公元 5 世纪左右，随着地方豪族之间的弱肉强食，日本列岛内形成了以倭王家为中心、由其他豪族参加的古代合议制统一国家的雏形，倭王权对列岛的统治初步确立。此后，倭王权因掌握外交与军事大权而愈发壮大，并不断地向其他豪族施加影响，原来处于盟友地位的豪族势力逐渐趋附于倭王权，而这些地方豪族内部原本存在的王权统治则日趋衰落。

  G：公元 6 世纪左右，倭王家通过在内政外交上的改革图强，确立了自身在其他豪族中的统治地位，以倭王家为核心、由其他豪族参加的古代合议制统一国家正式成立。与此同时，倭王权统治也正式确立，并于此后不断得到巩固加强。随着倭国向古代律令制国家过渡，其他豪族内的王权统治逐渐消失，豪族首领也逐渐转变为律令国家官僚中的一员。

公元 4 世纪至以倭五王为代表的 5 世纪是日本古代王权爆发式的觉醒、日本古代国家统一并开始以一国身份登上东亚国际外交舞台的一个重要时期，同时也是大批大陆移民涌入日本列岛，为倭人社会的发展、倭王权的树立做出贡献的重要时期。公元 4 世纪左右，倭王权的发展与国家的建设都急需大量的文字型大陆移民，而列岛内尚缺乏此类人才。为了解决这一"供需矛盾"，倭王权除了接收为躲避大陆和朝鲜半岛的战乱前来列岛的移民外，也采取了积极的外交和军事手段，尝试从朝鲜半岛获取具备读写能力的大陆移民，而百济成为了移民的主要来源地。其中，以七支刀为象征的倭国与百济的军事联盟便是一例。这一联盟的意义并不仅仅是为了抵御共同的敌人高句丽，而且是为了确保通过百济获得所需大陆移民的渠道畅通无阻。当对移民的需求靠百济"进贡"不能满足时，倭王权便付诸武力，发动战争，渡海实施侵略抢夺，"以为臣民"。①从移民管理体制来看，倭王权为了让进入倭国的大陆移民更好地发挥作用，便将他们安置到王权统治的中枢机构，直接对其加以控制。至5世纪的倭五王时期，大陆移民已经遍布倭王权的周边区域，进入内政、外交等诸多重要领域。②在他们的帮助下，倭王权摆脱了朝鲜半岛这一中介，开始逐渐与中国南朝直接交往，而这又使倭王获得了以"吴国"工匠为代表的、掌握新技术的大陆移民。这一时期进入日本的大陆移民无论从质量上，还是数量上，都达到了一次高潮。他们不但直接参与外交事务，而且也为倭国的内政建设做出了贡献。其中最重要的是，据《古事记》记载，大陆移民带来了象征文字文化的"论语十卷、千字文一卷"，③帮助倭人创造了文字。文字的出现有着重要的意义。它既是倭王权走向成熟，需要表达自身政治理念的体现，也是其利用大陆移民进行统治的结果。文字的出现为倭王权摆脱中国古代封建王朝册封体系的影响创造了条件，内与外两套文字系统④使倭国既与中国大陆封建王朝保持紧密的联系，又不会被完全吸收到其统治系统之内。在列岛内文字产生之前，无论是内政还是外交，倭王权都在极大程度上依靠文字型大陆移民。但是以列岛内文字的产生为分水岭，日本本土氏族也开始逐渐掌握文字运用技能，倭王权对大陆移民的依赖程度也开始逐渐下降了。

公元6世纪后的倭国，无论是体制上还是思想上都变得更加成熟，这为此后过渡到律令国家时期做好了准备。倭五王时期较为模糊的"天下观"也变得清晰起来，并逐渐形成了"东夷小帝国"的

---

① 王健群：《好太王碑研究》，长春：吉林人民出版社，1984年，第208—220页。
② 王凯：《日本古代大陆移民与倭国的内政外交》，《日本研究》，2011年第4期。
③ 山口佳纪、神野志隆光　校注・訳：『新編日本古典文学全集1　古事記』，東京：小学館，1997年，第268頁。
④ 倭王权在对内统治时使用变体汉文，而在开展外交时则使用格调高雅的汉字骈体文。"变体汉文"是大陆移民在大约公元5世纪时，为帮助倭人表达记录自己的思想、历史等内容，利用部分汉字的发音（或汉字的意思）而创造的文字。变体汉文是日本列岛内自生的最初的文字。另一方面，在倭土开展外交时使用的汉字骈体文，例如《宋书·蛮夷传》中记载的倭武王的上表文，均出自大陆移民之手。

政治理念。在这一观念的变化中，文字也在发生变化。随着日本列岛内文字运用的逐渐成熟以及与口传神话、歌谣的结合，以汉字为记录载体的文学样式在日本列岛内产生。此时的古代王权已经发展地较为成熟，具备了能动地利用文字、文学的能力。倍受日本学界热议的"难波津之歌"[①]由民谣转变为和歌，并最终以"歌木简"[②]的形式展现在众人面前的过程就是其具体表现之一。"难波津之歌"原本是难波地区（现在的大阪地区）一首普通的古代民谣。随着象征倭王权统治的难波津堀江开凿工程的推进，这首民谣由于其形式与内容上的特点，被负责工程的大陆移民劳动集团用来作为调动工作积极性与感慨常年累月身负重役苦恼的精神寄托。然而，发现此歌影响力的倭王权却趁机利用此歌，将其作为对大陆移民统治权威的一种象征。最终，难波津之歌被写在歌木简上，并作为"皇权颂歌"用以炫耀倭王权对朝鲜三国的宗主国地位。这一变化生动地体现了古代皇权脱离大陆移民对文字掌控的依赖，开始独立运用文字、文学为其政治服务的过程。与此同时，大陆移民因逐渐丧失在文字、文学方面的优势而导致其走向没落。

## 五、文学的"斗争"：大陆移民的衰落与古代皇权

在公元 7 世纪逐步建立的律令国家时期，当初的"倭国"已经自称为"日本"，并将其最高统治者称为"天皇"。与此相对应，这一时期的王权也当改称为皇权。自大化改新以后，日本建立起了以公地公民制度为基础的中央集权制律令国家。在这期间，以苏我氏

---

① "難波津に 咲くやこの花 冬こもり 今は春べと 咲くやこの花"，中文可译为："难波津中此花开，冬去又春来，此花复盛开"。此歌不仅出现在《古今和歌集》的假名序中，而且多被书写在木简上。

② 日本学者乾善彦在题为《关于难波宫出土的歌木简》的报告中首先提出了"歌木简"这一术语。大阪市立大学教授荣原永远男实际参与了大量木简的出土发掘工作，并完善了对这一概念的定义。当今日本学界认为，"歌木简"是"在二尺左右长的木简上，仅在其中一面以一字一音的表记方式书写和歌的木简样式"。

的失势和圣德太子的摄政为标志，日本列岛内的豪族势力被彻底打压。大和朝廷通过派遣遣隋使和遣唐使，积极引进、吸收隋唐王朝的文化，效仿其政治制度。至天武、持统朝时，这些变革初见成效，日本古代皇权基本上巩固了其在列岛内的统治。如图1.3所示。

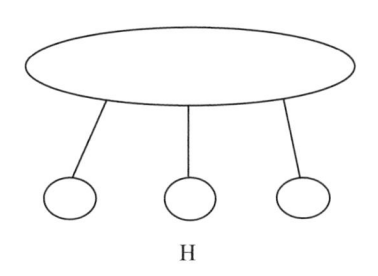

**图1.3　古代皇权的基本构造（7世纪以后）**

H：公元7世纪开始，日本通过吸收隋唐先进的政治文化逐渐构建古代律令国家。随着最后一个有实力与天皇家抗衡的氏族——苏我氏被打倒，以及经过此后大化改新等一系列政治变革，以天皇为中心的专制皇权统治正式得以确立。豪族合议这一各氏族势力之间相对平等的盟友关系在这一时期彻底销声匿迹，取而代之的是在律令制框架下的君臣关系。

奈良时代至平安初期是古代皇权统治的全盛期，而对于大陆移民氏族来说，则是逐渐退出历史舞台的时期。以《万叶集》这部日本现存最古老的和歌总集为例，通过考证可知，虽然移民氏族歌人在集中也占有一定比例，但是达官显贵少，底层官僚多。在律令体制下，五位以上的律令官人才可称为贵族，他们和天皇在人格上有特殊联系，这与六位以下的官员有着本质区别。[1]然而在下表中，正五位上的大陆移民氏族歌人只有区区二人，其余绝大多数歌人均属于下级事务性官僚。这也体现出，当时大陆移民氏族政治社会地位的整体走向是日渐衰落的。

由于文字、文学在日本本土氏族中的普及，大陆移民逐渐丧失了在文化上的优势，甚至开始遭到来自本土氏族的排挤。更可悲的是，羞辱大陆移民的竟是他们用来改变古代日本落后面貌的工

---

[1] 大津透：『古代の天皇制』，東京：岩波書店，1999年，第222頁。

具——文字和文学。[①]当然，大陆移民氏族也不甘示弱，在文字、文学领域与本土氏族针锋相对，进行了激烈抗争，但终究难以挽回走向没落的历史命运。失时失势的大陆移民氏族对4—5世纪这一黄金时代无比怀念，这种惆怅的感情在文学上体现出来，形成了一场充满怀旧之风的"古歌运动"。[②]需要注意的是，这场"古歌运动"并非是单纯的文学运动，而是大陆移民氏族在日渐衰落之际，以圣武天皇作为旗帜开展的一场变相的政治复兴运动。大陆移民氏族利用文字、文学企图再次进入日本古代皇权的统治中枢，但最终没有成功。这一方面说明了古代大陆移民远离母国年深日久，难以得到源源不断的文化补充，对于古代皇权来说已经失去了利用价值；另一方面也说明了日本作为古代东亚一个独立国家的民族意识的觉醒。进入平安后期以后，大陆移民氏族被不断同化，他们的身影也最终消失在了日本古代史的茫茫人海之中。

## 六、小结

综上所述，大陆移民通过文字和文学帮助原始王权崛起、倭王权成长和古代皇权确立，书写了建立日本古代律令国家的辉煌篇章。然而，一旦日本本土氏族开始掌握文字、文学这一工具以后，大陆移民氏族便被统治者抛弃，被本土氏族排挤，并最终黯然退出了历史舞台。纵观这一过程，大陆移民与日本古代王（皇）权这两者之间体现了一种以文字、文学为媒介的"赤裸裸"的利用与被利用的

---

① 据《万叶集》第17卷3926号歌的左注记载：因为大陆移民秦忌寸朝元不会赋歌，而被左大臣橘诸兄戏谑，要求其拿当时的贵重物品——麝香来"赎罪"。参见：小島憲之、木下正俊、東野治之　校注・訳：『新編日本古典文学全集 9　万葉集④』，東京：小学館，1996年，第161—163頁。

② 据《万叶集》第6卷1011号歌的题词记载：天平八年（736年）冬十二月十二日，在大陆移民葛井连广成府邸聚集了"诸王臣子"，"共尽古情，同唱古歌"。参见：小島憲之、木下正俊、東野治之　校注・訳：『新編日本古典文学全集7　万葉集②』，東京：小学館，1995年，第151頁。

关系。

日本古代王权对大陆移民的利用是主要的。正是由于充分利用了大陆移民所具备的文字能力与文化素养，日本古代王权才能顺利发展、壮大，并在短短数百年内完成了从原始部落向法制完备的古代律令制国家的转变。

当然，大陆移民也在一定程度上利用了日本古代王权。特别是在原始王权和倭王权时期，许多大陆移民为了逃避战乱而来到日本列岛，他们利用古代王权对他们的赏识与重用，不仅获得了优越、安定的生活环境，而且还积极向王权核心靠拢，营造了利于自身发展的政治环境。不仅如此，在律令国家时期，大陆移民利用古代皇权将文字记录这一工作委任于己之便，记录下了自己的出身源流，在历史中留下了文化来源的痕迹；其中部分大陆移民还充当了出使中国及朝鲜三国的使节，获得了重回母国的机会，毕竟那里是他们魂牵梦萦的地方。

最后需要指出的是，尽管大陆移民利用文字和文学工具，帮助倭人构建了古代日本律令制国家、创造了璀璨的文明是不争的事实，但是不宜将其功绩无限制地扩大，应该客观冷静地看待大陆移民文学与日本文化的关系。随着历史变迁，无论是大陆移民，还是其带来的中国文化都被逐渐内化，并最终融入日本文化中。因此，中国文化对日本文化的影响终归要受到后者的制约。

# 第二章　大陆移民与古代歌谣
## ——以难波津之歌为中心

## 一、引言

大陆移民与日本古代歌谣显然有着密切联系。在《日本书纪》雄略纪冬十月癸酉朔壬午条中，大陆移民秦酒公就抚琴吟歌镇息了天皇之怒，而孝德天皇大化五年夏四月乙卯朔甲午条记载，时为皇太子的天智天皇闻造媛伤心至死时，也因大陆移民野中川原史满献歌而平息了悲伤。可见，歌谣是联系大陆移民与古代日本王权中枢的重要纽带。

难波津之歌作为一首没有被《万叶集》这部日本现存最古老的和歌集所收录，却又频繁地在其他出土文字资料中现身的和歌，吸引了众多学者的注意。其内容如下：

　　難波津に　咲くやこの花　冬こもり　今は春べと　咲くやこの花

　　难波津中此花开，冬去又春来，此花复盛开。——作者译

关于难波津之歌最早的文献记录出现在《古今和歌集》的假名序中，意在祝福新一代天皇开始统治天下。它和"安积山之歌"[①]并称为"歌之父母"，是学习创作和歌者首先需要模仿的两个范本之

---

[①] 安積山　かげさへ見ゆる　山の井の　浅くは人を　思ふものかは（安积山影映水中，人说山水浅，吾心亦然乎——作者译）

一。根据《古今和歌集》假名序古注的记载,[①]尚为皇子的仁德天皇与兄长菟道稚郎子互相谦让皇位达三年之久。王仁对此甚感诧异,便献难波津之歌于仁德天皇,以劝其尽快登基。《古事记》称王仁为"和迩吉师",传说他在应神王朝时(约公元4世纪后半期)从百济来到日本,并带来了《论语》和《千字文》,因此被奉为从事大和朝廷文字记录的大陆移民氏族"西文氏"的祖先。以古代大陆移民的代表人物王仁献歌于仁德天皇作为难波津之歌的起源说,暗示着此歌与古代大陆移民以及古代王权之间有着密不可分的关联。

## 二、歌木简的发现

近年来,大量关于难波津之歌的考古资料相继在日本全国各地出土(详见表 2.1)[②]。引起人们注意的是,在目前为止已经发掘出土并记录有日语韵文的资料中,与难波津之歌相关的物件无论从数量上还是形式种类上都最为丰富。这些物件按照形态可以被划分为三类,即建筑材料、陶土器的碎片和木简的断片(以下称"木简");其中又以木简的数量为最多,而且绝大多数是所谓的"歌木简";[③]其次是陶土器,最后是建筑材料。

---

[①] 小沢正夫、松田成穂:『新編日本古典文学全集 11 古今和歌集』. 東京:小学館,1994年, 第 19 頁。原文为:大鷦鷯の帝の難波津にて皇子と聞えける時、春宮をたがひに譲りて位に即きたまはで、三年になりにければ、王仁といふ人の訝り思ひて、よみて奉りける歌なり。

[②] 此一览表由作者根据在第三十次木简学会研究集会上(2008 年 12 月 6 日)森冈隆的报告资料内容总结改编并按照时间顺序排列而成。

[③] 目前日本学界对"歌木简"的定义是"在二尺左右长的木简上,仅在其中一面以一字一音的表记方式书写和歌的样式"。

表 2.1　难波津之歌相关木简与墨书陶土器的年代表

| 序号 | 年代 | 遺物名称 | 内容 初句 | 二句 | 三句 | 四句 | 五句 | 備考 |
|---|---|---|---|---|---|---|---|---|
| 1 | 680 年頃 | 徳島市・観音寺 69 号木簡 | 奈尓波ツ尓 | 作久矢己乃波奈 | | | | |
| 2 | 7 世紀後半 | 石神 SK4069 木簡 | 奈尓 | | | | | 【裏】□　□倭マ物マ矢田マ丈マ□ |
| 3 | 7 世紀後半 | 石神 SD4089 木簡 | 奈尓波ツ | 佐児矢己乃波奈 | □□〔布由か〕 | | | |
| 4 | 7 世紀後半 | 石神 SD4089 木簡 | 奈尓皮 | | | □〔止か〕 | 佐久移 | |
| 5 | 7 世紀後半 | 石神 SD4089 木簡 | | 乃皮奈 | 己 | | | |
| 6 | 7 世紀末 | 藤原左京七条一坊木簡 | 奈尓皮ツ尓 | 佐久矢己乃皮奈 | (布)由己母利 | 伊真皮々留マ止 | 佐久矢(己)□〔乃か〕(皮)〔奈か〕 | 両面二行書き，二行目「佐久□」〔　　〕□□□　職職　〔　　〕大□太□夫与【裏】〔　　〕皮皮職職職馬来田評 |
| 7 | 7 世紀末 | 桜井市・山田寺平瓦 | 奈尓皮 | | | | | |
| 8 | 711 年以前 | 法隆寺五重塔初層天井組木 | 奈尓 | | | | | |
| 9 | 711 年以前 | 法隆寺五重塔初層天井組木 | 奈尓波都尓 | 佐久夜己 | | | | |
| 10 | 710 年頃 | 平城 SD3825A 木簡 | □〔九か〕矢己乃者奈 | ＜表＞夫由己□〔母か〕(利)＜裏＞□〔夫〕伊己冊『ママ』利 | ＜表＞伊真者部止止＜裏＞伊真□〔波の誤字〕春マ止 | 佐古矢己乃者奈 | 「難波津歌」の両面木簡 |

第二章　大陸移民与古代歌謡——以難波津之歌为中心　21

续表

| No. | 年代 | 遺物名称 | 初句 | 二句 | 三句 | 四句 | 五句 | 備考 |
|---|---|---|---|---|---|---|---|---|
| 11 | 7世紀末～8世紀前半 | 徳島市・観音寺12号木簡 | 奈尔波（都）尔 | 佐久□〔夜か〕（己）乃波□〔奈か〕 | | | | |
| 12 | 8世紀前半 | 姫路市・辻井木簡 | □□〔波ツか〕尔 | 佐久□〔己か〕乃 | 夫□〔由か〕己母利 | □〔伊か〕 | | 7世紀初頭～8世紀の木製品が伴出 |
| 13 | 奈良時代 | 平城SD2700木簡 | 奈尔波津尔 | 佐久夜己乃者奈 | □〔布か〕 | | | |
| 14 | 奈良時代 | 平城SK6273土器 | 奈尔 | | | | | |
| 15 | 奈良時代 | 平城SD1250土器 | | (久)夜 | | | | |
| 16 | 742～745年頃 | 甲賀市・宮町木簡 | 奈迩波ツ尔 | 久夜己能波 | 由己母 | | | 「浅香山歌」の両面木簡 |
| 17 | 749～764年頃 | 平城SD4951木簡 | 奈尔波□〔都か〕 | | | | | |
| 18 | 8世紀半ば | 平城京跡の内裏外郭東側の幹線排水路木簡 | 奈尔波津尔 | 佐久夜己乃波奈 | | | | 「□請請解謹解申事解□」とある |
| 19 | 745～805年 | 平城SE7900木簡 | 奈尔波 | | | | | |
| 20 | 奈良後期 | 野洲市・西河原宮ノ内木簡 | 奈尔波□〔都か〕尔 | | | | | 落書きの絵を伴っている |
| 21 | 奈良後期 | 平城SD2700土器 | 奈尔 | 佐久(夜) | | | | 「九・八十一」とあり、計算の九九、仕事の場 |
| 22 | 奈良後期 | 平城SD4951土器 | 尔 | 佐(久)(乃)波奈 | | | | 時計回りに書き、内側にもう一巡して続きを書いたらしい。蓋のつまみに十一本の針書きがあり、十二文字の割付に見える |

续表

| No. | 年代 | 遗物名称 | 内容 |  |  |  |  | 备考 |
|---|---|---|---|---|---|---|---|---|
|  |  |  | 初句 | 二句 | 三句 | 四句 | 五句 |  |
| 23 | 770~780年頃 | 平城 SD4951 土器 | 奈尔波都 |  |  |  |  |  |
| 24 | 奈良末期 | 平城 SD3236B 木簡 | 奈尔波都 |  |  |  |  |  |
| 25 | 奈良末期 | 平城 SD3109 土器 | 奈尔 |  |  |  |  |  |
| 26 | 奈良末期 | 平城 SD3109 土器 | 奈尔 |  |  |  |  |  |
| 27 | 784~794年頃 | 長岡左京南一条三坊土器 | □〔奈か〕尔波 |  |  |  |  |  |
| 28 | 9世紀初 | 吹田市・垂水南土器 | 波津尔 | 佐(久) | 己毛利 | 部止 | 佐 |  |
| 29 | 810~823年頃 | 平城 SE311B 土器 | 奈尔波ツ尔 | 佐久(夜)(己) |  |  |  |  |
| 30 | 824~833年頃 | 平城 SD650A 木簡 | 仁波川仁 | 佐久□〔夜か〕 |  |  |  |  |
| 31 | 9世紀前半 | 平安右京六条三坊木簡 | 奈仁波都□〔仁か〕 | 佐久夜 |  |  |  |  |
| 32 | 9世紀 | 平城 SD650 土器 | 奈尔 |  |  |  |  |  |
| 33 | 9世紀後半 | 射水市・赤田Ⅰ土器 | 奈尔は |  |  |  |  |  |
| 34 | 9世紀後半~10世紀前半 | 高岡市・東木津木簡 |  |  | はル尸止 | 左くや古乃は□〔奈か〕 |  |  |
| 35 | 951年以前 | 醍醐寺五重塔初層天井板 | 奈尔 |  |  | いま |  |  |

1. A 表示上層，B 表示下層。
2. 在内容栏中，不能释读的文字使用□表示，可以推测的文字则在□右边的〔〕中表示。其中，可以确定的内容则在（）中表示。

日本的国文学界与史学界对难波津之歌木简作了关于文字表记、成立过程等多方面的研究，其中争论的焦点之一便是，为何不是其他韵文而偏偏是"难波津之歌"会被大量地记录在木简上呢？其观点主要有三：（1）"习字说"[①]，即难波津之歌是为了记忆万叶

---

① 東野治之：平城京出土資料よりみた難波津の歌，『万葉』第九十八号，1978 年。

假名而编制的书写练习。(2)"典礼唱和说"①，即律令官人在木简上写下难波津之歌，是用于典礼、仪式以及宴会时集体吟诵。在这一观点的基础上，又有学者通过对难波津之歌木简进行分类总结，系统性地提出了"歌木简"的概念②，复原了歌木简的产生、使用以及被废弃的过程，从而补充、完善了难波津之歌木简的典礼唱和说。(3)"礼仪说"③，即通过练习在木简上书写美观的难波津之歌表达臣下对天皇的礼赞。

笔者同意"典礼唱和说"。但是，这就产生了另一个问题，难波津之歌被当作集体吟诵歌，原因何在？本章拟追溯难波津之歌的产生之源，通过整理此歌与古代大陆移民和日本古代王权之间的关系，考察难波津之歌如何由最初的民谣逐渐转变为日本古代王权用以宣扬其内外统治的精神工具这一过程，并最终揭示"文学"在日本古代史中的意义所在。

## 三、难波津的历史地位

难波就是现在大阪市区的古称，难波津意即难波（也称"浪速"）的港口，和"港口城市难波"同义。难波和难波津自古以来便是交通要道，地理位置极其重要。早在日本古代律令国家成立之前，就和倭王家、倭王权的起源有着密切联系。"难波"这一地名，首次出现在《日本书纪》的神武天皇即位前纪戊午年春二月酉朔丁未条的地名解释中。据此后的三月丁卯朔丙子条的记载，神武天皇在登陆"难波之崎"后"逆流而上"，在"河内国草香邑青云白肩之津"

---

① 犬飼隆：『木簡から探る和歌の起源——「難波津の歌がうたわれ書かれた時代」』，笠間書院，2008年。

② "歌木简"这一名称是乾善彦在COE项目特别研讨会上，做题名为《关于难波宫出土的歌木简》的报告中首先提出的；而进一步完善这个概念的是实际参与了大量出土发掘工作的大阪市立大学教授荣原永远男。

③ 上野誠：難波津歌典礼唱和説批判——いわゆる「万葉歌木簡」研究覚書．『国文学：解釈と教材の研究』55巻6号，2009年，第58—63頁。

登陆。又经过一系列战斗，最后终于完成了进入大和创建王朝的伟业。这一系列战争的起点就在难波，准确地说是"难波之崎"，也就是后来的"难波津"。日本历史学家水野祐指出，神武东征的传说完全是根据应神、仁德的东迁事实为原型所创造的，并提出了该传说源于应神、仁德，特别是仁德朝的新王朝（王朝更替）学说。他认为，这个新王朝兴起于九州，后东迁并定都于难波高津宫。[①] 换言之，难波津是仁德王朝和以它为中心的整个倭王家发展的起点。

此外，《日本书纪》在神功皇后摄政元年二月条中记载道，神功皇后在征讨新罗后凯旋并接着内清谋反之徒。她在平安渡海后的登陆地也是难波。此后，皇后清除了逆党，为仁德王朝的前代——应神王朝的创立奠定了基础。在这个传说中，难波津依然占据了神功皇后之子应神天皇和其孙仁德天皇所建立的王朝的起点地位。据《日本书纪》应神天皇二十二年春三月甲申朔戊子条和四十一年春二月甲午朔戊申条记载，应神天皇行幸难波并在此建宫，最后亦驾崩于此地，这说明应神王朝已经开始和难波发生实质上的联系了。对于倭王家来说，难波津一地象征着其统治的正统性与合理性，它和倭王家、倭王权有着密不可分的联系。

真正对难波津进行改头换面的大开发的时间，应该是仁德天皇统治的时代。仁德天皇被认为可能是日本历史上第一位实际存在的天皇，其在位时间约为公元 4 世纪末至 5 世纪初。仁德天皇定都难波高津宫，推行仁政，因此被称为"圣帝"。

兴修水利是仁政的内容之一，其中尤以难波津的堀江开凿工程最为重要。《日本书纪》仁德天皇十一年夏四月戊寅朔甲午条中记载道，开凿堀江是为了防止河水泛滥、海潮逆涨所造成的对本来就稀少的农田以及家园、道路的破坏。堀江的开凿工程大约开始于 5 世纪初，对此《古事记》仁德天皇与《日本书纪》仁德天皇十一年冬十月条分别记载道，"又堀难波之堀江而通海。"；"冬十月，掘宫北之郊原，引南水以入西海。因以号其水曰堀江"。

---

[①] 水野祐：『日本古代王朝史論序説』，東京：小宮山書店，1954 年。

随着开凿堀江工程的不断推进，难波津作为港口也逐步发展起来。人们先是称之为"大津"，到了仁德天皇统治末期，该地又被正式命名为"难波津"，其规模也扩大到可以停靠大型的"御船"了。这项大型水利改造工程恐怕不是在仁德天皇一代的时间内可以完工的，它的竣工应该是在 5 世纪后半期乃至 6 世纪初，而《古事记》和《日本书纪》都记载难波津的改造工程完成于仁德王朝，只是为了强调仁德天皇作为此项工程发起者和主要推进者的重要地位。

综上所述，难波津是倭王家的起点，难波津工程则是几代倭王权统治的成果，两者均象征着倭王权统治的正统性。

## 四、古代大陆移民与难波津之歌的诞生

在此需要特别注意的是，难波津这项浩大的工程与古代大陆移民集团的智慧和血汗是紧紧结合在一起的。除了物部氏、大伴氏等距离难波地区较近、与倭王家关系较深的日本土著氏族参与了工程以外，从当时倭国的土木水利工程技术水平来看，大陆移民集团作为参与难波津建设的一支主要队伍具有不可忽视的力量。

其中，秦氏是最具有代表性的日本古代大陆移民氏族。据《日本书纪》应神天皇十四年是岁条记载，秦氏来自百济，于应神朝时来到日本，并以弓月君为祖。《古事记》仁德记中也记载道，"又役秦人，作茨田堤及茨田三宅，又作丸迩池・依网池、又堀难波之堀江而通海，又堀小椅江，又定墨江之津"。可见，秦人除参与了难波津堀江工程以外，还参加了茨田堤、茨田三宅、丸迩池等水利工程的建设。另据《政事要略》所引的"秦氏本系帐"的内容也可知，秦氏有善于治水的技术传统。根据《和名抄》的记载，古代存在"河内国茨田郡幡多乡"这一地名。可以推测，原本居住在幡多乡、掌握熟练治水技术的秦氏族人后来移居西成郡，从事了难波津堀江的开凿工程。从其掌握的技术水平来看，秦氏集团在难波津工程中所承担的并非是单纯的劳役，更多是担当在水利技术上发挥着引领作

用、领导本族以及其他氏族开展工程建设的"工程师"的角色。

在难波津堀江即将开凿完毕之时,擅长航海技术的大陆移民氏族——吉士集团①大量迁入到难波津地区,开始建设港口和屯仓。此后,善于管理屯仓的大陆移民氏族——三宅连②也相继进入,承担起了管理屯仓、运营港口的工作。如此,难波津凭借着古代大陆移民集团的先进工程技术和管理方法,最终在5世纪末、6世纪初时发展成为了代表倭王权统治成果的、和倭王权相结合的国家性质的大港。③

在古代大陆移民创建难波津这一物质文明的同时,作为精神层面的产物——"难波津之歌"也随之诞生了。在难波津工程开始之前,难波津之歌只不过是难波地区的民谣"难波曲"的一部分而已。④伴随着古代大陆移民集团对它的重新诠释与二次创作,这首民谣的影响逐渐扩大,并最终定型成为了难波津之歌。当然,这种本质的变化带有深刻的必然性,原因有二。

从形式上来看,难波津之歌的第二句和最后一句是重复的,这种形式易于集体吟诵,使其容易作为劳动号子来调动积极性,因而得以普及开来。⑤吟诵这首歌的主体毫无疑问是参与难波津工程的劳动者集团。但需要注意的是,虽然从人数上来说,古代大陆移民集团可能并不占优势;但是从工程人员组成结构上来看,掌握当时先进水利技术的古代大陆移民集团是以技术员的身份指导工程的实施,无论对于难波津工程还是对于倭王权来说都是极为重要的依靠

---

① 《新撰姓氏录》摄津国皇别条记载道,"吉志。难波忌寸同祖。大彦命之后也"。但是根据三浦圭一(三浦圭一:关于吉士,中世民众生活的研究。思文阁出版,1981年)等研究表明,"吉士"在朝鲜语中是"首长"的意思,相当于新罗官位十七等中的第十四位。在6世纪以后的日本,"吉士"主要用于古代大陆移民的"姓";而在仁德王朝时,由于"姓"制度尚未成立,所以"吉士"作为"氏"来使用。以"吉士"为"姓"的氏族擅长航海和外交,如在《日本书纪》中表现活跃的难波吉士等均属于此类。
② 根据《新撰姓氏录》摄津国诸蕃条的记载,"三宅连。新罗国王子天日桙命之后也"。
③ 直木孝次郎:『難波宮と難波津の研究』,東京:吉川弘文館,1994年,第64—66頁。
④ 小島憲之:上代歌謡をめぐる中国文学と交渉,『上代日本文学と中国文学 上』,東京:塙書房,1962年,第544—562頁。
⑤ 木村康平:「難波津の歌」とその周辺」,『帝京国文学』9号,2003年,第6頁。

力量。正是这种身份地位的特殊性与优越性，移民集团才对推动难波津之歌的普及起了举足轻重的作用。换言之，只有古代大陆移民集团接受这首歌谣，难波津之歌才有可能顺利地普及、延续。难波津工程在当时的生产力水平下，仅用了如今看来相对较短的时间完成，原因也许正是古代大陆移民集团利用了难波津之歌便于集体吟诵、可以调动劳动激情的特征，通过推广歌谣加强了自身内部的团结以及与外界的联系，从而推进了工程的开展。

从内容上来看，难波津之歌中所表达的"冬去春来，年复一年，难波津的花儿开了又谢，谢了又开"的这一意境，和历经半个多世纪的漫长浩大的难波津工程年复一年的艰苦劳动境况极为吻合。这首歌表达了长年驻守在难波津的古代大陆移民集团以及其他劳役集团无奈而又不得不苦中作乐的悲怆心情。具有大陆文化背景的古代大陆移民应该容易理解歌谣表达的内容和意境，从而接受这首诉说自己心声的古代和歌。由此，难波津之歌也就伴随着难波津工程的推进而逐渐定型下来了。

古代大陆移民在倭王家的发源地——难波津凭借自己的勤劳与智慧，创造出了难波津水利综合工程这一物质文明成果，并在这一过程中创造了与其相对应的精神文明成果——"难波津之歌"。可见，难波津之歌是难波津的历史在大陆移民精神层面上的投影与浓缩。它既与难波津是倭王家发源地、象征倭王权统治的正统性这一性质紧密地联系在一起，同时它的形成又与古代大陆移民在倭王权的统治下修建难波津水利港口工程这一历史事件息息相关。对于倭王权来说，前者的意义自无须赘言，即便是后者，也象征着其对古代大陆移民的有效统治，而这种统治的结晶，便是最终发展为国家性质大港的难波津以及用来宣扬倭王权的难波津之歌，因此其意义是重大的。特别是在 7 世纪以后，日本律令国家逐渐成形，古代王权借用难波津之歌来宣扬其对大陆移民的统治这一层含义，也扩展得愈来愈宽。

## 五、日本古代王权与难波津之歌木简

难波津之歌具备象征日本古代王权的正统性和对大陆移民的统治这两方面的要素,这为日本古代王权利用这首和歌来宣扬其权威以及对大陆移民的统治提供了依据。但是,根据出土木简的年代来看,在日本律令国家时期,难波津之歌最早也要在天武天皇时期,即公元7世纪后半期才有书面记载。这就和难波津之歌的产生时间(大约在6世纪初)之间形成了近一个世纪的空白,其原因又何在呢?笔者认为,从难波津之歌的特征上来考虑,利用此歌必须具备两个条件。第一,国内政治稳定,特别是王权对大陆移民的统治得到巩固。第二,在国际关系上,日本古代王权对大陆移民的直接来源地——百济、高句丽、新罗三国的"优势地位"得到确立。然而,纵观6世纪日本国内外形势,其一出现了武烈天皇无嗣这一关系倭王家存续的危机,又遇九州筑紫国造磐井作乱,国内局势动荡不安。其二在国际事务上,日本也遭受重大挫折。由于新罗日益强大,大和朝廷不得不从原来日本具有一定势力的朝鲜半岛南部的任那地区撤出。伴随着撤退与半岛局势的动乱,大量移民涌入日本列岛,大和朝廷又要忙于安置工作。从文化水平上来看,6世纪的日本与朝鲜半岛相比仍然是落后的,需要不断从朝鲜半岛引进掌握技术与文化的移民来满足列岛发展的需求。由此可见,日本古代王权利用难波津之歌的时机尚未成熟。

笔者认为,日本古代王权对难波津之歌的首次有意识的利用发生在孝德王朝,而且是以"歌木简"的形式出现的。首先,从当时典礼的形式上来看,无论根据《日本书纪》等文献资料,还是根据出土文物——"春草"木简[①]的记载都可以确定,在孝德王朝时期

---

① 根据2006年10月13日日本各大报纸报道,从难波宫遗迹出土了约公元7世纪中期的万叶假名木简。其表记为"皮流久左乃皮斯米之刀斯□",释读为"春草のはじめ…"

已经形成了在典礼上众人集体吟诵和歌的形式。更重要的是，在吟诵过程中，使用木简展示歌词的可能性极高。①其次，孝德王朝时期是日本古代国家独立的政治理念的形成时期。当时，5世纪以来的倭王权的"天下观"开始逐渐转变为"中华小帝国"的理念，而这种政治理念主要是通过确立日本对朝鲜三国的宗主国地位来体现的。最后，就日本内部环境而言，随着天皇家族最后的威胁苏我氏在"乙巳之变"（公元645年）中被铲除，大批移民的安置工作也暂告一段落，国内形势趋于稳定。在国际关系上，日本通过派遣遣隋使、遣唐使，开始直接从强大的隋、唐帝国引进文化，对朝鲜半岛这个"中介"的依赖性逐渐降低。同时，长期以来避免本土作战的日本养精蓄锐，而朝鲜三国却在连年战乱中国力不断消耗。由此，日本对朝鲜三国的优势地位逐渐显现出来。综上所述，孝德王朝时期古代王权具备了利用难波津之歌宣扬其内外统治的条件。于是，在白雉三年（公元653年）举行的首次包括朝鲜三国使节参加的孝德天皇迁入难波长柄丰崎宫的庆典上，难波津之歌也以"歌木简"的形式首次登上历史舞台。当时，众人手持难波津之歌木简齐声吟诵，以此来象征日本古代王权对内对外的统治权威，其威严、宏大的场景不难想象。

然而不久以后，日本的境内外局势又发生了剧烈的变化。在国内，中大兄皇子与孝德天皇之间的意见分歧、年迈的齐明天皇的去世等王权内部动荡不安；在国外，白村江之战的大败以及难民安置事宜等都使国际关系阴云密布。因此，宣扬日本王权统治的正统性以及对朝鲜三国的宗主国地位的时机也一度丧失。

直至日本迈入了天武、持统王朝这一古代律令国家形成期，日本古代王权利用难波津之歌的时机才算真正成熟。当时，日本国内局势再次恢复了稳定。伴随着中央集权的加强，王权统治走向顶峰。不仅如此，日本古代王权还通过安置已经亡国的百济与高句丽的皇

---

① 从对孝德天皇时期的难波宫遗址的发掘情况来看，随同"春卓"木简一起出土的还有大量牛和马的骨头，由此可以推测当时在难波宫举行了某种仪式。

亲贵族，彻底吸收了两国的王权。国内的大陆移民集团也被安置完毕，并且被有条不紊地加以利用。在国际社会上，日本也对自身地位有了明确的定位。《令集解》公式令的古记中记载道，"邻国者大唐，藩国者新罗也"。这说明当时的日本认为已经将百济和高句丽的王权彻底纳入了国内统治的范畴，并将新罗定位为从属国"藩国"。这也表明日本古代王权在官方意识上确立了其对朝鲜三国的"优越地位"。

正因为难波津之歌的性质满足了当时政治的实际情况和需求，才能以"歌木简"的形式复苏并在日本列岛内广泛流传。日本古代王权在有朝鲜三国使节或者古代大陆移民氏族出席的典礼上，令众人手持书写有难波津之歌的木简齐声吟诵，通过这种方式来夸示其对内对外的统治——也许这才是日本古代王权对难波津之歌的利用目的之所在，也是难波津之歌以歌木简的形式大量出现的根本原因。

## 六、小结

通过以上考证与论述不难发现，难波津之歌的产生以及演变与古代大陆移民和日本古代王权有着紧密联系。在不同阶段，难波津之歌的功能也不尽相同，而这反映的正是古代大陆移民及其所代表的朝鲜三国与日本古代王权这两者力量的此消彼长。神野志隆光认为，在日本的古代史中，文字就是政治问题。[①]难波津之歌虽非单纯的文字排列，亦非严格意义上的文学作品，但是这一"文学现象"正是日本古代史中政治问题的体现，这很大程度上也是日本上代文学的意义所在。

---

① 神野志隆光:『文字の文化世界の形成　東アジア古典古代』，東京大学教養学部　国文・漢文学部会［編］:『古典日本語の世界　漢字がつくる日本』，東京：東京大学出版会，2007年，第6頁。

# 第三章　大陆移民文学中的政治斗争
## ——基于《万叶集》的研究

## 一、引言

　　《万叶集》收录了上至天皇贵族，下至平民百姓所作的 4500 余首和歌，是日本现存最古老的和歌总集。据江户时代的国学者本居宣长回忆，其师贺茂真渊曾教诲道：欲解"神之御典"（即《古事记》）须"离汉意""寻古之真意"，为此则必须"得古言"，而其方法便是"明万叶"。[①] 这里的"万叶"指的便是《万叶集》这一探求日本所有"古意、古言"的源泉。然而，近来研究表明，在日本近代国民国家的形成过程中，《万叶集》虽被奉为"民族的古典"和"国民歌集"，但这一切都只不过是国家刻意打造的形象工程，该集也只不过是一个文化装置，其最终目的是服务于统治阶级而已。[②]

　　《万叶集》看似是"纯日本"文学和文化的结晶，但实际上却是一部国际化气息浓郁的古典文学作品。这不仅表现在其内容与形式

---

[①] 本居宣長：「玉勝間」，吉川幸次郎、佐竹昭広、日野龍夫　校注：『日本思想体系 40 本居宣長』，東京：岩波書店，1978 年，第 70 頁。
原文为：神の御典をとかむと思ふ心ざしあるを、そはまづからごころを清くはなれて、古のまことの意をたづねえずはあるべからず、然るにそのいにしへのこころをえむことは、古言を得たるうへならではあたはず、古言をえむことは、万葉をよく明らむるにこそあれ……

[②] 品田悦一：『万葉集の発明　国民国家と文化装置としての古典』，東京：新曜社，2002 年，第 15 頁。

颇受大陆文学与文化的影响，[①]而且从作者的身份构成上来看，亦有许多以古代中国和古代三韩国家（高句丽、新罗和百济）为祖的歌人存在，呈现出丰富多彩的多元文化特征。[②]本章拟在对《万叶集》中的大陆移民氏族歌人[③]进行考证的基础上，结合日本古代史学研究，尤其是大陆移民氏族研究的成果，分析其作歌的历史环境与文学特色的关系。

## 二、官职卑微：《万叶集》中的大陆移民氏族歌人

在《万叶集》中记载有姓名的歌人（防人歌除外）中，共有43人出自大陆移民氏族。由于篇幅所限，无法逐一举证史料与考证过程，仅在表3.1中统计罗列如下：

表3.1 《万叶集》大陆移民氏族歌人统计表

| 官位/出自 | 中国 | 百济 | 新罗 | 高句丽 | 不明 | 人数 |
|---|---|---|---|---|---|---|
| 正五位上 | | 调首淡海、葛井连宏成 | | | | 2 |
| 正五位下 | 萨妙观 | 高丘连河内、吉田连宜、大藏忌寸麻吕 | | | | 4 |
| 从五位下 | | 文忌寸马养、宇努首男人、葛井连诸会 | | 背奈公行文 | | 4 |
| 外从五位上 | | 秦朝元 | | | | 1 |
| 外从五位下 | | 麻田连阳春、马史国人、葛井连大成、生石村主真人、安宿公奈登麻吕、六鲭 | | | 高向村主老 | 7 |
| 正六位上 | 内藏忌寸绳麻吕 | 土理宣令 | | | | 2 |
| 从六位上 | 田边史真上 | | | | | 1 |
| 正七位上 | | 椎野连长年 | | | | 1 |

---

[①] 可参见：中西進：「万葉歌の誕生」，『万葉集の比較文学的研究』，東京：桜楓社，1963年；小島憲之：「萬葉集と中國文學との交流」，『上代日本文學と中国文學 中』，東京：塙書房，1964年，等。

[②] 可参见：崔光準：「『万葉集』と古代東アジア」，『日本大学精神文化研究所紀要 第37集』，2007年3月；梶川信行：『万葉集と新羅』，東京：翰林書房，2009年；塩沢一平：『万葉歌人 田辺福麻呂論』，東京：笠間書院，2010年，等。

[③] 日本古代大陆移民在《万叶集》中多以歌人身份出现，为了便于论述，本文将此类歌人与"日本本土氏族歌人"加以区别，称之为"大陆移民氏族歌人"。

第三章　大陆移民文学中的政治斗争——基于《万叶集》的研究 | 33

续表

| 官位/出自 | 中国 | 百济 | 新罗 | 高句丽 | 不明 | 人数 |
|---|---|---|---|---|---|---|
| 正八位上 | 张福子 | | 山田史土麻吕 | | | 2 |
| 从八位上 | | 秦忌寸八千岛 | | | | 1 |
| 从八位下 | | | | | 桉作村主益人 | 1 |
| 大初位上 | 田边史福麻吕 | | | | | 1 |
| 官位不明 | 雪连宅麻吕 | 刑部垂麻吕、大石蓑麻吕、田部忌寸栎子、葛井连子老、山口忌寸若麻吕、余明军、秦许遍麻吕、秦田麻吕、秦间满、军王、上古麻吕、舍人吉年 | 三方沙祢、理愿 | | 佐佐贵山君 | 16 |
| 人数 | 6 | 30 | 3 | 1 | 3 | 43 |

由上表的统计可发现《万叶集》中的大陆移民氏族歌人的一些特点,[①]其中之一便是,"达官显贵少,底层官僚多"。在律令体制下,五位以上的律令官人才可称为贵族,他们和天皇有着人格上的特殊联系,这与六位以下的官员有着本质区别。在上表中,正五位上的大陆移民氏族歌人仅有调首淡海[②]和葛井连广成二人,其余绝大多数歌人均属于下级事务性官僚。

不仅如此,这些处于官僚组织底层的大陆移民氏族歌人的晋升道路也十分艰难。神龟五年(公元 728 年)开始实施的内外阶制(《续日本纪》,圣武天皇,神龟五年三月甲子条)使得大陆移民氏族出人

---

[①] 关于大陆移民氏族歌人的国别出自问题,已多有研究,在此不再赘述。可参见:梶川信行:「東アジアの中の『万葉集』——旅人周辺の百済系の人々を中心に」,『國語と國文學』,2009 年 4 月;梶川信行:「遣新羅使人等はなぜ新羅をうたわなかったのか」,日本大学通信教育部通信教育研究所編:『平成十九年度日本大学通信教育部公開シンポジュウムの記録研究紀要第 21 号(抜刷)　東アジアの中の万葉集——遣新羅使人をめぐって——』,2008 年 3 月;梶川信行:万葉集と新羅,東京:翰林書房,2009 年。

[②] 调首氏出自百济,相传于应神天皇时归化;至显宗天皇时,因养蚕贡献绢绢而得首姓(《新撰姓氏录》第廿二卷,左京诸藩下,百济,调连条)。壬申之乱时,调首淡海从天武天皇入东国有功(《日本书纪》天武天皇上,元年六月,是日条),后得元明、元正和圣武三代天皇嘉赏(《续日本纪》元明天皇,和铜二年春正月丙寅条;元明天皇,和铜六年夏四月乙卯条;元正天皇,养老七年春正月丙子条;圣武天皇,神龟四年十一月乙亥条)。可见,调首一族历史悠久,且调首淡海在日本古代历史的转折点上起到了举足轻重的作用,因此才得显贵。

头地的希望变得更加渺茫。按照内外阶制，在晋升五位时，律令官人根据其氏族的出身被纳入内、外两套系统，若进入外系统，则其官位基本上不会超过五位。内外阶制明确地将氏族出身和官位挂钩，实质上限定了只有多治比、藤原、石川、橘、阿倍和大伴这六个日本本土氏族才能够进入内阶系统。①这一制度的实施体现了日本古代统治者内外有别的民族统治态度，也从根本上断绝了大陆移民氏族进入古代皇权统治核心系统的途径，结束了五世纪以来天皇（倭王）与大陆移民之间的直接人身联系。可见，在日本古代律令国家时期，与日本本土氏族相比，大陆移民氏族的政治地位呈现出明显的相对低下的趋势。

《万叶集》成形的时间，正是上述这一日本古代大陆移民氏族的社会政治地位江河日下的年代。究其主要原因，一方面是因为移民们所掌握的文字运用技能不断传播，使得日本本土氏族开始掌握并能够熟练运用文字文学，从而导致大陆移民氏族利用价值下降；另一方面则在于古代日本的统治者们开始尝试以本土氏族为核心，构筑古代律令国家这一全新的政治运行体制，氏族制度走向没落，包括大陆移民在内的大多数氏族都作为律令制度下的官僚被重组，以氏族为单位向倭王效忠的时代成为了历史。②

如磐井之乱（《日本书纪》，继体天皇，二十一年六月条）等事例所示，大部分氏族对这一历史剧变难以接受，尤其是在内政外交上为推进古代日本社会发展、巩固王权统治做出了卓越贡献的大陆移民氏族。③为了不被当时的为政者"过河拆桥"，他们举起了"文学＝和歌"这把利器，尝试通过各种手段重新回归到统治的核心层中去。

---

① 鷲森浩幸：「王家と貴族」，歴史学研究会・日本史研究会 編：『日本史講座 第 2 巻 律令国家の展開』，2004 年，第 38 頁。
② 吉川真司：「律令体制の形成」，歴史学研究会・日本史研究会 編：『日本史講座 第 1 巻 東アジアにおける国家の形成』，2004 年，第 214 頁。
③ 王凯：《日本古代大陆移民与倭国的内政外交》，《日本研究》，2011 年第 4 期。

## 三、讥讽时弊：大陆移民王族的愤怒与无奈

原为高句丽王族的移民氏族歌人消奈行文，用一曲比喻歌一针见血地讽刺了日本本土氏族独揽大权，"佞人"横行于世的政治情况，吹响了大陆移民氏族利用文学开展政治斗争的号角。

　　佞人を謗る歌一首
　　奈良山の　児手柏の　両面に　かにもかくにも　佞人が伴（十六・3836）
　　右の歌一首、博士消奈行文大夫作る。

歌中的"佞人"即阿谀奉承、心怀叵测之徒。[①] 消奈行文将他们比作柏树的树叶，耍两面派，做墙头草，到处趋炎附势，充作好人。鸿巢盛广评此歌"应是作者愤慨于世事而作，但其态度既不滑稽，也无强烈的嗤笑"，[②] 可谓一语中的。这种近似于冷漠的态度也许恰恰体现了消奈行文以及大陆移民氏族对自身命运的悲怜伤感和对时政的无可奈何。

此歌作者所属的消奈一族源于高句丽五部之一的"消奴部"，是高句丽的旧王宗。[③] 又据延历八年（公元789年）的高仓福信薨传记载，消奈一族之祖福德，在唐灭高句丽后来到日本，定居武藏国高丽郡。其孙福信在年幼之时，随其伯父消奈行文进京（《续日本纪》，桓武天皇，延历八年十月乙酉条）。可见，消奈氏以及行文本人皆出自高句丽。

据史料记载，消奈行文是一名颇有学识的大陆移民。养老五年（公元721年），在"文人武士国家所重"之际，当时为正七位上明

---

[①] 中西進：『万葉集　全釈注・原文付（四）』，東京：講談社，1983年，第41頁。
[②] 鴻巣盛広：『万葉集全釈　第五冊』，東京：広文堂書店，1934年，第70頁。
[③] 小島憲之、木下正俊、東野治之　校注・訳：『新編日本古典文学全集9　万葉集④』. 東京：小学館. 1996. 第506頁。

经第二博士的消奈公行文因"优游学业,堪为师范"而被"特加赏赐"(《续日本纪》,元正天皇,养老五年正月甲戌条),并于六年后(公元727年)获官位从五位下(《续日本纪》,圣武天皇,神龟四年十二月丁亥条)。此外,据《藤氏家传 武智麻吕传》记载,消奈行文还是神龟六年(公元729年)左右"宿儒"六人之一。[1]

那么看似如此受到天皇器重的大陆移民氏族律令官僚,又为何会反戈相向,作歌针砭时弊,而歌中的"佞人"指的又是谁呢?

为回答此问题,首先要明确上述3836号歌的作歌年代。从左注所署"博士"一职以及前文所引《续日本纪》养老五年正月甲戌条"明经第二博士"可知,消奈行文供职大学寮。根据《令义解》关于职员令大学寮的记载,博士所掌职务为"教授经业,课试学生",[2]官位与副官"助"相同,为正六位下。[3]然而,歌后署名中的"大夫"却是对四、五位的官人的尊称。[4]可见,作歌当时的消奈行文已经被授官从五位下,故3836号歌的作歌时间应在神龟四年(公元727年)之后。

换言之,消奈行文对神龟四年之后的施政有不满之处,故作歌讥讽。本文认为,可从以下两个方面考虑其作歌动机:

第一,神龟五年(公元728年)实行的内外阶制。如前文所述,日本古代统治者自该年开始采用区别对待的民族统治方针,大陆移民氏族进入核心统治层的道路被彻底断绝。消奈行文虽于前一年获得正五位下,但这也成为了其政治生涯中的最后一次晋升。据《怀风藻》记载,消奈行文在集中留有汉诗二首,并记时年六十二,官

---

[1] 冲森卓也、佐藤信、矢嶋泉:『藤氏家伝 鎌足・貞慧・武知麻呂伝 注釈と研究』,東京:吉川弘文館,1999年,第363—374页。
原文为:宿儒、有守部連大隅・越智直広江・背奈行文・箭集宿祢虫麻呂・塩屋連吉麻呂・楢原造東人等。
[2] 黒板勝美 編:『新訂増補 国史大系〔普及版〕 令義解』,東京:吉川弘文館,1968年,第39页。
[3] 井上光貞、関晃、土田直鎮、青木和夫 校注:『日本思想体系3 律令』,東京:岩波書店,1976年,第167页。
[4] 小島憲之、木下正俊、東野治之 校注・訳:『新編日本古典文学全集9 万葉集④』,東京:小学館,1996年,第118页。

位从五位下，任大学助，即大学寮的副官。①仅凭此虽然不能确定消奈行文死去的准确年份，但是从《续日本纪》中称其为"消奈公"至《怀风藻》将其记录为"消奈王"这一在"姓"上的变化，至少可以推测消奈行文的死亡时间应该晚于天平十九年（公元747年）的"消奈王"改姓（《续日本纪》，圣武天皇，天平十九年六月辛亥条）。若由此逆推，便可发现消奈行文在获得从五位下的官位后至少20年间没有高升，直至去世，也只是任大学寮的副官而已。由此可见，内外阶制的实施，极有可能使得身为大陆移民氏族的消奈行文失去了在政界的上升空间，其在文献史料层面上看似平坦的仕途，其实也是荆棘满布，坎坷难行。

第二，倘若将消奈行文升至大学寮副官的时间点推移至天平十九年（公元747年）左右的话，上述天平十九年的消奈福信等人的"消奈王"改姓事件可能也将进入3836号歌讽刺的视野。就这一改姓事件，学界观点甚多。②其中，田中史生的见解值得关注。他认为应该对高句丽、百济和新罗王族的赐姓作为一个整体进行考察。给消奈王改姓的目的，是日本统治者为了象征性地使高句丽王族臣服于日本皇权下而进行的。按此逻辑，当时与日本交往甚密并在高句丽灭亡以后发展起来的渤海国王权，以及与渤海国在古代东亚社会中具有同等地位的新罗王权，在相对意义上也将臣服于日本古代皇权。换言之，日本古代统治者正是通过给已经灭亡的百济、高句丽的王族以及新罗的贵族赐姓，来实现自身作为朝鲜三国的宗主国这一一厢情愿的政治幻想的。③面对以日本本土氏族为中心的统治者们在国际外交与民族统治上实施的如此卑劣的"阴谋诡计"，原为高句丽王族的消奈行文自是无语，只能以一种似笑非笑的态度吟歌讥讽了。

---

① 江口孝夫：『懐風藻』，東京：講談社，2000年，第207頁。
② 针对消奈王改姓的观点主要有：上层官僚派系斗争说（近江昌司：「仲麻呂政権下の高麗福信」，『日本古代の政治と制度』，東京：吉川弘文館，1985年），圣武天皇营造大佛需要说（大坪秀敏：「背奈氏に対する賜姓の一考察」，『国史学研究』一八，1992年）等。
③ 田中史生：『日本古代国家の民俗支配と渡来人』，東京：校倉書房，1997年，第53—64頁。

综上所述，消奈行文所要讥讽的"佞人"极有可能便是"施恶政""空幻想"的、以日本本土氏族为核心的日本古代上层统治者。他们一方面利用大陆移民氏族为其统治服务，另一方面则想方设法阻止大陆移民氏族参与核心统治。消奈行文在作歌时，眼前仿佛出现了日本本土氏族那柏树树叶般"阳奉阴违"的两张丑恶嘴脸，而《万叶集》3836号歌也由此一气呵成。

## 四、投机冒险：大陆移民氏族的犹豫与彷徨

面对居心叵测的日本古代统治者，大陆移民氏族对日本本土氏族以及律令国家的抵触愈发强烈，甚至有人不惜参加政变、谋反以寻找挽回氏族地位的机会，可谓乾坤一掷。

　　八日に、讃岐守安宿王等、出雲掾安宿奈杼麻呂が家に集ひて宴する歌二首
　　大君の　命畏み　大の浦を　そがひに見つつ　都へ上る（二十・4472）
　　右、掾安宿奈杼麻呂
　　うちひさす　都の人に　告げまくは　見し日のごとくありと告げこそ（二十・4473）
　　右一首、守山背王の歌なり。主人安宿奈杼麻呂語りて云はく、奈杼麻呂、朝集使に差され、京師に入らむとす、これに因りて餞する日に、各歌を作り、聊かに所心を陳ぶと。

上述宴会的主人是安宿奈杼麻呂，又名百济安宿公奈登麻呂（《续日本纪》，称德天皇，天平神护元年正月己亥条），时任出云国的三等官"掾"。按照《延喜式》对国的划分，出云属于上国，[①] 其

---

① 黒板勝美　編修：『新訂増補国史大系　第二十六巻　交替式　弘仁式　延喜式』，東京：吉川弘文館，1937年，第564頁。

三等官的官位相当于从七位上，可见作歌时的安宿奈杼麻吕是一名出自百济大陆移民氏族的下级律令官人。

　　就此歌的作歌背景，根据4472号歌的题词可知，赞岐国的长官安宿王来到出云国的三等官安宿奈杼麻吕家中赴宴；又据4473号歌的左注可知，宴会主人安宿奈杼麻吕称自己要作为朝集使入京，因此举行这场饯别宴会，请赴宴各位作歌"聊陈所心"。对此有研究指出，在天平胜宝八年（公元756年）年末举行的这场宴会并非如题词所描写的那样，仅仅是一般的饯别饮宴，安宿王来到安宿奈杼麻吕的宅邸也并非偶然，极有可能是为了参加打倒当时独揽大权的大纳言藤原仲麻吕的政变事前联络会议。[①]

　　赞岐国长官安宿王和4473号歌作者出云国长官山背王，皆为原左大臣长屋王之子。天平元年（公元729年），长屋王本人因谋反嫌疑而被迫自尽，史称"长屋王之变"（《续日本纪》，圣武天皇，天平元年二月条）。其子嗣也大都因受牵连而丧命，唯独留下原太政大臣藤原不比等之女所生的安宿王、黄文王、山背王三男与一女教胜保得性命（《续日本纪》，圣武天皇，天平宝字七年十月丙戌条）。因此，在这三位年幼的公子眼里，设圈套诬陷父亲致死的藤原氏一族以及轻信谗言的圣武天皇不啻是不共戴天的仇人。此后，以藤原武智麻吕为首的藤原不比等的四子得势。但是，好景不长，天平九年（公元737年），天花流行，藤原氏后人相继病死，政权落到了敏达天皇的后裔橘诸兄手里。然世事多变，天平胜宝七年（公元755年），时任左大臣的橘诸兄因酒后失言而在次年辞职，并在两年后去世。在橘诸兄执政后期，藤原仲麻吕的势力迅速崛起，并开始与其分庭抗礼。藤原仲麻吕备受光明皇太后和圣武天皇之女孝谦天皇的宠幸，逐渐集天皇家家政管理与国家行政大权于一身。[②]天平宝字元年（公元757年），橘诸兄之子橘奈良麻吕为了遏制藤原氏卷土重来的势头、推翻藤原仲麻吕的专权，纠集安宿王、山背王以及黄文王等部

---

[①] 木下正俊、東野治之：『萬葉集全注　巻第二十』，東京：有斐閣，1988年，第306頁。
[②] 鷲森浩幸：「王家と貴族」，歷史学研究会・日本史研究会　編：『日本史講座　第2巻　律令国家の展開』，2004年，第59頁

分反藤原氏派势力策划谋反。

　　据此事态发展不难推测，在政变前夜举行的这场聚集了参与政变主要当事人的宴会，俨然是一次事前准备联络会议，而安宿奈杼麻吕的官邸则成为了平城京外商议打倒藤原仲麻吕政权的分会场。安宿奈杼麻吕所任"朝集使"的主要任务是向中央政府的太政官、式部以及兵部省等相关部门提交公文，汇报各地施政情况。[①]据《公卿补任》天平胜宝八年条（公元756年）记载，当时橘奈良麻吕官位正四位下，任职太政官参议，因此安宿奈杼麻吕完全有可能利用公务之便与橘奈良麻吕有所接触。[②]在进京前夜，安宿奈杼麻吕邀请各位关键人物齐聚一堂，有可能是按照山背王等的指示与在京的橘奈良麻吕进行联络，报告计划的具体实施内容。难怪山背王在4473号歌中吟诵道：请告知京城里的人，我与当日相见时一样安然无恙。[③]这里的"都の人"指的显然便是主谋橘奈良麻吕；而"見し日のごとく"则意味着一切按照原计划进行。可见，4473号歌是一个"接头暗号"。

　　然而，此后的事态发展并未如橘奈良麻吕以及他的同谋们想象的那么顺利。对此，安宿奈杼麻吕似乎早有预见，因此他虽然被派作通风报信之人，但是在4472号歌中，他吟唱出"そがひにみつつ"，暗示了对同僚的担心与挂念。[④]值得注意的是在上述歌群后大伴家持追和的4474号歌。

　　　　群鳥の　朝立ち去にし　君が上は　さやかに聞きつ　思ひしごとく＜一に云ふ、「思ひしものを」＞（二十・4474）
　　　　右の一首、兵部少輔大伴宿祢家持、後の日に出雲守山背

---

①　坂本太郎：「朝集使考」，『日本古代史の基礎的研究　下』，東京：東京大学出版会，1964年，第172—186頁。
②　黒板勝美　編修：『新訂増補国史大系　第五十三巻　公卿補任　第一篇』，東京：吉川弘文館，1938年，第35—36頁。
③　澤瀉久孝：『万葉集注釈　巻第二十』，東京：中央公論社，1968年，第216頁。
④　小島憲之、木下正俊、東野治之　校注・訳：『新編日本古典文学全集9　万葉集④』，東京：小学館，1996年，第443頁。

王の歌に追和して作る。

根据此歌大意："关于您的传闻我了解得一清二楚，正如我所想象的那样，也正是我担心的那样"，[①]可见大伴家持对山背王等欲谋反一事已有察觉，并为其能否成事而深感担忧，足见其先见之明。

果然不出安宿奈杼麻吕和大伴家持所料，政变因山背王告密而败露，最终以失败告终。不但橘奈良麻吕丧命，参加此次政变的黄文王也入狱而亡，安宿王则被流配并被没收家产。唯独告密者山背王得孝谦天皇嘉赏而得藤原姓，并获赐"弟贞"一名（《续日本纪》，孝谦天皇，天平宝字元年）。但是，在受处罚的人员名单里并未见到为政变谋划提供场所且充当联络人的安宿奈杼麻吕的姓名。不但如此，更令人费解的是，安宿奈杼麻吕在天平神护元年（公元 765 年），还由原来的正六位上荣升至外从五位下（《续日本纪》，称德天皇，天平神护元年正月已亥条）。这和橘奈良麻吕等谋反者的悲惨结局形成了鲜明的对比，那么原因何在呢？

笔者推测这可能与安宿奈杼麻吕的氏族身份有关。"安宿"二字为地名，据《和名类聚抄》记载，它属于河内国，和名"阿须加倍"（あすかべ）。[②]古代日本的河内国是大陆移民氏族聚居的主要地区，安宿奈杼麻吕也应是当地的豪族之一。更重要的是，当时掌握政治实权的光明皇太后的讳号是"安宿媛"，可见其与河内国安宿郡的渊源。正如岸俊男所指出的那样，光明子与其父藤原不比等一样，均受到过以河内国安宿郡为聚集地的大陆移民氏族田边史的养育。[③]如此推测，藤原一族和以河内国为聚居地的安宿奈杼麻吕一族之间也应该有十分密切的关系。此外，如前文所述，橘奈良麻吕等人计划扳倒的藤原仲麻吕是当时位于皇权统治中枢的要人，也是光明皇太

---

[①] 小島憲之、木下正俊、東野治之　校注・訳：『新編日本古典文学全集 9　万葉集④』，東京：小学館，1996 年，第 443 頁。

[②] 正宗敦夫　編纂校訂：『日本古典全集　倭名類聚抄　自一卷至七卷』，東京：日本古典全集刊行会，1931 年，卷五第 11 頁。

[③] 岸俊男・「県犬養橘宿祢三千代をめぐる臆説」，『末永先生古稀記念古代学論叢』，1967 年。

后身边的红人。① 除掉藤原仲麻吕就意味着对抗与自己有着千丝万缕联系的光明皇太后，这显然是安宿奈枳麻吕无法做到的；但直属上司山背王以及安宿王等人的命令又不得不从，安宿奈枳麻吕可谓左右为难。但是，从事件结果推测，朝集使安宿奈枳麻吕在分别与橘奈良麻吕以及藤原仲麻吕接触，② 并在观察形势、权衡得失以后，最终还是选择了一条避免与皇权发生直接对抗，全身而退的道路。其实，这一结果的前兆在4472号歌中所吟唱的"そがひにみつつ"这三步一回头、犹豫不决的歌词中就早已有所体现了。

如此，难免有"投机者"之嫌的大陆移民氏族歌人安宿奈枳麻吕一方面参与橘奈良麻吕之乱，为谋反提供场所便利并充当了联络员的角色，企图从中获利；而另一方面，他又审时度势，最终选择了明哲保身，避免了因政变失败而遭受灭顶之灾的风险。这恰恰反映了大陆移民氏族势单力薄，为了氏族的延续与个人的发展不得不迎合种种势力，并从夹缝中求生存的艰难处境。

## 五、亲皇笼络：大陆移民氏族的抉择与妥协

与上面两位利用和歌内容与作歌环境从正面出击，试图挽回氏族没落命运的大陆移民氏族歌人不同，马史国人则通过笼络皇亲贵族，尝试以怀柔手法，走亲皇路线重新获得在政治上的主动权。

> 天平勝宝八歳丙申の二月朔乙酉の二十四日戊申に、太上天皇・天皇・大后、河内の離宮に幸行し、信を経て、壬子を以て難波宮に伝幸したまふ。三月七日に、河内国伎人郷の馬国人の家にして宴したまふ歌三首

---

① 可参见：岸俊男：『藤原仲麻呂』，東京：吉川弘文館，1969年；早川庄八：『日本古代官僚制の研究』，東京：岩波書店，1986年。
② 据《公卿补任》天平胜宝八年条记载，藤原仲麻吕官位从二位，时任大纳言。（黒板勝美 編修：『新訂増補国史大系 第五十三巻 公卿補任 第一篇』，東京：吉川弘文館，1938年，第35—36頁。）

住吉の　浜松が根の　下延へて　我が見る小野の　草な刈りそね（二十・4457）

右の一首、兵部少輔大伴宿祢家持

にほ鳥の　息長川は　絶えぬとも　君に語らむ　言尽きめやも＜古新未詳なり＞（二十・4458）

右の一首、主人散位寮の散位馬史国人

葦刈りに　堀江漕ぐなる　梶の音は　大宮人の　皆聞くまでに（二十・4459）

右の一首、式部少丞大伴宿祢池主読む。即ち云はく、兵部大丞大原真人今城、先つ日に他し所にして読む歌なりといふ。

由此歌群的题词可知，宴会的主人是马史国人这位大陆移民氏族歌人。据文忌寸最弟和武生连真象（武生连原姓马史）等在延历十年（公元791年）请求赐姓的上表内容（《续日本纪》，桓武天皇，延历十年四月戊戌条），马史一族的远祖出自"汉高帝之后"，名曰"鸾"，其后人"王狗"转徙至百济。至百济久素王时，因大和朝廷招募文人，故久素王进贡王狗之孙"王仁"，而这王仁便是文、武生两氏之祖。这一说法大致与《古事记》与《日本书纪》中关于王仁来朝（《古事记》称：和迩吉师）的记载相符。因此可以认为，马史一族是源于古代中国，后经百济来到日本的大陆移民氏族。

天平胜宝八年（公元756年），大陆移民氏族歌人马史国人迎来了其人生中最重要的贵客。二月二十四日，圣武太上天皇、孝谦天皇和光明皇太后等行幸河内国的离宫，"经信"（两宿）以后，在壬子（二月二十八日）回到难波宫，后于三月七日摆驾马史国人家中。对照《续日本纪》的相关记载可知，在此之前，圣武太上天皇一行还于三月一日前往堀江，并于次日下诏免除河内和摄津两国的田租。在离开马史国人家后的三月十四日，因圣武太上天皇"圣体不豫"，孝谦天皇发勅大赦天下。四月十五日，一行"取涩河路"，"还至智识寺行宫"，并于十七日回到平城京。五月二日，圣武太上天皇驾崩

（《续日本纪》，孝谦天皇，天平胜宝八年二月、三月、四月、五月条）。

从以上记录可知，此次圣武太上天皇一行的日程并不宽松，而且这位风烛残年的老人带病勉强前往河内国这一行动也着实令人费解。究其原因，除了圣武太上天皇本人对难波（大阪的古称）这一地区的深爱，[①]还有一个目的便是为了还愿。天平十二年（公元740年），圣武天皇因参拜智识寺的卢舍那佛而决意要在东大寺也建造卢舍那大佛。时隔十六年以后，已为太上天皇的圣武前往智识寺，很可能是为了向佛祖了却当年许下的心愿。[②]但实际上，天皇更重要的目的恐怕是为了抚恤为建造东大寺而出力的大陆移民氏族。

众所周知，大陆移民氏族为营造东大寺贡献了大量的财力，可以说，卢舍那大佛是他们智慧与技术的结晶。[③]其中，马史一族也应该立下了汗马功劳。从其氏族性质判断，他们极有可能提供了饲养、调教马匹的先进技术与经验。[④]不仅如此，鉴于河内国马史一族聚居地的地理位置，以及作为持有"史"这一姓的大陆移民氏族所担任的职务内容，利用马匹以及地利之便而管理物流和传递文书[⑤]，也应该是马史氏在东大寺卢舍那大佛营造期间所承担的主要工作内容。如此，在携圣武太上天皇和光明皇太后出行之际，孝谦天皇为了安抚民心而下诏，免除河内国和摄津国这两个大陆移民氏族聚居地的田租以减轻人民负担这一行动也就容易理解了。在东大寺营建过程中，马史一族所起到的作用与其氏族首领马史国人的出色表现是分不开的。这不仅在于马史国人完成了作为"史"姓氏族所应承担的那部分工作，还在于他作为一名掌握来自中国先进技术的"工

---

① 直木孝次郎：『難波宮と難波津の研究』，東京：吉川弘文館，1994年，第139—142頁。
② 木下正俊、東野治之：『萬葉集全注 卷第二十』，東京：有斐閣，1988年，第275頁。
③ 上田正昭：『帰化人 古代国家の成立をめぐって』，東京：中央公論社，1965年，第9—12頁。
④ 佐伯有清：「馬の伝承と馬飼の成立」，森浩一 編：『日本古代文化の探求・馬』，東京：社会思想社，1974年。
⑤ 加藤謙吉：『大和政権とフミヒト制』，東京：吉川弘文館，2002年，第112—178頁。

程师"而展现出的非凡才华。① 正因如此,为了嘉奖马史国人及其族人的特殊贡献,圣武太上天皇携光明皇太后、孝谦天皇一行浩浩荡荡地摆驾其宅邸,举行答谢宴会。

然而,事实上,马史国人能得到如此殊荣不仅仅是因为其在营造大佛时的出工出力,更重要的是他与光明皇太后之间的个人关系。如前文所述,光明皇太后以及其父藤原不比等与河内国大陆移民氏族渊源甚深,而光明之母县犬养橘宿祢三千代,亦来自以河内国古市郡为集聚地的氏族。马史国人居住的伎人乡与光明皇太后和藤原不比等被抚养的安宿郡,都属于河内国,且地理位置接近。追溯历史可知,正如藤原不比等和田边史百枝等共同参与大宝律令的编撰等事例所示(《续日本纪》,文武天皇,四年六月庚辰条),藤原一族历来就与出自河内国的大陆移民氏族保持着紧密联系。总之,奈良时代以南家为中心的藤原氏与史系大陆移民氏族交往甚密,后者不仅是前者在政治活动中的智囊团,而且还可能参与了藤原氏家政机关的直接运作。因此,圣武太上天皇一行光临"下舍"与马史国人一族和光明皇太后个人及其背后的藤原氏的私交是密不可分的。② 甚至完全可以想象,马史国人利用其与光明皇太后的个人关系,在圣武太上天皇等逗留河内国期间,特地邀请圣上一行来到乡里做客,以彰显其殊荣。

这次接驾成为了马史国人一生的重大转折点。马史国人初见于正仓院文书天平十年(公元 738 年),时为东史生、少初位下。③ 官职低微,地位低下。即便在接驾当时,也只不过是"散位寮散位"。根据《令义解》职员令和选叙令中关于散位寮与散位的相关记载,

---

① 马史国人居住在"河内国伎人乡"。所谓"伎人"即"吴人",是掌握中国先进技术的人群的象征(《日本书纪》,雄略天皇,十年九月乙酉朔戊子条,十四年春正月丙寅朔戊寅条等)。从马史国人在《续日本纪》等史料上频繁出现的情况判断,他极有可能是当时马史一族的首领,是当地高级技术人员的领军人物。

② 可参见:加藤謙吉:『大和政権とフミヒト制』,東京:吉川弘文館,2002 年,第 405—406 頁;加藤謙吉:『日本古代中世の政治と宗教』,東京:吉川弘文館,2002 年。

③ 東京帝国大学文学部史料編纂所 編:『大日本古文書 巻之二十四(補遺一)』,東京:東京帝国大学文学部史料編纂所,1939 年,第 85 頁。

散位者仅有官位而无实务，而属于散位寮的散位官僚则极有可能被派到其他官司勤务，接受所属官司考评，[1]是十分不稳定的官职。然而，自接驾圣武太上天皇一行之后，马史国人开始官运亨通，平步青云。天平宝字八年（公元764年），马史国人从从六位上晋升到外从五位下（《续日本纪》，淳仁天皇，天平宝字八年十月乙丑条）。此时，孝谦太上天皇与揽大权于一身的太保藤原仲麻吕关系恶化，最终于天平宝字八年（公元764年）发生了"藤原仲麻吕之乱"。马史国人极有可能在推翻藤原仲麻吕政权的斗争中立过功，因此才获得了外从五位下的官位。[2]马史国人"紧跟天皇走"的决心似乎打动了称德天皇（孝谦太上天皇重祚），后者对其大加赏赐。天平神护元年十二月（公元765年），以马史国人（《续日本纪》记：马毗登国人）为首，马史一族鸡犬升天，获赐武生连姓（《续日本纪》，称德天皇，天平神护元年十二月辛卯条）。天平宝龟元年三月（公元770年），葛井、船、津、文、藏以及改姓后的武生六氏向称德天皇供奉歌垣大会，通过赞美国家[3]来表示其对天皇的忠诚，马史国人应该也在其中。由此可见，这一系列的政治动向是马史国人积极利用和光明皇太后的个人关系，妥善处理与孝谦天皇关系，放弃如安宿杼奈麻吕般企图在统治者内部斗争中获利的侥幸心理，完全彻底地贯彻亲皇路线的结果。

若如上所述，马史国人则是一名彻头彻尾的亲皇派大陆移民氏族歌人。但是，这真是马史国人的本愿吗？在此值得注意的是，对马史国人在《万叶集》留下的和歌，编撰者大伴家持判定为"古今未详"。对于精通当世和歌的大伴家持来说，若不能辨别一首和歌新旧的话，则该作品为古歌的可能性应该会更加大些。正如木下正俊所指出的那样，此歌是《古今和歌六帖》（第三）中"鳰鳥の息長川

---

[1] 黒板勝美　編：『新訂増補　国史大系〔普及版〕　令義解』，東京：吉川弘文館，1968年，第39頁。
[2] 加藤謙吉：『大和政権とフミヒト制』，東京：吉川弘文館，2002年，第354頁。
[3] 土橋寛：『古代歌謡の世界』，東京：塙書房，1968年，第64—65頁。

は絶えぬとも君に語らふこと尽きめやも"的原型歌。[①]可见,马史国人的作歌是一首古恋歌,[②]借以表达对在场皇亲显贵们连绵不绝的赞美之词。不仅如此,在上述宝龟元年三月的歌垣大会上,包括马史(武生连)在内的以王仁为祖先的六大大陆移民氏族[③]"男女二百卅人","著青摺细布衣,垂红长纫,男女相并,分行徐进"献歌。对此,《续日本纪》共记录了其中的两首歌谣,并称"每歌曲折,举袂为节";而对于"其余四首",则因为"并是古诗,不复烦载"(《续日本纪》,称德天皇,宝龟元年三月辛卯条)。可见,马史等大陆移民氏族用来象征效忠古代皇权的文字载体也是"古诗"。以马史国人为代表的大陆移民氏族歌人使用古代诗歌表达感情,除了因为工匠出身的部分大陆移民氏族歌人不擅长吟诵当时流行的和歌,[④]更主要的原因在于古诗歌是他们对往昔光辉岁月的美好回忆。[⑤]或许他们希望以日本本土氏族为中心的为政者们可以领悟这复古歌声的真意,重新重用大陆移民氏族。这如泣如诉的皇权颂歌正是大陆移民氏族出于无奈的求助。

---

[①] 木下正俊、東野治之:『萬葉集全注 巻第二十』,東京:有斐閣,1988 年,第 277 頁。
[②] 小島憲之、木下正俊、東野治之 校注・訳:『新編日本古典文学全集 9 萬葉集④』,東京:小学館,1996 年,第 436 頁。
[③] 井上光貞:「王仁の後裔氏族と其の仏教」,『史学雑誌』,第 54 編 第 9 号。(后收录于:『井上光貞著作集第二巻 日本古代思想史の研究』,東京:岩波書店,1986 年。)
[④] 据《万叶集》记载,部分大陆移民氏族不擅长吟诵和歌,而日本本土氏族歌人则多以此讥讽嘲笑之。如第十七卷 3926 号歌左注记载:
船王　邑知王　小田王　林王　穂積朝臣老　小田朝臣諸人　小野朝臣綱手　高橋朝臣国足　太朝臣徳太理　高丘連河内　秦忌寸朝元　楢原造東人
右件王卿等、應詔作歌、依次奏之。登時不記、其歌漏失。但秦忌寸朝元者、左大臣橘卿謔云、靡堪賦歌、以麝贖之、因此黙已也。
可参见:梶川信行:「万葉集を読む 11 歌が詠めなかった秦朝元—帰国子女の悲哀?—」,『語文』第百三十九輯,2011 年。
[⑤] 工凯:《日本古代大陆移民文学与古代王权——以难波津之歌为中心》,《日语学习与研究》,2010 年第 5 期。

## 六、小结

  随着古代日本进入奈良时代这一律令国家的黄金时期，天皇的皇权统治达到顶峰，而以天皇为首的日本本土氏族的势力也是如日中天。与此相对，为日本古代国家的形成与皇权的树立做出了诸多贡献的大陆移民氏族，其政治社会地位则日趋下降。

  为了挽回氏族没落的命运，大陆移民氏族歌人尝试利用和歌本身以及作歌环境等资源，或讥讽时政，或反对专制，或利用皇权。然而，这恰恰体现了大陆移民氏族的悲愤与无奈。他们没有意识到，逐渐成熟的日本古代律令国家以及强大了的古代皇权对大陆移民氏族的依赖程度已经逐步减少。日本本土氏族开始与他们保持距离，大陆移民氏族与古代皇权之间的"蜜月期"也已经一去不复返了。

  由于篇幅所限，本文无法列举《万叶集》中关于大陆移民氏族歌人的全部事例，唯愿尽己所能，为从异民族的视角考察日本古代文学提供若干新解。

# 第四章　大陆移民文学的政治时空
## ——"古"与"今"的交错

## 一、引言

众所周知，日本古代大陆移民对日本列岛步入有字社会起到了积极作用。[①]然而，随着日本本土文学样式"和歌"的产生与确立，擅长汉字汉文的大陆移民在这一领域逐渐失去了原来的用武之地。本章拟以《万叶集》为文本，对移民氏族歌人进行基础性整理，分析其运用万叶古歌的方式，同时论述以大陆移民为中心形成的使用古歌的文学性风潮（以下简称"古歌运动"）以及这一文学现象政治化的过程。

## 二、万叶古歌

在《万叶集》收录的 4500 余首和歌中，"古歌"约有 104 首，虽然数量不多，但是对研究《万叶集》内部的和歌学习问题是十分重要的资料。

这些古歌可大致分为两大类：第一类是《古歌集》《古集》收录的和歌，共计 80 首。其中，《古歌集》收录 27 首，《古集》收录 53 首。第二类是在题词或左注中出现"古歌""古咏"和"古今（新）

---

[①] 可参见：李卓，"古代大陆移民在日本"，《历史教学》，1984 年第 9 期：第 30—35 页；韩升：《日本古代的大陆移民研究》，台北：文津出版社，1995 年，第 285—314 页。

未详"字样的和歌，共计 23 首。其中，"古歌"17 首，"古咏"2 首，"古今（新）未详"4 首。

从整体上来说，前者是万叶古歌的模板、范例，在作歌内容、方法以及作歌环境等层面充当了"教科书"；而后者则主要是以奈良时代为主的歌人们对古歌模仿并运用于当时和歌创作的实际案例。

就第一类古歌而言，虽然《古歌集》和《古集》是否为同一歌集学界尚无定论，但是《古歌集》的成立年代大致应与《柿本人麻吕集》基本相同，且由于后者没有收录平城迁都（公元 710 年）以后的作品，所以《古歌集》所收和歌应也不会晚于和铜初年（公元 708 年）。[①]不仅如此，从集中收录和歌的内容与特色推测，其作品年代主要集中于持统朝以后至奈良初期。[②]

收录于《古歌集》和《古集》的和歌主要集中在作者未详的《万叶集》第七卷中，两者与《柿本人麻吕集》交替出现。其大致配置顺序为：《古集》收录的绝大多数和歌的 51 首（第 1196—1246 号歌）在前。这些歌均属于"杂歌"，主题均为"羁旅"之作，构成了"羁旅"主题歌群的主干部分。此外，在这一主题下还收录了《柿本朝臣人麻吕之歌集》的一些歌（第 1187 号歌，第 1247—1250 号歌）以及藤原房前所作歌七首（第 1218—1222 号歌，第 1194—1195 号歌）。此后，《万叶集》第七卷"杂歌"部类中收录了《古歌集》中的 18 首和歌并形成两个部分。第一部分是第 1251—1267 号歌，共计 17 首。其中，"问答歌"2 首（第 1251—1252 号歌），题目是"咏鸟"；"临时作歌"12 首（第 1255—1266 号歌）；最后为"就所发思"歌 1 首（第 1267 号歌），此歌为旋头歌。在此之后，经《柿本朝臣人麻吕之歌集》收录的作品连接，配置了第二部分的第 1270 号歌一首，内容为"寄物发思"。

从《万叶集》第七卷的整体印象上判断，卷中歌人主要是生活在大和地区的律令官人，其作歌呈现出"都鄙混淆，雅俗杂居"的

---

[①] 小岛宪之、木下正俊、东野治之　校注・訳：『新编日本古典文学全集 8　万叶集③』，東京：小学館，1995 年，第 170 頁，第 59 頁。

[②] 稲岡耕二：『万葉集全注　卷第二』，東京：有斐閣，1985 年，第 23 頁。

特点。① 此卷中题目细分有"咏××""寄××"，是模仿原来的某个体裁而创作的，具有"类聚示例"的特征。

这一特征同样体现在收录于《万叶集》第十卷和第十一卷的《古歌集》和歌。第十卷也是作者未详卷，《古歌集》收录的 2 首（第 1937—1938 号歌）位于"夏杂歌"部类，主题为"咏鸟"。同样为作者未详卷的第十一卷收录的《古歌集》5 首和歌（第 2363—2367 号歌）均为旋头歌，属于"古今相闻往来歌类"。

由此可见，《古歌集》和《古集》收录的和歌极有可能是万叶古歌的模板、范例，是后世歌人创作和歌时模仿的对象，充当了"古歌教科书"。

这一点在《古歌集》和《古集》收录的和歌标明了作者或作歌环境的情况下表现得更为明显。例如，移民氏族歌人吉田连宜所作和歌（五·866、867）在内容与形式上参考的便是《万叶集》第二卷中的第 89 号歌和第 163 号歌。两首皆出自《古歌集》，分别表达了磐姬皇后对仁德天皇的思念和持统天皇对当时已经驾崩的天武天皇的怀念之情。此外，《万叶集》第九卷第 1770—1771 号歌出自《古集》，题材为饯别，推测为大神氏兄弟之间的对答歌，而大伴宿祢池主（十七·3998）借鉴此两首歌，用来表达对其同族大伴家持的惜别之情也是其中一例。

然而，奈良时代歌人借鉴古歌用于创作在《万叶集》中的第二类"古歌"中得到了全面体现，可以说，此类古歌是他们对古歌模仿并运用于当时和歌创作的实际案例。

例如，在题词或左注中注有"古歌"的和歌中，《万叶集》第一卷第 81—83 号歌，作者长田王虽系谱不详，但写明了他是"五品以上有风流"之人物，正四位下的长田王出席了天平六年二月举行的歌垣（《续日本纪》，圣武天皇，天平六年二月癸巳朔条）。在这场歌垣大会上演奏了"难波曲、倭部曲、浅茅原曲、广濑曲、八裳刺曲

---

① 小島憲之、木下正俊、東野治之　校注·訳：『新編日本古典文学全集 7 万葉集②』，東京：小学館，1995 年，第 180 頁。

之音",而这些曲目均为"古曲"。不仅如此,根据第 81—83 号歌的题词,和铜五年(公元 711 年)长田王被派前往伊势斋宫,在"山边御井"作歌三首。根据左注,后两首,即第 82—83 号歌,"不拟御井所作","疑当时诵之古歌"。

又如,《万叶集》注有"古今未详"和"古新未详"的共计 4 首和歌都收录于第二十卷,且都与大伴家持有着密切关系。身处"今""新"时代的大伴家持若无法判断自己收集的和歌是古还是今的话,则说明此歌"非古非今"。既如此,应当属于古歌。因此,例如根据《万叶集》第二十卷第 4298—4300 号歌的题词可知,天平胜宝六年正月(公元 754 年),大伴一族聚于少纳言大伴宿祢家持宅上庆贺饮宴。其中,在左兵卫督大伴宿祢千室和民部少丞大伴宿祢村上所作歌旁,均注有"古今未详"字样,体现了大伴家持对此歌属性的怀疑态度。这表明两人极有可能是利用古歌进行创作的。

再如,注有"古咏"的和歌共计 4 首收录于《万叶集》第十八卷第 4032—4035 号歌和第 4036—4042 号歌,吟诵者均为移民氏族歌人田边史福麻吕,且此人编撰有《田边史福麻吕集》,也为《万叶集》编撰的资料之一。天平二十年春(公元 748 年),官职为造酒司令史的田边史福麻吕以左大臣橘诸兄使者的身份出使越中国,其时为长官的大伴家持对他盛情款待,田边史遂留下了一系列作品,上述歌群便是其中的一部分。在首场欢迎宴会上,田边史福麻吕便作歌四首,其中第 4035 号歌为"古咏",而此歌与《万叶集》第十卷"夏杂歌"部,以"咏鸟"为主题的第 1955 号歌一致,可见田边史福麻吕提前背诵了此歌。此外,在一行人决定次日游览越中国名胜"布势水海",各人述怀作歌中,田边史福麻吕又吟诵了"古咏"一首(第 4041 号歌)。

综上所述,《万叶集》中收录的"古歌"大致可分为两类。前者是万叶古歌的模板、范例,在作歌内容、方法以及作歌环境等层面扮演了"教科书"的角色;而后者则主要是以奈良时代为主的歌人们对古歌模仿并运用于当时和歌创作的实际案例。进入奈良时代以后，在文坛产生了局部性的对以往飞鸟、白凤时期歌风的憧憬。[①] 笔者认为，所谓局部性，主要是指移民氏族歌人及其周边的文学环境。在运用古歌进行创作的过程中，移民氏族歌人无论在创作主体上，还是在方法借鉴上都表现得尤为突出。甚至可以说，《万叶集》中的创作型古歌都与移民氏族有着密切的联系。

## 三、大陆移民与古歌创作

移民氏族歌人运用古歌，创作古歌的主要方法有：背诵古歌，模仿古歌作法，借用意象。

第一，背诵古歌。移民氏族歌人似乎并不十分擅长吟诵和歌，例如根据《万叶集》第十七卷 3926 号歌左注记载：

> 船王　邑知王　小田王　林王　穗积朝臣老　小田朝臣诸人　小野朝臣纲手　高桥朝臣国足　太朝臣德太理　高丘连河内　秦忌寸朝元　楢原造东人
> 
> 右件王卿等、应诏作歌、依次奏之。登时不记、其歌漏失。但秦忌寸朝元者、左大臣橘卿谑云、靡堪赋歌、以麝赎之、因此默已也。

可见，由于移民氏族歌人秦忌寸朝元"靡堪赋歌"，因此为当时的左大臣橘诸兄所"谑"，要求他交出麝香抵过。秦忌寸朝元的这种境遇恐怕是不善作歌的移民氏族歌人经常会遇到的场景，为了应付这些社交礼仪场合，移民氏族歌人们都会在平时准备一些"弹药"以备不时之需，而其方法便是背诵古歌。

例如上文所述《万叶集》第十八卷首所载田边史福麻吕吟诵的"古咏"歌群。

---

[①] 小岛宪之、木下正俊、东野治之　校注·訳：『新編日本古典文学全集 6　万葉集①』，東京：小学館，1994 年，第 293 頁。

天平二十年春三月廿三日、左大臣橘家の使者造酒司令史田辺福麻呂に守大伴宿祢家持が舘に饗す。ここに作新しき歌を作り、并せて便ち古詠を誦み、各心緒を述ぶ。
　　　奈呉の海に　舟しまし貸せ　沖に出でて　波立ち来やと見て帰り来む（十八・4032）
　　　波立てば　奈呉の浦廻に　寄る貝の　間なき恋にぞ　年は経にける（十八・4033）
　　　奈呉の海に　潮のはや干ば　あさりしに　出でむと鶴は今そ鳴くなる（十八・4034）
　　　ほととぎす　厭ふ時なし　あやめぐさ　縵にせむ日　こゆ鳴き渡れ（十八・4035）
　　　右の四首、田辺史福麻呂

在宴会上田辺史福麻呂作歌四首，其中前三首（第4032—4034号歌）为新歌，而最后一首第4035号歌则与第七卷的1955号歌相同。可见，田辺史福麻呂是背诵了这首"古歌"。同样的现象还出现在众人决定要去游览"布势水海"时所作的歌群中，其中田辺史福麻呂作歌五首如下：

　　　玉櫛笥　いつしか明けむ　布勢の海の　浦を行きつつ玉も拾はむ（十八・4038）
　　　音のみに　聞きて目に見ぬ　布勢の浦を　見ずは上らじ年は経ぬとも（十八・4039）
　　　布勢の浦を　行きてし見てば　ももしきの　大宮人に語り継ぎてむ（十八・4040）
　　　梅の花　咲き散る園に　我行かむ　君が使ひを　片待ちがてら（十八・4041）
　　　藤波の　咲き行く見れば　ほととぎす　鳴くべき時に近づきにけり（十八・4042）
　　　右五首、田辺史福麻呂

如前歌群，田边史福麻吕在此也是新旧歌同发，其中第4038—4040号歌和第4042号歌系围绕当时主题所吟诵的新歌，而第4041号歌则是与主题无关的和歌，笔者推断应为古歌。

在田边史福麻吕此行即将结束之时，越中国副官"掾"久米朝臣广绳宴请田边史福麻吕，宴会上众人作歌。但是在此歌群之后，非常突兀地出现了与太上皇（即元正天皇）和左大臣橘诸兄出游难波宫相关的多首和歌（第4056—4062号歌），而这些歌的"传诵"者便是田边史福麻吕。虽然这部分歌群是否属于"古咏"还有待商榷，[①]但是移民氏族歌人田边史福麻吕善于吟诵古歌可被认为是事实。不仅如此，这些古歌都是在创作新歌之后出现，恐怕是"黔驴技穷"之际，以"古咏"来填补本应吟诵的新歌的数量空白吧。难怪田边史福麻吕平时就注重收集和歌，编撰有私人歌集《田边史福麻吕集》。

如同田边史福麻吕吟诵元正天皇时代的和歌一样，山田史土麻吕也有同样事例。据《万叶集》第二十卷首记载：

　　山村に幸行しし時の歌二首
　　先太上天皇、陪従の王臣に詔して曰はく、「夫れ諸王卿等、宜しく和ふる歌を賦して奏すべし」とのりたまひて、即ち口号ばして曰はく
　　あしひきの　山行きしかば　山人の　朕に得しめし　山づとそこれ（二十・4293）
　　舎人親王、詔に応へて和へ奉る歌一首
　　あしひきの　山に行きけむ　山人の　心も知らず　山人や誰（二十・4294）
　　右、天平勝宝五年五月に、大納言藤原朝臣の家に在りし時に、事を奏すに依りて請問する間に、少主鈴山田史土麻吕、少納言大伴宿祢家持に語りて曰はく、昔、この言を聞くといひて、即ちこの歌を誦せるなり。

---

① 伊藤博：『万葉集全注　巻第十八』，東京：有斐閣，1992年，第56—59頁。

通过此歌的左注可知，以上两首歌并非山田史土麻吕自己创作的，而是在某一个机会中有意记住的。山田史土麻吕是移民氏族歌人，官任少主铃，正八位上；隶属于中务省，为少纳言的下属，掌管驿铃以及内外印章的出纳。像他这样不擅长和歌的大陆移民为了对付必要的应酬，便索性平时强记下几首和歌以备不时之需。

虽然第 4293—4294 号歌并非本文所探讨的狭义"古歌"，而且背诵和歌也并非移民氏族的专利。但是从歌中交代的背景来看，"先太上天皇"是元正天皇，而此歌吟诵时间是在天平胜宝五年，即 753 年。可见相对吟诵的时间点来看，古歌内容至少是 20 年前的，可谓一首旧歌。根据特定的场合与和歌的年份来判定，那么移民氏族歌人山田史土麻吕背诵的便是"古歌"。

然而有意思的是，《万叶集》的编撰者大伴家持虽然将上述情况收录，但是并没有在题词或者左注中标注"古歌"字样，可见以大伴家持为代表的日本本土氏族与大陆移民氏族对于历史年代解读不同，在时间认识观念上有差异。

另需注意的是，日本本土氏族也会吟诵古歌，但是其作歌环境极为特殊，即必然有移民氏族歌人在场。

例如下歌：

　　ひぐらしの　鳴きぬる時は　をみなへし　咲きたる野辺を　行きつつ見べし（十七・3951）
　　右の一首、大目秦忌寸八千嶋
　　古歌一首、大原高安真人の作、年月審らかならず。ただし、聞きし時のまにまに、ここに記載す。
　　妹が家に　伊久里の杜の　藤の花　今来む春も　常かくし見む（十七・3952）
　　右の一首、伝誦するは僧玄勝これなり。

此歌是天平十八年（公元 746 年）八月七日，越中国长官大伴宿祢家持在宅邸聚集众人开宴时，所作歌群中的后半部分。第 3952 号歌为天平十四年（公元 742 年）去世的大原高安真人所作，为古歌。传诵者是僧人玄胜。大原高安真人原为"高安王",后于天平十一年(公元739年)被降为臣籍。僧人玄胜既有可能在高安王时代就与其有交往,属于大陆移民。

又如下例:

  四月二十六日、掾大伴宿祢池主が舘にして、税帳使の守大伴宿祢家持に餞する宴の歌并せて古歌四首
  玉桙の　道に出で立ち　別れなば　見ぬ日さまねみ　恋しけむかも＜一に云ふ、「見ぬ　日久しみ　恋しけむかも」＞(十七・3995)
  右の一首、大伴宿祢家持が作。
  我が背子が　国へましなば　ほととぎす　鳴かむ五月はさぶしけむかも(十七・3996)
  右の一首、介内蔵忌寸縄麻呂が作。
  我れなしと　なわび我が背子　ほととぎす　鳴かむ五月は　玉を貫かさね(十七・3997)
  右の一首、守大伴宿祢家持が和へなり。
  石川朝臣水通が橘の歌一首
  我がやどの　花橘を　花ごめに　玉にそ我が貫く　待たば苦しみ(十七・3998)
  右の一首、伝誦するは、主人大伴宿祢池主なりと云尔。

天平十九年(公元747年)四月,越中国副官大伴宿祢池主为担任税账使而将要上京的同国长官大伴宿祢家持举行饯别宴会。在此宴会上,有移民氏族歌人越中国三等官内藏忌寸绳麻吕列席并作歌,主人大伴池主便传诵了第3998号古歌。

由此可见,不仅不善作歌的移民氏族歌人通过背诵古歌用以交接应酬,而且日本本土氏族歌人在凡有大陆移民在场的作歌场合,有时也会传诵古歌,在文学文化交流层面上体现出对移民氏族歌人的体谅。

第二,模仿古歌作法。不善作歌的移民氏族歌人为了应对与日

本本土氏族的社会交际，除了机械式地背诵古歌以外，也尝试从古歌中获取作歌的方法，逐步学习作歌。

这一倾向在以下两部书中已经初见端倪。一是《日本书纪》所载雄略天皇因秦酒公献歌而免斗鸡御田一死（《日本书纪》，雄略天皇，十二年冬十月癸酉朔壬午条）；二是《古今和歌集》假名序中记载的王仁献歌仁德天皇劝其继承王位。而在《万叶集》的记录中，模仿古代歌谣创作和歌最早的要数调首淡海。

移民氏族歌人调首淡海早在壬申之乱时，便已经追随天武天皇进入吉野，为主征战。《万叶集》记载调首淡海作歌如下：

  大宝元年辛丑秋九月、太上天皇幸于紀伊国時歌
   あさもよし　紀人ともしも　真土山　行き来と見らむ　紀人ともしも（一・55）
  右一首、調首淡海

此歌也采用了第二句和第五句反复的形式，充满古代歌谣的韵味。[①] 可见，调首淡海正是以古代歌谣为蓝本，从作歌的形式上加以模仿，创作了和歌。

这种模仿古代歌谣并突出节奏感的作歌方式似乎是移民氏族歌人较容易掌握的作歌方法。后世的葛井连大成在大伴旅人举办的梅花宴上所吟诵的和歌继承了同样的作歌方法。

   梅の花　今盛りなり　思ふどち　かざしにしてな　今盛りなり　筑後守葛井大夫（五・820）

第二句与第五句的重复常出现于日本古代歌谣中。葛井连大成正是利用了这种作歌的法则，根据场景变化而吟诵了这首和歌。这是移民氏族歌人不为当时风行的和歌之潮流所动，沿用古法且不断开拓创新自己较为熟悉的古歌领域的文学尝试。

从上述两首歌的创作年代上来看，调首淡海要早于葛井连大成，

---

[①] 土橋寛：『古代歌謡の世界』．東京：塙書房，1968 年，第 64—65 頁。

## 第四章 大陆移民文学的政治时空——"古"与"今"的交错

因此甚至可以推测，葛井连大成对古歌作歌方法的继承有可能是受到了同为移民氏族歌人的调首淡海的影响。可见，移民氏族歌人在作歌方法上是有传承的，这也反映了这一特殊人群在日本古代历史中保持其独立性的方法。

不仅如此，即便像吉田连宜这样擅长汉文和歌，且与大伴旅人有着密切来往的移民氏族歌人也会仿古作歌。《文德天皇实录》嘉祥三年（公元850年）十一月兴世书主的薨传中记载，其本姓吉田连出自百济，其祖是吉田连宜。吉田连宜学识渊博，尤其以汉文最为擅长，并与大伴旅人在《梅花宴》和《游松浦川》等作品中附有书简往来。在其后所附的两首和歌中，吉田连宜作歌道：

　　思君未尽、重题二首
　　はろはろに　思ほゆるかも　白雲の　千重に隔てる　筑紫の国は（五・866）
　　　君が行き　日長くなりぬ　奈良道なる　山斎の木立も神さびにけり（五・867）

从第867号歌来看，其形式与位于《万叶集》第二卷卷首、相传为仁德天皇的皇后磐姫所吟诵的和歌基本一样。

　　　君が行き　日長くなりぬ　山尋ね　迎へか行かむ　待ちにか待たむ（二・85）

从作歌的第一句和第二句完全相似的情况来看，有可能是吉田连宜参照了被称为《万叶集》中最古老的这首和歌而创作了自己的和歌。85号歌是古代恋歌的代表作，这首和歌正是借用了古歌最初的两句，来表达对大伴旅人的思慕之情。值得注意的是，第85号歌与出自《古歌集》的第89号歌位于同一歌群，可见两者年代相仿。移民氏族歌人吉田连宜所模仿的正是与《古歌集》有着密切关系的古歌，这一点不容忽视。

第三，使用古歌意象。

就移民氏族歌人吉田连宜的作歌而言，除上述第867号歌属于形式模仿以外，第 866 号歌的创作也值得深思。此歌和《万叶集》第二卷收录的出自《古歌集》的第 162 号歌在意象上颇有相似之处。第 162 号歌是持统天皇在梦中思念已经亡故的夫君天武天皇的和歌。

> 天皇崩之後八年九月九日奉爲御齋會之夜夢裏習賜御歌一首　古歌集中出
> 
> 明日香の　清御原の宮に　天の下　知らしめしし　やすみしし　我が大君　高照らす　日の御子　いかさまに　思ほしめせか　神風の　伊勢の国は　沖つ藻も　靡みたる波に　潮気のみ　香れる国に　味凝り　あやにともしき　高照らす　日の御子（二・162）

第 162 号歌和吉田连宜所作第 866 号歌中，思念对象的国度"伊势国"和"筑紫国"十分相似。这也是移民氏族歌人在利用古歌进行创作时的另一种主要方法：借用古歌意象。

例如，前述移民氏族歌人葛井连大成的作歌就有这一特点。据《万叶集》第六卷记载：

> 筑後守外從五位下葛井連大成、遙見海人釣船作歌一首
> 
> 海女娘子　玉求むらし　沖つ波　恐き海に　船出せり見ゆ（六・1003）

这首歌中的"海女娘子"在"角鹿津乘船時笠朝臣金村作歌一首并短歌"中也以"海女娘子　塩焼く煙"的形式出现。"玉藻刈り"也经常出现在与"海女"的搭配中。可以说，葛井连大成将"海女"和"玉"结合在一起的想法十分独特。这里的"玉"就是"珍珠"，筑后地区也是产珍珠的地方。因此，关于"玉"也有一些固定搭配，如：「海神の手に纏き持たる玉」（七・1301）、「海神の持たる白玉」（七・1302）、「海神の沖つ白玉」（十五・3614）等。[①] 但是，在上述

---

① 吉井巖：『萬葉集全注　卷第六』. 東京：有斐閣. 1984 年，第 189 頁。

的这些搭配中，对于葛井连大成来说都属于古歌意象的借用。例如，收录于《万叶集》第七卷的 1301 与 1302 号这两首歌虽然作者不详，但是通过考察其在《万叶集》中的位置，可推断它们应该是古歌。此外 3614 号歌出自《柿本人麻吕歌集》，这对于葛井连大成来说也是古歌。因此可以推测，葛井连大成正是利用了这些古歌的意象而吟诵了 1003 号歌。

如前章所述，移民氏族歌人马史国人作歌亦属此例。

  天平勝宝八歳丙申二月朔乙酉廿四日戊申、太上天皇大后幸行於河内離宮、経信以壬子伝幸於難波宮也。三月七日、於河内国伎人郷馬国人之家宴歌三首
  住吉の　浜松が根の　下延へて　我が見る小野の　草な刈りそね（二十・4457）
  右一首、兵部少輔大伴宿祢家持
  にほ鳥の　息長川は　絶えぬとも　君に語らむ　言尽きめやも　古新未詳（二十・4458）
  右一首、主人散位寮散位馬史国人
  葦刈りに　堀江漕ぐなる　梶の音は　大宮人の　皆聞くまでに（二十・4459）
  右一首、式部少丞大伴宿祢池主読之。即云、兵部大丞大原真人今城先日他所読歌者也。

马史国人是出自大陆移民氏族的歌人。此歌随后成为《古今和歌六帖》（第三）中"鳰鳥の息長川は絶えぬとも君に語らふこと尽きめやも"的原型歌。马史国人原本是借此恋歌表达对大伴家持的问候，[1]然而，由于他利用古歌意象含糊不清，将本来是恋歌的古歌作为礼仪应答的和歌使用，因此大伴家持无法辨别此歌是否为马史国人所作，故留下了"古新未詳"这一小注。但这反而成为移民氏族歌人使用古歌意象的案例。

---

[1] 木下正俊、東野治之：『萬葉集全注　巻第二十』．東京：有斐閣．1988 年，第 277 頁。

综上所述，不擅长作歌的移民氏族歌人通过背诵古歌、模仿古歌的作法和意象的方法来创作新歌。在这一过程中，收录于《古歌集》和《古集》的以及与两集年代相近的和歌成为移民氏族歌人主要的记忆和模仿对象，扮演了和歌教科书的角色。

## 四、古歌运动

移民氏族歌人利用古歌创作的初衷，应该是以此作为社交应酬工具，用来保持和日本本土氏族之间的交流。但是，随着氏族的衰落以及政治生态的变化，出现了试图依靠古歌创作强化与皇权的关系、谋求政治层面的利益以挽回氏族命运的大陆移民。因此，这股文学性古歌风潮也被渲染上了一定的政治色彩。为了将这股风潮与单纯的文学现象加以区别，本章称之为"古歌运动"。

葛井连广成是将利用古歌创作这股文学风潮政治化的代表人物。葛井连氏原姓白猪史，出自百济，相传于钦明天皇时归化。葛井连（白猪史）广成本人在养老三年（公元719年），官位大外记从六位下，被派作出使新罗的使节；因出使有功，于次年（公元720年）赐姓葛井连。天平三年（公元731年），葛井连广成官位外从五位下，并在天平十五年（公元743年）三月，因新罗使来朝而负责"检校供客之事"。此后，葛井连广成担任备后国长官一职，官位也由从五位下升到了天平二十年（公元748年）的从五位上。天平二十年八月，圣武天皇"车驾幸从五位上葛井连广成之宅"，"群臣宴饮，日暮留宿"，并于次日授广成和其妻正五位上。天平胜宝元年（公元749年），孝谦天皇任命其为少辅。

葛井连广成不仅政绩显赫，而且文采非凡。早在广成还是白猪史的年代，他便在《经国集》中留有对策文两篇；任中宫少辅时，在《怀风藻》中作有汉诗两首；故在《藤氏家传 武智麻吕传》中被称为"文雅"之人。葛井连广成不仅擅长汉诗汉文，作和歌也是得心应手。据《万叶集》第六卷记载，天平二年（公元730年），大宰府帅大伴旅人宴请敕使大伴宿祢道足。酒宴正酣之时，众人突然临时要求身为驿使的葛井连广成作歌助兴。好在这位大陆移民氏族歌人方寸未乱，立刻将自己窘迫的心情融入歌中作歌对答（六·962），甚至可能因此博得了满堂喝彩。需要注意的是，广成作歌与第七卷1334号歌相似，改动甚微。因此，也可以说，葛井连广成和其他移民氏族歌人一样，正是由于平时注重对于古歌的学习，才得以在酒会上"化险为夷"。

正是凭借着自己的才智与努力，葛井连广成才逐渐在古歌风潮中崭露头角。据《万叶集》第六卷1011号歌的题词记载可知，天平八年（公元736年）十二月，葛井连广成在他的宅邸举行了盛大的古歌宴会，"歌舞所之诸王臣子"汇聚一堂，"共尽古情，同唱古歌"，场面之隆重不难想象。这里所谓的"歌舞所"是教授例如"难波曲"等古代歌舞的官办机构。[①]连统治阶级的达官贵人们都纷纷来到广成宅邸，足见其权威地位。这场聚集了"诸王臣子"等当时文学政治精英的盛会，客观上加强了葛井连广成与当时日本上层统治精英的接触，在"以文会友"的同时也达到了一定的政治目的。至此，一场原本单纯的文学风潮逐渐开始与政治紧密联系起来，古歌运动由此开始。

经过近十年的苦心经营，利用古歌进行创作这一文学新风在移民氏族歌人中更加深入人心，葛井连广成也成为了古歌运动的领军人物，而其出色表现也引起了圣武天皇的关注。根据《续日本纪》圣武天皇天平二十年（公元748年）八月己未条记载，圣武天皇不仅来到葛井连广成家中宴饮，而且还留宿过夜，并于次日下赐广成及其妻子官位，可见圣武天皇对其赏识有加。

然而，成功的背后隐藏的正是葛井连广成巧妙的政治谋略。据《万叶集》第四卷记载，当圣武天皇还是皇太子之时，其作歌就有复古倾向。第四卷第530号歌是圣武天皇赐给海上女王之歌，从该歌的左注可知，此歌是"拟古"之作，即此歌是圣武天皇所创作的"古

---

[①] 吉井巌：『萬葉集全注　卷第六』. 東京：有斐閣，1984年，第203页。

歌"。据此可以推测，葛井连广成可能正是顺应了圣武天皇的这一作歌特色，才有意识地推行古歌运动，利用古歌来接近圣武天皇的。当然，这一策略之所以能够如此奏效，也和圣武天皇本来就有怀古情结不无关系。圣武天皇曾多次行幸吉野，在《万叶集》中也有相关和歌记载（六·920—922），这都体现了他对往昔的眷恋和怀念。这种情绪同时也反映在他的作歌风格中，故而产生前述"拟古之作"。另一个不可忽略的要素就是当时的政治局势。圣武天皇自登基以来，就一直为摆脱日本本土氏族旧势力的束缚而不断探路，接连不断的迁都就是其尝试之一。[①]然而，这也是以葛井连广成为代表的大陆移民氏族走下坡路，而且情况日趋严峻的时期。引起上述情况的主要原因之一便是日本本土氏族势力的迅速膨胀。由此可以推测，圣武天皇与以葛井连广成为代表的移民氏族在约束本土氏族旧势力的扩张，保证自己的政治生存空间的问题上，具有达成心照不宣的政治共识的可能性。这也使两者一拍即合，借助古歌运动这个"文学平台"为达成各自的政治目的而相互利用。

此后，葛井连广成的这一策略为马史国人等移民氏族歌人所沿用，这也说明了将古歌风潮用于政治目的在一定程度上是部分大陆移民的集体意愿。据文忌寸最弟和武生连真象（武生连原姓马史）等在延历十年（公元791年）请求赐姓的上表内容，马史一族的远祖出自"汉高帝之后"，名曰"鸾"，其后人"王狗"转至百济。至百济久素王时，因大和朝廷招募文人，故久素王进贡王狗之孙"王仁"，而这王仁便是文、武生两氏之祖。这一说法大致与《古事记》与《日本书纪》中关于王仁来朝（《古事记》称：和迩吉师）的记载相符。因此可以认为，马史一族是源于古代中国、后经百济来到日本的大陆移民氏族。

如《万叶集》所记载的那样，天平胜宝八年（公元756年），移民氏族歌人马史国人迎来了其人生中最重要的贵客。二月二十四日，圣武太上天皇、孝谦天皇和光明皇太后等行幸河内国的离宫，"经信"

---

① 直木孝次郎：『難波宮と難波津の研究』．東京：吉川弘文館，1994年，第138頁。

（两宿）以后，在壬子（二月二十八日）回到难波宫，后于三月七日摆驾马史国人家中。对照《续日本纪》的相关记载可知，在此之前圣武太上天皇一行还于三月一日前往堀江，并于次日下诏免除河内和摄津两国的田租。在离开马史国人家后的三月十四日，因圣武太上天皇"圣体不豫"，孝谦天皇发勅大赦天下。四月十五日，一行"取涩河路"，"还至智识寺行宫"，并于十七日回到平城京。五月二日，圣武太上天皇驾崩。

这次接驾成为马史国人一生的重大转折点。马史国人初见于正仓院文书天平十年（公元 738 年），时为东史生、少初位下。官职低微，地位低下。即便在天平胜宝八年接驾时，也只不过是"散位寮散位"。然而，自接待圣武太上天皇一行，吟诵"古新未详"歌之后，马史国人便开始官运亨通，平步青云。天平宝字八年（公元 764 年），马史国人因其极有可能在藤原仲麻吕之乱中立功，而从从六位上晋升至外从五位下的官位。①此后，孝谦太上天皇在重祚为称德天皇后，又对其大加赏赐。天平神护元年十二月（公元 765 年），以马史国人（《续日本纪》记：马毗登国人）为首，马史一族鸡犬升天，获赐武生连姓。发生在马史国人身上的这一系列变化的开端，完全可以追溯到天平胜宝八年他接驾圣武太上天皇一行之时。为了博取年迈的圣武太上天皇的欢心，马史国人使尽浑身解数吟诵古歌，其作品原本并不算成功。但是即便如此，他还是得到了预想中的结果，通过作歌明确了站队天皇阵营，也自此走上了"飞黄腾达"的道路。

但是，古歌运动也终有成为历史的一天。在宝龟元年（公元 770 年）三月的歌垣大会上，包括马史（武生连）在内的以王仁为后裔的六大大陆移民氏族②"男女二百卅人"，"著青摺细布衣，垂红长紖，男女相并，分行徐进"献歌。值得注意的是，对此《续日本纪》只记录了其中的两首歌谣，并称"每歌曲折，举袂为节"；而对于"其余四首"，则因为"并是古诗，不复烦载"。可见，随着圣武天皇时

---

① 加藤謙吉：『大和政権とフミヒト制』．東京：吉川弘文館，2002 年，第 354 頁。
② 井上光貞：「王仁の後裔氏族と其の仏教」．『史学雑誌　第 54 編第 9 号』．1943 年，第 9—14 頁。

代的过去，古歌风潮已经悄然而退了。

如上所述，无论是葛井连广成巧妙利用圣武天皇展开古歌运动，还是此后马史国人接驾吟诵古新未详歌，乃至此后王仁后裔以古诗来象征其对古代皇权的效忠，大陆移民氏族所使用的文学体裁都为"古歌"。从表面上看，这似乎仅仅是文艺取向的问题，但实际上深层原因可能在于，古歌承载着太多他们对往昔光辉岁月的美好回忆。

## 五、大陆移民的古今意识

大陆移民的复古倾向显然影响到了《万叶集》的编撰者，透过编撰者对大陆移民作歌的排序，可以窥见其对移民氏族歌人古今意识的领会。在《万叶集》的和歌排列中我们可以发现，大陆移民是相对于奈良时代的"古"，即飞鸟时代的象征。

青木和夫将移民氏族歌人军王比拟为百济国王子余丰璋。军王在《万叶集》中作歌如下：

讃岐国の安益郡に幸せる時に、軍王、山を見て作る歌
霞立つ　長き春日の　暮れにける　わづきも知らず　むら肝の　心を痛み　ぬえこ鳥　うらなけ居れば　玉だすき　かけの宜しく　遠つ神　我が大君の　行幸の　山越す風の　ひとり居る　我が衣手に　朝夕に　かへらひぬれば　ますらをと　思へる我も　草枕　旅にしあれば　思ひ遣る　たづきを知らに　網の浦の　海人娘子らが　焼く塩の　思ひそ燃えゆる　我が下心（一・5）

反歌
山越しの　風を時じみ　寝る夜落ちず　家なる妹を　かけて偲ひ（一・6）

右、日本書紀に検すに、讃岐国に幸ししことなし。また軍王も未詳なり。ただし、山上憶良大夫の類聚歌林に曰く、

## 第四章　大陆移民文学的政治时空——"古"与"今"的交错

「記に曰く、『天皇の十一年己亥の冬十二月、己巳の朔の壬午に、伊与の温湯の宮に幸す云々』といふ。一書に、『この時に、宮の前に二つの樹木あり。この二つの樹に、斑鳩と比米との二つの鳥大く集けり。時に勅して、多く稲穂を掛けてこれに養はしめたまふ。依りて作る歌云々』といふ」といふ。けだし、ここより便ち幸せるか。

军王的作歌被排列在第一卷，位于舒明朝歌群的末尾，而以此为界，下一首和歌即为皇极朝的作品。虽然这样的排列方式难以立刻证明军王的作歌就代表"古"，但是不难发现，《万叶集》的编撰者以移民氏族歌人及其作歌作为时代划分，而这一编撰理念正是来自上述移民氏族歌人与古歌之间的千丝万缕的关系。

如前文所述，与激烈地反抗律令国家的统治、反抗本土氏族的压迫相比，大多数的移民氏族歌人采取消极的对待方式——逃避现实。这种对现实的不满是通过"怀古"的方式来宣泄的。在古代律令国家时期，日本本土氏族与移民氏族之间的权力差距过大，对抗前者显然是以卵击石。因此，"怀古"，即逃往古代的精神世界，是移民氏族在文学上所采用的消极抵御方法。

高丘连河内是律令国家时代的大陆移民系氏族的下级官僚，也是"怀古"现象的代表人物之一。根据《续日本纪》称德天皇神护景云二年（公元766年）六月庚子条的记载，高丘氏的祖先是百济僧人，早在天智天皇的时代就已经"归化"了。高丘一族原名乐浪，后改为高丘连，在景云元年改姓成为了高丘宿祢。就高丘连河内本人而言，根据《续日本纪》的记载可知其有如下事迹：元明天皇和铜五年（公元712年）秋七月甲申条，时为播磨国大目的乐浪河内因为"勤造正仓，能效功绩"而获得赏赐。元正天皇养老五年（公元721年）春正月庚午条则记载，乐浪河内在退朝后，担任东宫侍讲之职；养老五年春正月甲戌条记载他获得赏赐。圣武天皇神龟元年（公元724年）五月辛未条记载，乐浪河内被赐姓高丘连。天平三年（公元731年）春正月丙子，位从外从五位下。天平三年九月癸酉条记载，高丘连河内获得任用，成为左京亮。但此后可能因为任务完成，在天平十三年（公元 741 年）九月出现时，高丘连河内是散位，负责班给京都百姓宅地。天平十四年（公元 742 年）八月癸未，高丘连河内被任命为造离宫司，也许因为出色完成了任务，于天平十七年（公元 745 年）春正月乙丑获得外从五位上，天平十八年（公元 746 年）五月戊午获得从五位下的官位。在圣武天皇驾崩之前，天平十八年（公元 746 年）九月己巳，高丘连河内任伯耆国长官之职。孝谦天皇天平胜宝三年（公元 751 年）春正月己酉，原来是从五位下的高丘连河内上升至从五位上，并于天平胜宝六年（公元 752 年）春正月壬子升至正五位下。此外，据《藤氏家传》，高丘连河内还是"文雅"之人。由上可知，这位大陆移民氏族歌人不仅是掌握文字技术、有着出色汉文修养的文人，而且在任职履责上也颇有成绩。但是，即便如此，高丘连河内内心却仍然不满于律令时代的政治。他在《万叶集》中留下和歌两首：

高丘河内連歌二首
故郷は　遠くもあらず　一重山　越ゆるがからに　思ひそ我がせし（六・1038）
我が背子と　二人し居らば　山高み　里には月は　照らずともよし（六・1039）

这两首和歌都表现了作者怀念故乡、怀念旧都奈良的情怀。但是，排在此歌之前的大伴家持的和歌，却是吟诵着对当时正在建造的新都城久迩京的赞美。

今造る　久邇の都は　山川の　さやけき見れば　うべ知らすらし（六・1037）

两者在对都城的赞美上形成了鲜明的反差。作为移民氏族歌人的高丘连河内愿意回归古代，而作为本土氏族歌人的大伴家持却向往新都城。这正体现了两者对于历史发展的认识态度。高丘连河内在这首和歌里以"都城"为题材，所要表达的恐怕不只是对古代都城本身的向往，而且是对久迩京所象征的律令国家时代和政治的否定。对于大陆移民氏族来说，对古代的缅怀无论在政治上还是在文学艺术上，都更加能凸显出自己的地位。

具有同样主旨的还有土理宣令的和歌。土理宣令是来自百济的大陆移民。《续日本纪》养老五年（公元721年）春正月庚午条中曾记载道，他和高丘连河内还有山上忆良等人在退朝后同为当时的东宫太子，即后来的圣武天皇的老师。当我们从整体上来把握《万叶集》中和歌的排序时，便会注意到土理宣令歌中表达的对当时政治的否定与对古代的憧憬之情了。《万叶集》记载道：

式部卿藤原宇合卿被使改造難波堵之時作歌一首
　昔こそ　難波田舍と　言はれけめ　今は都引き　都びにけり（三·312）
土理宣令歌一首
　み吉野の　滝の白波　知らねども　語りし継げば　古思ほゆ（三·313）

土理宣令所赞颂的对象确是吉野，也就是天武天皇和持统天皇所象征的平城京时代。歌中的"古代"所指的是天武天皇进入吉野，六皇子盟誓，持统天皇多次行幸吉野并于吉野离宫举行宴会的时代；此外还有在《怀风藻》中留下汉诗的那些律令官人们造访的往昔。[1] 换言之，这首歌是吉野怀古之歌。但是纵观这一部分和歌的排列，不难发现在此歌之后是大伴旅人关于吉野行宫的315号《未至奏上之歌》；而在此歌之前的312号歌，则是藤原宇合赞美难波即将成为新都城的颂歌。也就是说，在312号吟诵"今"的和歌之后，紧接着便是颂古的代表性作品《吉野怀古歌》的登场。可见，《万叶集》的编纂者是有意将"古"和"今"区分开来的。这也更加体现出大陆移民氏族歌人作品的特殊性，即怀古的性质。

---

[1] 西宫一民：『萬葉集全注 巻第三』，東京：有斐閣，1984年，第155页。

以大陆移民氏族歌人的作品作为"古"和"今"的分界点，书中还有一例。《万叶集》第三卷中记载道：

　　上古麻吕歌一首
　　　今日もかも　明日香の川の　夕去らず　かはづ鳴く瀬のさやけくあるらむ
　　或本歌發句云、明日香川今もかもとな（三・356）

上古麻吕的姓是村主，属于大陆移民氏族。对于这首歌在这一歌群中的排列，西宫一民认为：

　　奈良遷都後、飛鳥の故郷を偲んで作った歌であろう。次に赤人の歌がくるので、この古麻呂で一区切りをしておけばよかろう。前歌は神代を思いやり、今の歌は飛鳥の故郷を思いやるという点で共通しており、この二首は一組みにできると考えられる。①

可见，万叶集的编纂者将上古麻吕的"古"和山部赤人的"今"有意识地区分开来了，而其运用的手法便是使用大陆移民氏族歌人的怀古歌。

综上所述，大陆移民氏族歌人通过怀古的方式来表达对现实政治的不满，这与日本本土氏族歌人热衷于吟诵"今世"有着本质的不同。在这个受日本土著氏族统治的"今世"中，由于大陆移民氏族在逐渐失去其地位以及力量，与本土氏族的实力差距越来越大，因此这种通过怀古来反抗律令国家以及日本土著氏族的消极方式也具有一定的普遍性。

此外，《万叶集》第十五卷第 3602—2610 号歌属于遣新罗使人歌群。使团中移民氏族歌人较多，故不善吟歌，因此多借助古歌，且善于引经据典，通过对照《柿本人麻吕歌集》等古集更正吟诵方法。这一歌群的作歌时间为天平八年（公元 736 年），与上述古歌运

---

① 西宫一民：『萬葉集全注 卷第三』，東京：有斐閣，1984 年，第 231 頁。

动的时间大致相同。葛井连广成也有担任遣新罗使人的经历，其作品体现了以他为中心展开的古歌运动的态势。《万叶集》第十六卷第3822号歌是移民氏族歌人椎野连长年修改的古歌，此人为神龟元年（公元724年）左右的人物。《万叶集》第十七卷第3962号歌是天平十八年（公元746年）的作品，僧人玄胜在越中国长官大伴家持家中聚会时曾背诵此歌。吟诵者僧人玄胜，极有可能为来自朝鲜半岛的僧侣，且在作歌场景中有移民氏族歌人秦忌寸八千嶋。玄胜吟诵的古歌的原作者大原高安真人已经于天平十四年（公元742年）去世。

  《万叶集》中现存古歌多集中于第七卷，第十卷和第十一卷，而这三卷成形于养老至天平年间。这一时期，正好和以飞鸟、白凤为"古"的时间吻合。《万叶集》的编撰者显然受到了移民氏族歌人怀古风潮的影响，而这种影响又在《万叶集》的选材和排列中体现出来。前文所述的移民氏族歌人葛井连广成倡导的"古歌运动"，或只是当时这一风潮的冰山一角而已。

## 六、小结

  《万叶集》中收录的和歌中存在数量不可忽视的古歌，而这些古歌与大陆移民有着密切的关系。由于大陆移民对和语的理解和把握程度有限，他们在和歌创作中使用的主要方法之一就是借助古歌，而借助古歌的目的在于扩大自身在日本列岛内、在本土氏族中的政治活动空间。这种利用文学手段开展政治活动的行为，其代表性体现就是"古歌运动"。

  另一方面，由于长期以来大陆移民与古歌的联系不仅表现在他们对于古歌的自觉地、主体地利用上，也体现在古歌在时间轴上赋予大陆移民回归飞鸟、白凤时代的怀古情节。大陆移民＝"古"的思想以及当时的风潮深深影响到了《万叶集》的编撰者。《万叶集》中对大陆移民歌人作歌的排列，体现了编撰者乃至当时的日本本土氏族对于大陆移民的认识。

综上所述，大陆移民利用古歌开拓了赖以生存的政治空间，同时在时间上也烙下了"怀古"的时代烙印。

# 第五章　长屋王的政治与文学

## 一、引言

2020年新冠疫情发生之初，中日两国守望相助，共渡难关，出现了不少感人场景，也拉近了两国人民的心理距离。尤其是HSK（汉语水平考试）日本事务局捐助武汉的口罩邮包上标注"山川异域，风月同天"，更是受到了人们的关注，引起了一场远比援助口罩这件事情本身更加广泛、更加深入的网上讨论。

邮包标语"山川异域，风月同天"出自《唐大和尚东征传》，[①]亦见于《全唐诗》。据记载，随天平五年（公元733年）遣唐使入唐的日本僧侣荣叡、普照造访大明寺，请求鉴真动身"东游兴化"。对此，鉴真答道：

> "昔闻南岳【惠】果禅师迁化之后，托生倭国王子，兴隆佛法，济度众生。又闻，日本国长屋王崇敬佛法，【造】千袈裟，【来施】此国大德、众僧；其袈裟【缘】上绣着四句曰：'山川异域，风月同天，[②]寄诸佛子，共结来缘。'以此思量，诚是佛法兴隆，有缘之国也。今我同法众中，谁有应此远请，向日本

---

[①]《唐大和上东征传》的作者为淡海三船，也被视为日本现存最早的汉诗集《怀风藻》的编者。淡海三船是日本第二部正史《续日本纪》的编者之一，也是为"长屋王之变"平反，鸣不平的人（森田悌：『長屋王の謎　北宮木簡は語る』．東京：河出書房新社．1994年．第214—217頁）。

[②]《元亨释书·鉴真传》作"风月一天"，常盘大定在扬州《古大明寺唐鉴真和尚遗址碑》上亦作"风月一天"（汪向荣校注：《中外交通史籍丛刊 唐大和尚东征传》．北京：中华书局，2000年，第42页）。

国传法者乎？"

　　由此可知，鉴真决定东渡弘法的理由之一是惠果禅师圆寂后在日本化身为倭国王子，即圣德太子，兴隆佛法，普度众生；[①]理由之二便是长屋王委托养老元年（公元717年）的遣唐使赠送给唐朝僧侣的千件袈裟上所绣的"山川异域，风月同天"。这句偈语成为打动了鉴真，使他决心东渡扶桑传授戒律，最终成就了这段中日交流史上的美谈佳话。可惜的是，当鉴真一行历尽艰苦踏上日本国土（天平胜宝六年，即公元754年登陆难波津）时，长屋王已经在天平元年（公元729年）的长屋王之变中自尽身亡了，两人无缘见面。

　　与奈良时代的其他历史人物相比，长屋王留下了更为丰富的研究素材，广泛涉及考古学、历史学和文学等领域，与其相关的研究成果也是汗牛充栋。[②]然而，从意识形态入手剖析长屋王的精神世界，

---

[①] 圣德太子即厩户皇子，以"摄政"身份与大和豪族苏我马子共同辅佐日本史上第一位女帝推古天皇。传说有制定"宪法十七条"，派遣遣隋使，兴建寺院弘扬佛法等政治功绩。由于厩户皇子死后不久便逐渐被传说化，因此其实在性受到质疑。相关研究早见于：王勇：『聖徳太子時空超越』. 東京：大修館書店. 1974年；近见于：吉原浩人編：『南岳衡山と聖徳太子信仰』. 東京：勉誠出版. 2018；等。

[②] 日本学者对长屋王相关的史料与研究大致可分为三类：第一，考古资料主要为1988年陆续出土的约三万五千枚"长屋王家木简"，详见于：奈良国立文化財研究所：『平城宮発掘調査出土木簡概報　二、二三、二五、二七、二八』；奈良国立文化財研究所：『平城京長屋王邸宅と木簡』. 東京：吉川弘文館. 1991年；奈良国立文化財研究所：『平城京長屋王邸跡』. 東京：吉川弘文館. 1995年；奈良国立文化財研究所：『平城京木簡　一、二』. 東京：吉川弘文館. 1995年等；第二，传世文献为代表的史料主要集中在《续日本纪》等文献记载中。基于正史记载，结合考古史料是长屋王研究的重要特色，其主要成果有：大山誠一：『長屋王家木簡と奈良朝政治史』. 東京：吉川弘文館. 1993年；森田悌：『長屋王の謎　北宮木簡は語る』. 東京：河出書房新社. 1994年；寺崎保広：『人物叢書新装版　長屋王』. 東京：吉川弘文館. 1999年；森公章：『奈良貴族の時代史　長屋王家木簡と北宮王家』. 東京：講談社. 2009年等；而专门针对长屋王家木简的研究，除散见于东野治之等学者的著作（東野治之：『日本古代木簡の研究』. 東京：塙書房. 1983年；鬼頭清明：『古代木簡の基礎的研究』. 東京：塙書房. 1993年等）以外，还有专著如：東野治之：『長屋王家木簡の研究』. 東京：塙書房. 1996年；大山誠一：『長屋王家木簡と金石文』. 東京：吉川弘文館. 1998年；森公章：『長屋王家木簡の基礎的研究』. 東京：吉川弘文館. 2000年；奈良国立文化財研究所編：『長屋王家・二条大路木簡を読む』. 東京：吉川弘文館. 2001年；等。第三，《怀风藻》、《万叶集》、《日本灵异记》等日本古代文学著作中也有长屋王的相关作品与事迹的记载。对此有辰巳正明：『長屋王とその時代』. 東京：新典社. 1990年；『悲劇の宰相　長屋王』. 東京：講談社. 1994年等研究。此外，综合以上长屋王相关材料，在涉及奈良朝的政治史研究中，长屋王及其执政期间的历史和长屋王之变都是重要的研究对象，尤其在长屋王家木简被发现以来，相关成果不胜枚举。

进而研究长屋王之变等著名事件的历史研究却不多见。鉴此，本章拟根据现有研究成果，结合长屋王的身世和生活，通过分析历史事件、时代背景和文学作品，剖析长屋王的精神信仰，解读他心中的东亚世界。①

## 二、"皇三代"的身世：高贵的血统

"长屋王"在不同的史料中，有"长屋亲王""长屋皇""长屋王子"等多种称谓。虽然在其宅邸内，这些称谓在使用上应无明确区别，②但参看一些官文可知，"长屋王"应该是其官方正式称谓。如位于平城宫内的雅乐寮发给长屋王的家政机构"家令所"的这支传唤会"倭舞"的"平群朝臣广足"入宫的公文木简所示：

- 雅乐寮移长屋王家令所　平群朝臣广足　右人请因倭舞
- 故移　十二月廿四日　少属白鸟史丰麻吕　少允船连丰

　　　　　　　　　　　　　220・37・3　011　TB11

长屋王身份高贵，血统纯正。他父亲是天武天皇的长子——高市皇子，在日本古代史上最大的内乱——壬申之乱中，为其父（时为大海人皇子）指挥大军，冲锋陷阵，所向披靡，最终战胜了以其堂兄大友皇子（其伯父天智天皇之子）为首的近江朝廷，取得了战争胜利，帮助父亲天武登上了皇位。高市皇子本应该是皇位第一继承人。但是，由于其母亲——胸形君尼子是九州地方豪族宗形君德

---

① 西嶋定生提出了著名的"东亚世界"概念。这个概念经常被误解为单纯的政治圈，然而西嶋在其著作中开章明义地论述了：东亚世界首先是以中国文明为中心的文化圈。（西嶋定生：『古代東アジア世界と日本』. 東京：岩波書店. 2000年. 第4—5页）东亚世界是文化圈与政治圈融为一体并形成的自我完结的世界。（李成市：『東アジア文化圏の形成』. 東京：山川出版社. 2013年. 第21页）长屋王的"小"东亚世界也遵循这个原理，政治与文化以人为媒介交融而形成。

② 東野治之：「長屋王家木簡の文体と用語」. 『長屋王家木簡の研究』. 東京：塙書房. 1996年. 第46页。

善之女，出身低微，加之当时父子直系皇位继承制度尚未完全确立，[①]因而被排除在皇位继承候选人之外。尽管如此，高市皇子的长子身份和战斗功勋也确保了他在朝廷的地位。在皇太子草壁皇子英年早逝后，高市皇子在持统朝官至"太政大臣"（持统四年七月庚辰条），[②]位高权重。此后，高市皇子主持藤原京建造工程（持统四年十月壬申条）。高市皇子43岁去世，被尊称为"后皇子尊"（持统十年七月庚戌条），著名的宫廷歌人柿本人麻吕为其创作了挽歌（卷三·199-201）。这是《万叶集》中最长的和歌，全篇49句，独立成文，描绘了高市皇子波澜壮阔的人生，并使用与天皇同格的称谓"我が大君"，以示对皇子的敬重。高市皇子的地位甚至连持统女帝也忌惮三分。虽然长期以来持统执意要将皇位传于草壁之子——轻皇子（文武天皇），但是高市在世时，亦不敢贸然行事，直到其"薨后"才敢讨论皇位继承之事（《怀风藻》葛野王传）。[③]

长屋王的母亲同样具有高贵的血统，她是天智天皇和苏我石川麻吕之女姪娘所生的御名部皇女。关于御名部皇女的史料不多，留存于《万叶集》中的以下和歌（卷一·76-77）最具有代表性。

  和銅元年戊申
  天皇の御製
  ますらをの　鞆の音すなり　もののふの　大臣　楯立つらしも　（一·76）
  御名部皇女の和へ奉る御歌
  我が大君　物な思ほしそ　皇神の　副へて賜へる　我がなけなくに　（一·77）

---

[①] 荒木敏夫：『日本古代の皇太子』. 東京：吉川弘文館. 1985年. 第206—207頁。
[②] 文中若无特别注明，则所引资料皆依据：小学馆出版日本新编古典文学全集《日本书纪》、《万叶集》、《日本灵异记》，岩波书店出版新日本古典文学大系《续日本纪》，吉川弘文馆出版新订增补国史大系《令义解》、《公卿补任》，笠间书院出版辰巳正明著《怀风藻全注释》，东京帝国大学文学部史料编纂所编纂发行《大日本古文书》，吉川弘文馆出版冲森卓也等《藤氏家传 注释与研究》。
[③] 据文武即位前纪记载，轻皇子在高市皇子死后不久便被立为皇太子，并于持统十一年（公元697年）八月接受祖母持统天皇让位，登基成为文武天皇。

## 第五章　长屋王的政治与文学

庆云四年（公元707年）文武天皇驾崩，御名部皇女的同母妹阿閇皇女，即草壁皇子之妃，文武天皇的母亲即位，成为了"中继"的女帝——元明天皇。[①] 从即位宣命可知（庆云四年秋七月壬子条），元明的即位是皇位继承的特例。尽管元明搬出了其父天智制定的所谓的"不改常典"[②]以强调自己即位的正统性，但是由以上元明和御名部皇女对答的和歌可知，其内心还是不安的。面对妹妹元明的动摇，姐姐御名部皇女安慰道，"无需多虑，天皇位是神赐的，且有我这位姐姐在你身边呢"。这不仅展现了御名部皇女稳重大气的性格，也体现了姊妹情深的一面。

长屋王正是天武天皇长子——文武全才的高市皇子和天智天皇之女——稳重大气的御名部皇女的长子。[③]关于长屋王的出生年月有两种说法。如根据《怀风藻》享年54岁的记载的话，长屋王应出生于天武五年（公元676年）；而若根据《公卿补任》享年46岁的记载的话，其应出生于天武十三年（公元684年）。虽然两种说法都存在一定问题，[④]但是与平安时代编撰的《公卿补任》相比，奈良时代编撰的《怀风藻》相对更为可信，因此本章取其生于公元676年，亡于天平元年（公元729年）的通说。

---

[①] 井上光贞：「古代の女帝」．『井上光贞著作集　第一卷』．東京：岩波書店．1985年．第223页。

[②] 关于"不改常典"的学说众多，既有认为是皇位直系继承规则的看法，又有认为是某种律令法的观点。笔者同意近来马场基提出的意见，即它是天皇决定皇位继承人规定的学说。（馬場基：「平城京を探る」．川尻秋生編：『シリーズ古代史をひらく　古代の都―なぜ都は動いたのか』．東京：岩波書店．2019年．第118页）

[③] 长屋王或有异母弟妹：山形女王、铃鹿王、门部王、河内女王共计4人。（寺崎保広：『人物叢書新装版　長屋王』．東京：吉川弘文館．1999年．第24—26页）

[④] 若取天武十三年生人说，据养老令选叙令荫皇亲条（凡荫皇亲者，亲王子从四位下，诸王子从五位下，其五世王者，从五位下。子降一阶，庶子又降一阶。别敕处分，不拘此令），无位的长屋王的叙位不应该是"正四位上"而应该是"从四位下"。若取天武五年生人说，则据养老令选叙令授位条（凡授位者，皆限年廿五以上。唯以荫出身，皆限年十一以上），其从无位晋升至正四位上时年龄已达29岁，不符合令文规定。《公卿补任》认为长屋王生于天武十三年多为根据此令文从其叙位年龄逆推所得。

## 三、"准"皇位继承人：通达的仕途

长屋王初见正史于《续日本纪》庆云元年（公元 704 年）正月条癸巳条，从无位被授予正四位上。若按照《选叙令·荫皇亲条》规定，长屋王应授"从四位下"，但实际授位"正四位上"，直升三级。当时长屋王已经 29 岁，这或与其年龄已经超过了《选叙令·授位条》规定的授位年龄"廿一以上"而享受了"别敕处分"的待遇相关，[①]但更主要的因素恐怕还在于长屋王的身世背景：天武天皇之长孙，天智天皇的外孙，高市皇子和御名部皇女之长子。高贵的皇族血统使长屋王一出仕就被授予了高位。

如前所述，长屋王的父亲高市皇子由于母亲身份低微，无法直接获得继承天皇皇位的资格；但是通过和御名部皇女的婚姻，高市实际上又获得了成为天皇的"资格"。只不过由于血统比他更为"纯正、高贵"的天武天皇的其他皇子们依然在世，且持统又执意要树立"天武—草壁—文武"直系皇统，因此高市最终只能位极人臣而无法真正成为天皇。但是，他的长子长屋王却不同，父母都是皇子和皇女，是根正苗红的"皇三代"，已经具备了成为天皇的硬性条件，而长屋王的婚姻关系则进一步增加了他的政治筹码。

长屋王除了正妻——吉备内亲王 [草壁皇子和元明天皇之女、文武天皇和元正天皇（冰高内亲王）的妹妹] 以外，还娶了阿倍氏和石川氏的女子为妾，并和藤原不比等的次女长娥子结为夫妻。从长屋王家木简可知，长屋王和他的妻妾子女们生活在一起，这在以访妻婚为主的奈良时代是较为特殊的。[②]在长屋王的妻妾中占据核心地位的必然是吉备内亲王，她为长屋王生下膳夫王等三子。若从长屋

---

[①] 中西進：「長屋王の生涯とその周辺」,『万葉集の比較文学的研究』. 東京：桜楓社. 1972 年。

[②] 长屋王家木简中不见长屋王与藤原不比等之女长娥子及其所生子女相关的内容，故推测长娥子没有搬到长屋王家与夫君同居，而是住在父亲不比等的宅邸。

的长子膳夫王的首次授位时间倒推的话，长屋王和吉备内亲王结婚应不晚于大宝三年（公元703年）。若二人在持统太上天皇在世之时（驾崩于公元702年）便已经结婚的话，这场婚姻或反映了持统和元明（两者既是同父异母的姐妹，也是婆媳关系）以及御名部皇女（长屋王之母、元明之姐）三者的共同意愿，如此就更加容易理解，为何长屋王能够一出仕便获得高位以及此后他和吉备内亲王所生子女为何能享受位列皇孙的优待政策了。总之，长屋王与吉备内亲王的婚姻可谓"强强联手，亲上加亲"，进一步提升了长屋王家血统的尊贵性。

庆云元年（公元704年）前后，"三十而立"的长屋王一气完成了授位、结婚、生子等人生大事，随后开启了他通达的仕途。在五年后的和铜二年（公元709年）十一月，长屋王授位从三位，任宫内卿，执掌管辖官司的出纳以及天皇和皇室事务。和铜三年（公元710年）四月，长屋王转任式部卿。[①]式部卿是负责文官人事的要职，这一年又是平城迁都的年份，事务繁杂，能被委以重任可见长屋王出众的管理能力。和铜七年（公元714年），长屋王作为唯一的二代王，与长亲王、舍人亲王、新田部亲王和志贵亲王等天智、天武的皇子们一起接受增加食封（诸亲王200户，长屋王100户），且获得了全给封租的优厚待遇（和铜七年春正月壬戌条）。一年后的灵龟元年（公元715年）二月，元明下诏，将吉备内亲王所生子女均位列皇孙（灵龟元年二月丁丑条）。本来长屋王之子仅为三世王而已，但是元明天皇有可能为了同年九月让位于其女冰高内亲王而下此诏令，以做铺垫。元正天皇即位后，长屋王更受重用。灵龟二年（公元716年），长屋王升至正三位，并于养老二年（公元718年）任大纳言。两年后即养老四年（公元720年），与长屋王同任大纳言的安倍宿奈麻吕和右大臣藤原不比等相继亡故，长屋王成为辅佐天皇的政府首脑。养老五年（公元721年），长屋王被授予从二位，官至右大臣，并于神龟元年（公元724年）伴随圣武天皇的即位而被授予

---

① 说，任从三位民部卿。（綾村宏：「長屋王とその時代」．奈良国立文化財研究所：『平城京 長屋王邸宅と木簡』．東京：吉川弘文館．1991年．第112頁。）

正二位，官升左大臣，达到了他的人生巅峰。

然而，盈则必亏。长屋王做梦也不会想到，五年后的神龟六年（天平元年，公元729年）自己被人密告"私学左道，欲倾国家"，他本人与吉备内亲王及其子女都被逼自尽身亡，史称"长屋王之变"。长屋王之变的人物关系如图5.1[①]所示。

## 四、"富二代"的生活：庞大的家政机构

1986年起，奈良国立文化财研究所牵头对计划建造奈良市崇光百货的地点进行发掘调查，发现了大型考古遗址，并出土了近35000枚木简，这就是著名的长屋王宅邸遗址和长屋王家木简。长屋王家木简的上限为和铜三年（公元710年），下限为灵龟三年（公元717年），正好是长屋王担任式部卿的时间。据相关出土资料可知，长屋王不仅继承了父母高贵的血统，开启了通达的仕途，而且还继承了以其父亲高市皇子为始祖的"北宫王家"雄厚的资产以及管理这些家业的庞大的家政机构。[②]

和铜三年（公元710年），日本的都城从藤原京迁至平城京。平城京根据大宝元年派出、庆云元年（公元704年）回国的遣唐使所带回的其亲眼所见的唐都长安城信息所建。[③]那正是长屋王首次被叙位正四位上的年份，或许他也在朝堂上听取了遣唐使的回国报告。6年后，式部卿长屋王和当年其父亲高市皇子负责建造藤原京一样，参与了平城迁都的重要工作。

---

① 山下信一郎：「第6講　長屋王の変」．佐藤信編：『古代史講義【戦乱編】』．東京：筑摩書房．2019年．第109頁。

② 森公章：『長屋王家木簡の基礎的研究』．東京：吉川弘文館．2000年．第46—66頁；森公章：『奈良貴族の時代史　長屋王家木簡と北宮王家』．東京：講談社．2009年．第80—83頁。

③ 小澤毅：『日本古代宮都構造の研究』．東京：青木書店．2003年；森公章：「大宝度の遣唐使とその意義」，「遣唐使の時期区分と大宝度の遣唐使」．『遣唐使と古代日本の対外政策』．東京：吉川弘文館．2008年。

**图 5.1　长屋王相关人物图**

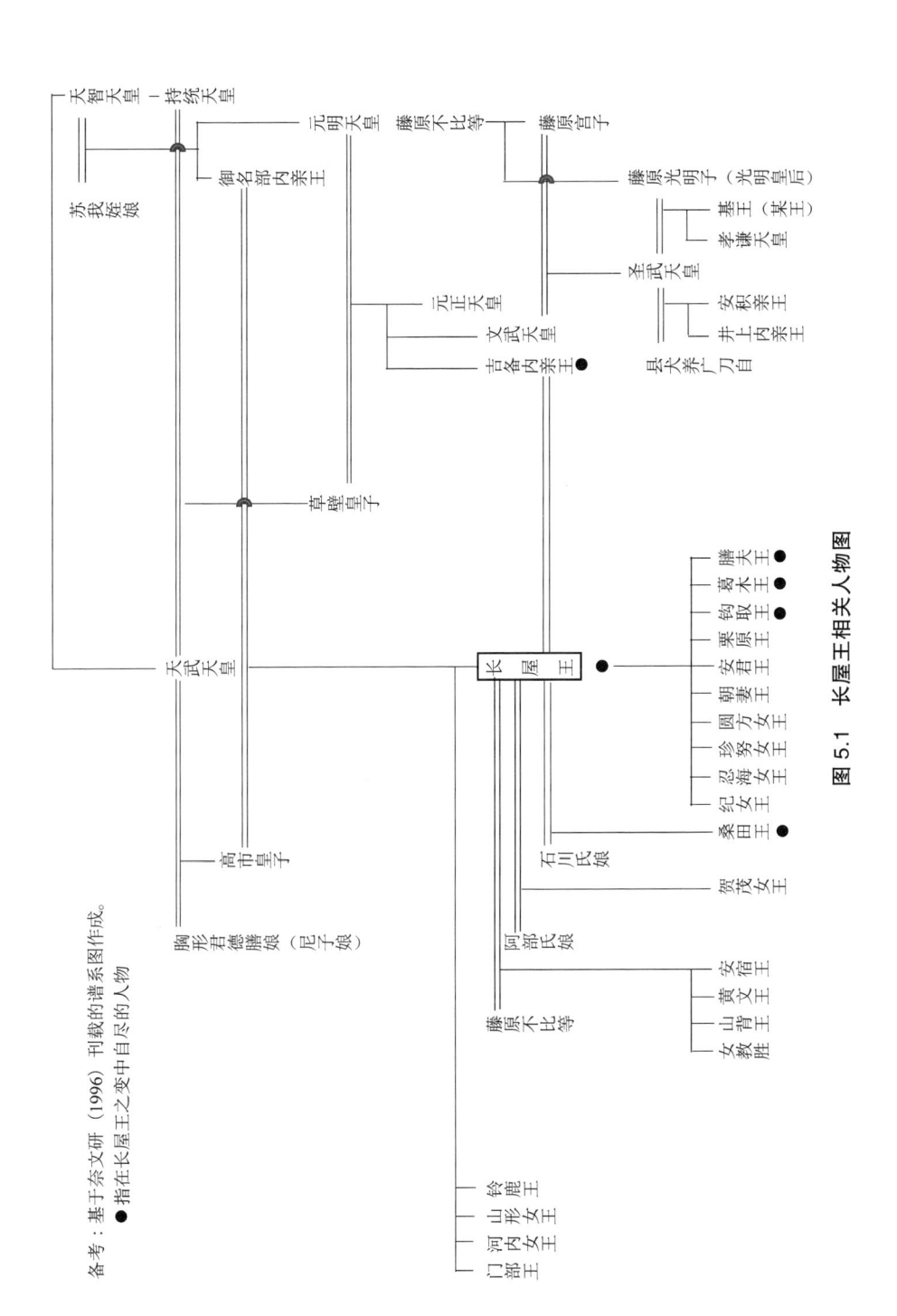

备考：基于奈文研（1996）刊载的谱系图作成。
●指在长屋王之变中自尽的人物

在这座模仿国际化大都市长安而建的都城中，长屋王凭自己高贵的血统获得了超过自己位阶的广阔土地，兴建了长屋王官邸这座豪宅。据发掘调查，长屋王宅邸位于平城京左京三条二坊的一、二、七、八坪，面积约为50000平方米。[①]宅邸四面围墙，正门向北对着两条大路而开，与平城宫的东南角隔路相望。按照当时的规定（天平二年九月戊申条），只有三位以上的贵族才可以面向大路开门。因此，长屋王宅邸无论是面积，还是位置，规格都远高于其正四位的位阶，体现了长屋王和吉备内亲王的特殊地位。

长屋王宅邸分为东部、中部和西部三个区域。宅邸内部有类似平城宫内天皇居住的内里正殿等大型建筑物遗迹，外围则是家政机构、仓库、厨房等遗址。不仅如此，据考古发现，在宅邸东部内郭有一处四面带瓦片屋檐的建筑物（SB4300）的遗迹。奈良时代前期，除寺院以外，四面带瓦片屋檐的建筑物只有平城宫内里的大极殿和朝堂院，[②]因此这里有可能是长屋王私人的佛殿。此外，长屋王还在平城京的佐保地区建造了别墅，在《怀风藻》中该建筑被称为"作宝楼"或"宝宅"。那里也成为了长屋王接待新罗使节等外宾，与其他律令官人吟诗作赋、进行文化交流的地方。

长屋王除了深居豪宅，日常饮食也丰富多样。据长屋王家木简可知，除了主食和蔬菜水果以外，长屋王或曾享用过海胆、鲍鱼等海鲜，牛奶、奶酪等乳制品以及腊肉等肉制品。长屋王家消费的食材大部分都是"产地直送"，就连餐具都是订制的。夏天，长屋王家还会从私人冷库"都祁冰室"取冰解暑。不仅如此，长屋王家还从各地的封田、封户获得租税，并掌控管理"伊势税司""下总税司"等古代国家的税务机构。毫无疑问，这种奢侈生活不仅来自长屋王自己的经济实力，还得益于继承了北宫王家丰厚的财产（详见表5.1）。

---

① 平城京迁都时给地规定不明，若根据藤原京迁都时的规定（持统纪五年十二月乙巳条），律令官人按照位阶给地，三位以上给地四町（坪），四位给地二町，五位给地一町，一町（坪）相当于1.5万平方米。

② 岛田敏男：「長屋王邸宅の住まい」．奈良国立文化财研究所编：『平城京長屋王邸宅と木簡』．東京：吉川弘文館，1991年，第85頁。

表 5.1　长屋王家的经济基础[①]

| 经济基础 | 管理机构 | 木简的相关者（下划线为木简的署名者） | 推定所在地 |
|---|---|---|---|
| 山背御田·御园 | 山背园司 | (置始)国足，山边大人，轻部朝臣三狩，少子部安末吕，奴稻万吕，奴布伎，诸月，佃人，山背御田艺人，(御)田苅人，山背御园造雇人 | 京都府 |
| 片冈（御园） | 片冈司 | 道守真人，白田古人，倭万吕，木部足人，桧隈连寸岛，都夫良女，宿奈女，御园作人，(御园将作人) | 奈良县北葛城郡王寺町·香芝町 |
| 大庭御园 | | | 奈良县北葛城郡广陵町 |
| 耳梨（无）御田 | 耳梨御田司 | 太津岛，婢间佐女 | 奈良县橿原市 |
| 矢口（御园） | 矢口司 | 太津岛，伊香三狩，私部亥万吕 | 奈良县大和郡山市·飞鸟近旁 |
| 佐保（御园） | | 川濑造麻吕，额田儿君 | 奈良县奈良市 |
| 木上（御园） | 木上司 木上（御马）司 | 秦广岛，忍海安万吕，甥万吕，新田部形见，各田部逆 | 奈良县橿原市或该市北葛城郡广陵町 |
| 山口御田 | | 山口御田作人 | 不明 |
| 宇太御□ | | | 奈良县宇陀郡 |
| 涩川御田 | | 涩川御田侍奴米麻吕 | 大阪府东大阪市 |
| 都祁冰室 | | 火三田次，狛多须麻吕，他田臣万吕，借马连万吕，阿部色麻吕，(派遣帐内·雇人) | 奈良县天理市·山边郡都祁村 |
| 山处 | | | 不明 |
| 炭烧处 | | | 不明 |

---

① 渡辺晃宏：「長屋王家の経済基盤」，奈良国立文化财研究所：『平城京　長屋王邸宅と木簡』．東京：吉川弘文館，1991 年，第 104 頁．

续表

| 经济基础 | 管理机构 | 木简的相关者<br>(下划线为木简的署名者) | 推定所在地 |
|---|---|---|---|
| 丹波杣 | | 帐内 | 京都府中部·兵库县东北部 |

庞大的家产需要有人来运营管理。因此，长屋王家不仅雇人（被称作"御园作人""园作雇人"等），还设有专门的部门"御田司""（御）园司"，自主经营管理位于平城京周边的"御田""御园"等私家田地菜园，以及山庄（"丹波杣"等）、盐仓（"盐殿"）和冰室。这套家政机构还包括"马司""鹤司""药师处"等部门，几乎和天皇拥有的内里的机构一模一样。

长屋王不仅有自己的家令和账内，同时还继承了北宫王家留下来的家政机构，长屋王家木简反映了这两套家政系统的存在。其中一套系统应为长屋王原有的家政机构；而兼备家令、家扶、家从和书吏（大、少），具有二品或二位级别的第二套系统则应为长屋王继承的父亲高市皇子的家政系统。这两套系统互相融合，听命于本主长屋王。因此，表外木简中的"北宫"一词应指已故的高市皇子，而表5.2所见"西宫"一词应指吉备内亲王生活的区域，而"大命"的发行者则是长屋王本人。[①]正是这套庞大而复杂的家政系统支撑着

---

① 森公章：『長屋王家木簡の基礎的研究』. 東京：吉川弘文館. 2000年. 第65页。此外，有学者认为，按照养老令选叙令本主亡条"凡帐内资人等本主亡者，朞年之后，皆送式部。若任职事者，入内位。其杂色任用者，考满之日，听于内位叙。若无位者，未满六年，皆还本贯。若帐死帐内、资人者，亦听通计前劳"规定，家政机关的解散时间因人而定，其本主若为亲王则在亡后一年，若是诸王诸臣则在亡后当时，所以高市皇子的家政机构不可能传给长屋王。长屋王家木简中的第二套系统应该属于冰高内亲王（大山誠一：『長屋王家木簡と奈良朝政治史』. 東京：吉川弘文館. 1993年；森田悌：『長屋王の謎　北宮木簡は語る』. 東京：河出書房新社. 1994年）；也有学者提出，长屋王家木简所反映的应该是三套家政系统，其中二品的家政系统原属于冰高内亲王所有，而另两套三品或三位的家政系统分别属于吉备内亲王和长屋王所有。在灵龟元年（公元715年），冰高内亲王即位成为元正天皇后一段时间内，鉴于其特殊身份，其家政系统得以保留，且元正以木简中出现的"大命"的方式继续通过第二套系统家政机构发出指令，同时三套家政机关在人员上彼此融合，长屋王最终成为本主（佐藤信編：『古代の人物 2　奈良の都』. 中村順昭：「長屋王」. 大阪：清文堂出版株式会社. 2016年）。

长屋王家的日常运营。详见表5.2。

表5.2 长屋王家的家政系统①

| 机构名 | 职务・职人名 | 备考 |
| --- | --- | --- |
| 长屋王家令所 | 家令，（大・少）书吏 | 中枢机关 |
| 政所，务所，奈良务所，司所 | 政人，司人，（侍）少子 | |
| 主殿司 | 扫守，采松，油持，舆笼持，御垣塞，（牛乳持参人），缝殿女，染女，土师女，瓮造女，奈闭作，笼作，要带师，土涂，沓缝，米运，葛取，楉取，薪运，津网持，仕丁，厮 | 衣食住相关 |
| 大炊司 | | |
| 膳司 | | |
| 菜司 | | |
| 酒司，御酒□所 | | |
| 水取司，水司 | | |
| 缝殿 | | |
| 棉作所* | | |
| 工司* | 工，土涂，背替缝，褥缝，羁缝，□缝，铸物师，铜作，矢作，大刀造，辘露师，气作，锻冶，椅作工，皮作，御弓造，弦刺，须保工，沓缝，革油高家，笼作，要带师，奈闭作，琴作工，物作人，佛师*，仕丁，厮 | 生产相关 |
| 鞍具作司 | | |
| 铸物所* | | |
| 镂盘所* | | |
| 铜造所* | | |
| 佛造司* | | |
| 书法所* | （画师），经师，纸师，秩师，书法模人，书法作人，书写人，文校*，用纸借用人 | 绘画・写经相关 |
| 帐内所 | ❖ 根据需要在邸内外的各部署配置帐内 | 帐内・（资人）的管理 |
| 马司* | 马甘，草运人，草持 | 动物的管理 |
| 犬司 | 少子 | |

① 森公章：『長屋王家木簡の基礎的研究』. 東京：吉川弘文館. 2000年. 第65頁.

续表

| 机构名 | 职务·职人名 | 备考 |
|---|---|---|
| 鹤司 | | |
| 药师处 | （医，女医） | 医药相关 |
| 税司 | （津税使，伊势税司，下总税司） | 财政相关 |
| | 卫士·厮，仕丁·厮，兵舍人·舍人·若舍人，雇人，车借人，僧·沙弥·尼，隼人，狛人，新罗人，奴·婢 | |
| 西宫 | 〔吉备〕内亲王御所<br>安部大刀自御所<br>石川夫人所 | 〔家令，扶，从，（大·少）书吏〕西宫少子 |

注：\*指配置有帐内的机关·场所

## 五、作为政治的佛教

所谓"仓廪实而知礼节"，对于血统高贵、经济富裕的长屋王而言，精神世界也就更为丰富。众所周知，佛教是奈良时代的国家宗教，高居庙堂的长屋王于公于私自然都会推崇佛教。长屋王的佛教信仰最主要体现在以下两个方面：

第一，修建佛堂，供养僧侣。佛教自钦明十三年（公元552年，一说538年）从百济传入倭国，逐渐成为天皇（大王）以及权臣贵族独享的政治文化资源。苏我马子设佛殿于宅内（敏达天皇十三年是岁条）以后，佛教信仰在贵族中逐步普及，至奈良时代出现了贵族宅邸寺院化的倾向，[①]长屋王家可谓其中的典型。如前文所述，长

---

① 吉川敏子：「律令貴族の居宅の寺院化に関する一考察」．『律令貴族成立史の研究』．東京：塙書房．2006年．第83頁．

屋王宅邸中不仅发现了私人佛堂的遗迹，长屋王家木简中还有僧侣向长屋王的家政机构领取大米的传票木简，以及写有"佛造司"和"镂盘所"等家政机构名称、"佛师"等职务名称和"供养""悔过"等与佛教相关词语的木简。这些迹象都表明，长屋王在宅邸内供养僧侣，建寺造佛，操办法事。

第二，发愿抄经，弘扬佛法。长屋王分别在和铜五年（公元712年）和神龟五年（公元728年）发愿抄写多达600卷的大般若经。

前者称为"和铜经"，现存230卷左右，据记载如下：①

> 和铜五年
> 长屋王奉为文武天皇敬写大般若经御愿文
> 　藤原宫御禹　天皇，以庆云四年六月十五日登遐，三光惨然，四海遏密，长屋
> 殿下地极天伦，情深福报，乃为
> 天皇，敬写大般若经六百卷，用尽酸割之诚焉。
> 和铜五年岁次壬子十一月十五日庚申竟，
> 用纸一十七张　　　　　　　　北宫

和铜经是长屋王为追悼已故的文武天皇，即妻子吉备内亲王之兄而抄写的。抄经发愿的主体是长屋王本人，因此提供抄经纸张的虽为"北宫"王家，而实际组织者从"长屋殿下"这一称谓可推测，应为其妻吉备内亲王。如此，和铜经看似为私人属性的抄经，但是毕竟大义名分是为文武天皇，因此还是掺杂着公事属性的。

后者神龟经（根津美术馆藏）现仅存5卷，其跋文如下：

> 神龟五年岁次戊辰五月十五日，佛弟子长王，
> 至诚发愿，奉写大般若经一部六百卷。其经乃
> 行行列华文，勾勾含深意。读诵者，蠲邪去恶，
> 披阅者，纳福臻荣。以此善业奉资

---

① 東京帝国大学文学部史料編纂所：『大日本古文書　二十四（補遺一）』，東京：東京帝国大学，1925年，第2頁。

登仙二尊神灵，各随本愿往生上天，顶礼弥勒游
戏净域，面奉弥陷并听闻正法，俱悟无生忍。又以
此善根，仰资　　现御禹天皇并开辟以来代代
帝皇，三宝覆护，百灵影卫。现在者，争荣于五岳，
保寿于千龄。　　登仙者，生净国，升天上，闻法悟
道，修善成觉。三界含识，六趣禀灵，无愿不遂，有心必
获明矣因果达焉罪福六度因满，四智果圆。
　神龟五年岁次戊辰九月廿三日书生散位寮散位少初位下
　　张上福
　　　初校生式部省位子无位山口忌寸人成
　　　再校生式部省位子无位三宅臣嶋主
　　　装潢图书寮番上人无位秦忌寸秋庭
　　　　检校使作宝宫判官从六位上勋十二等次田赤染造
　　　　石金
　　　　检校使阴阳寮大属正八位上勋十二等栖日佐诸君
　　　　检校药师寺僧基弁
　　　　检校藤原寺僧道慈
　　　　用长麻纸伍张

　　神龟经是自称"佛弟子"的长屋王为去世的父母，即高市皇子和御名部皇女祈福，同时也为保佑现在的天皇，即圣武天皇而发愿抄写的。跋文中出现的"散位寮""式部省""图书寮"等官员的参与，也暗示着这次抄写经文的性质远不止单纯纪念亡故的父母这一私人属性，而是具有更多为圣武天皇祈福的公家性质。此外，长屋王家木简中的家政机构"书法所"向"经师""装黄""秩师"等工匠支付大米作为劳动报酬的传票木简是当时抄经情况的证据，侧面体现了组织抄写神龟经的规模。可见，与和铜经相比，神龟经的因公性质更为明显。因此有学者认为，在长屋王家中存在专门负责抄经的组织，随着长屋王的政治地位以及在王权内部地位的上升，该组织不断扩容，可称之为"长屋王写经所"，其抄经的目的也从满足

主人（长屋王）的个人愿望发展到为王权的安定祈福。①

然而，长屋王发愿抄经不仅面向国内，即追悼父母和为天皇祈福。如《唐大和尚东征传》记载，他还将制做的袈裟赠送给唐朝僧人，以此将佛法弘扬海外。据长屋王家木简：

  以大命符 吉备内亲王 缝幡样进上
  使文老末吕 二月廿二日 巳时 稻栗

长屋王下令将经幡的样品"缝幡样"送至吉备内亲王处。据此可以推测，如抄经一样，发愿者虽为长屋王本人，而真正落实袈裟批量生产的恐怕是他的妻子吉备内亲王。长屋王家木简中所记录的"绵作所""缝殿"等家政机构以及"缝殿女""染女"等佣工应为制做袈裟的主力。可见，吉备内亲王不仅相夫教子，还起到了统领后宫（西区）的作用，②"袈裟千件"的制做很可能也是在她掌管下完成的。

综上所述，长屋王和吉备内亲王是虔诚的佛教信徒，他们在宅邸内供养僧侣，建寺造佛，操办法事；还组织家人抄写经文，为父母兄长和天皇祈福，并制做袈裟，向海外弘扬佛法。但是，长屋王作为政治家，他对于佛教的态度并非一成不变。确切地说，对长屋王而言，佛教是信仰，更是政治。这一点在公私目的混杂的组织抄写和铜经及神龟经的活动中便可略见一斑，而对行基集团的取缔和镇压则更为典型。据养老六年（公元722年）七月十日太政官奏（养老六年七月己卯条），以长屋王为首的政府强化了自养老元年（公元717年）以来对僧尼的统制政策，尤其是对在民间传教的"小僧"行基和他的跟随者以"零叠街衢，妄说罪福，合构朋党，焚剥指臂，历门假说，强乞余物，诈称圣道，妖惑百姓"为由进行取缔（养老元年四月壬辰条）。但是，长屋王之变以后，为了修建东大寺，圣武

---

  ① 山上憲太郎：「長屋王家の写経事業とその変遷」，『日本歴史』，2021年3月，第1—17頁。
  ② 森公章：『奈良貴族の時代史　長屋王家木簡と北宮王家』，東京：講談社，2009年，第131頁。

天皇急需民间力量支援，此时朝廷的态度发生了一百八十度转变，反而重用起了行基。如此一来，长屋王变相成为了诋毁高僧、轻视佛法的大恶人。在成书于平安时代初期的《日本国现报善恶灵异记》中，中卷的第一篇就是以长屋王为主人公的"恃己高德刑贱形沙弥以现得恶死缘"，讲述了长屋王因为殴打小沙弥而遭报应的故事。《日本灵异记》的作者景戒高度评价行基，同情私度僧，自然就以长屋王作为了反面人物。①

## 六、佐保文学圈：神仙世界

对于长屋王而言，如果佛教是政治的话，那么神仙思想或许才真正展现了其个人的精神世界。已经有学者指出，长屋王发愿抄写的神龟经中体现了浓厚的道教思想；②也有学者依据长谷寺所传"铜版法华说相图"的阴刻铭文，指出长屋王是"敬造千佛多宝佛塔"的愿主，体现了其神仙思想。③那么，与偏重于官场形象的"公"的佛教信仰相比，偏重于个人修为的"私"的神仙思想又是从何而来的呢？

如果说理解天平文化的关键在于"以人为载体的文化的直接受容"④的话，那么长屋王正是此论断的实践者。众所周知，汉诗是当时古代东亚世界交流的手段，而和歌则是日本国内交流感情的工具。长屋王在其上司也是岳丈——藤原不比等的指点下，践行"以诗歌为载体的文人交流"，⑤这也是长屋王神仙思想的主要来源。

长屋王宴请宾客、吟诗作赋的社交场所在《怀风藻》中被称为

---

① 寺崎保広：『人物叢書新装版　長屋王』．東京：吉川弘文館．1999 年．第 242 頁。
② 新川登亀男：「奈良時代の道教と仏教—長屋王の世界観」．『論集日本仏教史　第二巻』．東京：雄山閣出版．1986 年。
③ 大山誠一：『長屋王家木簡と金石文』．東京：吉川弘文館．1998 年．第 98—99 頁。
④ 吉川真司：「天平文化論」．大津透等編：『岩波講座　日本歴史第 3 巻』．東京：岩波書店．2014 年．第 243 頁。
⑤ 森田悌：『長屋王の謎　北宮木簡は語る』．東京：河出書房新社．1994 年．第 194 頁。

"佐保宅（宫）""宝宅""作宝宅"，与神龟经卷末的"作宝宫"互为印证。据考古发掘，佐保之地位于左京一条三坊十五、十六坪一带，邻近佐保丘陵，大约占地 2 町。奈良时代初期，长屋王在此营建佐保宫，工程一直延续至天平初期。佐保宫不仅利用古坟的壕沟建造庭院，而且还用绿釉水波纹砖建造八角宝殿，①不难想象此宅当时的豪华壮观。在作宝楼落成时，元正太上天皇和圣武天皇亲自前来道贺（卷八·1637-1638）。②长屋王将这里比作"岳高暗云路"（《怀风藻》69 五言 初春于佐保楼置酒）的仙境，意在表明此处与长屋王家木简中的山水楼阁图的意境颇为相似。③

出入长屋王家的自然"往来无白丁"，当朝文人雅士趋之若鹜，纷纷加入"佐保楼文学沙龙"。奈良朝前期的"文化人"大致可以归为以下几类：

第一，东宫侍讲（养老五年正月庚午条），即"退朝之后，令侍东宫"者，也就是皇太子首皇子（圣武天皇）的师傅，共计 16 人。

佐为王、伊部王、纪朝臣男人、日下部宿祢老、山田史三方、山上忆良、朝来直贺须夜、纪朝臣清人、越智直广江、船连大鱼、山口忌寸田主、乐浪河内、大宅朝臣兼麻吕、土师宿祢百村、盐屋连古麻吕、刀利宣令

第二，"文人·武士，医卜·方术，优游学业，堪为师范者"（养老五年正月甲戌条），包括：明经 5 人、明法 2 人、文章 4 人、算术 3 人、阴阳 6 人、医术 4 人、解工 5 人、和琴 1 人、唱歌 5 人、武艺 4 人。朝廷对他们"特加赏赐，劝励后生"。

明经：锻冶造大隅、越智直广江、背奈公行文、调忌寸古麻吕、额田首千足

明法：箭集宿祢虫麻吕、盐屋连古麻吕

---

① 奈良国立文化财研究所：『平城宫跡発掘調査報告』VI．1974 年。
② 小島憲之等『新編日本古典文学全集 7 万葉集②』．東京：小学館．1999 年．第 370 頁。
③ 辰巳正明：『懐風藻全注釈』．東京：笠間書院．2012 年．第 316 頁。

文章：<u>山田史御方</u>、纪清人、<u>下毛野朝臣虫麻吕</u>、乐浪河内

算术：山口忌寸田主、悉斐连三田次、私部首石村

阴阳：<u>大津连首</u>、津守连通、王仲文、角兄麻吕、余秦胜、志我闭连阿弥陀

医术：<u>吉宜</u>、吴肃胡明、秦朝元、太羊甲许母

解工：惠我宿祢国成、河内忌寸人足、坚部使主石前、贾受君、胸形朝臣赤麻吕

和琴：文忌寸广田

唱歌：大窪史五百足、记多真玉、螺江臣夜气女、茨田连刀自女、置始连志祁志女

武艺：佐伯宿祢式麻吕、凡海连兴志、板安忌寸犬养、置始连首麻吕

第三，《藤氏家传·武智麻吕传》中出现的神龟五年（公元728年）左右的朝中名人，包括：风流侍从8人、宿儒6人、文雅6人、方士4人、阴阳4人、历算4人、咒禁2人、僧纲2人。

风流侍从：六人部王、长田王、门部王、狭井王、樱井王、石川朝臣君子、阿倍朝臣安麻吕、置始工

宿儒：守部连大隅、越智直广江、<u>背奈行文</u>、<u>箭集宿祢虫麻吕</u>、<u>盐屋连古麻吕</u>、栖原东人

文雅：纪朝臣清人、<u>山田史御方</u>、葛井连广成、高丘连河内、<u>百济公倭麻吕</u>、大倭忌寸小东人

方士：<u>吉田连宜</u>、御立连吴明、城上连真立、张福子

阴阳：津守连通余、真人王仲文、津连首谷、鄂康受

历算：山口忌寸田主、志纪连大道、私石村、志斐连三田次

咒禁：余仁军、韩国连广足

僧纲：少僧都神叡、律师<u>道慈</u>

在这些当朝顶尖的文化人中，有 11 人（笔者标注下划线部分）出现在接待新罗使节的宴会等长屋王开设的诗宴中，[①]其中包含大陆移民氏族 6 人[②]，以及精通"阴阳"（大津连首）和"方士"的人物。因此，长屋王的诗宴无论从空间、人物还是内容上来看，俨然就是一个"山川异域，风月同天"[③]的古代东亚世界的缩影。从他们所作的诗歌中可知，神仙思想是其交流的神髓。

如前所述，文人们首先将佐保楼比拟为仙境。起源于中国，经新罗来到日本的移民氏族[④]山田史三方就是其中之一。三方也作"御形""御方"，长屋王家木简中有写有"山田先生"的木简，或为其人，可见他与长屋王关系之紧密。据《日本书纪》记载，三方原为沙门，且曾赴新罗求学，授官务广肆[持统六年（公元 692 年）冬十月壬戌朔壬申条]。山田史三方在《怀风藻》中官位是从五位下，任大学头，作诗三首。在五言绝句诗《秋日于长王宅宴新罗客　并序》中，三方以"已谢灵台下，徒欲报琼瑶"一句，将长屋王的佐保楼称赞为具有神仙气息的"灵台"，以表达新罗使节的感谢和惜别之情。[⑤]722 年，三方虽然涉嫌偷盗，但最终被元正天皇赦免（养老六年四月庚寅条）。这或许和长屋王的爱才惜才有一定关联。

神仙思想不仅体现在佐保楼的空间造型层面，还体现在长屋王的精神追求层面。百济移民氏族刀利宣令对此了如指掌。刀利宣令不仅通晓政事，和铜四年（公元 711 年）三月左右，在《经国集》

---

① 出现在《怀风藻》的长屋王诗宴中的人物除上述 10 人外，还有：境部王、调古麻吕、田中净足、安倍广庭、藤原总前、藤原宇合 6 人，共计 16 人。
② 出自中国的调忌寸古麻吕、新罗的山田史三方、高句丽的背奈公行文和百济的刀利宣令、吉宜、百济公倭麻吕。
③ "山川"一词在《怀风藻》中并用出现 6 次，但均与长屋王的诗宴无直接关系。"风月"一词在《怀风藻》中出现约 10 次，近一半集中在长屋王宴请新罗使节的诗宴上，并且长屋王在其本人作诗中就曾使用。
　68 五言 于宝宅宴新罗客 一首《赋得烟字》
　　高旻开远照，遥岭霭浮烟。有爱金兰赏，无疲风月筵。
　　桂山余景下，菊浦落霞鲜。莫谓沧波隔，长为壮士篇。
④ 佐伯有清：『新撰姓氏録の研究　本文篇』. 東京：吉川弘文館. 1962 年. 第 293、321、350 頁
⑤ 辰巳正明：『懐風藻全注釈』. 東京：笠間書院. 2012 年. 第 253 頁

中留有对策文两篇，而且从他作歌（三·313）歌颂吉野仙境可知，其本人就深受神仙思想的影响。刀利宣令在《怀风藻》中为正六位上，伊预掾，留下《五言 秋日于长王宅宴新罗客》和《五言 贺五八年》共两首，后者是他祝贺长屋王四十大寿所作汉诗。宣令在末句"兹时尽清素，何用子云玄"中，以杨雄《太玄经》的典故作为反衬，赞扬长屋王为政的"清素"。①长屋王四十岁时，正好是他和吉备内亲王所生子女升格为皇孙的年份，是其后半生平步青云的起点。

长屋王不仅在汉诗的世界中推崇神仙思想，在和歌的交流中同样有此倾向。东宫侍讲山上忆良曾作为大宝遣唐使少录入唐，神龟元年（公元724年），他所作的12首七夕歌中的第二首（八·1519）便是在时为左大臣的长屋王宅中所作。据其内容不难推测，长屋王的神仙思想或许还受到了山上忆良的影响。②不仅如此，山上忆良还曾与百济移民氏族吉田连宜和大宰府长官大伴旅人围绕《松浦泻与娘子赠答之歌》有过书信交流（五·864-867）。其中，吉田连宜原为僧人，名"惠俊"。文武天皇四年（公元700年）八月乙丑，朝廷因用其才干，而敕其还俗，赐名字"宜"，并授官务广肆。神龟元年（公元724年）五月，获赐"吉田连"姓。吉田连宜不仅精通医术和方术，而且汉诗和歌，无所不能，因此后世评他"兼长儒道，门徒有录"（《文德实录》嘉祥三年十一月乙卯条）。在《怀风藻》中，吉田连宜为正五位下，任图书头，留有五言律诗《秋日于长王宅宴新罗客》和《从驾吉野宫》二首。后者汉诗全文无不渗透了神仙思想，末句"梦渊渊"一词或许更是受到大伴旅人启发的点睛之笔。③

综上所述，以长屋王为核心，形成了以佐保楼为平台，以诗歌交流为媒介，以长屋王的交友圈为半径，以神仙思想为精髓的"山川异域，风月同天"的东亚世界。然而，这显然与佛教国家的意识形态相抵触。正如辰巳正明所指出的那样，《日本灵异记》中关于长

---

① 辰巳正明：『懐風藻全注釈』．東京：笠間書院．2012年．第291—292頁。
② 辰巳正明：『悲劇の宰相 長屋王』．東京：講談社．1994年．第145—146頁。
③ 辰巳正明：『懐風藻全注釈』．東京：笠間書院．2012年．第353頁

屋王因果报应故事的背后所隐藏着的，是佛教与儒教思想的激烈对抗，以及儒释道三教融合时代的到来，而这恰是当时东亚世界的文化发展趋势。[①]作为东亚世界的先行体验者，长屋王的思想在当时被称为"左道"而招来了杀身之祸。

## 七、左道倾国：长屋王之变

匹敌甚至凌驾于圣武天皇的高贵血统，从北宫王家继承的富可敌国的家产和庞大的家政机构，与满座高朋构建的儒释道融合的东亚世界模型，这些"有利"条件都让长屋王的势力如日中天。然而，当元明驾崩，圣武即位，藤原四子势力增强，政治力量平衡发生变化时，这些有利条件每一个都变成了诱发事端的不利条件。长屋王作为拥有高贵血统的皇位继承者而被猜忌，已经开始逐步解体的律令经济觊觎其丰厚的家产，长屋王宅邸庞大的家政机构则意味着内部矛盾错综复杂。然而，对于长屋王而言，最为致命的还是意识形态问题。将佛教作为政治外衣，而私下却沉浸于神仙思想之中的"阳奉阴违"的做法最终引发了事变。

天平元年（公元729年）二月，长屋王被告"左道倾国"，在短短的三天内招致灭门之灾，史称"长屋王之变"。其始末如下：

> 辛未（十日），左京人从七位下漆部造君足、无位中臣宫处连东人等告密称，左大臣正二位长屋王私学左道、欲倾国家。
> 
> 其夜，遣使固守三关。因遣式部卿从三位藤原朝臣宇合、卫门佐从五位下佐味朝臣虫麻吕、左卫士佐外从五位下津岛朝臣家道、右卫士佐从五位下纪朝臣佐比物等，将六卫兵，围长屋王宅。
> 
> 壬申（十一日），以大宰大式正四位上多治比真人县守、左大弁正四位上石川朝臣石足、弹正尹从四位下大伴宿祢道足、

---
① 辰巳正明：『悲劇の宰相　長屋王』．東京：講談社．1994年．第76頁。

权为参议。

巳时（上午10点左右），遣一品舍人亲王、新田部亲王、大纳言从二位多治比真人池守、中纳言正三位藤原朝臣武智麻吕、右中弁正五位下小野朝臣牛养、少纳言外从五位下巨势朝臣宿祢奈麻吕等，就长屋王宅，穷问其罪。

癸酉（十二日），令王自尽。其室二品吉备内亲王、男从四位下膳夫王、无位桑田王、葛木王、钩取王等，同亦自经。乃悉捉家内人等，禁着于左右卫士、兵卫等府。

甲戌（十三日），遣使葬长屋王·吉备内亲王尸于生马山。仍勅曰，吉备内亲王者无罪，宜准例送葬，唯停鼓吹，其家令、帐内等并从放免。长屋王者，依犯伏诛，虽准罪人，莫丑其葬矣。

丙子（十五日），勅曰，左大臣正二位长屋王，忍戾昏凶，触途则著，尽愚穷奸，顿陷疏纲，除灭贼恶。宜国司莫令有众，仍以二月十二日，依常施行。

戊寅（十七日），外从五位下上毛野朝臣宿奈麻吕等七人，坐与长屋王交通，并处流。自余九十人悉从原免。

己卯（十八日），遣左大弁正四位上石川朝臣石足等，就长屋王弟从四位上铃鹿王宅，宣勅曰，长屋王弟、姐妹、子孙及妾等合缘坐者，不问男女，咸皆赦除。

是日，百官大祓。

壬午（二十一日），曲赦左右京大辟罪已下，并免缘长屋王事征发百姓杂徭。又告人漆部造君足、中臣宫处连东人并授外从五位下，赐封卅户，田十町。漆部驹长从七位下，并赐物有差。

丁亥（二十六日），长屋王弟、姐妹并男女等见存者，预给禄之例。

天平十年七月丙子，左兵库少属从八位下大伴宿祢子虫，以刀研杀右兵库头外从五位下中臣宫处连东人。初子虫，事长屋王，颇蒙恩遇。至是，适与东人任于比寮。政事之隙，相共围棋，语及长屋王。愤发而骂，遂引剑斫而杀之。东人，即诬告长屋王事之人也。

长屋王之变可分为三个阶段，从朝廷视角而言，呈现出"措施先紧后松、打击目标明确"的特征。

第一，在十日的事发应急处理阶段，接到告密的朝廷果断而迅速地采取了最高级别的措施"固守三关"。此次固关是自元明天皇驾崩首次"固关"以来，第二次采取此番措施。不仅如此，朝廷还派遣"六卫兵，围长屋王宅"。但从二十一日记载可知，朝廷除了派遣亲卫军以外，还征发了百姓，以防万一。以上应急措施足可见朝廷判断事态严重，局势紧张。

第二，十一日至十二日的盘问阶段，与紧张的军事行动相比，对长屋王事件的调查就显得草率了。朝廷于十一日派遣一品舍人亲王和新田部亲王"穷问其罪"。两位亲王是天武的皇子，德高望重，可见这是一种皇族内部的严厉逼问。但是仅半天后的十二日，长屋王和吉备内亲王以及所生子女，即膳夫王、葛木王、钩取王，加之与石川氏所生女儿桑田王等就被逼自尽，家内人收监。值得注意的是，没有和长屋王同居的藤原氏子女则幸免于难。

第三，在十三日至二十六日的善后阶段，圣武天皇在十五日向国司下诏时仍用词严厉，称长屋王"忍戾昏凶，尽慝穷奸"，但是还是做了宽松的处置，不仅"莫丑"长屋王葬礼，还放还了家令和账内，赦免嫌疑犯90余人和长屋王的兄弟姐妹，并对告密人等相关人员进行赏赐。因此，长屋王之变中实际上获刑的是共犯被处以流刑的7人以及被迫自尽的长屋王和妻子子女（藤原氏除外），可谓精准打击。

关于长屋王之变的主谋和原因历来众说纷纭，主流观点大致可分为以下几类：

A 藤原氏为了阻止长屋王反对光明子立后而发动事变；[①]

B 圣武为了保证自己皇权继承的血统和权威，而铲除长屋王及

---

[①] 岸俊男：「光明立后の史的意义」．『日本古代政治史研究』．東京：塙書房．1966年。

其妻子；① 根据长屋王家木简，这一假设得到加强；②

C 圣武为了保证自己皇权继承的血统和权威，而铲除长屋王的儿子膳夫王；③

D 藤原氏要铲除将来有可能成为威胁的"北宫王家"。④

E 综合 ABD 三种说法。⑤

然而，这些说法忽略了《续日本纪》最基础的记载信息。事件由"左京人从七位下漆部造君足、无位中臣宫处连东人等告密"而起，前者或为长屋王宅邸内的工匠，而后者则在长屋王家木简中多以"中臣"字样表示，⑥可见也与长屋王家有密切联系。尤其是后者，既是挑起事件之人，也是长屋王平反记事中的关键人物（天平十年七月丙子条）。众所周知，"中臣氏"是掌管神道祭祀的世家，或是因为此人不满长屋王笃信佛教、沉浸于神仙思想而轻视神祇，故而造谣告发。可见，长屋王之变的导火索是"意识形态"问题。无须圣武天皇或藤原氏从外部阴谋加害，长屋王家内部庞大的家政体系中的复杂矛盾就令他惹祸上身了。当然，藤原氏出自中臣氏，如果从这个意义上来说，确实与藤原氏有一定关系。长屋王之变以后，藤原四子主政。然而，天平七年至九年的大疫导致四子皆亡，从而产生了所谓的长屋王怨灵之说。可见，长屋王之变以及此后引发的一系列历史事件的主线并非单纯的权力争斗，而是意识形态问题。因此，长屋王之变是与长屋王家有密切来往的中臣氏因为意识形态问题而告密引起，使原本为长屋王家内部的私人恩怨被藤原氏趁机

---

① 河内祥輔：『古代政治史における天皇制の論理』【増訂版】. 東京：吉川弘文館. 2014 年。

② 直木孝次郎：『奈良時代史の諸問題』. 東京：塙書房. 1968 年；金子裕之：「長屋王は左道を学んだか」. 『歴史読本 臨時増刊特集 古代天皇家と宗教の謎』第三十三巻二十四号. 東京：新人物往来社. 1988 年；早川庄八：「補講「長屋親王宮」木簡を読む」. 『続日本紀〔古典購読シリーズ〕』岩波セミナーブックス. 東京：岩波書店. 1993 年；等。

③ 大山誠一：『長屋王家木簡と奈良朝政治史』. 東京：吉川弘文館. 1993 年；関根淳：「長屋王の変と聖武天皇」. 『日本歴史』. 2020 年 5 月. 第 1—15 頁。

④ 森公章：『奈良貴族の時代史 長屋王家木簡と北宮王家』. 東京：講談社. 2009 年。

⑤ 山下信一郎：「第 6 講 長屋王の変」. 佐藤信編：『古代史講義【戦乱編】』. 東京：筑摩書房. 2019 年. 第 105 頁。

⑥ https://mokkanko.nabunken.go.jp/ja/?c=index.index&page=1&limit=96

利用，在圣武天皇未予积极庇护的情况下发生的悲剧。

最后，究竟何为"左道"？左道是"正道"这一治理良序社会必不可少之要素的对立面，自帝制初期起，它就被用来描述巫觋们的异端邪说。成书于汉代的《礼记·王制》视借助"左道"为罪大恶极。

> 析言破律，乱名改作，执左道以乱政，杀。
> 作淫声、异服、奇技、奇器以疑众，杀。
> 行伪而坚，言伪而辩，学非而博，顺非而泽以疑众，杀。
> 假于鬼神、时日、卜筮以疑众，杀。
> 此四诛杀者，不以听。

可见，"左道"从严格意义上讲是指政治上的权术阴谋，尤其是意图欺君的不忠之臣谋求私利的伪善之举。相比之下，另外三类罪行都与"惑众"的妖术、卜筮之术相关。但是，久而久之，左道也同巫蛊联系在了一起。在我国公元前1世纪，在控告朝廷命官"不道"之恶的诉状中，上述引文中的"执左道"曾多次出现。在其他例子中，左道也被用来指代方士们对君王的谄媚逢迎之语。在对涉嫌用巫术——更精确的说法是"咒诅"——伤害或杀害皇帝或其皇室成员的宫廷命妇施以死刑的奏章中，关于"执左道"的控诉尤其引人注目。到汉末，左道已经成为了巫蛊的同义词。魏文帝时，规定涉嫌行巫祝之术、非祀之祭者都将以执左道论处。在以后的律例中，"执左道"始终与巫祝相关。[1]

在出身神祇祭祀世家的中臣氏和笃信佛教并将其推升至国家意识形态的圣武天皇的眼里，沉浸于神仙思想，融合了儒释道的长屋王的东亚世界，自然就是不折不扣的"左道"了，必除之而后快。

---

[1] [美]万志英著、廖涵缤译：《左道——中国宗教文化中的神与魔》．北京：社会科学文献出版社．2018年．第3—4页。

## 八、小结

　　长屋王的时代正是日本国内律令制度逐步完善、政治经济相对稳定的和平年代。大宝元年（公元 701 年）的遣唐使派遣（实际成行于大宝三年），更是重启了因白村江之战以来中断了近 30 年的日唐交流，日本也由此进入了向唐朝学习的快车道。[①]长屋王出仕的庆云元年（公元 704 年）正是大宝遣唐使回国之时，而养老元年（公元 717 年）的遣唐使中有著名的玄昉、阿倍仲麻吕、吉备真备和井真成等人，他们引进的唐朝的典章制度、器乐礼仪等为长屋王政权做出了重要的贡献。此外，这一时期日本和新罗[②]以及与此后渤海[③]的交流也非常活跃。这一时期正是东亚世界在政治上和文化上融为一体的关键时期。

　　如前文所述，长屋王出身"皇三代"且继承了"北宫王家"遗产，拥有雄厚的经济实力和复杂庞大的家政机构。从长屋王的交友圈可知，在佛教信仰作为国家意识形态的当时，其个人却崇尚道教的神仙思想。因此，长屋王被其家政机构内部的神祇祭祀世家"中臣宫处连东人"告发，并最终在藤原氏的积极干预和圣武天皇的消极应对下，被冠以"左道倾国"的罪名遭受灭门之灾。可见，长屋王是东亚世界形成过程的参与者和体现者，长屋王之变不仅仅是皇权继承和奈良贵族间政治斗争的问题，而且是反映时代主流思想的意识形态问题。

　　长屋王之变后，历史的车轮并没有停止，随着遣唐使的回朝，日本短暂地融入东亚世界中，形成了绚烂的天平文化，长屋王"山

---

　　① 東野治之：『遣唐使』．東京：岩波書店．2007 年．第 36—37 頁。
　　② 日本和新罗往来约 25 次（田島公：『日本、中国・朝鮮対外交流年表（稿）—大宝元年—文治元年—』〔増補改訂版〕．2012 年。）
　　③ 古畑徹：『渤海国と東アジア』．東京：汲古書院．2021 年．第 300 頁。

川异域，风月同天"的理想也得以短暂实现。[①]然而，与此同时，东亚世界的退潮也已经悄悄开始，进而引发了日本在政治和文化上的转型。这将是笔者另外一个研究课题了。

---

[①] 李卓:《"儒教国家"日本的实像》，北京：北京大学出版社，2013年，第483—487页。

# 第六章　大陆移民政治外交中的文学
## ——基于《怀风藻》的考证

## 一、引言

《怀风藻》是日本现存最古老的汉诗集，据序文记载，其成书于天平胜宝三年（公元751年）冬十一月，总共收集了近江朝至奈良朝时期的64名诗人的120篇作品。[①]

《怀风藻》的研究，除了传统的注释研究以外，[②] 针对性的文化研究并不多见。[③] 近年来学界开始从古代东亚文坛的角度对该诗集进行研究。[④] 值得注意的是，这些研究本身正表明了《怀风藻》不仅是日本古代文学的瑰宝，而且是东亚古代文学的重要组成部分，而这

---

[①] 根据《怀风藻》流传版本不同，可分为两类：诗人64人、作诗118篇和诗人64人、作诗116篇。作诗数量的差异主要原因在于，《怀风藻》目录记释道融作诗5首，而实际有欠缺3首的版本，也有欠缺4首的版本；此外，《怀风藻》有的版本含有卷末的亡名氏作诗1首，而有的却缺失。

[②] 釈清潭：『懷風藻新釈』. 東京：丙午出版社. 1926年；澤田総清：『懷風藻注釈』. 東京：大岡山書店. 1933年；杉本行夫：『懷風藻』. 東京：弘文堂書房. 1943年；林古溪：『懷風藻新注』. 東京：明治書院. 1958年；小島憲之：『日本古典文学大系　懷風藻　文華秀麗集　本朝文粋』. 東京：岩波書店. 1964年；江口孝夫：『全注釈　懷風藻』. 東京：講談社. 2000年；辰巳正明：『懷風藻全注釈』. 東京：笠間書院. 2012年；等々。

[③] 大野保：『懷風藻の研究』. 東京：三省堂. 1957年。

[④] 王晓平：《怀风藻的山水与玄理》.《天津师大学报（社会科学版）》. 2000年第6期；肖瑞峰：《〈怀风藻〉：日本汉诗发轫的标志》.《浙江大学学报（人文社会科学版）》. 2000年12月；辰巳正明　編：『懷風藻　漢字文化圏の中の日本古代漢詩』. 東京：笠間書院. 2000年；王晓平：《〈怀风藻〉的炼字技巧》.《天津师范大学学报（社会科学版）》. 2001年第5期；辰巳正明　編：『懷風藻―日本的自然観はどのように成立したか』. 東京：笠間書院. 2008年；等等。

主要源于其丰富多彩的国际特色。《怀风藻》的国际特色主要在于其作者的多元化，其中有不少是古代大陆移民氏族。古代大陆移民主要是指公元前后至公元10世纪，来往于中国、日本和朝鲜半岛之间的人群。在《怀风藻》[①]中，他们以诗人身份出现，本稿中将其略称为"移民诗人"。《怀风藻》中共有18名移民诗人，创作汉诗总计29首。这些移民诗人分别出自百济、新罗和高句丽。

本章将《怀风藻》分为三个时代：第一期、平城京之前，包括天智、天武和持统、文武和元明天皇前期（公元662年—710年），第二期、平城京前期，即元明天皇平城迁都至圣武天皇天平元年（公元710年—729年），以及第三期、平城京后期，圣武天皇天平元年、孝谦天皇天平胜宝五年（公元729年—753年）。并从本藻中的诗人以及其作诗入手，针对古代移民氏族诗人及其作诗进行略考。

## 二、平城迁都之前的移民氏族诗人

### 释弁正　百济

根据《怀风藻》对释弁正的传记可知，释弁正是僧人，俗姓秦氏。据《新撰姓氏录》记载，秦氏的祖上可以追溯到秦朝。秦始皇的三世孙孝武王之子功满王于仲哀天皇八年来到倭国；其子融通王（又名弓月王）又于应神天皇十四年率百廿七县百姓来到倭国。[②]又据《日本书纪》记载，弓月王率众自百济来倭之时，还受到了新罗的阻挠。[③]总之，秦氏是一支于公元3世纪末东渡日本列岛的移民氏族。

---

① 本文使用辰巳正明的《怀风藻全注释》为版本，以下不再赘述。
② 佐伯有清：『新撰姓氏録の研究　本文篇』．東京：吉川弘文館．1962年．第279页、第307页。
③ 小島憲之など校注・訳：『新編日本古典文学全集2　日本書紀①』．東京：小学館．1994年．第482—485页。

释弁正于大宝年中受大和朝廷之命，前往唐朝求学，估计是其随第七次遣唐使（公元702年）入唐的。在唐朝期间，弁正还遇到了尚未登基的皇太子李隆基。弁正因为善于下围棋而屡受李隆基赏遇。可能由于弁正"性滑稽，善谈论"的开朗性格，他还在唐还俗结婚，且生有两子：朝庆和朝元。其后，弁正与其长子朝庆在唐终老，而朝元则回到日本。天平年中，秦朝元又作为遣唐使的判官入唐，拜见时为天子的李隆基。李隆基因其父而优诏厚赏秦朝元。

释弁正在《怀风藻》中留有五言诗两首，《与朝主人》和《在唐忆本乡》。

  释弁正二首
  （传略）
  026 五言 与朝主人[①]
  钟鼓沸城闉，戎蕃预国亲。神明今汉主，柔远静胡尘。
  琴歌马上怨，杨柳曲中春。唯有关山月，偏迎北塞人。
  027 五言 在唐忆本乡 一绝
  日边瞻日本，云里望云端。远游劳远国，长恨苦长安。

有研究认为，27号诗是弁正借题倾吐思乡之情，而26号诗则真实地流露出了其由于跨国婚姻造成的复杂情感和矛盾心情。[②]

这两首诗在日本汉诗史上具有十分重要的意义，因此这是日本人首次在国外作诗。其中，26号诗吟诵的是公主出嫁异族，即所谓的异族联姻时，远离故土的悲伤与怨愁；而该诗是赠送给"当朝主人"的。那么，从《怀风藻》中的弁正传来看，这位"主人"极有可能便是当时的皇太子李隆基。此外，从和歌中多有使用的"代吟"手法（即歌人站在本该吟歌者的立场，代替其吟诵和歌的方法）来看，则也可将26号诗看作弁正代替与之交好的李隆基吟诗，以代言

---

[①] 此编号按照辰巳正明著《怀风藻全注释》加注，下同。
[②] 王勇："第五章 遣唐使与混血儿". 王勇、中西进主编：《中日文化交流史大系10 人物卷》. 杭州：浙江人民出版社. 1996年. 第187页。

李隆基的心情，这是僧与官的交流。①从这个意义上来说，这首诗一方面体现了和歌的吟唱手法在汉诗中的运用，另一方面，体现了从一个日本留学僧的眼中看到的唐朝与外国的关系，这无疑是极有意义的内容。因而不可完全将此诗仅仅看作弁正的思乡之作。

27号诗亦如此。据《万叶集》记载，同为第七次遣唐使少录入唐的山上忆良在回国之际，曾作歌一首：

　　　　山上臣憶良、大唐に在りし時に、本郷を憶ひて作る歌
　　　　いざ子ども　早く日本へ　大伴の　三津の浜松　待ち恋ひぬらむ（一・63）

与此表达回国之喜悦心情的歌相对的，正是留在唐朝的弁正的汉诗。但是，弁正的汉诗使用了同音重叠语，体现了轻快的节奏。这种乐府歌的形式，其主题并非留在唐朝的沉痛与悲伤。②能够留在唐朝为官且成家立业，对于原为一介留学僧的弁正来说可能是意外之喜，何来望乡之忧呢？更何况，原为移民氏族秦氏的弁正，其氏族之根就在中国大陆，能够随遣唐使回到唐朝，且在本土颐养天年，可谓是落叶归根，更无遗憾。

## 调忌寸老人　中国、朝鲜半岛

关于调忌寸一族，据《新撰姓氏录》记载，其祖为号称东汉灵帝曾孙的阿智王（又作"阿知使主""阿知直"等）。应神天皇时，阿智王为避乱率领七姓汉人等来到倭国。其子都贺使主有三子，其中第三子尔波伎直，乃调忌寸一族的始祖。③

据《日本书纪》持统天皇三年（公元689年）六月癸未条记载，勤广肆调忌寸老人任撰善言司。"撰善言司"可能是为编撰《善言》（教育持统天皇之孙轻皇子的书籍）而设的官司，调忌寸老人能被委

---

① 山口敦史：「東アジアの漢詩と僧侶—『懐風藻』僧伝研究序説」．辰巳正明編：『懐風藻　漢字文化圏の中の日本古代漢詩』．東京：笠間書院．2000年．第163—164頁。
② 辰巳正明：『懐風藻全注釈』．東京：笠間書院．2012年．第161頁。
③ 佐伯有清：『新撰姓氏録の研究　本文篇』．東京：吉川弘文館．1962年．第357—359頁。

任为其中一员，可见其熟知古今中外典籍的修养。又据《续日本纪》文武天皇四年六月甲午条，调忌寸老人等因撰订律令有功而获赏赐。当时，其官职为直广肆，姓为伊美吉。大宝元年（公元701年）八月辛酉条记载，已故调忌寸老人因参与制定律令而被追赠正五位上的官位。大宝三年（公元703年）二月丁未条，因其参与大宝令的制定，其子获赏田六町，封百户。封户仅惠及其子一代，而赏田则可传一世。因此，宝字元年（公元757年）十二月壬子条，根据先朝所定，调忌寸老人之子所获功田（此处记录为"十町"）可传给其子，即老人之孙。此外，在天长三年（公元826年）十月五日的《应撰定令律问答私记事》中，调忌寸老人为赠正四位上。①

在《怀风藻》中，调忌寸老人是正五位下，任大学头，即大学寮的长官，留下五言古体诗《三月三日应诏》一首。

> 正五位下大学头调忌寸老人一首
> 028　五言　三月三日应诏　一首
> 玄览动春节，宸驾出离宫。胜境既寂绝，雅趣亦无穷。
> 折花梅园侧，酌醴碧澜中。神仙非存意，广济是攸同。
> 鼓腹太平日，共咏太平风。

作此诗时，调忌寸老人应是晚年，该诗最迟不应晚于大宝元年（公元701年）八月，但究竟调忌寸老人是何时亡故的不明。诗中鼓腹击壤，歌唱太平的意境，恰恰体现了年已垂暮的调忌寸老人对于晚年生活以及对自己一生的满足。尤其是被文武天皇召见，参加上巳佳节的曲水之宴，更是不甚荣幸。此外还应该注意，此诗为五言十句的古体诗形式。

### 刀利康嗣　百济

据天平宝字五年（公元761年）三月庚子条记载，淳仁天皇给

---

① 佐伯有清：『新撰姓氏録の研究　考証篇　第六』．東京：吉川弘文館．1983年．第278頁．

移民氏族赐姓，其中包含刀利甲斐麻吕等百济人、达沙仁德等高丽人、新良木舍姓县麻吕等新罗人以及伯德广足等汉人。可见，刀利一族是出自百济的移民氏族，而刀利康嗣和刀利宣令可能为同族，获得丘上连姓的刀利甲斐麻吕则可能为其后裔。

据《藤氏家传》的"武智麻吕传"记载，庆云二年（公元705年），时任大学寮助的藤原武智麻吕在仲春释奠之时，请刀利康嗣作文，以"祭先师之灵，垂后生之则"，于是康嗣作释奠文。[1] 和铜三年（公元710年）正月甲子条，刀利康嗣从正六位上升至从五位下。《怀风藻》记载刀利康嗣为大学博士，从五位下，年八十一，可见应该是和铜三年（公元710年）年之后。康嗣享年81岁。

《怀风藻》中，刀利康嗣作五言十二句古体诗《侍宴》一首。

　　大学博士从五位下刀利康嗣一首　　（年八十一）
　035　五言　侍宴　一首
　　嘉辰光华节，淑气风自春。金堤拂弱柳，玉藻泛轻鳞。
　　爰降丰宫宴，广垂栢梁仁。八音寥亮奏，百味声香陈。
　　日落松影开，风和花气新。俯仰一人德，唯寿万岁真。

刀利康嗣作为下级贵族能够参加御宴且应诏作诗，自是十分荣耀的事情。但是所作诗歌极为平庸，完全是出于集体礼节性的吟诵，没有特色，因此对此诗的评价历来不高。然而，这也恰恰体现了刀利康嗣的性格，即为人质朴，平庸而循规蹈矩。因此，仕途虽不通达，但也无失足之灾难。

## 荆助仁　百济

据《新撰姓氏录》左京诸藩下记载，荆助仁的同族、当时官至达率的荆员长是百济国人。[2] 其中，达率是百济十六阶官位的第二位，荆员长可能是在天智天皇二年（公元663年）白村江之战以后，逃

---

[1] 冲森卓也など：『藤氏家伝　鎌足・貞慧・武智麻呂伝　注釈と研究』. 東京：吉川弘文館. 1999年. 第314頁.
[2] 佐伯有清：『新撰姓氏録の研究　本文篇』. 東京：吉川弘文館. 1962年. 第287頁.

亡倭国的百济移民。荆助仁亦为荆姓，应该是员长的同族，[①]同源于百济。

保安元年（公元1120年）六月二十八日由观世音寺上进东大寺的同寺文书的案文中所引的大宝四年（公元704年）二月的大宰府移中，荆助仁署名为大宰少典。[②]大宰少典为正八位上，而在《怀风藻》目录中，荆助仁为正六位上，官职为左大史，即太政官的官员。可见，荆助仁是在历任大宰府少典一职后，调回中央任官的，时间应至少在和铜五年（公元712年）之后。此后不久，荆助仁便英年早逝了。

　　正五位下左大史荆助仁一首　　（年卅七）
　　034　五言　咏美人　一首
　　巫山行雨下，洛浦回雪霏。月泛眉间魄，云开髻上晖。
　　腰逐楚王细，体随汉帝飞。谁知交甫珮，留客令忘归。

在《怀风藻》中直接描写女性的诗文仅此一篇，而此诗所体现的对于女性审美的标准，主要是通过画作而不是文献获得的。[③]在荆氏一族中，有人从事东大寺写经所的装潢，即准备写经纸张并在写经后装订经卷的工作，可见，荆氏一族是有条件经常接触绘画的。[④]荆助仁所吟系绘画中之美女的可能性较大。

## 田边史百枝　百济

田边史的氏族名称来自田边废寺遗迹所在的大阪府柏原市国分町田边一带，此地在古代属于河内国安宿郡资母乡。田边史一族出自汉王之后知惣。这里的"汉王"指百济国王贵须王，而"知惣"

---

① 佐伯有清：『新撰姓氏録の研究　考証編　第五』. 東京：吉川弘文館. 1983年. 第32—33頁。
② 竹内理三など編：『日本古代人名辞典1』. 東京：吉川弘文館. 1958年. 第218頁。
③ 辰巳正明：『懐風藻全注釈』. 東京：笠間書院. 2012年. 第185—186頁。
④ 佐伯有清：『新撰姓氏録の研究　考証編　第五』. 東京：吉川弘文館. 1983年. 第32—33頁。

是其孙辰孙王，又名智宗王。①田边史因出众的文书读解能力和写作文采而闻名，并于天平胜宝二年（公元750年），改姓上毛野公。②

文武四年（公元700年）六月甲午条记载，追大壱田边史百枝因撰定律令而获得赏赐，前文中的调忌寸老人亦在其列。田边史百枝在《怀风藻》中为大学博士，目录记其官位是从六位上。诗集中有其五言十句古体诗《春苑应诏》一首。

> 大学博士田边史百枝一首
> 038　五言　春苑应诏　一首
> 圣情敦汎爱，神功亦难垠。唐凤翔台下，周鱼跃水滨。
> 松风韵添咏，梅花薰带身。琴酒开芳苑，丹墨点英人。
> 适遇上林会，忝寿万年春。

与调忌寸老人一样，身为下级贵族的田边史百枝因为参与大宝令的编撰而获得赏赐。此次，天皇又召见田边史百枝参加御宴，百枝更是深感荣幸之至。这种满心的欢喜与荣耀之感在此诗中化成了对天皇的直接赞美，其中表达的情感与调忌寸老人的鼓腹击壤，共唱太平歌的意境如出一辙。

## 三、平城京前期的移民氏族诗人

### 黄文连备　高句丽

据《新撰姓氏录》山城国诸藩记载，黄文连出自高丽国人久斯祁王。③黄文的氏族名来自其作为画师以及制作佛经经卷用纸的职

---

① 佐伯有清：『新撰姓氏録の研究　考証編　第五』．東京：吉川弘文館．1983年．第172—174頁。
② 佐伯有清：『新撰姓氏録の研究　本義篇』．東京：吉川弘文館．1962年．第168頁。
③ 佐伯有清：『新撰姓氏録の研究　本文篇』．東京：吉川弘文館．1962年．第310頁。

业。因此，黄文一族中画师较多。①

据文武四年（公元700年）六月甲午条记载，黄文连备本人官位追大壹，因撰定律令而与田边史百枝、调忌寸老人等一同获得赏赐。在和铜四年（公元711年）四月壬午条的叙位中，黄文连备从正六位上升至从五位下。在《怀风藻》中，黄文连备是主税头，即主税寮的长官，从五位下，此后不久便亡故，享年56岁。在《本朝月令》四月七日奏成选短册条记载，正六位上的黄文连备在和铜四年四月的叙位是从五位下。②

黄文连备在《怀风藻》中作五言律诗《春日侍宴》一首。

> 主税头从五位下黄文连备一首　（年五十六）
> 057　五言　春日侍宴　一首
> 玉殿风光暮，金墀春色深。雕云遏歌响，流水散鸣琴。
> 烛花粉壁外，星燦翠烟心。钦逢则圣日，束带仰韶音。

此诗作为侍宴诗歌，强调了音乐的重要性。礼乐兼备，政治才和谐。③此诗强调天皇治下政通人和，这一点与前文中的调忌寸老人和田边史百枝的诗作主题无异。或许是文武天皇在对他们参与律令编撰进行赏赐前后，又设宴款待了他们一次。

## 吉智首　百济

据《新撰姓氏录》左京皇别记载，在崇神天皇之时，任那上奏称有三己汶地，地丰人富，只因和新罗相争，不得治理。因此，请倭国将军前去治理，并将此地作为倭国的部献上。于是，天皇召集君臣商议，决定派遣"力过众人，性亦勇悍"的盐乘津彦命前往镇守。然而，当地称长官"宰"为"吉"，所以这便成为了盐乘津彦命的后裔之姓。又据《续日本后纪》承和四年六月己未条，盐乘津彦

---

① 佐伯有清：『新撰姓氏錄の研究　考証編　第五』．東京：吉川弘文館．1983年．第327—329頁．
② 塙保己一：『群書類従・第六輯』．東京：続群書類従完成会．1931年．第266頁．
③ 辰巳正明：『懐風藻全注釈』．東京：笠間書院．2012年．第269頁．

命的第八代子孙达率尚大吉和其弟少尚等"有怀土心",所以回到倭国"世传医术,兼通文艺"。其子孙、从五位下的吉知须即吉智首回国,居奈良京村。至圣武天皇神龟元年时,得赐吉田连姓;其中"吉"是本姓,而"田"字则取自其居住地。①

据《续日本纪》养老三年(公元719年)正月壬寅条,吉智首从正六位上升为从五位下。神龟元年(公元724年)五月辛未条,其与众多移民以及同族吉宜一起,被赐姓吉田连。在《怀风藻》中,吉智首的官位是从五位下,任出云国的副官"介",作五言十句古体诗《七夕》一首。

从五位下出云介吉智首一首　(年六十八)
056　五言　七夕　一首
冉冉逝不留,时节忽惊秋。菊风披夕雾,桂月照兰洲。
仙车渡鹊桥,神驾越清流。天庭陈相嘉,华阁释离愁。
河横天欲曙,更叹后期悠。

吉智首所作五言十句古体诗,吟诵了织女渡河会牛郎的情节,这是汉诗的传统,而在和歌中,则相反是牛郎去见织女。尤其需要注意的是,吉智首在诗中指出了牛郎织女相会的地点,即"天庭"和"华阁",这应该是基于其对天上世界的理解。从其经历来看,应与其长期在百济生活的经历相关。

### 调忌寸古麻吕　中国、朝鲜半岛

调忌寸古麻吕与前文所考调忌寸老人一样,自称源于东汉灵帝曾孙阿智王,但实际上属于经朝鲜半岛来到倭国的移民氏族。

据养老五年(公元721年)正月甲戌条记载,调忌寸古麻吕时为明经第二博士,正七位上,因其"优游学业,堪称师范",于"文人武士,国家所重,医卜方术,古今斯崇"之际,在"百僚之内"被选拔,故获赐绝十五疋、丝十五绚、布卅端、锹廿口,以"劝励

---

① 佐伯有清:『新撰姓氏録の研究　本文篇』. 東京:吉川弘文館. 1962年. 第167頁。

后生"。

调忌寸古麻吕在《怀风藻》中，为皇太子学士，正六位上，作五言律体诗《初秋于长王宅宴新罗客》一首。

> 皇太子学士正六位上调忌寸古麻吕一首
> 062　五言　初秋于长王宅宴新罗客
> 一面金兰席，三秋风月时。琴樽叶幽赏，文华叙离思。
> 人含大王德，地若小山基。江海波潮静，披雾岂难期。

在《怀风藻》中，调忌寸古麻吕已经升官，且为"皇太子学士"，即皇太子的老师，这可能是因为其精通儒家经典。能够参加长屋王"文学沙龙"的也正是这样在当时才学出众的人物。古麻吕在官方的宴会上，也不忘称赞长屋王的德行，并特别指出，新罗客来朝，即新罗与倭国的通好，主要功绩在于长屋王。自己作为长屋王座上客，必然要代表长屋王吟诵，称新罗为"金兰"。

## 背奈王行文　高句丽

行文在《万叶集》中作"消奈公行文"，而在《怀风藻》中则作"背奈王行文"，是来自高句丽的移民。行文是福信的伯父，据《续日本纪》延历八年十月乙酉条福信的薨传记载，在福信幼年时，行文携其从家乡武藏国高丽郡上京；而肖奈一族之祖名为福德，是在唐朝将领李勣攻破平壤城时逃亡至倭国的，福信为福德之孙。

"背奈"之名起源于高句丽五部之一的消奴部，[1]来倭后称"肖奈公"。据《续日本纪》天平十九年（公元747年）六月辛亥条记载，得赐姓"肖奈王"；并于天平胜宝二年正月丙辰条中，得赐姓"高丽朝臣"。据《新撰姓氏录》记载，高丽朝臣出自高句丽好台七世孙延典王。但"好台"恐为"好太王"之误，而"延典王"则恐为"延

---

[1] 小岛宪之など校注・訳：『新编日本古典文学全集9　万叶集④』．东京：小学馆．1996年．第506页。

兴王"之误。①

　　行文本人同前述调忌寸古麻吕一样，在养老五年（公元721年）正月为正七位上，明经第二博士，且因优游学业，堪为师范而得赏赐。此后，在神龟四年（公元727年）十二月丁亥条中记载，时为从正六位上的行文荣升至从五位下。行文在神龟六年（公元729年）左右，据《藤氏家传》记载为当时"宿儒"之一，与其齐名且在《怀风藻》中留下汉诗的还有箭集宿祢虫麻吕。②

　　行文在《万叶集》中作《谤倭人歌》一首，左注为"博士消奈行文大夫"。

　　　　倭人を謗る歌一首
　　　　奈良山の　児手柏の　両面に　かにもかくにも　倭人が伴（十六・3836）
　　　　右の歌一首、博士消奈行文大夫作る。

　　在《怀风藻》中，背奈王行文为从五位下，任职大学寮副官，作五言律诗《秋日于长王宅宴新罗客》一首。

　　　　从五位下大学助背奈王行文二首　（年六十二）
　　　　060　五言　秋日于长王宅宴新罗客一首　（赋得风字）
　　　　嘉宾韵小雅，设席嘉大同。鉴流开笔海，攀桂登谈丛。
　　　　盃酒皆有月，歌声共逐风。何事专对士，幸用李陵弓。

　　这首诗中的行文署名已经改为"背奈王"，可见作诗年代应该在天平十九年（公元747年）之后。在本诗中，大多数诗句都是称颂长屋王宴请新罗客的应景之辞，唯最后两句值得深思。诗面的意思是"能够完成任务的'专对士'应该忘记公务，就像李陵那样以弓

---

① 佐伯有清：『新撰姓氏録の研究　考証編　第五』．東京：吉川弘文館．1983年．第52頁。
② 沖森卓也など：『藤氏家伝　鎌足・貞慧・武智麻呂伝　注釈と研究』．東京：吉川弘文館．1999年．第363頁。

箭忘记忧愁"。[①]但笔者认为，如果对照李陵弓的典故，其意象完全与行文当时所处的环境相吻合，即身处倭国，无以慰藉忧愁之物，就像李陵身处匈奴以弓箭聊作寄托一样，行文只能以汉诗安慰自己。行文在大致同一时期所吟诵的万叶和歌，也同样体现了他内心的不满和忧伤感情。[②]

此外，背奈王行文还写有《上巳禊饮应诏》一首。

061　五言　上巳禊饮应诏
皇慈被万国，帝道沾群生。竹叶禊庭满，桃花曲浦轻。
云浮天里丽，树茂苑中荣。自顾忝庸短，何能继叡情。

上巳佳节是中国的传统节日，长屋王文化沙龙能够在倭国过此佳节，且邀请移民氏族也来参加，体现了其中华小帝国思想的成形。

## 山田史三方　中国、新罗

山田氏在历史上经过了"史""造""连""宿祢"多个姓的变迁。据《新撰姓氏录》右京诸藩上记载，山田宿祢出自周灵王太子晋；[③]又据河内国诸藩记载，山田宿祢出自魏司空王昶。[④]除此以外，在未定杂姓和泉国中，还有山田造出自新罗国天佐疑利命。[⑤]可见，山田氏与中国、新罗有着很深的渊源，是起源于中国、经新罗来到日本列岛的氏族。

山田史三方也作"御形""御方"。据《日本书纪》持统六年（公元692年）冬十月壬戌朔壬申条记载，御形授官务广肆。其此前为沙门（僧人），且曾赴新罗求学，被授官时应已经还俗。[⑥]至文武天

---

① 辰巳正明：『懐風藻全注釈』．東京：笠間書院．2012年．第278頁。
② 王凯：《日本古代大陆移民的"文学性"政治斗争——基于〈万叶集〉的一考察》，《日语学习与研究》，2013年第2期。
③ 佐伯有清：『新撰姓氏録の研究　本文篇』．東京：吉川弘文館．1962年．第293頁。
④ 佐伯有清：『新撰姓氏録の研究　本文篇』．東京：吉川弘文館．1962年．第321頁。
⑤ 佐伯有清：『新撰姓氏録の研究　本文篇』．東京：吉川弘文館．1962年．第350頁。
⑥ 小島憲之など校注・訳：『新編日本古典文学全集4　日本書紀③』．東京：小学館．1998年．第532—533頁。

皇庆云四年（公元707年）四月丙午条，因朝廷优待学士而获赐布、锹、盐、谷，此时御方为正六位下。元明天皇和铜三年（公元710年）正月甲子条，山田史御方的官位从正六位下升至从五位下。此次升职亦包括刀利康嗣。紧接着在和铜三年（公元710年）四月癸卯条，被任命为周防守。元正天皇养老四年（公元720年）正月甲子条，三方的官位升至从五位上。养老五年（公元721年）正月庚午条，山田史三方和同为移民氏族的乐浪河内、刀利宣令以及著名的万叶歌人山上忆良等人，奉诏在退朝后做东宫侍讲。同月甲戌条，御方作为文章家，以其优游学业，堪称师范，为劝励后生而获赏赐。同时获赏的还有背奈公行文和调忌寸古麻吕等移民氏族。值得注意的是，山田史御方排位于文章类师范之首，其次才是后来赫赫有名的纪氏一族。然而，山田史三方在仕途上的一帆风顺也好景不长。养老六年（公元722年）四月庚寅条诏曰，周防国前任长官从五位上山田史御方，因"监临犯盗"（即监守自盗），"理合除免"，但因适逢大赦，所以赦免其罪。现需没收其所盗赃物，但御方家中没有寸布。元正天皇认为，御方曾经远赴藩国新罗游学，回朝之后，又教授学生且颇有成效。这样的人是否真会毫无廉耻地堕落到偷盗的行列，值得怀疑。因此，"宜加恩宠"，就不再追缴赃物了。

据《藤氏家传》记载，山田史御方在神龟六年（公元729年）左右列"文雅"第二，而第一则是《续日本纪》养老五年（公元721年）正月甲戌条中曾排在其后的纪朝臣清人，葛井连广成亦在其中。[①]

山田史三方在《怀风藻》中官位是从五位下，任大学头，作诗三首，分别为：五言绝句诗《秋日于长王宅宴新罗客　并序》一首，五言律诗《七夕》一首和五言绝句《三月三日曲水宴》一首。

大学头从五位下山田史三方三首
052　五言　秋日于长王宅宴新罗客一首　并序
君王以敬爱之冲衿，广辟琴罇之赏。使人承敦厚之荣命，钦戴

---

① 冲森卓也など：『藤氏家伝　鎌足・貞慧・武智麻呂伝　注釈と研究』．東京：吉川弘文館．1999年．第363頁．

凤鸾之仪。于是琳琅满目，萝葵充薛筵。玉俎雕华，列星光于烟幕。珍馐错味，分绮色于霞帷。羽爵腾飞，混宾主于浮蚁。清谈振发，忘贵贱于窗鸡。歌台落尘，郢曲与巴音杂响。咲林开靥，珠晖共霞影相依。于时露凝昊序，风转商郊。寒蝉唱而柳叶飘，霜雁度而芦花落。小山丹桂，流彩别愁之篇。长坂紫兰，散馥同心之翼。日云暮矣，月将继焉。醉我以五千之文，既舞踏于饱德之地。博我以三百之什，且狂简于叙志之场。清写西园之游，兼陈南浦之送。含毫振藻，式赞高风。云云。

　　白露悬珠日，黄叶散风朝。对揖三朝使，言尽九秋韶。
牙水含调激，虞葵落扇飘。已谢灵台下，徒欲报琼瑶。
053　五言　七夕　一首
金汉星榆冷，银河月桂秋。灵姿理云鬟，仙驾度潢流。
窈窕鸣衣玉，玲珑映彩舟。所悲明日夜，谁慰别离忧。
054　五言　三月三日曲水宴　一首
锦严飞瀑激，春岫晔桃开。不惮流水急，唯恨盏迟来。

对照《续日本纪》记载，这些诗应该创作于和铜三年（公元710年）至养老四年（公元720年）之间，即三方任周防国长官回京后，再任职大学寮的长官这一时期。在052号诗中，山田史三方先站在日本即长屋王的立场上称新罗使为"三朝使"，并认为双方交流在礼，即"对揖"；又在诗乐，即"九球韶"。作为有着留学经历的移民氏族诗人，三方在此诗最后突然转变角色，站在新罗使的立场上，"已谢灵台下，徒欲报琼瑶"，以表达使人的感情。[①] 能够在一首诗中八面玲珑地代表日本和新罗，充分体现了其移民氏族身份以及个人经历的特殊性。山田史三方的文采得到了朝廷上下一致认可，就连犯了监守自盗之罪，都可以因为文章出色而得到元正天皇的赦免。这种对自己文采的自信在其054号诗中，也有所体现。三方自己吟诵到"不惮流水急，唯恨盏迟来"，即自己已经准备好吟诵的诗歌了，而酒杯却迟迟还没有飘过来。

---

[①] 辰巳正明：『懐風藻全注釈』．東京：笠間書院．2012年．第253頁。

## 刀利宣令　百济

刀利宣令与前文的刀利康嗣应是同族，为来自百济的移民氏族。在《万叶集》中，"刀利"又称"土理""刀理"，在《经国集》中则略称为"刀"。

刀利宣令在和铜四年（公元711年）三月左右，在《经国集》中留有对策文两篇。[①] 养老五年（公元721年）正月庚午条，时为从七位下的刀利宣令和同为移民氏族的山田史三方、乐浪河内以及著名的万叶歌人山上忆良等人奉诏在退朝后担任东宫侍讲。在《万叶集》中，他留下杂歌两首。

　　土理宣令の歌一首
　　み吉野の　滝の白波　知らねども　語りし継げば　古思ほゆ（三・313）
　　刀理宣令の歌一首
　　もののふの　磐瀬の社の　ほととぎす　今も鳴かぬか　山の常蔭に（八・1470）

刀利宣令在《怀风藻》中为正六位上，伊预掾，时年59岁，共留下五言律诗《秋日于长王宅宴新罗客》和《贺五八年》两首。

正六位上刀利宣令二首　（年五十九）
063　五言　秋日于长王宅宴新罗客　一首　（赋得稀字）
玉烛调秋序，金风扇月帏。新知未几日，送别何依依。
山际愁云断，人前乐绪稀。相顾鸣鹿爵，相送使人归。
064　五言　贺五八年
纵赏青春日，相期白发年。清生百万圣，岳土半千贤。
下宴当时宅，披云广乐天。兹时尽清素，何用子云玄。

---

[①] 与謝野寛：『覆刻　日本古典全集　懐風藻　凌雲集　文華秀麗集　経国集　本朝麗藻（オンデマンド版）』．東京：現代思想新社．2007年．第186—187頁。

在063号诗中，刀利宣令在宴会这一体现国际礼仪的舞台上，直接表达了送别的离愁。在064号诗中，他吟诗祝贺长屋王四十大寿，并引用了杨雄的《太玄经》的典故，以表明自身的"清素"。移民氏族诗人吟诵自己的"清"，不仅是体现了自己受到道教玄学思想的影响，而且是，为了表明自身行事之清白，对比出本土氏族之"浊"，即背奈公行文所称之"佞人"。

### 百济公和麻吕　百济

百济公的旧姓为"余"，该姓源于百济国名。据《新撰姓氏录》左京诸藩下记载，百济公出自"百济国都慕王廿四世孙汶渊王"。[①]但是，据右京诸藩下记载，则为"因鬼神感和之义，命氏谓鬼室。废帝天平宝字三年，改赐百济公姓"；又据和泉国诸藩记载，则出自"百济国酒王"。不仅如此，在该氏族称"百济公"之前，还曾姓为"百济君"。[②]总之，百济公一族是来自百济的移民氏族。

百济公和麻吕也作"倭麻吕"。庆云四年（公元707年）九月八日，百济公倭麻吕在《经国集》中留有对策文两篇。[③]在《藤氏家传》中，神龟六年（公元729年）左右，百济公倭麻吕与山田史御方、葛井连广成、高丘连河内等移民氏族同列"文雅"。[④]《二中历》的登省历中，见其庆云四年（公元707年）五月十一日献策《知人情动》的记载。[⑤]

据《怀风藻》记载，百济公和麻吕为正六位上，任但马守，时年56岁；并作五言十二句古体诗《初春于左仆射长王宅讌》，五言

---

① 佐伯有清：『新撰姓氏録の研究　本文篇』．東京：吉川弘文館．1962年．第286、300、330頁。

② 佐伯有清：『新撰姓氏録の研究　考証編　第五』．東京：吉川弘文館．1983年．第25—26頁。

③ 与謝野寛：『覆刻　日本古典全集　懐風藻　凌雲集　文華秀麗集　経国集　本朝麗藻（オンデマンド版）』．東京：現代思潮新社．2007年．第185—186頁。

④ 沖森卓也など：『藤氏家伝　鎌足・貞慧・武智麻呂伝　注釈と研究』．東京：吉川弘文館．1999年．第363頁。

⑤ 近藤圭造：『改定史籍集覧　第廿三冊』．東京：近藤出版部．1973年．第214頁。

律诗《七夕》和五言律诗《秋日于长王宅宴新罗客》，共计三首。

  正六位上但马守百济公和麻吕三首　（年五十六）
  075　五言　初春于左仆射长王宅讌
  帝里浮春色，上林开景华。芳梅含雪散，嫩柳带风斜。
  庭㙨将滋草，林寒未笑花。鹡衣追野坐，鹤盖入山家。
  芳舍尘思寂，拙惕风响晔。琴罇兴未已，谁载习池车。
  076　五言　七夕
  仙期星织室，神驾逐河边。咲睑飞花映，愁心烛处煎。
  昔惜河难越，今伤汉易旋。谁能玉机上，留怨待明年。
  077　五言　秋日于长王宅宴新罗客　（赋得时字）
  胜地山园宅，秋天风月时。置酒开桂赏，倒屣逐兰期。
  人是鸡林客，曲即凤楼词。青海千里外，白云一相思。

  移民氏族歌人多使用古体诗，百济公和麻吕也不例外。075 号诗使用了汉诗来表达世间和季节的变化。作为移民氏族，和麻吕也参加了长屋王宴请新罗使节的宴会，第 077 号诗歌表面上吟诵了与新罗的友好，但是"鸡林"和"凤楼"的对比，显然是对新罗使者在文学上的戏谑。

## 吉田连宜　百济

  吉田连本姓"吉"，其起源与前文吉智首相同，同为来自百济的移民氏族。

  吉田连宜原为僧人，名"惠俊"。文武天皇四年（公元 700 年）八月乙丑，朝廷因用其才干而勒其还俗，赐名字"宜"，并授官务广肆。至元明天皇和铜七年（公元 714 年）正月甲子，原为正六位下的吉宜荣升至从五位下。养老五年（公元 721 年）正月甲戌，时为从五位上的吉宜同背奈公行文、调忌寸古麻吕以及山田史御方一起，作为医术的代表之一，获赐绝十疋、丝十絇、布甘端、锹廿口。神龟元年（公元 724 年）五月，吉宜吉智首一起获赐"吉田连"姓。这是圣武天皇时期对移民氏族的一次大规模的赐姓。据《藤氏家传》

记载，神龟六年（公元729年），吉田连宜列"方士"之首。[①]天平二年（公元730年）正月辛亥，因为"阴阳、医术及七曜、颁历等类"是"国家要道，不得废阙"，但是"诸博士"却已经年老体衰，如果再不传授，"恐致绝业"，所以请吉田连宜等七人"各取弟子"令其学习，并赐给学生衣服以及食料，待遇与大学寮的学生相同。其中，吉田连宜是医术方面的老师，需要教授三名学生。

据《万叶集》记载，天平二年（公元730年）四月，山上忆良将当年正月于大宰府帅大伴旅人宅举行的梅花宴的和歌以及他本人在松浦泻与娘子赠答之歌附于书状，寄送给在京的吉田连宜，对此，吉田连宜七月回信赠歌。

> 宜启。伏奉四月六日赐书。跪开封函，拜读芳藻。心神开朗，似怀泰初之月，鄙怀除祛，若披乐广之天。至若羁旅边城，怀古旧而伤志，年矢不停，忆平生而落泪，但达人安排，君子无闷。伏冀，朝宣怀翟之化，暮存放龟之术，架张赵于百代，追松乔于千龄耳。兼奉垂示，梅苑芳席，群英摛藻，松浦玉潭，仙媛赠答，类杏坛各言之作，疑衡皋税驾之篇。耽读吟讽，戚谢欢怡。宜恋主之诚，诚逾犬马，仰德之心，心同葵藿。而碧海分地，白云隔天。徒积倾延，何慰劳绪。孟秋膺节，伏愿万佑日新。今因相扑部领使，谨付片纸。宜谨启，不次。

> 諸人の梅花の歌に和へ奉る一首
> 後れ居て　長恋せずは　御園生の　梅の花にも　ならましものを（五・864）
> 松浦の仙媛の歌に和ふる一首
> 君を待つ　松浦の浦の　娘子らは　常世の国の　海人娘子かも（五・865）
> 君を思ふこと未だ尽きず、重ねて題す二首

---

① 沖森卓也など：『藤氏家伝　鎌足・貞慧・武智麻呂伝　注釈と研究』．東京：吉川弘文館．1999年．第363頁．

はろはろに　思ほゆるかも　白雲の　千重に隔てる　筑紫の国は（五・866）

君が行き　日長くなりぬ　奈良道なる　山斎の木立も神さびにけり（五・867）

天平二年七月十日

天平五年（公元733年）十二月庚申，吉田连宜被任命为图书头。天平九年（公元737年）九月己亥，吉田连宜荣升至正五位下。天平十年（公元738年）闰七月癸卯，吉田连宜被任命为典药头。

又据《文德实录》嘉祥三年十一月乙卯条的从四位下治部大辅兴世朝臣书主薨传记载，其本姓为吉田连，出自百济。父亲是内药正正五位下古麻吕，而其祖父则是正五位上图书头兼内药正相摸介吉田连宜。父亲和祖父皆为"侍医"，"累代供奉"天皇。不仅如此，吉田连宜还"兼长儒道，门徒有录"。

在《怀风藻》中，吉田连宜为正五位下，任图书头，时年70岁，留有五言律诗《秋日于长王宅宴新罗客》《从驾吉野宫》，共计二首。

正五位下图书头吉田连宜二首　（年七十）
080　五言　秋日于长王宅宴新罗客　（赋得秋字）
西使言皈日，南登饯送秋。人随蜀星远，骖带断云浮。
一去殊乡国，万里绝风牛。未尽新知趣，还作飞乖愁。
081　五言　从驾吉野宫
神居深亦静，胜地寂复幽。云卷三舟谿，霞开八石洲。
黄叶初送夏，桂白早迎秋。今日梦渊渊，遗响千年流。

吉田连宜是一名全才的移民，他既通医术，又明文章；汉诗和歌，无所不能。这从其丰富的履历中可略见一斑。与百济公和麻吕相比，同样是接待新罗客，吉田连宜更加注重宴席的政治性和礼仪性，这从080号诗中也有体现。081号诗中表达的"梦渊渊"这一神仙思想则可能受到了吉田连宜之友——大伴旅人的影响[①]。

---

① 辰巳正明：『懐風藻全注釈』．東京：笠間書院．2012年．第353頁。

## 四、平城京后期的移民氏族诗人

### 麻田连阳春　百济

麻田连氏一族原姓"答本",据《新撰姓氏录》记载其自称"出自百济国朝鲜王准也",[①]实际上是在白村江之战后逃亡至日本的百济遗民。

答本(麻田)一族最早见于史书的是答㶱春初。据《日本书纪》天智天皇四年(公元665年)秋八月条记载,"遣达率答㶱春初筑城于长门国";十年(公元671年)正月是月条记载,以大山下授达率答㶱春初,并称其谙熟兵法。[②]另在《怀风藻》的大友皇子传中,春初也是皇子"广延学士"的聘用对象之一。[③]可见,答本春初是一位通晓兵法、学识渊博的百济移民。

从姓名上来看,继春初之后出现的阳春,与前者应该是父子关系。时为正八位上的答本阳春于神龟元年(公元724年)五月辛未获得赐姓"麻田连",[④]他是在此次移民氏族赐姓中排位最后的一名。天平二年(公元730年),时任大宰大典的麻田连阳春在送别大宰帅大伴旅人荣升大纳言上京之时,特意作歌饯别。

　　大宰帥大伴卿、大納言に任ぜられ、京に入らむとする時に、府の官人ら、卿を筑前国の蘆城の駅家に餞する歌四首
　　……
　　韓人の　衣染むといふ　紫の　心に染みて　思ほゆるか

---

[①] 佐伯有清:『新撰姓氏録の研究　本文篇』. 東京:吉川弘文館. 1962年. 第301頁。
[②] 小島憲之など校注・訳:『新編日本古典文学全集4　日本書紀③』. 東京:小学館. 1998年. 第288頁。
[③] 辰巳正明:『懐風藻全注釈』. 東京:笠間書院. 2012年. 第45頁。
[④] 青木和夫など校注:『新日本古典文学大系13　続日本紀二』. 東京:岩波書店. 1990年. 第150頁。

第六章 大陆移民政治外交中的文学——基于《怀风藻》的考证 | 123

　　も（四·569）
　　大和辺に　君が立つ日の　近づけば　野に立つ鹿も　とよめてそ鳴く（四·570）
　　右の二首、大典麻田連陽春
　　……

据天平三年（公元731年）三月卅日太宰府牒记载，麻田连阳春为从六位上，任职大宰大典。① 据《万叶集》，同年，阳春亦作歌两首。

　　大伴君熊凝が歌二首　＜大典麻田連陽春が作＞
　　国遠き　道の長手を　おほほしく　今日や過ぎなむ　言問ひもなく（五·884）
　　朝露の　消易き我が身　他国に　過ぎかてぬかも　親の目を欲り（五·885）

值得注意的是，此后山上忆良对这两首歌有和歌（五·886-891）。天平十一年（公元739年）正月，麻田连阳春官升外从五位下。在《怀风藻》中，麻田连阳春任石见守，时年56岁，留有五言十八句古体诗《和藤江守詠稗叡山先考之旧禅处柳树之作》一首。

　　外从五位下石见守麻田连阳春一首　（年五十六）
　　105　五言　和藤江守詠稗叡山先考之旧禅处柳树之作
　　近江惟帝里，稗叡寔神山。山静俗尘寂，谷闲真理专。
　　于穆我先考，独悟阐芳缘。宝殿临空构，梵钟入风传。
　　烟云万古色，松柏九冬专。日月荏苒去，慈范独依依。
　　寂寞精禅处，俄为积曹墀。古树三秋落，寒草九月衰。
　　唯余两杨树，孝鸟朝夕悲。

出身兵法世家的麻田连阳春在感怀藤原仲麻吕之先考藤原武智

---

① 東京大学史料編纂所：『大日本古文書　家わけ第十八　東大寺文書之五』，東京·東京大学出版会. 1980年. 第335—336頁。

麻吕的旧禅处荒废之时，也对曾经信任和重用自己的近江朝廷的一去不复返感到无比伤感。

## 伊与连古麻吕　中国

据《怀风藻》目录，"伊与连"又作"伊支连""雪连"，[①]也作"壱伎连""伊岐连"，即"伊吉连"。[②]因此，伊与连古麻吕即伊吉连古麻吕。[③]据《新撰姓氏录》记载，伊吉连出自长安人刘家杨雍。[④]可见，伊吉连一族是来自中国的移民氏族。

庆云四年（公元707年）五月壬子，伊吉连古麻吕因其为遣唐使有功，而获绐、棉、布、锹以及谷物等赏赐，时为从八位下。和铜六年（公元713年）正月丁亥，古麻吕的官位从正六位上升至从五位下。天平元年（公元729年）三月甲午，古麻吕官位升为从五位上。天平四年（公元732年）十月辛巳，古麻吕被任命为下野守。

据《松尾社家系图》，[⑤]可见伊吉连一族的传承情况。[⑥]其中，古麻吕为网田之子，而古麻吕之子宅麻吕则在《万叶集》中有所记载。[⑦]

在《怀风藻》中，伊与连古麻吕为从五位下，任上野守，并作五言律诗《贺五八年宴》一首。可见此诗应创作于和铜六年（公元713年）至天平元年（公元729年）之间。

　　　从五位下上总守伊与连古麻吕一首
　　　107　五言　贺五八年宴
　　　万秋长贵戚，五八表遐年。真率无前役，鸣求一愚贤。

---

① 辰巳正明：『懐風藻全注釈』．東京：笠間書院．2012年．第42頁。
② 佐伯有清：『新撰姓氏録の研究　考証編　第四』．東京：吉川弘文館．1982年．第378頁。
③ 竹内理三など：『日本古代人名辞典1』．東京：吉川弘文館．1960年．第133頁。
④ 佐伯有清：『新撰姓氏録の研究　本文篇』．東京：吉川弘文館．1962年．第293頁。
⑤ 据研究，《松尾社家系图》为后人所作，可信度不高。（坂本太郎：「日本書紀と伊吉連博徳」．『日本古代史の基礎的研究　上』．東京：吉川弘文館．1978年．第203頁。）
⑥ 佐伯有清：『新撰姓氏録の研究　考証編　第四』．東京：吉川弘文館．1982年．第379頁。
⑦ 雪连宅麻吕是天平八年（736年）遣新罗使团的一员，并在途中壱岐岛死去，留有作歌三首（十五・3688—3690）。

令节调黄地，寒风变碧天。已应蚃斯微，何须顾太玄。

此诗也是为庆贺长屋王四十大寿所作。无独有偶，同为移民氏族诗人的刀利宣令也有作诗（064号）。说明这两位移民氏族诗人均与长屋王有所交流。不仅如此，两首诗都提到了杨雄的《太玄经》，很可能也是同时之作。[①]

## 葛井连广成（白猪史广成） 百济

"葛井连"原姓"白猪史"。据《日本书纪》钦明天皇三十年春正月辛卯朔条记载，天皇派遣胆津前往检定白猪田部丁籍。"胆津"是"船史"等移民氏族的祖先，来自百济的王辰尔的外甥。养老四年（公元720年）五月壬戌，天皇赐姓白猪史为葛井连。可见，葛井连是来自百济的移民氏族。

葛井连广成在改姓之前称"白猪史广成"。据《续日本纪》养老三年（公元719）闰七月丁卯是日条记载，时为大外记、从六位下的白猪史广成成为了遣新罗使。养老三年（公元719年）八月癸巳，广成等一行拜辞出使。养老四年（公元720年），白猪史改姓。神龟六年（公元729年）左右，葛井连广成被称为当时的"文雅"之人，山田史御方等移民氏族诗人也在其列。[②]

据《万叶集》记载，天平二年（公元730年），大伴道足任擢骏马使被遣大宰府时，在大宰府帅大伴旅人的宴会上，诸人要求时为驿使的葛井连广成作歌，广成应声而成。

  天平二年庚午、勅して擢駿馬使大伴道足宿祢を遣はす時の歌一首
  奥山の 岩に苔生し 恐くも 問ひたまふかも 思ひあへなくに（六・962）
  右、勅使大伴道足宿祢に帥の家に饗す。この日に、会ひ

---

[①] 辰巳正明：『懐風藻全注釈』．東京：笠間書院．2012年．第469頁．
[②] 沖森卓也など：『藤氏家伝 鎌足・貞慧・武智麻呂伝 注釈と研究』．東京：吉川弘文館．1999年．第363頁．

集ふ衆諸、駅使葛井連広成を相誘ひて、歌詞を作るべし、と言ふ。登時広成声に応へて、即ちこの歌を吟ふ。

天平三年（公元731年）正月丙子，葛井连广成的官位由正六位上升至外从五位下。葛井连广成不但擅长和歌，汉文也不落于人后。《经国集》中就载有广成于天平三年（公元732年）五月八日的对策文三篇。[①]值得注意的是，此时广成虽然已经获得赐姓葛井连，但是在《经国集》中，其落款为"白广成"，即用的是"白猪史"的姓。

天平八年（公元736年）十二月，歌舞所的诸王臣子聚集在广成家中，举行古歌古舞宴会。

　　冬十二月十二日に、歌儛所の諸の王・臣子等、葛井連広成の家に集ひて宴する歌二首
　　　比来、古儛盛りに興り、古歳漸に晩れぬ。理に、共に古情を尽くし、同じく古歌を唱ふべし。故に、この趣に擬して、輙ち古曲二節を献る。風流意気の士、儻にこの集へるが中にあらば、争ひて念を発し、心々に古体に和せよ。
　　　我がやどの　梅咲きたりと　告げ遣らば　来と言ふに似たり　散りぬともよし（六・1011）
　　　春されば　ををりにををり　うぐひすの　鳴く我が山斎そ　止まず通はせ（六・1012）

天平十五年（公元743年）三月乙巳，新罗使节来到筑前国，外从五位下的葛井连广成被遣往彼地负责检校供客之事。天平十五年（公元743年）六月丁酉，广成任备后守。同年七月戊戌朔，其官位升至从五位下。天平二十年（公元748年）二月壬戌，广成从从五位下升至从五位上。天平二十年（公元748年）八月乙未，圣武天皇等一行车驾行幸其宅，并宴请群臣，饮宴后留宿。次日，散

---

① 与謝野寛：『覆刻　日本古典全集　懐風藻　凌雲集　文華秀麗集　経国集　本朝麗藻（オンデマンド版）』．東京：現代思想新社．2007年．第191—193頁。

位从五位上的葛井连广成和其室从五位下的县犬养宿祢八重均获授正五位上的官位。天平胜宝元年（公元749年）八月辛未，正五位上的葛井连广成任中宫少辅。

《怀风藻》中的葛井连广成官职为"正五位下中务少辅"。然而，根据以上考证，葛井连广成从从五位上直接升至正五位上，并无正五位下的官阶。结合"中宫少辅"职位，《怀风藻》所载广成官位恐怕有误，正确写法应为"正五位上中宫少辅"。广成作五言律诗《奉和藤太政佳野之作》和五言绝句《月夜坐河浜》，共计二首。

> 正五位下中宫少辅葛井连广成二首
> 116　五言　奉和藤太政佳野之作　一首　（乃用前韵四字）
> 　　物外嚣尘远，山中幽隐亲。笛浦栖丹凤，琴渊跃锦鳞。
> 　　月后枫声落，风前松响陈。开仁对山路，猎智赏河津。
> 117　五言　月夜坐河浜　一绝
> 　　云飞低玉柯，月上动金波。落照曹王苑，流光织女河。

在116号诗中，葛井连广成和藤原不比等的"游吉野"之作，体现了两者在文学以及政治上的共鸣。"猎智赏河津"起源于雄略天皇的传说。[①] 在117号诗中，广成提到了"曹王苑"，即曹植的文苑。广成自己也曾聚集了诸臣王子举行过歌会，由此表达了跨越时空的心灵共鸣。

## 民黑人　中国、朝鲜半岛

据《怀风藻》目录，民黑人的姓为"忌寸"。其氏族源头大致与调忌寸相同，只是民忌寸是都贺使主三子中的长子山木直的后裔[②]。

据《正仓院文书》天平十年（公元738年）的播磨国正税账记载，从六位上的民忌寸作为播磨国大掾下任，并有随从三人。[③]

---

① 辰巳正明：『懐風藻全注釈』. 東京：笠間書院. 2012年. 第505頁。
② 佐伯有清：『新撰姓氏録の研究　本文篇』. 東京：吉川弘文館. 1962年. 第357—359頁。
③ 東京帝国大学：『大日本古文書　二』. 東京：大日本図書株式会社. 1901年. 第150頁。

《怀风藻》记民忌寸黑人为"隐士",并载其五言律诗《幽栖》一首和五言绝句《独坐山中》一首。

>　隐士民黑人二首
>　108　五言　幽栖
>　试出嚻尘处,追寻仙桂丛。严谿无俗事,山路有樵童。
>　泉石行行异,风烟处处同。欲知山人乐,松下有清风。
>　109　五言　独坐山中
>　烟雾辞尘俗,山川在处居。此时能莫赋,风月自轻余。

民忌寸黑人的两首诗显然受葛井连广成的影响,甚至可以说两者是同一个系统的作品。例如,在108号诗中,两者同时使用了"嚻尘"一词,以及松树风声的文学意象。在109号诗中,都以"坐"为姿态吟诗。

### 释道融　中国、朝鲜半岛

据《怀风藻》中释道融传记记载,道融的俗姓是"波多氏"。据《新撰姓氏录》,"波多造"见大和国诸藩,出自百济人佐布利智使主,[1]或见姓氏录逸文,与调忌寸和民忌寸同祖,出自阿智使主之子都贺使主二男志努直的第三子。[2]可见,道融和弁正一样,是出自移民氏族的诗僧。

《怀风藻》释道融的小传称道融在年少之时,一心向学,"博学多才,特善属文",且性格十分直率。后来因为母亲去世而寄住山寺。偶然见到法华经的道融称"周孔"即儒学为"糟粕",不能满足自己求得荣华富贵的要求,故而自此弃儒入佛,出家修行。道融学习佛法也莫不精通。据说当时有宣律师的六帖抄,由于晦涩难懂而无人问津。然而,道融却在极短的时间内通读全篇,而且"莫不洞达"。所以,世间人开始关注此书,起源于道融。光明皇后嘉赏其才能,

---

[1] 佐伯有清:『新撰姓氏録の研究　本文篇』.東京:吉川弘文館.1962 年.第313 頁。
[2] 佐伯有清:『新撰姓氏録の研究　本文篇』.東京:吉川弘文館.1962 年.第359—360 頁。

但道融却称"我为善菩提修法施耳",寻求报酬是"市井之事",于是"策杖而遁"。

道融精通佛学在历史上是有佐证的。据《东大寺要录》第五卷诸宗章第六记载,僧正良弁"请道融禅师令读六卷抄"。[①]不仅如此,道融出家之前的儒学修养也为后人仰慕。《日本后纪》中记载的贺阳朝臣丰年的卒传中,便将丰年的学识与释道融和淡海三船作比较。[②]

在《怀风藻》中,目录记载释道融作有五首诗,但实际有的已缺失,只剩无题的七言绝句一首和五言律诗《山中》一首。

110
我所思兮在无漏,欲往从兮贪嗔难。
路险易兮在由己,壮士去兮不复还。

111　山中
山中今何在,倦禽日暮还。草庐风湿里,桂月水石间。
残果宜遇老,衲衣且免寒。兹地无伴侣,携杖上峰峦。

110 是七言绝句体诗,采用了"三兮三"的吟诵方法,是对古诗的模仿和学习。[③]此诗将歌吟入诗中,是诗与歌的结合。道融的诗仍然难以摆脱俗世的干扰,这也许和他的人生经历有关。他因为难以获得荣华富贵而弃儒入佛,或许也是因为得不到自己心中所期待的光明皇后的赏赐,迷恋世俗而导致修行不彻底,故执着于"贪嗔"而难以达到"无漏",只好弃佛隐遁。但是归根结底,道融认为自己是"壮士",应该有所作为,可惜壮年已过,岁月蹉跎。

---

① 筒井英俊:『東大寺要録』. 大阪:全国書房. 1944 年. 第 157 頁。
② 黒板勝美:『新訂増補国史大系第三巻　日本後紀・続日本後紀・文徳天皇実録』. 東京:吉川弘文館. 1934 年. 第 133 頁。
③ 辰巳正明:『懐風藻全注釈』. 東京:笠間書院. 2012 年. 第 482—483 頁。

## 五、小结

　　本章对《怀风藻》中留下汉诗的古代大陆移民诗人做了考证性研究，揭示了《怀风藻》的国际化色彩，尤其展现了东亚区域交流在汉诗这一文学作品上的投影。在这个外交色彩浓郁的政治舞台上，移民氏族诗人所展现的不仅是汉诗的文学素养，还有通过汉诗体现出来的他们内心的呐喊。大陆移民对文字、文学的垄断性在这一时期已经被削弱，最终荡然无存。对于大陆移民氏族诗人来说，如何利用汉诗这一文学工具平衡古代日本与他国的外交，如何维持自己在日本政治圈内的话语权，其重要性远远超过了文学创作本身的意义。《怀风藻》或许正是这样一部用文学包装的政治作品吧。

后篇

# 第七章　大陆移民与"常世"观念
## ——从文学到信仰

## 一、引言

"常世"一词散见于记纪、万叶集、风土记等日本古籍，是理解古代日本人思想的关键词，也反映了他们对古代东亚世界的认识水平。自本居宣长在《古事记传》中首次对"常世"展开系统性注释研究以来，日本学者从史学、文学、民俗学等不同角度也对之进行了考证和解读，取得丰硕成果，但课题并没有完全解决，"常世（国）"的位置问题就是其中之一。本章拟通过归纳综合多个领域的先学研究成果，[①]就上述语句提出个人的陋见，恳请方家指正。

## 二、日本古代文学中的"常世"

中国古籍中既有"常世"一词。《毛诗正义》的"国风·柏舟"中有"母也天只，不谅人只"之句。对此，孔颖达疏、郑玄云："文王之为世子也，非礼之制，故不与<u>常世</u>子同也"。（下划线为笔者加，

---

① 对于解决"常世"问题的方法论，三浦佑之主张：必须打破学科界限，采取学科交叉的方法。
原文：ほんとうなら、常世国の用例を検証するなり、古代文学における神仙思想の痕跡を探って別のところに展開していくなりの作業をしなければならないのだが果たせなかった。責任転嫁のようだが、それが可能なのは、古代文学というような狭い殻に閉じこもっていない人だろう。（三浦佑之：神仙譚の展開　蓬莱山から常世国へ—．文学．岩波書店．2008年．第85頁。）

下同)①《文选》第五十三卷收录的三国·魏·嵇康的《养生论》"薰辛害目，豚鱼不养，常世所识也"②也有"常世"之词。在中国古籍中，"常世"均为"世俗"的意思。

然而，日本古代文献中的"常世"毫无"世俗"之意，而是表示时空、永恒之意。大多数辞典对"常世"的解释也大致相同，如《古语大辞典》解释道：

> 常世：①多く「常世に」の形で副詞的に用いる。永遠に変わらないこと。②常世の国に同じ。
>
> 常世の国：①古代人が海の彼岸または海中にあると考えた祖先の霊が集まっている国。②神仙思想と結びついた想像の仙境。不老不死の国。③

"常世"一词虽以汉字表记，但其读音均为"トコヨ"。据笔者统计，"常世"在日本古籍中的主要用例如下：

《古事记》：常世长鸣鸟（1）、常世思金神（1）、常世国（3）、常世等（1）

《日本书纪》：常世之长鸣鸟（1）、常世乡（3）、常世之浪（1）、常世国（3）、常世等（1）、常世神（2）、常世虫（1）

《风土记》：常世之国（1）、常世浪（1）、常世边（2）、常世之滨（1）、常世国（1）、常世祠（1）

《万叶集》：常世（6）、常世之国（2）、常世边（3）、常世物（1）④

这些用例的构词法基本架构为："常世"+（"之"）+名词。例如："常世长鸣鸟"即为"常世的长鸣鸟"，"常世神"即为"常世的神"。"常世"作为修饰词，时而表示空间、时而表示时间，但有时"常世"也直接表示具体的人物。

---

① 阮元校刻：十三经注疏，毛诗正义，北京：中华书局，1980年9月第1版，第313页。
② 萧统编、李善注：文选，中华书局，北京：1977年11月第1版，第728页。
③ 中田祝夫、和田利政、北原保雄編：古語大辞典．東京：小学館．1983年．第1162頁。
④ "トコヨ"在记纪歌谣以及万叶集中使用万叶假名表记：登许余、常呼、等己与，等用例。括号内为用例数量。

"常世"以「常世に」的形式作为副词使用时，经常表示"永恒不变"这一时间概念。据《古事记》记载，雄略天皇行幸吉野宫，两度偶遇某美貌善舞的女子（仙女）。于是，天皇抚琴作歌称赞道：

【资料1】
　　呉床居の　　神の御手もち　弾く琴に　儛する女　常世にもがも①

雄略天皇将自己比作神，并希望时间永远定格在女子按照神弹琴的旋律翩翩起舞的那一刻。在此歌中，"常世"表达"永远"这一时间概念。

在《万叶集》卷三中收录的柿本朝臣人麻吕献给新田部皇子的歌中，"常世"同样表示"永远"的意思。

【资料2】
　　やすみしし　我が大君　高光る　日の皇子　敷きいます　大殿の上に　ひさかたの　天伝ひ来る　雪じもの　行き通ひつつ　いや常世まで（三・261）②

在此歌中，柿本人麻吕表达了自己对新田部皇子的倾慕，表示要像天上连绵不断降雪一般，"永远"（＝常世）要前去宫殿侍奉。

"常世"有时还表示特定的人群。据《日本书纪》显宗天皇即位前纪白发天皇二年冬十一月条记载：安康天皇时，显宗天皇和亿计王的父亲市边押磐皇子为雄略天皇所追杀，两兄弟逃难至播磨国赤石郡，隐姓埋名，侍奉于缩见屯仓首。时值缩见屯仓首庆祝新居建成，显宗天皇被要求致祝词（室寿）。在祝酒词的最后，显宗天皇说道：

---

①　呉床に座る　神のお手で　弾くかと思う琴に合わせて　舞を舞う乙女　永遠にとどめたい姿よ。
②　わが大君の　日の御子　新田部皇子がお住まいになっている　宮殿の上に　天から流れ来る　雪のように　行き通い続けましょう。いつまでも長くおわしませ。

【资料3】
（前略）手掌も 憀亮に 拍ち上げ賜へ 吾が常世等。①

显宗天皇称：自己在起舞，请"常世等"给自己打拍子。这里的"常世"指的是宴席上的"长老们"这一特定人群。

由此可见，"常世"可以表示时间、空间、甚至是具体人物。但是，仔细分析却不难发现，【资料1】中永恒的时间存在于吉野这一仙境，换言之，正是因为吉野即仙境这一空间维度得到了保证，"常世"这一永恒的时间轴才得以确立，进而在"常世"这一时空中的雄略天皇与女子获得了成为神的可能性。在【资料2】中，新田部皇子的宫殿这一空间保证了"常世"这一时间，换言之，永远存在的宫殿是柿本人麻吕前往侍奉的必要条件。【资料3】亦是如此，保证长老们（常世等）存在价值的正是缩见屯仓首新建的宅邸这一空间。因此，"常世"主要反映的是古代日本人独特的空间观念和由此展开的时间观念以及在其延长线上的思想信仰（常世虫、常世神）；而作为空间观念的"常世"多表现为"常世国""常世乡"等具有更为明确的地理特征语义的词汇。

折口信夫从民俗学的角度精辟地阐释了"常世"在空间、时间和信仰三个维度的关系。折口信夫认为：最初阶段的"常世"是"常夜"，即"死之国"，是"结束了在这个世界生活的人们的灵魂集中生活的地方"，是"祖灵的驻屯所"。这些"祖灵们"被称为"常世人"，在冬春交替之时访问村落，每年一次，而这就是"まれびと"的原型。大批的祖灵一起到来，他们能带来祈祷土地、生产、建筑物以及家长长寿的祝福语。人们必须盛情款待他们，使他们心情愉快地回到"大海彼岸"。对于那些沿着岛屿来到日本列岛的人们来说，出于怀念故地的心理，他们把"常世"即祖灵驻屯的"死之国"认为为在南方的海上的他界。

不久，"常世"的观念发生变化。在日本列岛人口和文化向东扩散发展的过程中，与以前"回顾过来的地方"相比，人们更加期待

---

① （前略）手を打つ音もさやかに 拍子をとってください 長老たちよ。

"未知的国度",由此产生了"真正的异乡情趣"。这种心理与对"死之国"的畏惧和对祖灵们带来的祝福的期待相互交错。在这一过程中,畏惧心理渐渐淡化,而对梦想乐土的企盼心理逐渐占据上风;"死之国"演变为"根之国",而"常世"则成为了"理想之乡"的代名词。此时,"常世"的"ヨ"中,又增加了"年龄""谷物和丰收""男女交情"等含义,"常世"成为了人们认为的不死、丰收、恋爱之国的代名词。

此后,"常世"开始与龙宫以及从中国南方传来的蓬莱仙境概念相结合。与此同时,除了上述列岛内的人们在向东方移动的过程中,引起"常世"观念的变化以外,原本居住在海边,认为大海的彼岸是他界的人们逐渐向平原山间移动,而离开大海的人们,不知不觉间开始想象山顶以及天空是他界,常世神也被想象为山神或天神。[①]

据此可知,"常世"一词经历了漫长而复杂的语义嬗变过程,将古代日本人的空间观、时间观和思想信仰等多重要素互相交织在了一起。在古代日本人丰富的想象中,"常世"作为"异界"产生,在这个特殊的空间中孕育了"永恒的时间",进而发展成为一种精神信仰。由此可见,在"常世"这一概念中,空间观占据核心地位。那么,这个让古代日本人如痴如醉的异界空间"常世"究竟在哪里呢?

## 三、"常世"的位置

记纪等日本古籍留下了不少关于"常世"位置的线索。在《古事记》中,与大国主神一起"作坚此国"的少名毘古那神从出云国的海上而来,后来也从那里"度于常世国也"。在《日本书纪》中,则有少彦名(少名毘古那神)"行至熊野之御碕"而去的"常世乡",

---

[①] 主要参考文献:折口信夫:国文学の発生(第一稿~第四稿). 折口博士記念古代研究所編:折口信夫全集第一卷. 東京:中央公論社. 1972年;折口信夫:妣が国へ·常世へ. 折口博士記念古代研究所編:折口信夫全集第二卷. 東京:中央公論社. 1972年;折口信夫:常世浪. 折口博士記念古代研究所編:折口信夫全集第十六卷. 東京:中央公論社. 1973年。

或"至淡岛"通过粟的茎"弹渡而至常世乡"。在神武天皇东征时，其兄弟三毛入野命在距离"常世之浪重浪归国"伊势国较近的"熊野神邑"的海上，"踏浪秀而往乎常世乡"。但是，这些线索似乎暂时难以提供"常世"准确的位置。

然而，如果根据前述折口信夫的论述来判断，"常世"观念的变迁与其位置的对应关系就会变得明晰起来。具体释义如下：

常夜（死之国）：大海彼岸、南方的海上世界

未知的国度、异乡→不老不死、丰收、恋爱的理想乡：东方

他界：山顶、天空

根据折口信夫的理解，"常世"原先在南方的海上，后来转为东方，最后出现在山顶或天空。折口信夫虽然指出了"常世"的大致方位，但是没有给出明确的地点。

对此，三浦佑之试图给"常世"做出精确定位。他依据《日本书纪》雄略天皇二十二年秋七月条记载的所谓"水江浦岛子"传说，认为"常世"即"蓬莱"。①

【资料4】

秋七月、丹波国余社郡管川人水江浦嶋子、乘舟而釣、遂得大亀。便化爲女。於是浦嶋子感以爲婦、相逐入海、到蓬莱山、歷覩仙衆。語在別卷。

"蓬莱山"在此被训读为"トコヨノクニ"，即"常世国"。"水江浦岛子"的传说还出现在风土记逸文《丹后风土记》中有关与谢郡·日置里的相关内容，以及《万叶集》第九卷收录的和歌中。

【资料5】

与謝郡。

日置里。

（中略）

---

① 三浦祐之：神仙譚の展開—蓬莱山から常世国へ—．文学．岩波書店．2008 年．第 84 頁。

第七章　大陆移民与"常世"观念——从文学到信仰 | 139

　　　長谷朝倉宮御宇天皇御世、嶼子獨乗小船、汎出海中為釣。経三日三夜、不得一魚、乃得五色亀。心思奇異、置于船中即寐、忽為婦人。其容美麗、更不可比。
　　　嶼子問曰、「人宅遥遠、海庭人乏、詎人忽来」。女娘微咲対曰「風流之士、独汎蒼海。不勝近談、就風雲来」。嶼子復問曰「風雲何処来」。女娘答曰「天上仙家之人也。請君勿疑。垂相談之愛」。爰嶼子知神女、鎮懼疑心。女娘語曰「賤妾之意、共天地畢、倶日月極。但君奈何、早先許不之意」。嶼子答曰「更無所言。何慊乎」。女娘曰「君宜廻棹、赴于蓬山」。嶼子從往。
　　　（中略）
　　　常世辺に　雲立ち渡る　水江の　浦嶋の子が　言もち渡る
　　　（中略）
　　　子等に恋ひ　朝戸を開き　我が居れば　常世の浜の　波の音聞こゆ

【资料6】
　　　詠水江浦嶋子一首　并短歌
　　　春の日の　霞める時に　墨吉の　岸に出で居て　釣舟の　とをらふ見れば　古の　ことそ思ほゆる　水江の　浦島子が　鰹釣り　鯛釣り誇り　七日まで　家にも来ずて　海界を　過ぎて漕ぎ行くに　海神の　神の娘子に　たまさかに　い漕ぎ向ひ　相とぶらひ　言成りしかば　かき結び　常世に至り　海神の　神の宮の　内の重の　妙なる殿に　携はり　二人入り居て　老いもせず　死にもせずして　永き世に　ありけるものを　世の中の　愚か人の　我妹子に　告りて語らく　しましくは　家に帰りて　父母に　事も語らひ　明日のごと　我は来なむと　言ひければ　妹が言へらく　常世辺に　また帰り来て　今のごと　逢はむとならば　この櫛笥　開くなゆめと　そこらくに　堅めし言を　墨吉に　帰り来りて　家見

れど　家も見かねて　里見れど　里も見かねて　あやしみと　そこに思はく　家ゆ出でて　三年の間に　垣もなく　家失せめやと　この箱を　開きて見てば　もとのごと　家はあらむと　玉櫛笥　少し開くに　白雲の　箱より出でて　常世辺に　たなびきぬれば　立ち走り　叫び袖振り　臥いまろび　足ずりしつつ　たちまちに　心消失せぬ　若くありし　肌も皺みぬ　黒かりし　髪も白けぬ　ゆなゆなは　息さへ絶えて　後遂に　命死にける　水江の　浦島子が　家所見ゆ（九・1740）
　　反歌
　　常世辺に　住むべきものを　剣大刀　汝が心から　おそやこの君（九・1741）

在【资料5】中，"蓬莱山"表记为"蓬山"，同样被训读为"トコヨノクニ"；【资料6】则出现了表示"常世"周边区域的"常世辺"一词。遗憾的是，"蓬莱"本身也是中国神话中的神仙世界，作为一个想象的空间，无法确定其具体位置。

另一些研究《风土记》的学者则认为，"常世"在东方，并将其比定为"常陆国"。

【资料7】
　　夫常陸国者、堺是広大、地亦緬邈、土壤沃墳、原野肥衍。墾発之處、山海之利、人々自得、家々足饒。設、有身労耕耘、力竭紡蚕者、立即可取富豊、自然応免貧窮。況復、求塩魚味、左山右海。植桑種麻、後野前原。所謂水陸之府藏、物産之膏腴。古人云常世之国、蓋疑此地。但以所有水田、上小中多、年遇霖雨、即聞苗子不登之難、歳逢亢陽、唯見穀実豊稔之歓歟。（不略之）

《常陆国风土记》的总记将位于日本列岛东方的常陆国被比定为"常世之国"。这首先出于地理位置的考虑。常陆国是大和朝廷的政治权威可以波及的极限，在古代日本人不断向东方移居的过程中，该地也是进入他界的入口。① 其次，常陆国有着丰富的自然资源和财富，作为大和朝廷的边境，常陆国有向自然抗争的开创精神，野性的世界和丰饶的土地在此结合。② 再次，藤原朝臣宇合是常陆国风土记的最终完成者，他像使用汉诗从吉野提炼神仙思想那样，将常陆国与常世国相结合，也试图找到神仙思想。这是因为，对于藤原宇合来说，只要是和天皇有关的土地，就是适宜寻找神仙思想的场所。将常陆国的丰饶与对天皇的赞美相结合，通过描绘神仙般的土地让人想起背后的"神"即"天皇"，这正是藤原宇合寻求"常世国"的底层逻辑。最后，常陆国的神仙境地也是天皇所追求的，而且也位于东方。这和秦始皇派徐福求仙丹的传说相得益彰。被派到常陆国的藤原宇合化身为替天皇寻求"常世之国"的先锋。常陆国正是因为有了天皇这位神而成为了"常世国"，而作为"常世国"的常陆国同时也为天皇保证了其所追求的丰饶。③ 然而，将"常世国"比定为"常陆国"仅限于《风土记》的范围内，无法解释其他文献中广义上的"常世"概念。

如此看来，仅从日本列岛内寻找"常世"的位置显然具有局限性。与其相比，本居宣长在《古事记传》中详细展开的"常世论"为解决上述问题提供了更为现实的"国际化"观点，其主要内容如下：

【资料8】

凡て上代に常世と云に三あり。

一には、常世長鳴鳥、常世思兼神などある是なり、こは常夜の義なること、上【伝八の廿二葉】に云るが如し、

二には、下巻大長谷天皇大御歌に、麻比須流袁美那、登許余爾母加母、書紀垂仁巻に、伊勢国、即常世之浪重浪帰国

---

① 尾崎暢殃：常世にあれど．古代文学会編集：古代文学 18．武蔵野書院．1978 年．第 43 頁。

② 永藤靖：『常陸風土記』の＜常世＞．明治大学文学部紀要：文芸研究 103 号．2007 年．第 56—57 頁。

③ 田中俊江：常陸国風土記と「常世之国」．古代文学会編：古代文学 38．武蔵野書院．1999 年．第 84—92 頁。

也、顕宗巻室寿御詞に、万葉一【二十二丁】に、我国者常世爾成牟、これらなり、こは字の如く常とはにして不変ことを云り、

　　三には、常世国と云是なり、

　　（中略）

　さて、常世国とは、如此名けたる国の一あるに非ず、ただ何方にまれ、此皇国を遥に隔り離れて、たやすく往帰がたき処を汎く云名なり、故【常世は借字にて、】名義は、底依国にて、ただ絶遠き国なるよりなり…①

本居宣长将"常世"分为三类，其一是"常夜"，其二是"不变"，其三是"常世国"。对于"常世国"，他进一步将其定义为"底依国（ソコヨリダニ）"，是距离皇国（日本）遥远且难以往返的"绝远之国"。

接下来，本居宣长对其理论的核心部分"常世国"进一步论述道：

【资料9】

　常世国とは、何処にまれ、遠く海を渡りて往く国を云なれば、皇国の外は、万国みな常世国なり……②

本居宣长认为：皇国以外，万国皆为常世国。换言之，在他看来，"常世"即"外国"；并补充道："外国"就是"三韩及汉天竺其余亦四方万国"。

古代日本人认为"常世"是幸福的世外桃源，其中的"常"＝永远、不变，"世"＝丰收、长寿的，本居宣长则将这些含义彻底封印起来。他将"常世国"解释为"底依国"，这使得"常世"成为了没有任何神圣性的词汇，成为了劣等的外国的泛称。不仅如此，本居宣长还"忘记"了"常世"的本义，即古代日本人由宗教性愿望

---

① 本居宣長：古事記伝. 大野晋編：本居宣長全集第十卷. 東京：筑摩書房. 1968年. 第8頁。

② 本居宣長：古事記伝. 大野晋編：本居宣長全集第十卷. 東京：筑摩書房. 1968年. 第10頁。

和畏惧而产生的幻想中的他界，反而使"常世"成为地球上占据某个地域的现实世界中的外国。①

总之，本居宣长的常世论将原本神秘的"常世"作了"现实化""现相化"处理，成为了古代东亚现实世界中的一部分。如此加工之后，当我们再来探讨"常世"时，它的位置似乎不再"虚无缥缈"而变得更加"脚踏实地"。那么，这个在现实世界中的"常世"究竟在哪里呢？

## 四、古代江南地区与常世国

如前文所述，本居宣长认为，"常世"就是"外国"，而外国就是古代朝鲜、中国、印度等其他国家。在这些国家中，他认定：新罗就是"常世"。据《古事记》记载：

【资料10】
　　是天津日高日子波限建鹈茸草不合命、娶其姨玉依毘壳命、生御子名、五瀬命。次、稲氷命。次、御毛沼命。次、若御毛沼命、亦名、豊御毛沼命、亦名、神倭伊波礼毘古命。四柱。
　　故、御毛沼命者、跳浪穂、渡坐于常世国、稲氷命者、為妣国而、入坐海原也。

本居宣长认为，御毛沼命就是《新撰姓氏录》中的"稻饭命"，并根据右京皇别条关于"稻饭命是新罗国王之祖"的记载，论述道：

【资料11】
　　（新撰姓氏録の記載）とあるに依れば、新羅国に渡坐て、其国王に為坐せるなるべし、【新羅も常世国なり、……】②

---

① 平野豊雄：『古事記伝』の方法—宣長の「常世」論について—．文学．岩波書店．1978年6月．第747—749頁。
② 本居宣长：古事記伝．大野晋編：本居宣長全集第十卷．筑摩書房．1968年．第295頁。

本居宣长认为，御毛沼命"跳浪穗"前往的"常世国"就是新罗。但是，之后本居宣长对自己的论断又产生了动摇。《古事记》对垂仁天皇派遣多迟摩毛理前往常世国寻求橘这一传说记载如下：

【资料 12】

又、天皇、以三宅连等之祖、名多迟摩毛理、遣常世国、令求登岐士玖能迦玖能木实。自登下八字以音。故、多迟摩毛理、遂到其国、採其木实、以缦八缦・矛八矛将来之间、天皇、既崩。尔、多迟摩毛理、分缦四缦・矛四矛、献于大后、以缦四缦・矛四矛、献置天皇之御陵戸而、擎其木实、叫哭以白。常世国之登岐士玖能迦玖能木实持、参上侍、遂叫哭死也。其登岐士玖能迦玖能木实者、是今橘者也。

对此，本居宣长一方面肯定这里的"常世国"就是新罗，并解释道：作为新罗人后裔的多迟摩毛理得知新罗有橘，且果实美味，因此奏闻天皇，前往寻取。与此同时，本居宣长也产生了疑虑，即新罗究竟是否产橘。对此，他"纠结"道：

【资料 13】

【さて此は、新羅とすべきこと、先は右の如くなれども、なほ細にいはば、橘は漢国にても、南方に在て北方の寒き国には無き物ときけば、三漢などには、いかがあらむ、若韓には無き物ならば、此常世国は、漢国を云るならむ、若然らば、先祖の時より、漢国に此菓のあることを、伝聞居てなるべし、此は、なほ今朝鮮国に、橘ありや無しやをよく問聞て、決むべきなり、若漢国ならむにても、なほ新羅より伝ひてぞ往けむ、古は皆然る例なり、】①

本居宣长分析了问题的可能性，他指出：橘子即便在汉国（中

---

① 本居宣长：古事記伝. 大野晋编：本居宣长全集第十一卷. 筑摩书房. 1969 年. 第 143 页。

国）也不生长在气候寒冷的北方，三韩之地是否产橘存有疑问；如果新罗没有橘子的话，那么这里的"常世国"就是"汉国"了，所以应该问清当今的朝鲜国是否产橘，才可做判断。但是，这般分析使本居宣长动摇了自己提出的"常世"即"新罗"论。因此，他最后强调：即便"汉国"有橘子，也是从新罗传过去的，古代的例子都是如此。

如此看来，究竟新罗是否产橘，这直接关系到"常世"是否就是新罗。回答这个疑问，还得从"橘"本身寻找答案。

关于橘的起源，《日本书纪》中也有和《古事记》类似的记载。

【资料14】

九十年春二月庚子朔、天皇命田道间守遣常世国、令求非時香菓。香菓、此云箇倶能未。今謂橘是也。

……

明年春三月辛未朔壬午、田道間守至自常世国。則齎物也、非時香菓八竿八縵焉。田道間守於是泣悲歎之曰、受命天朝、遠往絶域、万里蹈浪、遥度弱水。是常世国則神仙秘区、俗非所臻。是以往来之間、自経十年。豈期、独凌峻瀾、更向本土乎。然頼聖帝之神霊、僅得還来。今天皇既崩、不得復命。臣雖生之、亦何益矣。乃向天皇之陵、叫哭而自死之。群臣聞皆流涙也。田道間守、是三宅連之始祖也。

【资料14】与【资料12】在情节上大致相同，但是《日本书纪》的情节描写更加详细。由田道间守的自白可知，往来常世国和倭国之间的时间和辛苦，需要"万里蹈浪、遥度弱水"，而且"往来之間，自経十年"。当然，这一表述不乏夸张的文学修饰之法，但是"万里""十年"这些数字似乎拉近了"常世"与现实世界之间的距离。在《日本书纪》中，橘开始从神话传说的世界中脱离，而逐渐融入了古代日本人的现实生活。

《万叶集》第十八卷收录的以"橘"为题材的和歌充分印证了这一转变。

## 【资料 15】

后追和橘歌二首

<u>常世物</u> この橘の いや照りに わご大君は 今も見るごと（十八・4063）

大君は 常磐にまさむ 橘の 殿の橘 ひた照りにして（十八・4064）[①]

右二首、大伴宿祢家持作之。

大伴家持认为，虽然橘是常世国的果实，但是"大君"，即元正太上天皇可以享有橘并因此而获得长寿。此外，大伴家持在以下和歌中还借用了《日本书纪》的相关表述。

## 【资料 16】

橘歌一首并短歌

かけまくも あやに恐し 天皇の 神の大御代 <u>田道間守 常世に渡り 八矛持ち 参ゐ出来し時 時じくの 香菓を</u> 怖くも 残したまへれ 国も狭に 生ひ立ち栄え 春されば 孫枝萌いつつ ほととぎす 鳴く五月には 初花を 枝に手折りて 娘子らに つとにも遣りみ 白たへの 袖にも扱入れ かぐはしみ 置きて枯らしみ 落ゆる実は 玉に貫きつつ 手に巻きて 見れども飽かず 秋付けば しぐれの雨降り あしひきの 山の木末は 紅に にほひ散れども 橘の なれるその実は ひた照りに いや見が欲しく み雪降る 冬に至れば 霜置けども その葉も枯れず 常磐なす いやさかばえに 然れこそ 神の御代より 宜しなへ この橘を 時じくの 香菓と 名付けけらしも（十八・4111）

反歌一首

---

① 常世の木の実 この橘のように 更に輝かしく わが大君は 今見るようにおすこやかに。

我が大君は いつまでもおすこやかにおわしますであろう 橘家の お邸の橘も 一面に照り輝いて。

橘は　花にも実にも　見つれども　いや時じくに　なほし見が欲し（十八・4112）

閏五月廿三日、大伴宿祢家持作之。

不仅是橘的意象出现在和歌创作中，橘的实物也被人有所认识。据研究表明，常陆国之所以被比作"常世"与当地的物产"橘"也有着密不可分的关系，[①] 而常陆国香岛郡的郡家门口还种有果实美味的橘树，就连《日本书纪》中的"常世虫"也"常生于橘树"。在古代日本人看来，橘并非是完全虚幻的常世物，同时也是客观存在的现实之物，共有"常世"和"现世"两个世界的属性。

若从橘的现实属性考虑的话，那么"常世"即为新罗的论断便值得商榷了。第一，本居宣长以系谱相传有误为由，认为《新撰姓氏录》的稻饭命就是《古事记》的御毛沼命，其所往"常世"即为新罗；此外，替垂仁天皇前往常世寻橘的多迟摩毛理之祖是新罗王子这一传说，也成为了本居宣长立论的理由。但是，这种论述显然缺乏实在的证据。本居宣长最后甚至"粗暴"地认为即便汉国有橘，也是从新罗传去的，以此强行将"常世国"比定为新罗。这有可能是他作为国学者极力排除"汉意"的心理在作怪。第二，正如本居宣长所纠结的那样，新罗位于朝鲜半岛，气候寒冷，不应产橘。多迟摩毛理从"常世国"带回来的橘"缦四缦、矛四矛"，枝繁叶茂且果实美味，恐怕难以出自寒冷的新罗。第三，根据【资料14】的记载，若往返"常世"真需要十年的话，那么其位置从倭国来看，应该远于新罗，超出朝鲜半岛的范围。无论是《日本书纪》记录的新罗王子天日枪来到倭国，还是此后的神功皇后征伐新罗，新罗这个国家对于古代日本人来说似乎已经没有什么神秘感了。对于一个现实存在、可以到达的外国，恐怕没有必要使用"远往绝域、万里蹈浪、遥度弱水"等夸张的手法来"故弄玄虚"了。

如上所述，本居宣长的"常世＝新罗"的观点似乎不妥，但是，

---

[①] 田中俊江：常陸国風土記と「常世之国」．古代文学会編：古代文学 38．武蔵野書院．1999年．第 87 頁．

他提出的另一个假设:"常世"即"汉国"(中国)却十分有魅力。不仅如此,这个"汉国"应该是古代中国的江南地区。

第一,以当时的交通手段,往返日本列岛与中国大陆之间并非易事,而【资料14】中对于前往"常世"路途的描述在一定程度上反映了实际情况,也增强了"常世"的神秘感。田道间守将橘带回倭国时,天皇已经驾崩。田道间守伤心欲绝,为了表示忠君,他"自死之"。这里体现的君臣伦理与儒家思想极为吻合,暗示田道间守所往的"常世"应为古代中国。

第二,回到橘的现实属性,正所谓"橘生淮南则为橘、生于淮北则为枳"。这句出自《晏子春秋·内篇杂下》的名言用于比喻环境对人的品行的影响,其依据的是一个简单的科学道理,即在气候寒冷的北方,橘是难以生长的。古代中国的江南地区气候温和、水土滋润,是橘的著名产地,这在中国古籍的相关记载中可以得到印证。[①]

第三,记纪的记载也从侧面反映了"常世"与古代中国的江南地区有千丝万缕的联系。如《古事记》曾记载:

【资料17】
　　故、大国主神、坐出雲大之大御大之御前時、自波穂、乘天之羅摩船而、内剥鵝皮剥、為衣服、有帰来神。爾、雖問其名、不答。且、雖問所從之諸神、皆、白不知。爾、多迩具久白言。自多下四字以音。此者、久延毘古、必知之、即召久延毘古問時、答白、此者、神産巣日神之御子、少名毘古那神。自毘下三字以音。故爾、白上神産巣日御祖命者、答告、此者、実我子也。於子之中、自我手俣久岐斯子也。自久下三字以音。故、与汝葦原色男命為兄弟而、作堅其國。故自爾、大穴牟遅与少名毘古那、二柱相並作堅此國。然後者、其少名毘古那神者、度于<u>常世國</u>也。故、顯白其少名毘古那神、所謂久延毘古者、於今者山田之曾富騰者也。此神者、足雖不行、尽治天下之事神也。

---

① 欧阳询:《艺文类聚》,上海古籍出版社,2007年,第1476—1479页。

少名毘古那神是"独神",也是"别天神"神产巢日神之子,前来帮助大国主神"作坚其国"。值得注意的是,这个少名毘古那神充满了神秘色彩。他是从海上而来,还穿着鹅毛的衣服。根据《日本书纪》雄略天皇十年九月乙酉朔戊子条,倭国的鹅来自刘宋,即所谓的"吴",也就是古代中国的江南地区。

【资料18】
　　十年秋九月乙酉朔戊子、身狹村主青將吳所獻二鵝到於筑紫。是鵝為水間君犬所囓死。別本云、是鵝為筑紫嶺縣主泥麻呂犬所囓死。由是水間君恐怖憂愁、不能自默。獻鴻十隻與養鳥人、請以贖罪。天皇許焉。

另据雄略天皇八年春二月条记载,身狭村主青与桧隈民使博德一起出使吴国,并于两年后回国。此时,身狭村主青从刘宋带回了鹅。《古事记》中的少名毘古那神身披鹅毛从海上而来,或许暗示着其来自吴,即古代中国的江南地区。但是在还没"作坚其国"时,少名毘古那神就渡海前往"常世国"了。正如本居宣长所说,他又回到了"外国"。不仅如此,大国主神原本并不知少名毘古那神的姓名,而告诉他的是久延毘古,即稻草人。久延毘古象征的是稻作文化,他的出现也暗示了"常世"即古代中国的江南地区的稻作文化在日本列岛的传播。

第四,如果说久延毘古代表的稻作文化反映了古代中国的江南地区与日本列岛的联系,那么常世神事件反映的则是养蚕业在岛内的传播。《日本书纪》皇极天皇三年秋七月条记载道:

【资料19】
　　秋七月、東國不盡河邊人大生部多、勸祭虫於村里之人曰、此者常世神也。祭此神者、致富與壽。巫覡等遂詐託於神語曰、祭常世神者、貧人致富、老人還少。由是、加勸捨民家財寶、陳酒陳菜・六畜於路側、而使呼曰、新富入來。都鄙之人取常世虫置於清座、歌儛求福棄捨珍財。都無所益、損費極甚。於

是、葛野秦造河勝、悪民所感、打大生部多。其巫覡等恐休勸祭。時人便作歌曰、
　　太秦は　神とも神と　聞こえ来る　常世の神を　打ち懲ますも
　　此虫者常生於橘樹、或生於曼椒。曼椒、此云褒曾紀。其長四寸余、其大如頭指許。其色緑而有黒点。其貌全似養蚕。

"常世虫"即"养蚕"，因为大生部多供奉常世虫，宣扬常世神信仰且以此聚财，影响中央政府经济收入，因此遭到秦造河胜的镇压。[①] 中国南方自古以来盛行蚕桑，记录中来自"常世"，且"常生于橘树"的"常世虫"，或许来自古代中国的江南地区。

此外，正如折口信夫所指出的那样，从古代东亚的地理位置考察，"常世"应该在南方。自古以来，中国江南地区与日本列岛交流不断，对日本文化产生了巨大影响；[②] 甚至还有学者认为，日本古代文化的根源在中国的江南地区。[③] 另据研究，"水江浦岛子"故事的原型便可追溯至中国的长江中下游地区。[④] 若如此，【资料4】【资料5】【资料 6】中的浦岛子前往的所谓"常世"或许就是古代中国的江南地区。

综上所述，古代日本人想象的异界"常世"应该就是现实古代东亚世界中的中国江南地区。

# 五、小结

既然"常世"即为古代中国的江南地区，为何古代日本人对于"常世"的所在还是莫衷一是，甚至产生或为蓬莱、或为常陆、或为

---

① 武智功：皇極紀にみえる常世神事件の再検討．日本歴史．2014年5月．第8—12頁。
② 王勇编：《中国江南：寻绎日本文化的源流》，北京：当代中国出版社，1996年。
③ 千田稔：古事記の宇宙—神と自然—．中公新書．2013年．第76—87頁。
④ 君島久子：洞庭湖の竜女説話—浦島説話に関する新資料—．『中国大陸古文化研究』第六集．1972年。

朝鲜的混乱呢？概言之，这恐怕与东亚交往民相关。①

如【资料12】和【资料14】中的记载，无论是多迟摩毛理，还是三宅连祖先的田道间守，据传说均出自移民氏族；【资料19】记载的常世神事件中也有移民氏族秦氏登场。此外，据研究，被比定为"常世"的常陆国的开发与移民氏族活动密切相关。②或许，【资料17】中的少名毘古那神就是漂流往返于江南地区和列岛之间的移民。

长期接纳来自古代东亚各国移民的日本列岛逐渐成为文化的大熔炉，东亚交往民固有的异界观在此互相交融，最终形成了古代日本人的多重、多元的常世观（如图7.1）。

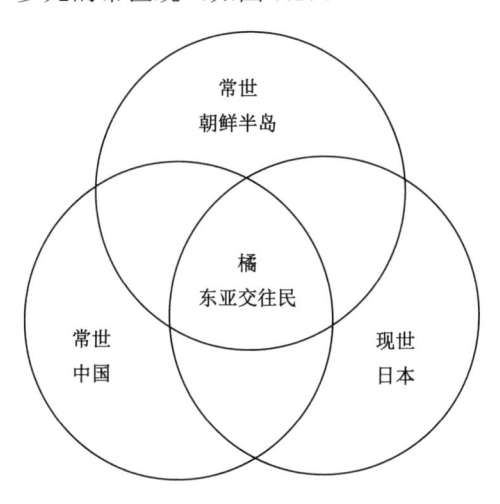

图7.1 古代日本人的常世观

---

① "东亚交往民"是笔者提起的概念，主要指以古代东亚为舞台，互相往来、互相交流的移民。（王凯：『万葉集』と日本古代大陸移民—「東亜交往民」の概念提起について—. 國學院雜誌. 2015年1月）

② 田中俊江：常陸国風土記と「常世之国」. 古代文学会编：古代文学38. 武蔵野書院. 1999年. 第89页。

# 第八章　大陆移民与农耕思想的传播
## ——"瑞雪兆丰年"在日起源流播考

## 一、引言

日本的水稻栽培与古代大陆移民有着密不可分的关系。这不仅体现在稻作物种的传播、生产技术的进步以及社会结构的变化等方面，还影响到了古代日本人的意识形态，而这主要体现在对来自大陆和朝鲜半岛的农耕祭祀仪式、习俗和知识思想的吸收和继承。[①]

《艺文类聚》所引我国最早的农书《氾胜之书》中就记载了"雪，五谷之精也"，[②]这说明古人认识到雪在农作物生长过程中的重要性。《毛诗正义》则将《小雅·信南山》中"雨雪雰雰"一句明确地解释为"雰雰，雪貌，丰年之冬，必有积雪"。[③]由此可见，至少在汉朝时，我国已经形成了"瑞雪兆丰年"的农耕思想。

在公元前后，甚至更早的时期，来自大陆和朝鲜半岛的大陆移民便携带着先进的农业技术和农耕思想陆续来到了日本列岛，"瑞雪兆丰年"这句著名的农谚随之传入本不足为奇。然而令人费解的是，虽然古代日本人模仿了大量来自大陆的农耕祭祀仪式，但是对于其中包含的农业思想与文化内核似乎并不关心。据笔者调查，直至8世纪的奈良时代，有确切文献记录（含出土资料中的文字记载）的相关"瑞雪兆丰年"也仅一处而已。究竟是这一农谚没有传入列岛，

---

[①] 森岡秀人：「農耕社会の成立」，歴史学研究会・日本史研究会　編：『日本史講座　第1巻』，東京：東京大学出版会，2004年，第66頁。

[②] 欧阳询：《艺文类聚》，上海：上海古籍出版社，2007年，第22页。

[③] 阮元　校刻：《十三经注疏》，北京：中华书局，2008年，第470页。

还是古代日本人有意做了取舍,仍是一个谜团。本章拟结合日本古代典籍以及相关出土资料,考察"瑞雪兆丰年"这一农耕思想在日流播过程,以阐明古代大陆移民在传播大陆文化方面的局限性与古代日本人对外来思想文化吸收的选择性之间的关系。

## 二、大陆移民与"瑞雪兆丰年"之歌的出现

"瑞雪兆丰年"的首次亮相是在日本现存最古老的和歌总集《万叶集》里,其内容如下:

　　天平十八年正月、白雪多く零り、地に積むこと数寸なり。ここに左大臣橘卿、大納言藤原豊成朝臣また諸王諸臣たちを太上天皇の御在所（中宮の西院）に参入り、仕へ奉りて雪を掃く。ここに詔を降し、大臣参議并せて諸王は、大殿の上に侍はらしめ、諸卿大夫は、南の細殿に侍はしめて、則ち酒を賜ひ肆宴をしたまふ。勅して曰く、汝ら諸王卿たち、聊かにこの雪を賦して、各その歌を奏せよ」とのりたまふ。

　　左大臣橘宿祢、詔に応ふる歌一首

　　降る雪の　白髪までに　大君に　仕へ奉れば　貴くもあるか（十七・3922）

　　紀朝臣清人、詔に応ふる歌一首

　　天の下　すでに覆ひて　降る雪の　光りを見れば　貴くもあるか（十七・3923）

　　紀朝臣男梶、詔に応ふる歌一首

　　山の狭　そことも見えず　一昨日も　昨日も　今日も　雪の降れれば（十七・3924）

　　葛井連諸会、詔に応ふる歌一首

　　新しき　年の初めに　豊の稔　しるすとならし　雪の降

れるは（十七・3925）[1]

大伴宿祢家持、詔に応ふる歌一首

大宮の　内にも外にも　光るまで　降らす白雪　見れど飽かぬかも（十七・3926）

藤原豊成朝臣　　巨勢奈弖麻呂朝臣
大伴牛養宿祢　　藤原仲麻呂朝臣
三原王　　　　　智奴王
船王　　　　　　邑知王
小田王　　　　　林王
穂積朝臣老　　　小田朝臣諸人
小野朝臣綱手　　高橋朝臣国足
太朝臣徳太理　　高丘連河内
秦忌寸朝元　　　楢原造東人

右の件のの王卿等は、詔に応へて歌を作り、次に依りて奏す。登時記さずして、その歌漏り失せたり。ただし秦忌寸朝元は、左大臣橘卿譴れて云はく、「歌を賦するに堪へずは、麝を以てこれを贖へ」といふ。これに因りて黙已り。

天平十八年（公元746年）正月，平城京内白雪飘舞，积雪数寸。或许是因为这场大雪，当年的元旦朝贺之礼也被中止。[2] 然而，左大臣橘诸兄却率领"诸王诸臣"前往元正太上天皇所在"中宫"扫雪。看到新年之初，群臣以扫雪这种"非正式的"朝贺方式表示对自己的尊敬，这位年迈的女性太上天皇的喜悦之情不难想象。龙颜大悦的元正太上天皇于是下令设宴款待前来扫雪的众卿家，并要

---

[1] 小学馆新编日本古典文学全集本《万叶集》以《名义抄》中"稔"的读音为"ミノル、トシ"为由，将万叶假名"丰乃登之"以"豊の稔"表示。但是，岩波书店《日本古典文学大系》、讲谈社文库《万叶集》（作者：中西进）等其余《万叶集》版本多使用"豊の年"表示，本文以后者为准。

[2] 《续日本纪》圣武天皇天平十八年春正月癸丑朔条。

求诸王卿以"雪"为主题作歌。①

　　作为群臣之首的老臣橘诸兄端坐大殿，首先作歌。歌词大意为：发誓终生效忠太上天皇，直至头发像雪花一样白。此歌吟诵得十分得体，体现了浓郁的宫廷礼仪色彩，也展示了橘诸兄作为当朝一品的高贵身份和气魄。紧接其后，位于"细殿"（走廊）的纪朝臣清人、纪朝臣男梶相继作歌。前者为当时的文章博士，他将汉文学中的雪光和天皇的恩光联系在了一起，歌颂皇恩浩大威严；后者则强调此次降雪之大、时间之长久，属于即景作歌。

　　正当此轮歌会将以宫廷赞歌的旋律接近尾声之时，于前年（公元745年）四月刚升至外从五位下的移民氏族歌人葛井连诸会吟诵道：今日的降雪是新年之初丰收的预兆——这正是"瑞雪兆丰年"的首次登场。一般来说，在此轮歌会最后出场的大伴家持会延续前人作歌的意象，但是其歌词大意为：宫廷内外闪闪发光的降雪让人看也看不够，这显然延续的是纪朝臣清人作歌的情景而非葛井连诸会的"瑞雪兆丰年"。

　　正如《万叶集评释》所述，"葛井连诸会虽为律令官人，但是他强烈地意识到自己身份的低微，因此没有和左大臣橘诸兄一样，使雪和自身产生关联，而是即物作歌，使用瑞雪兆丰年这一来自汉文学的思想庆贺国家，而且这也是此歌创作的文学技巧所在"②。换言之，葛井连诸会的作歌在歌颂对象上发生了转移，即从元正太上天皇个人身上转移至整个古代日本的律令制国家，而这种转移正是通过"瑞雪兆丰年"这一来自中国的农谚实现的。《万叶集私注》推测"葛井连诸会的这一思想来自其从书卷上得到的知识"，并指出"由此开始，在日本也有了'瑞雪兆丰年'的说法"③。

　　《私注》的见解可谓一针见血。葛井连诸会的"瑞雪兆丰年"一

---

① 关于此歌群的政治史解读，详见：直木孝次郎：「天平十六年の難波遷都をめぐって」．『飛鳥奈良時代の研究』．東京：塙書房，1975年，第167頁；同氏：「橘諸兄と元正太上天皇」．『夜の船出』．東京：塙書房，1985年，第195頁。

② 窪田空穂：『萬葉集評釈』，東京：東京堂出版，1985年，第186頁。

③ 土屋文明：『萬葉集私注』，東京：筑摩書房，1977年，第319頁。

歌，是《万叶集》4000余首和歌中唯一一首将降雪与农作物丰收直接联系起来的和歌。不仅如此，这也是诸多日本古代典籍中留存的唯一一处将冬季降雪与农耕相联系的记录。那么，究竟古代日本人是如何认识雪、尤其是降雪和农耕之间的关系的，葛井连诸会首先推出"瑞雪兆丰年"这一农谚的出现是否又纯属偶然，且待下文详述。

## 三、古代日本人对"雪"的认识

关于古代日本人对"雪"以及降雪和农耕关系的认识，以《万叶集》为例，据笔者统计，在其4000余首和歌中与"雪"相关的作歌有154首，大致可以分类如下：

第一，体现对自然现象的认识，主要的着眼点在于描述雪片繁多、颜色洁白、容易消融等雪花的物理属性，以及借用雪的这些自然属性来作比喻，表达数量繁多、转瞬即逝、世事无常等意境。此类和歌零散分布于《万叶集》全卷，其中不乏柿本人麻吕为高市皇子所作的挽歌（二·199）中形容乱箭如飞雪等著名场景的描写。

第二，将雪花与梅花、黄莺、松枝等意象搭配组合，表现大陆文学沙龙的意境。此类和歌主要集中在《万叶集》第十卷冬季部的杂歌"咏雪"九首（十·2316—2324）和相闻歌十二首（十·2337—2348）。此外，时为大宰府帅（长官）的大伴旅人的梅花宴歌群32首（五·815—847）也集中了不少梅花和雪的作歌。

第三，将"雪"作为某些地理位置的象征。例如，用雪喻指壬申之乱时的吉野、越中国地区（现在的富山县）、富士山以及筑波山等降雪较多的地方。

然而，在这些涉及"雪"的和歌中除了葛井连诸会的作歌以外，没有一首与"瑞雪兆丰年"相关，甚至没有和农业生产相关的内容。

这一特点在成书于天平胜宝三年（公元751年）的日本现存最古老的汉诗集《怀风藻》中也有所体现。风花雪月从来都是汉诗吟诵的主要对象，《怀风藻》也不例外。在诗集收录的近江朝至奈良朝时期的 64 名诗人的 120 篇作品中，[①] 经统计与"雪"有关的汉诗为 11 首（见表 8.1）。[②] 虽然其中不乏以"咏雪"等为题直接以"雪"为创作对象的汉诗，但也未见一首与"瑞雪兆丰年"相关的汉诗。

表8.1　《怀风藻》中"雪"相关的汉诗汇总表

| 编号 | 作者 | 题名 | 关键句 | 备注 |
| --- | --- | --- | --- | --- |
| 17 | 文武天皇 | 五言、咏雪一首 | 云罗囊珠起，雪花含新彩。 | |
| 22 | 纪朝臣古麻吕 | 七言、望雪一首 | 落雪霏霏一岭白，斜日黯黯半山金。 | 雪与松、梅的组合 |
| 34 | 荆助仁 | 五言、咏美人一首 | 巫山行雨下，洛浦回雪霏。 | 移民氏族诗人 |
| 44 | 大伴宿祢旅人 | 五言、初春侍宴一首 | 梅雪乱残岸，烟霞接早春。 | 雪与梅的组合 |
| 50 | 境部王 | 五言、宴长王宅一首 | 送雪梅花笑，含霞竹叶青。 | 雪与梅的组合 |
| 75 | 百济公和麻吕 | 五言、初春于左仆射长王宅宴一首 | 芳梅含雪散，嫩柳带风斜。 | 雪与梅、柳的组合 移民氏族诗人 |
| 78 | 守部连大隅 | 五言、侍宴一首 | 冬花消雪岭，寒镜泮冰津， | 雪与柏的组合 |
| 101 | 丹墀真人广成 | 五言、述怀一首 | 少无萤雪志，长无锦绮工。 | 囊萤夜读、映雪读书的典故 |
| 104 | 释道慈 | 五言、初春在竹溪山寺于长王宅追致辞一首并序 | 桃花雪冷冷，竹溪山冲冲。 | 雪与桃花的组合 |
| 106 | 盐屋连古麻吕 | 五言、春日于左仆射长王宅宴一首 | 柳条风未煖，梅花雪犹寒。 | 雪与柳、梅的组合 |

---

[①] 根据《怀风藻》流传版本不同，可分为两类：诗人 64 人、作诗 118 篇和诗人 64 人、作诗 116 篇。作诗数量的差异主要原因在于，《怀风藻》目录记载道融作诗 5 首，而实际有欠缺 3 首的版本，也有欠缺 4 首的版本；此外，《怀风藻》有的版本含有卷末的无名氏作诗 1 首，而有的却缺失。

[②] 辰巳正明：『懐風藻全注釈』，東京：笠間書院，2012 年。

除了上述以诗歌为代表的文学作品以外,《古事记》和《日本书纪》中对于"雪"的记叙也不多见。

其中,《古事记》中关于雪的记叙仅有两例。其一出现在须佐之男命因不愿遵照伊邪那伎命的命令治理海原(大海)而被驱逐后,到天上去找天照大御神告辞,前往其母伊邪那美命所在的根之坚州国。但是天照大御神认为弟弟心怀歹意,是来抢夺自己的高天原的,所以全副武装,严阵以待。《古事记》描写天照大御神将腿深深地踩入坚硬的土地中,并将地面踢得如同"沫雪"一般。[1]这里的"沫雪"指如泡沫一样的、易碎又柔软又容易消失的雪。[2]可见,这里的描写还是来自对雪的物理属性的认识。

《古事记》中另一处与"雪"相关的记载出现在天孙迩迩艺能命下凡娶妻结婚之时,因为其嫌弃石长比卖相貌丑陋,而只娶了其妹木花之佐久夜比卖为妻。姐姐石长比卖被退回娘家,老丈人大山津见神见状说道:如果天孙能够娶石长比卖为妻,则"虽雪零风吹"都会"恒如石而常坚不动"。[3]这则故事主要讲述的是天皇不能长生不老的起源传说,其中的"风雪"与农业生产也毫无关系。

与《古事记》相比,《日本书纪》共有7处有关"雪"的记叙,但多为自然降雪的气象记录,其中仅有1处具有吉兆的含义。据皇极天皇三年(公元644年)三月条记载:

> 倭国言、頃者菟田郡人押坂直(闕名)。将一童子欣遊雪上。登菟田山、便見紫菌挺雪而生。高六寸余、満四町許。乃使童子採取、還示隣家。緫言、不知、且疑毒物。於是押坂直与童子煮而食之。大有気味。明日往見、都不在焉。押坂直与童子由喫菌羹、無病而寿。或人云、盖俗不知芝草、而妄言菌乎。

这则记录描述的是押坂直和其子在雪中发现一株"紫菌",即灵芝,食之后无病长寿的故事。这则记录本身固不可信,但是《日本

---

[1]《古事记》上卷天照大御神与须佐之男命部分。
[2] 西郷信綱:『古事記注釈 第二巻』,東京:筑摩書房,2005年,第47頁。
[3]《古事记》上卷迩迩艺能命结婚部分。

书纪》的作者将雪和吉祥的灵芝联系在了一起,体现了寻常百姓将"挺雪而生"的植物视为珍贵,这一点值得注意。需要特别指出的是,灵芝的发现者押坂直是倭汉氏的一族,属于移民氏族。大陆移民发现吉祥的灵芝是基于其对"雪"和植物生长关系的朴素认识,可见此次奇遇绝非偶然。

由于《古事记》等典籍均出自古代日本统治阶级之手,其视野往往仅限于贵族层面,难免有失偏颇。那么,当时日本古代的百姓是否都如大陆移民押坂直一样,对于降雪和农作物的关系有一定的认识呢?

在广泛收录奈良时代地理地貌、风土人情、传说故事等内容的《风土记》中,与"雪"相关的记录也仅有 4 处。《出云国风土记》形容秋鹿郡东云浜的白沙随风飞扬如"雪零"。《常陆国风土记》关于筑波郡的记载中,提及筑波山的起源,讲到富士山因为新谷祭而不肯留宿其祖"神祖尊"而受到诅咒,永远"冬夏雪霜,冷寒重袭,人民不登,饮食勿奠"。在《风土记逸文》所引前田家本《释日本纪》卷十二"菟饿野鹿"条记载中,雄鹿梦见背上降雪而请其妻雌鹿解梦。雌鹿答道:"雪即盐,盐涂在夫君你的肉上意味着,如果你再要去淡路国野岛见那只当小妾的雌鹿,就会被船夫射死。"雄鹿不听,结果再去幽会途中,果然遇到不测。在这个故事里,降雪不但不是吉兆,反而成为了凶兆;而从雪的白色联想到食盐的白色这种相关元素,最终还是源于雪的色彩这一自然属性。

此外,在奈良文化财研究所的木简数据库[①]检索"雪"字可发现,涵盖奈良时代的平城京遗址出土木简中共有 10 例含有"雪"字,均表示人名(姓氏)和自然降雪。另在东京大学史料编撰所的奈良时代古文书数据库[②]检索后,与"雪"相关的表记多为中草药材"紫雪"、经卷"雪情澄神章"、画卷人物"雪山童子"以及作为人名姓氏的"雪",也未能发现将"雪"与农耕相关联的记录。

---

① 奈良文化财研究所木简数据库:http://www.nabunken.go.jp/Open/mokkan/mokkan.html
② 东京大学史料编撰所奈良时代古文书数据库:http://wwwap.hi.u-tokyo.ac.jp/ships/shipscontroller

由此可见，古代日本人无论是贵族，还是百姓，对于"雪"的认识都是极为浅显的。虽然他们会由自然降雪产生一些联想，也会利用"雪"和松竹梅等植物的组合创作汉文学作品，但是对于雪和农业生产的关系似乎并不关心。与此相反，移民氏族似乎对于降雪与农业的关系还是有一定的认识，其详情究竟又如何呢？

## 四、大陆移民与瑞雪兆丰年

其实，无论是《万叶集》《怀风藻》，还是上文所引诸多上代典籍，都不乏移民氏族作者的存在。如在《万叶集》中就多有声称以中国和古代朝鲜（高句丽、新罗和百济）为母国的歌人。据笔者统计，其中记载有姓名且留下作歌的歌人（防人歌除外）中，就约有51人出自大陆移民氏族。[1]在《怀风藻》中，有出自中国、百济、新罗和高句丽，且属于中下层律令官人的移民氏族诗人18名，总计创作汉诗29首。但是，他们也都没有留下体现降雪与农耕关系的内容。如此看来，能够直接吟诵"瑞雪兆丰年"一歌的葛井连诸会应是较为特殊的大陆移民。

从氏族传承来看，"葛井连"原为"白猪史"。据《日本书纪》记载，钦明天皇下诏称：因为设置田部（部民）由来已久，而且长大成人者由于没有被登记在账簿上，导致免除课税者众多，所以就派遣胆津，即王辰尔的外甥前往检定白猪田部丁籍。[2]这里的"白猪田部"即钦明天皇十九年时，天皇派遣苏我大臣稻目宿祢和穗积磐弓臣等设置于吉备五郡的"白猪屯仓"。[3]对于"王辰尔"更不必多言，他正是因熏蒸了高句丽给倭国上表文而受到敏达天皇"勤乎，辰尔，懿哉，辰尔"赞美的大陆移民。[4]由此，像王辰尔这样的掌握

---

[1] 王凯：《日本古代大陆移民与万叶古歌》，《外国问题研究》第四期，2012年，第38页。
[2]《日本书纪》钦明天皇三十年春正月辛卯朔条。
[3]《日本书纪》钦明天皇十六年秋七月己卯朔壬午条。
[4]《日本书纪》敏达天皇元年五月壬寅朔条。

新型技术和知识的大陆移民战胜了老一代移民,赢得了在宫廷中的一席之地。①因此,据《船首王后墓志铭》可知,其孙船首王后以其为"中兴之祖"。

关于王辰尔的来历,延历九年(公元790年)七月十七日,左中弁正五位上兼木工头百济王仁贞,治部少辅从五位下百济王元信,中卫少将从五位下百济王忠信,图书头从五位上兼东宫学士左兵卫佐伊豫守津连真道等给桓武天皇要求改姓的上表文中记载道:

> 真道等本系、出自百済国貴須王。貴須王者、百済始興第十六世王也。夫、百済太祖都慕大王者、日神降霊、奄扶餘而開国、天帝授籙、惣諸韓而僞王。降及近肖古王、遥慕聖化、始聘貴国。是則、神功皇后攝政之年也。其後、軽嶋豊明朝御宇応神天皇、命上毛野氏遠祖荒田別、使於百済、搜聘有識者。国主貴須王、恭奉使旨、択採宗族、遣其孫辰孫王「一名智宗王」、随使入朝。天皇嘉焉、特加寵命、以為皇太子之師矣。於是、始伝書籍、大闡儒風。文教之興、誠在此。難波高津朝御宇仁徳天皇、以辰孫王長子太阿郎王為近侍。太阿郎王子亥陽君。亥陽君子午定君。午定君、生三男。長子味沙、仲子辰尔、季子麻呂。従此而別、始為三姓。各因所職、以命氏焉。葛井・船・津連等即是也。逮于他田朝御宇敏達天皇御世、高麗国、遣使上烏羽之表。群臣・諸史、莫之能読。而辰尔進取其表、能読巧写、詳奏表文。天皇嘉其篤学、深加賞歎。詔曰、勤乎懿哉。汝、若不愛学、誰能解読。宜従今始近侍殿中。既而、又詔東西諸史曰、汝等雖衆、不及辰尔。斯並国史・家牒、詳載其事矣。②

由此可知,王辰尔是来自百济的移民氏族。对照《新撰姓氏录》可知,"午定君"的长子"味沙"即为《新撰姓氏录》右京诸藩下"葛

---

① 関晃:『帰化人 古代の政治・経済・文化を語る』,東京:講談社,2009年,第25—26頁。(本书原本为:関晃:『帰化人』(増補版),東京:至文堂,1966年。)
② 《续日本纪》桓武天皇秋七月辛巳条。

井宿祢"条中"盐君男味散君之后也"中的"味散君";次子"辰尔"即"王辰尔";季子"麻吕"即为《新撰姓氏录》右京诸藩下"津宿祢"条中"盐君男麻吕君之后也"中的"麻吕君"。①因此,《新撰姓氏录》中的"盐君"即上表文中的"午定君",而《日本书纪》中的王辰尔的外甥"胆津"即为"味散君"之子。

如此,王辰尔的外甥胆津便于钦明天皇三十年四月检阅白猪田部壮丁,并依诏制定账簿,编制田户。天皇对胆津给予嘉奖,赐姓"白猪史",并拜其为"田令"。②至敏达天皇时,天皇又派遣苏我马子大臣前往吉备国,增加了白猪屯仓和田部,并将"名籍"即账簿授予白猪史胆津。③虽然"田户""田令"等词是律令制度成形之后在文字上的润色,但是从"白猪屯仓"这一命名来自胆津一族的记录,以及将吉备的屯仓称为"白猪屯仓"等记事来看,足可见白猪史对农民的管理水平以及该家族农业耕作的紧密联系。④

葛井连诸会能够将"瑞雪兆丰年"这一农谚通过和歌形式加以表达,显然与其氏族来源是密不可分的,然而也并非所有白猪史,以及改姓后的葛井连⑤氏都具备这样的知识与能力。从历史上来看,白猪史以及改姓后的葛井连,其活跃的领域是多方面的。例如,白猪史宝然于天武天皇十三年(公元684年)留学唐朝回国后,⑥于文武天皇四年(公元700年)参与大宝律令的制定。⑦在外交上,大宝元年(公元701年)白猪史阿麻留与万叶歌人山上忆良一起,被任命为遣唐使少录,⑧出使唐朝。葛井连子老则是天平八年(公元736年)出发的遣新罗使团的一员。⑨

---

① 佐伯有清:『新撰姓氏録の研究　本文篇』,東京:吉川弘文館,1962年,第298頁。
②《日本书纪》钦明天皇三十年夏四月条。
③《日本书纪》敏达天皇三年冬十月戊子朔丙申条。
④ 上田正昭:『帰化人　古代国家の成立をめぐって』,東京:中央公論社,1965年,第111—112頁。
⑤《续日本纪》元正天皇养老四年五月壬戌条。
⑥《日本书纪》天武天皇十三年十二月癸未条。
⑦《续日本纪》文武天皇四年六月甲午条。
⑧《续日本纪》文武天皇大宝元年正月丁酉条。
⑨《万叶集》卷第十五3691-2693号歌。

第八章　大陆移民与农耕思想的传播——"瑞雪兆丰年"在日起源流播考 | 163

　　葛井连氏族中的佼佼者要数与葛井连诸会同年代的同族葛井连广成。广成在对新罗外交上表现活跃，不仅出使新罗，还在新罗使节来日本时，前往筑前国负责检校供客之事。[①] 圣武天皇对其尤为信任，还曾在其家中留宿。[②] 天平胜宝元年（公元 749 年）八月辛未，正五位上的葛井连广成任中宫少辅。

　　广成不仅有政治头脑，而且文采出众，精通诗歌。据《武智麻吕传》记载，广成是神龟六年（公元 729 年）的"文雅"之一，[③]《经国集》中有其落款天平三年（公元 732 年）五月八日的对策文三篇。[④] 又据《万叶集》记载，天平二年（公元 730 年），大伴道足任擢骏马使被遣大宰府时，在大宰府帅大伴旅人的宴会上，诸人要求驿使葛井连广成作歌，广成应声而成（六·962）。天平八年（公元 736 年）十二月，歌舞所的诸王臣子聚集广成家中，举行古歌古舞宴会（六·1011—1012）。广成在《怀风藻》中作有五言律诗《奉和藤太政佳野之作》和五言绝句《月夜坐河浜》共计 2 首。[⑤]

　　通过以上的考证不难发现，葛井连（白猪史）诸氏都颇受大陆文化熏陶，也都具备丰富的大陆文学知识。然而，能够将"瑞雪兆丰年"吟诵成歌的却恰恰只有葛井连诸会一人，这充分体现了诸会身世的特殊性。

　　葛井连诸会和广成一样，和铜四年（公元 711 年）三月五日，也在《经国集》中留有与"论学习"和"垂教之旨"内容相关的两篇对策文。[⑥] 天平七年（公元 735 年）九月，时为右大史、正六位下的葛井连诸会，因为不受理被阿倍朝臣带麻吕等人所杀之族人的申

---

[①]《续日本纪》元正天皇养老三年闰七月丁卯条，圣武天皇天平十五年三月乙巳条。
[②]《续日本纪》圣武天皇天平二十年八月乙未条。
[③] 沖森卓也、佐藤信、矢嶋泉：『藤氏家伝　鎌足・貞慧・武智麻呂伝　注釈と研究』，東京：吉川弘文館，1999 年，第 363 頁。
[④] 与謝野寛：『覆刻　日本古典全集　懐風藻　凌雲集　文華秀麗集　経国集　本朝麗藻（オンデマンド版）』，東京：現代思想新社，2007 年，第 191—193 頁。
[⑤] 辰巳正明：『懐風藻全注釈』，東京：笠間書院，2012 年，第 502—508 頁。
[⑥] 与謝野寛：『覆刻　日本古典全集　懐風藻　凌雲集　文華秀麗集　経国集　本朝麗藻（オンデマンド版）』，東京：現代思想新社，2007 年，第 190—191 頁。

诉而被入罪，但后因诏获大赦。①天平十三年（公元741年）六月二十六日，在山背国司给大和国（大养德）的关于奴婢账的移中，末尾有其署名。据此文书可知，葛井连诸会时任山城国副官（介），正六位上，勋十二等。②天平十五年（公元743年）四月，正六位上，勋十二等的山城国副官（介）葛井连诸会的名字，出现在东寺文书中盖有三十一个国印的弘福寺（川原寺）田数账末尾的国司署名中。③天平十七（公元745年）年四月，葛井连诸会官升外从五位下，天平十九年（公元747年）四月任相模国长官，④而《万叶集》所载葛井连诸会入宫扫雪，则是在这期间的天平十八年（公元756年）正月。葛井连诸会最后一次荣升是在天平宝字元年（公元757年）五月，官至从五位下。⑤

  由此看来，葛井连诸会一生平平无奇，甚至可以说仕途坎坷，也不如同族的广成一般文采飞扬。然而，仔细观察葛井连诸会的身世则可发现，无论是对于奴婢的管理，还是对于弘福寺田数账的核查，都体现了他与农业有着不解之缘。恐怕在任山背国和山城国的地方官的时候，诸会也应该与农业生产有着密切接触。或许正是因其长期从事"三农问题"的实务工作，加之氏族传承对他的影响，触发了"瑞雪兆丰年"一歌的产生。总之，葛井连诸会能够吟诵"瑞雪兆丰年"之歌这件事，不能单纯地归因于其大陆移民这一外族身份，也不可同调于《私注》所说的"汉籍书本知识"，其最主要的原因还在于葛井连诸会与农业活动的渊源。

---

① 《续日本纪》圣武天皇天平七年九月庚辰条。
② 竹内理三：『寧楽遺文 下卷』. 東京：東京堂，1944年，第741—743页。
③ 東京帝国大学：『大日本古文書 二』. 東京：大日本図書株式会社，1901年，第337页。
④ 《续日本纪》圣武天皇天平十七年四月壬子条，天平十九年四月丁卯条。
⑤ 《续日本纪》称德天皇宝字元年五月丁卯条。

## 五、"瑞雪兆丰年"之歌的流传

在元正太上天皇的御宴上披露的"瑞雪兆丰年"一歌，对于古代日本人来说显然是认识"雪"的崭新的视角。这首来自中国大陆的、将"降雪"与农业丰收相融合的和歌必然会使现场的皇亲贵族耳目一新。然而，犹如第二节所考证的那样，从现有的文献和出土资料来看，事实上在古代日本"瑞雪兆丰年"这一思想似乎影响力有限，流传得也不广。对此，《万叶集私注》却认为此歌影响了大伴家持的新年降雪的作歌。①须知，《私注》所说的受到葛井连诸会作歌影响的正是《万叶集》的闭卷之歌，其地位十分重要。两者之间是否存在因果关系，需要谨慎对待。

天平宝字二年（公元758年）六月十六日，从五位上大伴宿祢家持被任命为因幡国长官，但这实质上却是对大伴家持的贬职。政治靠山橘诸兄、圣武太上天皇的相继离世，橘奈良麻吕之乱的失败和同族受到的牵连，藤原仲麻吕的专权等接踵而至，一连串的政治变动和打击，使得大伴家持心力交瘁，伴着瑟瑟秋风，前往因幡国赴任。②

天平宝字三年（公元759年）正月一日，42岁的因幡国新任长官大伴家持在国厅举行宴会，飨宴国司郡司，并留下了他在《万叶集》中的最后一首歌：

　　新しき　年の初めの　初春の　今日降る雪の　いやしけ吉事（二十・4516）

歌词大意为："如这新的一年之初的初春时节的纷纷降雪一般，

---

① 土屋文明：『万葉集私注』，東京：筑摩書房，1977年，第319頁。
②《万叶集》记录大伴家持在离京前的践行宴会上作歌：秋風　末吹きなびく　萩の花　共にかざさず　相か別れむ（二十・4515），大意为：没能与君将被那秋风吹倒的萩花插在头上，我们就要分离啊。

祝愿吉事越来越多，接连不断。"正如这首歌所吟诵的那样，大伴家持本人在政界的情况也有所好转，开始平步青云。然而，至延历四年（公元785年）八月家持去世为止，却再也没有在《万叶集》中留下任何和歌作品，这始终是个未解之谜。

对于《万叶集》的最后一首歌，诸多注释都认为，歌题词中的"春正月一日"正好是太阳历的二月六日，与这一年的立春日相重合，因而此歌具有瑞雪兆丰年的含义。早期的万叶集研究著作《仙觉抄》认为，大伴家持所作的对万叶集最后一首歌的评价《祝言之歌》与葛井连诸会的第3925号歌一样，都将大雪解释为丰收的吉兆。[1]此后，诸多万叶集注释都追从此说。

葛井连诸会在天平十八年作歌之时，大伴家持也在场并做了记录；而且两首歌所吟诵的场景也都为正月降雪，从这些相似点来说，闭卷之歌和葛井连诸会所作3925号歌之间是存在一定关系的。万叶学者犬养孝认为：大伴家持在作歌之时回想起了13年前，即天平十八年正月时，葛井连诸会所作的瑞雪兆丰年歌。[2]伊藤博则进一步指出，卷末4516号歌最终所要呼应的尽管是《万叶集》卷首的雄略天皇作歌，但是大伴家持在创作其"歌日记"的过程中，此歌的呼应对象正是天平十八年（公元746年）正月由橘诸兄主导的正月雪歌群。[3]

从历史上来看，大伴一族与大陆移民有着千丝万缕的联系，[4]大伴家持之父大伴旅人的周围，也存在不少来自百济的大陆移民。[5]大伴旅人和家持父子都是大陆先进文学和文化的推崇者，深受《文选》

---

[1] 木下正俊：『萬葉集全注 卷第二十』，東京：有斐閣，1988年，第359頁。

[2] 犬養孝：『万葉の風土 下』，東京：社会思想社，1964年，第272頁。（详见：犬養孝：『万葉の風土』，東京：塙書房，1956年。）

[3] 伊藤博：『万葉集の構造と成立 下 古代和歌史研究2』，東京：塙書房，1974年，第383頁。

[4] 上田正昭：『帰化人 古代国家の成立をめぐって』，東京：中央公論社，1965年，第126頁。

[5] 梶川信行：『アジアの中の「万葉集」―旅人周辺の百済系の人々を中心に―』，東京大学国語国文学会：『国語と国文学』，東京：明治書院，2009年4月号，第1—14頁。

等大陆文学的影响。因此，无论是从其生活环境，还是从其所接受的教育与知识水平来看，大伴家持的4516号歌中蕴含"瑞雪兆丰年"这一农谚含义都不足为奇。但是，大伴家持在其作歌中没有直言"瑞雪兆丰年"的相关词句，而且上述这些接受影响的条件也并非大伴家持所特有，以橘诸兄以及藤原氏为代表的当时的贵族，都享有接受大陆文学文化熏陶的环境。因此，歌意的内涵究竟怎样，恐怕还得从大伴家持自身出发，谨慎探讨。

大伴家持在《万叶集》中创作的和"雪"这一主题相关的和歌共有26首，而其中15首是其任越中国（今富山县全境）长官时期的作品。越中国是日本的降雪地带，古代日本人一提到越中国就会与大雪联系起来。天平十八年（公元746年）六月，大伴家持任越中国长官，于同年闰七月赴任。在其任期的后半段，大伴家持因已开始熟悉工作而显得游刃有余；天平胜宝元年（公元749年）秋天其妻子大嬢的到来，也滋润了其单身赴任的生活。这些因素都促成了大伴家持任越中国长官的5年成为其创作的一个小高潮。这从记录该段时间的《万叶集》第十九卷的构成上就能看出来。以任少纳言回京为界，该卷收录和歌数量的前后比例为八比二，[①]相当失衡。

越中国生活的重要性不仅在于触发了大伴家持的创作灵感，更为重要的是，这一段"下乡"经历让出身贵族的大伴家持更加贴近平民，使其创作的和歌中出现了与实际生产紧密结合的要素。据《万叶集》记载，天平二十年（公元748年），因为春季的出举，大伴家持巡视诸郡。这位31岁的年轻地方长官"当时当所，瞩目作之"。

　　砺波郡の雄神の河辺にして作る歌一首
　　雄神川　紅にほふ　娘子らし　葦付＜水松の類＞取ると瀬に立たすらし　（十七・4021）
　　婦負郡の鸕坂び河辺を渡る時に作る一首
　　鸕坂川　渡る瀬多み　この我が馬の　足掻きの水に　衣

---

[①] 小島憲之、木下正俊、東野治之　校注・訳：『新編日本古典文学全集9　万葉集④』，東京：小学館，2006年，第288頁。

濡れにけり　（十七・4022）

　　鸕を潜くる人を見て作る歌一首

　　婦負川の　速き瀬ごとに　篝さし　八十伴の緒は　鵜川立ちけり　（十七・4023）

　　新川郡渡延槻河時作歌一首

　　立山の　雪し消らしも　延槻の　川の渡り瀬　鐙漬かすも　（十七・4024）

　　気太神宮に赴参り、海辺を行く時に作る歌一首

　　志雄路から　直越え来れば　羽咋の海　朝なぎしたり　船梶もがも　（十七・4025）

　　能登郡にして香島の津より船発し、熊来村をさして往く時に作る歌二首

　　とぶさ立て　船木伐るといふ　能登の島山　今日見れば　木立繁しも　幾代神びそ（十七・4026）

　　香島より　熊来をさして　漕ぐ船の　梶取る間なく　都し思ほゆ（十七・4027）

　　鳳至郡にして饒石川を渡る時に作る歌一首

　　妹に逢はず　久しくなりぬ　饒石川　清き瀬ごとに　水占延へてな（十七・4028）

　　珠洲郡より船発し、太沼郡に還る時に、長浜の浦に泊まり、月の光を仰ぎ見て作る歌一首

　　珠洲の海に　朝開きして　漕ぎ来れば　長浜の浦に　月照りにけり（十七・4029）

　　右の件の歌詞は、春の出挙に依りて、諸郡を巡行し、当時当所にして、属目し作る。大伴宿祢家持

　从以上巡视地方的歌群中也能反映出，大伴家持这一时期的创作关注点发生了变化。作为在京贵族的大伴家持，其创作的取材对象更多为风花雪夜（八・1663）、黄莺落梅（八・1441、八・1649）；但是，在任地方父母官之后，其关注的重点放在了民生生产方面。

据《令义解》，作为越中国"守"（长官）的大伴家持需要掌管"祠社，户口，账簿，字养百姓，劝课农桑，纠察所部，贡举，孝义，田宅，良贱，诉讼，租调，仓禀，徭役"等诸多事务。[1] 从以上歌群可以看出，大伴家持是一位称职的地方官，不仅巡视全域，[2] 而且注意关注农家女采摘水松（第 4021 号歌）等与民生相关的内容。尤其值得注意的是，大伴家持也开始关注越中国的雄峰——立山的融雪与河流涨落的关系（第 4023、4024 号歌），并在歌中表现了立山的融雪使得延槻川的河水上涨没到了骑马用的脚蹬子的情形。结合此行的目的，大伴家持心中恐怕正在考虑该如何在春天兴修水利，排涝减灾以保证农业生产之事吧。

大伴家持不仅开始关心降雪，而且也开始将目光投向融雪这一自然现象，因为融雪影响河流水位，直接左右农业生产。这种认识的转变在其创作上也有了明显体现。

> 国の掾久米朝臣広縄、天平二十年を以ちて、朝集使に付きて京に入る。その事畢りて、天平感宝元年閏五月二十七日、本任に還り至る。仍りて長官の舘に、詩酒の宴を設けて楽飲す。ここに主人守大伴宿祢家持が作る歌一首　并せて短歌
>
> 大君の　任きのまにまに　取り持ちて　仕ふる国の　年の内の　事かたね持ち　玉桙の　道に出で立ち　岩根踏み　山越え野行き　都辺に　参うし我が背を　あらたまの　年行き反り　月重ね　見ぬ日さまねみ　恋ふるそら　安くしあらねば　ほととぎす　来鳴く五月の　あやめぐさ　蓬かづらき　酒みづき　遊び和ぐれど　<u>射水川　雪消溢りて</u>　行く水の　いや増しにのみ　鶴が鳴く　奈呉江の菅の　ねもころに　思ひ結ぼれ　嘆きつつ　我が待つ君が　事終はり　帰り罷りて　夏の野の　さ百合の花の　花笑みに　にふぶに笑みて　逢は

---

[1] 《新订增补国史大系 令义解》职员令大国条。
[2] 据《延喜式》可知，大伴家持所任越中国为北陆道诸国中的上国。天平十二年（公元 741 年）由砺波、射水、妇负和新川四郡组成的越中国合并了能登国（现石川县能登半岛地区）羽咋、能登、凤至、珠洲四郡，天平宝字元年（公元 757 年）能登四郡又复独立。

したる　今日を始めて　鏡なす　かくし常見む　面変りせず（十八・4116）

（下划线为笔者所加）

在天平感宝元年（公元 749 年）闰五月，大伴家持为越中国副官久米朝臣广绳顺利完成朝集使任务而回到任地越中国举行庆祝宴。宴会上，大伴家持将对广绳不在时自己对他的思念比喻为"射水川中融化的雪水，不断上涨"。在其表达"不断地"这一意思的时候，一改以往使用的"雪花纷纷、积雪不断"等传统的比喻方式，而使用了"融雪、水涨"的这一组合，表达自己的思念之情不断高涨，自己的感情不断高扬的意境，而这一文学表现手法的获得，与大伴家持的日常工作，尤其是他与农业生产的接触是密不可分的。

不仅如此，大伴家持还加深了对于雪的认识，更加重视降雪的珍贵。天平胜宝三年（公元 751 年）正月二日，越中国降雪多达 4 尺（1 尺约 29.7 厘米）。面对这场大雪，长官大伴家持号召前来赴宴的人们将蓬松的雪踩平，并放歌希望今后年年可以踩此瑞雪。需要特别指出的是，这是大伴家持第一次歌唱新年之初的瑞雪，并且包含了对降雪吉祥之意的赞美（第 4229 号歌）。

同年七月，大伴家持被任少纳言，离开越中国回京，当时 34 岁。但是这种以雪为贵，珍视冬季大雪的认识，在同年七月大伴家持回京之后，仍然得到了延续。

十一日に、大雪降り積みて、尺に二寸あり。因りて拙懐を述ぶる歌三首

大宮の　内にも外にも　めづらしく　降れる大雪　な踏みそね惜し　（十九・4285）

み苑生の　竹の林に　うぐひすは　しき鳴きにしを　雪は降りつつ　（十九・4286）

うぐひすの　鳴きし垣内に　にほへりし　梅この雪に　うつろふらむか　（十九・4287）

天平胜宝五年（公元753年）正月十一日，京城又降大雪。与天平十八年（公元746年）"积雪数寸"相比，这场雪更大。见此情景，时任少纳言的大伴家持回想起了7年前在元正太上天皇御前所作和歌，也回想起了其在越中国任职的岁月，因此在三首"述怀"之歌中，家持首先吟诵了"这场大雪十分珍贵，不要踩踏，否则可惜"一歌。此歌表现了回京以后的大伴家持已经不能像在越中国期间那样可以随意见到并踩踏大雪，因此对京城的降雪显得格外珍惜。不要踏雪，因为这场雪是大伴家持对七年前的回忆；不要踏雪，因为这场雪是大伴家持对越中国生活的留念；不要踏雪，因为这场降于正月的大雪象征着吉祥如意。

5年后的天平宝字三年（公元759年）正月，大伴家持在《万叶集》卷末留下最后一首和歌。在这首第4516号歌中，大伴家持对于新年之初，又是新春之际所降的这场大雪寄托了其"いやしけ吉事"的期望。"いや"是"愈发"之意，"しけ"是"积雪"的意思。大伴家持借用雪花纷飞，数量繁多的意象，表达了"吉事"能像这次纷纷雪花一般不断地积存下去的愿望。至于歌中的"吉事"是否如《万叶集私注》所认为的那样与"瑞雪兆丰年"这一农谚相关，就不得而知了。

通过以上对大伴家持所作"雪"歌以及对于"雪"的认识的考证可以发现，葛井连诸会的"瑞雪兆丰年"之歌或许对大伴家持对于"雪"的认识，以及对于其创作闭卷之歌有一定启发和影响。但是这种影响发生的契机在于大伴家持与实际农业生产生活的接触，正是后者潜移默化地影响了大伴家持对于雪的认识。无论是葛井连诸会，还是大伴家持，在较长一段时间内同为地方官吏，尤其是都具有历任多雪地区的地方官吏的经历，这使得两者容易产生共鸣。然而，长期在京，"不接地气"的古代日本贵族们，无论其氏族出自何方，也无论其是否得到大陆文学文化的熏陶，均难以认识到降雪与农业生产之间的关系，更不会知道"瑞雪兆丰年"这一农谚了。就连大伴家持，在回到京城、恢复了其不问五谷的贵族生活后，在其作品中"瑞雪兆丰年"的意象也随之淡薄、消失。

## 六、小结

"瑞雪兆丰年"这一农谚是中国古代劳动人民长期以来对冬季降雪与农业耕种关系的高度总结,也是古代文人对降雪的主要认识之一。南朝梁任昉的《同谢朏花雪诗》中便有"土膏候年动,积雪表辰暮"之句。同为南朝梁的诗人庾肩吾,则在《咏花雪诗》中吟诵过"瑞雪坠尧年"。西晋诗人孙楚在《雪赋》中亦留有"丰隆洒雪,交错翻纷,膏泽偃液,普润中田,肃肃三麦,实获丰年"之句。此外,宋谢惠连在《雪赞》有"气遍霜繁,年丰雪积"之句。①南朝宋的谢惠连在《雪赋》则有"盈尺则呈瑞於丰年"之句。②这些都说明了我国古人视冬季大雪为吉兆,充分体现了"瑞雪兆丰年"的思想。

据《日本国见在书目录》可知,无论前述《诗经》,还是《文选》《艺文类聚》,这些汉籍在奈良时期都已经传入日本,且深受古代日本人喜爱。可以说,这些文献都是古代日本铸史兴文的重要参考文献,日本人从中吸收了丰富的思想。

然而,"瑞雪兆丰年"这样的农谚思想虽然可能会对葛井连诸会那样的生活在一定区域内的大陆移民共同体③有一定影响,但是在古代日本人贵族与百姓中似乎并未广泛流传。这体现了大陆移民对传播思想文化所起作用的局限性。另外,正如对待律令制度一般,古代日本对于中国文化的吸收也是有选择性的,有些只是"虚像",④而某些中国的习俗,如寒食节,则从未被日本人吸收过。⑤"瑞雪兆丰年"这一农谚思想恐怕也在其列。最后,正如《三国志·魏书》

---

① 欧阳询:《艺文类聚》,上海:上海古籍出版社,2007 年,第 24—26 页。
② 萧统编,李善注:《文选》,北京:中华书局,2008 年,第 194 页。
③ 井上光贞:『王仁の後裔と其の佛教—上代佛教と帰化人の関係に就ての一考察』,史学会:『史学雑誌』,1943 年 9 月,第 1—71 页。
④ 李卓:《"儒教国家"日本的实像》,北京:北京大学出版社,2013 年,第 483—487 页。
⑤ 刘晓峰:《东亚的时间》,北京:中华书局,2007 年,第 230—251 页。

所引《魏略》记载：其俗不知正岁四节，但计春耕秋收为年纪。[①] 从日本人不重视冬季降雪的功效这一点来看，我国古人对于日本的认识是极为深刻的！或许，称古代日本为农耕社会尚值得商榷，对过于强调日本稻作文化的观点，也该客观地重新加以审视了。

---

① 陈寿撰，裴松之注：《三国志》，北京：中华书局，2010 年，第 856 页。

# 第九章　大陆移民的文化价值

## 一、引言

　　在日本古代历史进程中，文字文学对于推动倭人社会的发展和王（皇）权的成熟起到了举足轻重的作用。文字是倭国进行内政外交活动的工具和手段，文学则与政治具有着同等重要的地位。这说明了文字文学在日本古代史中的特殊地位，而传播文字文学的日本古代大陆移民更是功不可没。无论是文字的传入，还是列岛内文字的产生，乃至此后文学的形成与文化的影响，都与大陆移民有着密切联系。本章拟从史学层面对日本古代文字文学进行考察，兼以考证大陆移民在日本古代历史进程中的文化价值。

## 二、倭人与文字

　　早在我国西汉时期，《汉书》地理志在记录玄菟、乐浪的情况时，便对"倭"的地理情况有了记载——"乐浪海中有倭人，分为百余国，以岁时来献见云"。这区区数字意义重大，它带给了日本列岛在文献记载上的第一个文字——"倭"。由此可见，对于日本来说，文字的发生是在完全不顾及岛内文明发展程度的情况下，由外界强行赋予的。
　　此后，在倭人和朝鲜半岛、大陆进行交往的过程中，日本列岛不断地、被动地受到文字上的启蒙与冲击。伴随着原始交易的开展，以及两汉铜镜的流入，文字在潜移默化中进入到了倭人的社会生活。

然而，当时的倭人尚不理解文字的意义。从根本上改变这种状态的便是身在朝鲜半岛的大陆移民的先民这一特殊群体。他们凭借自身掌握的文字技术，为倭人出谋献策，帮助倭奴国国王在建武中元二年（公元 57 年）实现了对东汉王朝的朝贡，[①]使倭人第一次接触到了大陆封建王朝的核心。其中，身在乐浪郡的大陆移民先民们帮助倭人创立外交官制度这一点尤为重要。据研究，在邪马台国时期以及大和朝廷时期，倭国已经有了对内与对外两套官制；[②]而笔者认为，这一官制体系的形成时间应该更早，始于倭奴国朝贡时期。中国性质官名和倭国性质官名的并存反映了当时的文字状况，其中"大夫"属于奴国的涉外官名。[③]然而，根据当时倭人社会的文字状况和奴国对东汉王朝以及对东亚国际社会的认识程度，其自身恐怕尚不具备"自称"大夫的能力。"大夫"这一名称，应是乐浪郡为奴国使者所准备的。不难想象，乐浪郡作为联络窗口，在整个朝贡过程中充分发挥了协助双方沟通的功能，并设置了一个便于汉王朝皇帝接受的官名。先行到达乐浪郡的倭国使者通常在此稍作短暂停留，在此期间，懂得双方语言的大陆移民先民根据奴国使者所表达的其在本国的地位（倭国内官职）而将之转译成"大夫"这一官名之后，倭人使团再继续前往汉都正式朝贡。总之，大陆移民先民在日本列岛外通过使用文字语言，帮助倭人创立了用于外交的第一个官职，为倭国顺利进入汉王朝的东亚国际政治体系铺平了道路。可见，在这一过程中，倭人只是无条件地享受了为其准备的文字环境。

公元 107 年，倭面土国国王帅升朝贡。[④]虽然从"愿请见"这一记载中可以看出倭人开始有了主动接触中国大陆封建王朝的意愿，但是由于倭人仍然不具备文字读写能力，所以既没有携带国书，更没有使用先前光武帝下赐倭奴国的"汉委奴国王金印"。《后汉书》

---

[①] 建武中元二年，倭奴国奉贡朝贺，使人自称大夫，倭国之极南界也。光武赐以印绶。
[②] 鈴木靖民：「アジア諸民族の国家形成と大和王権」．歴史学研究会・日本史研究会編：『講座日本歴史 1　原始・古代 1』．東京：東京大学出版会．1984．第 198 頁．
[③] 吉村武彦：「古代の文化と思想」．歴史学研究会・日本史研究会編：『日本史講座 1 東アジアにおける国家の形成』．東京：東京大学出版社．2004．第 310 頁．
[④] 安帝永初元年，倭国王帅升等献生口百六十人，愿请见。

没有详细记载帅升朝贡的详细情况，这也暗示倭人此次出使并不顺利。由此可见，大陆移民先民只能从外部对日本原始王权的成熟施加影响，虽有一定的效果，但并不十分明显。

另一方面，在与汉王朝的交往中，倭人也逐渐开始认识到文字的重要性。为了获得大陆封建王朝下赐的物品，以确立、巩固其在列岛内的原始王权，倭人的部落首领们开始重视与大陆封建王朝的交往，相应地也开始重视此时已经零星进入列岛的大陆移民。不过，此时的大陆移民一般是技术工匠，因此文字水平并不高，且他们大多游离于原始王权之外，因此对原始王权的影响并不大。到了《三国志》魏书东夷传倭条（以下简称"魏志倭人传"）所记载的"倭国乱"时期，大陆移民遇到了与原始王权相结合的绝好契机。来自江南地区的大陆移民不但掌握着当时倭人所需要的铜镜铸造技术，其中更有不少人具备一定的文字能力。尽管当时倭人部落首领们对铸造技术的追捧程度远远大于对文字的热衷，但大陆局势的不稳定客观上促进了大陆移民的东渡，而倭国内部的动乱则促进了这些文字型大陆移民在列岛内与部落首领们的接触，使大陆移民开始与日本原始王权相结合。与大陆移民接触的部落首领掌握了文字资源，占得与大陆封建王朝交往的先机，并由此获得了在日本列岛内稳定的统治权。邪马台国的卑弥呼正是利用了大陆移民才顺利地开始了与曹魏的交往，并获得了其需要的铜镜与大刀这些象征统治权威的器物。

此时在日本列岛内的大陆移民，无论是文字型的，还是技术型的，其总体数量的稀少与原始王权的需要成为一对矛盾。从被动地接受文字到主动地寻求文字，这种文化诉求的变化加速了日本古代国家的形成。由此，列岛内的文字环境逐渐成熟，这为孕育倭人文学创造了条件。毫无疑问，在这一过程中，大陆移民们的功绩是巨大的。

## 三、文字的应用

　　4世纪至5世纪是倭国受到中国南朝和朝鲜半岛直接影响，并通过和大陆封建王朝建立外交关系这一诱因，催生了列岛内文字创造的重要历史时期。这一时期也是日本古代王权出现爆发式的觉醒，日本古代国家实现统一并开始以一国身份登上东亚国际社会外交舞台的一个重要时期。此外，大陆移民大批涌入日本列岛，为日本社会的发展、倭王权的成立做出了贡献。

　　公元4世纪，倭国频繁地与朝鲜三国接触，其间既有遣使访问也有战争。正是通过这一系列外交活动，倭王权进一步认知到文字对于政治的重要性，并开始采取有意识地引进、垄断性地掌握和控制文字型大陆移民的行动。当时，倭王权的发展与国家建设都需要文字型大陆移民，而列岛内已有的此类人才却供不应求。为了解决这一矛盾，倭王权除了被动等待为躲避大陆和朝鲜半岛的战乱而来的移民外，也采取了积极的政治外交和军事手段，尝试从朝鲜半岛国家，特别是百济获得具备文字读写技能的大陆移民。例如"七支刀"说明倭国和百济建立了军事联盟，但这一联盟的意义并不仅仅是抵御共同的敌人高句丽，而且是通过确立同盟关系，使倭国可以从百济获得倭王权需要的大陆移民。这些以人质身份或者通过赠送方式来到日本列岛的大陆移民，大部分被安置到倭王权中心，直接为统治者服务。除此以外，通过佛教传播等方式，中国南朝、新罗和高句丽对日本列岛内文字的产生都或多或少地产生了影响。倭国所获得的文字除了一部分是直接来自大陆封建王朝的以外，绝大多数都是以这种间接方式吸收的。即便如此，倭国对此也是如获至宝。为了确保获得移民的途径，在百济"进贡"不能满足需要时，倭王权便采取付诸武力的方式，公开掠取大陆移民。据好太王碑记载，这一时期倭国对朝鲜半岛"以为臣民""以奴客为民",[①]这是一种明显的掠夺行径。

大量的大陆移民以各种方式进入日本列岛以后,倭王权为让其有效地发挥作用,按照自身需要及移民特长进行安置。到倭五王时期,大陆移民已经遍布倭王权的周边,所从事的工作涉及内政、外交等诸多重要方面。[②]在大陆移民的帮助下,倭王权开始摆脱朝鲜半岛的中介,直接与中国南朝交往。[③]据统计,从公元413年至502年,倭五王向南朝的各王朝遣使达13次,其中因倭王本身的王权更替或因南朝改朝换代而遣使朝贡的情况占9次,要求除正的情况有4次。倭王权试图通过一系列外交活动,来提高自身在东亚古代国际社会的中的身份和地位。[④]在与南朝的交往中,倭王权又获得了来自大陆的新型大陆移民。除了进一步参与外交事务,他们为倭国的内政建设也作出了贡献。

这一时期进入日本的大陆移民无论是质量还是数量,都达到了一次高峰。日本列岛创造自身文字的时机成熟了。以金石文形式出现的列岛内最初的文字,是大陆移民的劳动结晶。文字的出现有着重要的意义,它既是倭王权已经成熟,需要表达自己政治理念的体现,也是其统治大陆移民的结果。文字的出现为倭王权脱离中国古代封建王朝的册封体系提供了条件,采用内外两套文字系统使倭国既与中国大陆封建王朝保持一定的联系,又不会如同朝鲜三国一样被完全吸收到其统治系统以内。

在列岛内文字产生之前,无论是内政还是外交,倭王权都在极大程度上依靠文字型大陆移民。但是以文字产生为分水岭,倭王权对列岛内大陆移民的依赖度开始下降。此后,文字的使用虽然在一

---

① 百残、新罗,旧是属民,由来朝贡;而倭以辛卯年来,渡海破百残,□□新罗,以为臣民(王健群:《好太王碑研究》.长春:吉林人民出版社.1984.第208—220页)。
② 王凯:日本古代大陆移民与倭国的内政外交.《日本研究》.2011年第4期。
③ 八年春二月、遣身狭村主青・桧隈民使博徳使於吴国。十二年夏四月丙子朔己卯、身狭村主青与桧隈民使博徳出使于吴。(小岛宪之、直木孝次郎、西宮一民 校注・訳・『新编日本古典文学全集3 日本書紀②』.東京:小学館.1996.第174页、第190页。)
④ 沈仁安:《日本起源考》.北京:昆仑出版社.2004.第292页。

定时期内仍然是大陆移民的"专利",但是其他日本本土氏族也在读书识字方面开始学习成长。可以说,文字的发展决定了倭国的发展,左右了大陆移民的命运。

## 四、从文字到文学

6世纪后的倭国无论在体制上还是在思想上都变得更加成熟,为此后成为律令国家做好了准备。倭五王时期较为模糊的"天下观"意识随着遣隋使、遣唐使的派遣变得清晰起来,形成了"东夷小帝国"的政治理念。

在这一观念的形成过程中,列岛内文字也发生了很大变化。随着日本列岛内文字的成熟以及与原先口传的神话、传说等相结合,日本列岛内的文学诞生了。日本上代文学因其产生过程的特殊性,其所含政治色彩是极为浓厚的。列岛内文学的产生虽然与大陆移民有着密切关系,但是不可否认,其中掺杂着不少日本本土元素。更为重要的是,此时的古代王权已经发展成熟,具备了主动地利用文学为其统治服务的能力。"难波津之歌"由民谣转变为和歌,最后又以"歌木简"的形式出现,就是上述过程的具体形式之一。

"难波津之歌"原本是难波地区一首普通的民谣。随着象征倭王权统治力量的难波津堀江开凿工程的推进,这首民谣由于其形式与内容简洁通俗的特点,被负责工程的秦氏等大陆移民劳动集团[①]借用,以调动工作积极性,抒发常年累月身负重役的苦闷。从接受者角度来看,该歌形式上具有易于集体吟唱的特性,因而容易在难波津工程的劳役集团中普及开来;在内容上,歌中所表达的冬去春来,难波津的花儿几度凋零几度开的意境,和历经半个世纪、漫长浩大的难波津工程的无尽劳动极为吻合。这首歌在一定程度上表达了长年驻守工地、参与难波津工程的大陆移民以及其他劳役集团无奈而

---

① 直木孝次郎:『難波宮と難波津の研究』. 東京:吉川弘文館. 1994. 第69頁.

又不得不苦中作乐的悲怆心情，这或许就是大陆移民容易接受此歌的原因吧。

　　从利用者角度来看，倭王权也利用此歌象征其统治的盛世，同时也表达其对负责工程的大量大陆移民的统治权威。倭王权利用此歌的冬去春来、百花绽放的意境，来宣扬其统治的美好，即通过包括大陆移民在内的众人对现世的赞美以表达倭王权统治的合理性。大陆移民歌唱现世美好，则体现了其对倭王权统治的支持与赞美。在倭王听来，参加难波津建设的大陆移民集体吟唱的"难波津之歌"并非劳动号子，而是一首赞美王朝统治的"王权颂歌"，所体现的是大陆移民对倭王权统治的服从。可见，"难波津之歌"不仅成为了大陆移民在难波津工程中的劳动号子，而且象征着倭王权对大陆移民的征服和统治。

　　在孝德朝时期，日本古代律令国家开始逐渐形成，以天皇为中心的中央集权统治初见成效，国力日益增强。与此同时，隋唐王朝兴起、朝鲜三国实力下降，古代东亚国际社会各国之间的力量平衡也发生了巨大变化。以此为背景，"难波津之歌"除了象征古代皇权对大陆移民的统治，其象征日本对朝鲜半岛三国的优势地位（宗主国地位）的政治意义进一步加强。"难波津之歌"自此彻底演变成为一首"皇权颂歌"。笔者认为，在孝德天皇迁都难波长柄丰崎宫的典礼上，众人和唱"难波津之歌"以宣扬古代皇权的统治，由于此次典礼有大陆移民的主要来源地朝鲜三国的使节参加，众人手持"难波津之歌"的歌木简合唱此歌，彰显了倭王权对朝鲜三国的优势地位。

　　此后，到律令国家确立的天武、持统王朝时期，"难波津之歌"在日本列岛内进一步扩散，最终达到了《古今和歌集》假名序中的"歌之父母"的地位。[①] 这一变化说明了古代皇权已逐渐脱离对掌握文字的大陆移民的依赖，开始了独立运用文学为其政治服务的过程。

---

① 王凯：日本古代大陆移民文学与古代王权——以难波津之歌为中心.《日语学习与研究》．2010 年第 5 期。

与此同时，大陆移民开始逐渐丧失在文学方面的主导权，其社会地位也日趋下降。

## 五、大陆移民与古代文学

奈良时代是古代皇权统治的全盛期，但是对于大陆移民来说，则是逐渐退出古代史舞台时期。通过对《万叶集》这部现存日本最古老的和歌总集中移民氏族歌人的考证，可以发现虽然移民氏族歌人在《万叶集》中占有一定比例，但是"中低层官僚多，达官显贵少"。在律令体制下，等级在五位以上才可称为贵族，他们和天皇有着人格上的特殊联系，这与六位以下的官员有着本质区别。神龟五年（公元728年）开始实施的内外阶制，明确地将氏族出身和官位挂钩，实质上限定了只有多治比、藤原、石川、橘、阿倍和大伴这六个日本本土氏族才能够进入内阶系统。这一制度的实施从根本上断绝了大陆移民氏族进入古代皇权统治核心系统的途径，结束了6世纪以来天皇（倭王）与大陆移民之间的直接人身联系，使后者出人头地的希望变得更加渺茫。

由于文字、文学已经在日本本土氏族中普及，大陆移民已经丧失了其文化优势，甚至开始遭受来自日本本土氏族的排挤，更可悲的是，这种表示"羞辱"的载体竟来自由大陆移民用来改变日本落后面貌的主要工具——文字文学。例如，根据《万叶集》第十七卷3926号歌左注记载，在众人应诏作歌时，移民氏族歌人秦忌寸朝元却"靡堪赋歌"，因此为当时的左大臣橘诸兄所"谑"，要求他交出麝香抵过。

当然，大陆移民氏族也在文学领域进行了抗争。不擅于吟诵和歌的移民氏族歌人通过背诵古歌、模仿古歌作法和借用古歌意象的方法来创作新歌，以应对当时的政治社交活动。这一以移民氏族歌人为中心形成的文学风潮逐渐发展，前后持续近百年，为当时的和歌创作吹入了一股新风。移民氏族歌人利用古歌创作的初衷，应该是以此为社交应酬工具，用来保持和日本本土氏族之间的交流。但是，随着氏族的衰落以及周边环境的变化，出现了试图依靠古歌创作强化与皇权的关系以谋求政治层面的利益、挽回氏族命运的大陆移民。因此，这股文学性古歌风潮也被染上了一定的政治色彩，笔者称之为"古歌运动"。

葛井连广成是将利用古歌创作这股文学风潮政治化的代表人物。凭借着自己的才智与努力，葛井连广成逐渐在古歌风潮中崭露头角。据《万叶集》第六卷1011号歌的题词记载可知，天平八年（公元736年）十二月，葛井连广成在其宅邸举行了盛大的古歌宴会，"歌舞所之诸王臣子"汇聚一堂，"共尽古情，同唱古歌"，场面隆重不难想象。这里所谓的"歌舞所"是教授例如"难波曲"等古代歌舞的官方部门。连统治阶层的达官显贵们都纷纷来到广成宅邸，足见其权威地位。这场聚集了"诸王臣子"等当时文学政治精英的盛会，客观上加强了葛井连广成与当时日本统治者上层人物的接触，在"以文会友"的同时也达到了一定的政治目的。一场文学与政治紧密联系的"古歌运动"也由此开始。

此后，又经过近10年的苦心经营，葛井连广成终于成为了古歌运动的领军人物，而其出色表现也引起了圣武天皇的关注。根据《续日本纪》圣武天皇天平二十年（公元748年）八月己未条记载，圣武天皇不仅来到葛井连广成家中宴饮，而且还留宿一夜，并于次日下赐广成及其妻子官位，可见圣武天皇对其的赏识。

这一方面说明了大陆移民利用文学进行政治上的"反击"取得了一定的效果；另一方面也说明，当时圣武天皇与以葛井连广成为代表的移民氏族，在约束本土氏族旧势力的扩张，保证自己的政治生存空间的问题上，有可能达成心照不宣的政治共识。这也使两者一拍即合，借助古歌运动这个"文学平台"，为达成各自的政治目的而相互利用。

但是，古歌运动也终有成为历史的一天。在宝龟元年（公元770年）三月的踏歌大会上，包括马史（武生连）在内的自认是王仁后裔的六大大陆移民氏族"男女二百卅人"，"著青摺细布衣，垂红长䋶，男女相并，分行徐进"前来献歌。值得注意的是，对此《续日本纪》只记录了其中的两首歌谣,并称"每歌曲折,举袂为节";而对于"其余四首",因为"并是古诗,不复烦载"。可见,随着圣武天皇时代的结束,古诗歌风潮已经悄然而逝了。

此外,如《怀风藻》所述,正因为大陆移民能够熟练使用汉字与汉诗,所以他们常常出现在外交场合以及长屋王等本土氏族的文学沙龙中。文字和文学的运用在一定程度上给大陆移民带来了政治利益,然而当面对来自母体的大陆或朝鲜半岛的使者时,如何平衡内与外的双重身份和利益则成为了困扰大陆移民的难题。这种纠结与忧愁融入汉诗中,让今日的读者从另一个角度体会到日本古代文学的东亚国际性特征。

## 六、大陆移民的文化价值

在漫长的历史变迁中,大陆移民将先进的物质文明与精神文明带入日本列岛。就物质文明而言,有水稻种植、陶器制作、冶炼铸造等技术,而其中的一些技术早在绳纹时代后期就已经跨海传到了日本列岛。但是与这些物质文明相比,精神文明对日本列岛的发展所产生的潜移默化的影响更大。其中,文字的传入以及由此引发的列岛内文字文学的产生意义甚大。

大陆移民给日本列岛带来的精神文明主要是构成东亚文化圈的五大基本要素:汉字、儒教、律令制度、中国化的佛法与科技。在这五大要素中,汉字首当其冲。需要注意的是,本书并未使用"汉字"而是使用了"文字"一词。这是因为汉字传入日本列岛的过程十分漫长,而且由于携带汉字的大陆移民多经朝鲜半岛进入日本列岛,有一大部分人甚至是在古代朝鲜长期客居、经历几代人之后才东渡扶桑,因此他们所带入日本的汉字并非纯正意义上的汉字汉文,而是经过朝鲜文化熏染后的"文字"。文字的传播在一定程度上也是大陆先进文化的传播,而文化的传播在当时则主要以文字为载体,两者不容分割。

在上述东亚文化圈的五大要素中，无论是儒教还是佛法，律令制度还是科技文明，都需要以文字为载体，通过人的流动才能进入日本列岛。这就是"人"，即大陆移民的功绩所在。需要注意的是，在文字传播之前或者在古代日本人接受文字之前，大陆移民虽然未必身居日本列岛，但是通过先从外界施加影响，促成了其接受文字契机的成熟。这是日本列岛接受文字的特殊性。这一文字接受的催化阶段虽然漫长，但无疑是十分必要的。公元前后的日本列岛尚不存在接受文字的条件，正是在先大陆移民的诱导下，倭人才懂得了文字的重要性以及拥有文字的必要性。这对于倭人社会来说，是一次巨大变革，它使倭人向文明社会跨出了一大步。

古代日本从无字社会进入到有字社会，大陆移民功不可没。大陆移民的主要文化价值，就在于其掌握文字并传播了文字。倭人对大陆移民的接收，主要目的也是为了学习文字技术。这种传播与接受，对倭人来说最初是无意识的，后来就变成了倭人有意识的行为，最终结果就是日本列岛出现了文字。朝鲜半岛或中国江南地区的大陆移民跨海而来，将文字带入日本列岛，同时也带来推动倭人接受文字的物质媒体——铜镜铸造技术。据考古研究发现，公元前后传入列岛的铜镜铭文可能是倭人最早见到的文字。4世纪，来自朝鲜半岛的逃避战乱的难民及倭人抢掠来的俘虏成为大陆移民的主体，他们带来更加先进的文字内容，包括文学、儒教及各种学问技艺。5世纪，以手工业者为主的江南大陆移民带来了纺织工艺，并将晋代及南朝的文学文化内容带入日本列岛。进入6世纪，佛教经由朝鲜半岛传入日本，佛经等与佛教相关的文字也一并流入。来自朝鲜半岛的大陆移民及时给日本列岛带来了新的文字，实现了日本列岛内文字的及时更新。到律令国家时期，除了遣隋使、遣唐使等对大陆文化有计划的引进以外，大陆移民们也带来了绚烂的隋唐文化，而这些文化的载体便是文字。正是大陆移民代代相传、孜孜不倦地向日本输入承载着文化内涵的文字，才使日本得以摆脱落后的局面，跟上以中国古代封建王朝为中心的古代东亚社会发展的步伐。

在这一过程中，日本列岛内的人们创造出了自己的文字。从日本出土的铁剑铭文以及石碑的碑文可以发现，日本最初的文字——"变体汉文"乃出于大陆移民之手。这些文字已经不是单纯的汉字，而是将汉字作为表达日本固有词汇发音的工具，用以表达倭人思想意识。列岛内文字的产生，使倭人改变了原本的口传记事方式，记录历史也成为了可能。本土文字与本土文化要素相结合，便产生了文字记录意义上的文学。《古事记》《日本书纪》等神话与历史记录相结合的文献，《万叶集》《怀风藻》等抒发倭人情怀的作品，若要追根溯源，恐怕其建立的基础都是大陆移民创造的文字。

众所周知，日本的文化复合杂糅，源头各异。而其中一个来源就是中国。大陆移民承担了传播中国文化的使命，而且还起到了日本文化"凝固剂"的作用。文字的记录和文学的产生使得文化由此体现而流传。在这一过程中，大陆移民起到了决定性作用，在日本文化中不难发现大陆移民的影子。然而，值得注意的是，我们应该客观看待和评价中国文化对日本的影响，不能过度夸大中国文化的影响力，尤其是影响的持久力。随着古代日本国家社会不断走向成熟，中国的文化不断被"内化"，最终形成了具有日本独自特色的文化。

## 七、小结

文学是古代东亚国际社会交流中的重要纽带。文学不但在日本社会发展过程中发挥了作用，也对整个古代东亚秩序的形成有着重要影响。文学的传播与交流在一定程度上也促进了日本古代国家的形成、社会的发展与王权的成熟，推动了整个东亚国际社会的形成与人员交流。无论是对于大陆移民、日本古代王权，还是古代东亚国际社会，文学都具有极为重要的意义，在这其中大陆移民的文化价值不可估量。

# 第十章　日本古代天皇让位论

## 一、引言

2016年7月13日，日本各大媒体均发布了明仁天皇有意让位的报道。8月8日，年迈的明仁天皇发表电视讲话，强调自己年事已高，难以继续完成象征性天皇的职责。对此，经日本政府组织专家委员会讨论，参议院于2017年6月9日通过了《关于天皇退位等的皇室典范特例法》，并计划于2019年4月实现明治以来天皇的首次生前退位。①

1889年（明治二十二年）颁布的《皇室典范》既不承认女性天皇，也不允许生前退位（让位）。这一规定一直被墨守至今。然而，回顾日本古代历史，让位其实并不罕见，其滥觞于奈良时代，自平

---

① 2016年7月13日，NHK（日本放送协会）使用了曾在国会答辩中使用过的"生前退位"一词，首家报道了明仁天皇有意退位的新闻。此后，朝日新闻等为了与现行皇室典范中关于天皇亡故后才可换代的规定加以区别，突出天皇"在世"时退位，而非立刻进行，故在"退位"之前加以"生前"二字，以消除读者的误会。此后，随着各大媒体竞相报道，日本国民逐渐理解了退位的手续，因此新闻媒体开始逐渐直接使用"退位"一词。总之，"生前退位"以及"退位"是媒体的表述方式，而皇室相关人员则一般使用"让位"这一表述。（2016年10月29日《朝日新闻》朝刊）

"让位"是历史专用术语，《国史大辞典》解释为：天皇在世时，将皇位让给皇嗣，也称"逊位"或"让国"，从皇嗣接受让位的角度来看，也称"受禅"。让位本是天皇按照自身意志进行的，但是进入平安时代以后，让位多是由于上皇或母后的意志，以及权臣的要求、压迫和策略等原因，被迫进行，危害甚深。因此，明治二十八年（1889年）制定的皇室典范明确规定，只有在天皇驾崩后，才能进行皇位继承，如此，通过让位进行的皇位继承被长期废止。（後藤四郎：「譲位」条．『国史大辞典』．吉川弘文館，第440页）另，《国史大辞典》未收录"退位"以及"生前退位"词条。

据《广辞苑　第六版》可知，"退位"指帝王退位；《大汉和辞典》的该词条则引用了《后汉书·明德马皇后纪》作为例文。可见，"退位"一词深受古代中国皇位传承表述的影响。

本稿论述日本古代天皇的让位历史，故统一使用"让位"一词。

安以后几乎成为惯例。自《日本书纪》[①]的皇极天皇让位于孝德天皇起始,奈良朝的天皇让位多达六次,是皇位传承的主要形式。[②]至平安初期,平城天皇—光仁天皇—嵯峨天皇—淳仁天皇—仁明天皇的男性天皇让位也成为了皇位传承的主要形式。[③]可以说,让位一直是日本古代王权传承的重要方式。因此,日本古代史学界对天皇让位的研究是在王权继承的背景下展开的,对王权传承的研究必然离不开让位这一重要的政治行为。

关于王权继承的先行研究可谓硕果累累,结合当世时政所做研究,也成为近来的热门课题。尽管对于古代王权传承的方式方法、体制规范等问题各家观点不同,各有偏重,但大致可以归纳总结如下。第一,从研究思路来看,主要可以分为：1. 以历史展开为线索,从政治史角度所做的让位研究。这种研究主要的着眼点在于天皇以及统治者内部的权力斗争和对让位的影响,将让位这一政治行为主要归结于历史演进过程中的政治性斗争的产物。[④] 2. 以制度解读以及构建为核心,从法制角度所做的让位研究。这种研究主要着眼于对古代天皇制的特性[⑤]以及古代法制的解读[⑥],力图从制度史的角度

---

[①] 本文使用《日本书纪》版本均为：黒板勝美・国史大系編集会：『日本書紀　前編・後編』. 東京：吉川弘文館. 1979 年。

[②] 《续日本纪》记载的即位分三类情况：1 前天皇死去,2 让位,3 废黜。其中,第二类"让位"多达六次,占奈良时代 9 次王权更替中的一半以上。以让位形式实现王权更替的分别为：持统天皇—文武天皇、元明天皇—元正天皇、元正天皇—圣武天皇、圣武天皇—孝谦天皇、孝谦天皇—淳仁天皇、光仁天皇—桓武天皇。(本文使用《续日本纪》版本均为：黒板勝美・国史大系編集会：『続日本紀　前編・後編』. 東京：吉川弘文館. 1978 年—1979 年。)

[③] 本文使用《日本后纪》版本均为：黒板勝美・国史大系編集会：『日本後紀』. 東京：吉川弘文館. 1980 年。本文使用《续日本后纪》版本均为：黒板勝美・国史大系編集会：『続日本後紀』. 東京：吉川弘文館. 1980 年。

[④] 岸俊男：「元明太上天皇の崩御—八世紀における皇権の所在—」.『日本古代政治史研究』. 東京：塙書房. 1966 年. 第 177—211 頁. 初出：学生社『古代史講座』一一巻. 1965 年;直木孝次郎：「天平十六年の難波遷都をめぐって—元正太上天皇と光明皇后—」.『飛鳥奈良時代の研究』. 東京：塙書房. 1975 年. 第 176—190 頁. 初出：難波宮趾顕彰会『難波宮趾の研究』第六. 1970 年;倉本一宏：『奈良朝の政変劇　皇親たちの悲劇』. 東京：吉川弘文館. 1998 年;吉川真司：『天皇の歴史 02 仏都平城京』. 東京：講談社. 2011 年;等。

[⑤] 河内祥輔：『古代政治史における天皇制の論理』【増訂版】. 東京：吉川弘文館. 2014 年;原版『古代政治史における天皇制の理論』. 東京：吉川弘文館. 1986 年;等。

[⑥] 関晃：「いわゆる不改常典について」.『日本古代の国家と社会　関晃著作集第四巻』. 東京：吉川弘文館. 1997 年. 第 295—309 頁;佐藤長門：「「不改常典」と群臣衰退」.『日本古代王権の構造と展開』. 東京：吉川弘文館. 2009 年. 第 321—364 頁;等等。

探索让位规律。3. 以权力构造及演进为核心，从王权论角度所做的让位研究。这种研究主要着眼于解构权力要素，将让位行为归结为动态权力制衡的产物。① 第二，从研究视点来看，无论以上哪种思路的研究，都主要围绕"女帝"②"太上天皇"③"皇太子"④这三大王

---

① 大平聡：「日本古代王権継承試論」.『歴史評論』. 1986 年 1 月. 第 3—20 頁；荒木敏夫：『日本古代王権の研究』. 東京：吉川弘文館. 2006 年；佐藤長門：『日本古代王権の構造と展開』. 東京：吉川弘文館. 2009 年；仁藤敦史：『古代王権と支配構造』. 東京：吉川弘文館. 2012 年；等。

② 女帝的研究兴起于喜田贞吉提出"中天皇"论（喜田貞吉：「中天皇考」.『喜田貞吉著作集 三』. 東京：平凡社. 初出：1915 年）和折口信夫提出"巫女"论（折口信夫：「水の女」.『折口信夫全集 二』. 東京：中央公論社. 初出：1927—1928 年）。前者为井上光贞的女帝"中継"论（井上光貞：「古代の女帝」.『井上光貞著作集 一』. 東京：岩波書店. 初出：1964 年）的继承发展，几乎成为学界定论；后者则因为缺乏实证而逐渐不被谈及。在批判并克服井上光贞的"中継"说中成长起来的女帝研究是古代史研究的热点之一，甚至出现了研究专著（小林敏男：『古代女帝の時代』. 東京：校倉書房. 1987 年）。此后的女帝研究随着时代发展，一方面从性别学角度强调女性天皇的特殊性（義江明子：『古代王権論　神話・歴史感覚・ジェンダー』. 東京：岩波書店. 2011 年）；另一方面则从超越性别差异、从王权论角度的探讨无性别差的女帝研究（荒木敏夫：『可能性としての女帝　女帝と王権・国家』. 東京：青木書店. 1999 年；）。在这一过程中，对女帝论述的范围也从之前的女性天皇扩展至皇后、皇太后等皇族女性。（義江明子：『日本古代女帝論』. 東京：塙書房. 2017 年）近来，以女帝为视角的古代史研究（成清弘和：『女帝の古代史』. 東京：講談社. 2005 年；吉村武彦：『女帝の古代日本』. 東京：岩波書店. 2012 年）乃至东亚对比研究（入江曜子：『古代東アジアの女帝』. 東京：岩波書店. 2016 年）都是非常有意义的课题。

③ 太上天皇研究的重要论著奠定于前述岸俊男于 1965 年发表的论文，太上天皇权力论此后被继承发扬，至今仍是重要的研究视角（筧敏夫：『古代王権と律令国家』. 東京：校倉書房. 2002 年. 等）。另一方面，春名宏昭通过对比中国的太上皇、太上皇帝制度论述了日本古代太上天皇制度的成立（春名宏昭：「太上天皇制の成立」.『史学雑誌』. 1990 年 2 月. 第 1—38 頁）。在律令制框架下的太上天皇制研究逐渐成为主流（仁藤敦史：「第一編　太上天皇の成立」.『古代王権と官僚制』. 京都：臨川書店. 2000 年；斎藤融：「太上天皇管見」. 黛弘道編：『古代国家の歴史と伝承』. 東京：吉川弘文館. 1992 年；等），近来出现了关于日本古代天皇研究的专著，旨在系统性地从上述两种研究思路展开太上天皇论（中野渡俊治：『古代太上天皇の研究』. 京都：思文閣出版. 2017 年）。

④ 皇太子研究起始于伴信友对"大兄"制的学术研究，后经本居宣长、二战之前的家永三郎以及战后的井上光贞的发展，逐渐系统完善起来（井上光貞：「古代の皇太子」.『井上光貞著作集　一』. 東京：岩波書店. 未発表：1964 年）。荒木敏夫首次将日本古代的皇太子作为专题系统研究（荒木敏夫：『日本古代の皇太子』. 東京：吉川弘文館. 1985 年），此后对于古代皇太子的论述散见于其他各类著述中（成清弘和：『日本古代の王権継承と親族』. 東京：岩田書院. 1999 年；等），且最近又有新著问世（本間満：『日本古代皇太子制度の研究』. 東京：雄山閣. 2014 年），但未能有重要突破。

权内部权力要素以及"群臣"[1]这一外围权力要素展开。以上先行研究的分类无非是便宜之计，在实际的学术史发展中是你中有我，我中有你的。正是因为有关政治斗争史的研究尚未从机制上探讨王权继承规律问题，从而导入了王权论的研究思路；而在王权论的理论架构下，需要有实际的政治史作为支撑。

上述这些汗牛充栋的关于王权继承的研究成果，都与让位这一重要的政治行为及王权继承过程密切相关。虽然，近年多有学者开始重视诸如女帝与让位之间的关系[2]，也对让位的理由进行了分析解说[3]，然而对让位的系统性、原理性论著却不甚多见。[4]这主要因为日本研究者重视王权继承，即"即位"，而忽视了让位方的主观能动性。本章拟针对研究现状的薄弱环节，结合以上两种研究思路，立足在"让位"这一日本古代王权继承重要且特有的形式发生过程中的利益相关者（重要参与要素），梳理古代天皇让位的历史演变过程，归纳总结古代天皇让位原理特征。

## 二、大化之前的生前退位——合议共立的终结

公元645年，皇极天皇将天皇位让与其弟孝德天皇，这是日本

---

[1] 吉村武彦认为群臣推戴在古代王权继承的过程中发挥了重要作用。（吉村武彦：「古代の王権継承と群臣」.『日本古代の社会と国家』. 東京：岩波書店. 1996年；等等）

[2] 女帝与让位的关系研究开始突破传统的女帝研究范围，将王权继承与女帝研究结合起来。例如：仁藤敦史：『女帝の世紀　皇位継承と政争』. 東京：角川選書. 2006年；水谷千秋：『女帝と譲位の古代史』. 東京：文藝春秋. 2003年；遠藤みどり：『日本古代の女帝』. 東京：塙書房. 2015年；等等。

[3] 目前日本学界对于让位理由主要有两种见解：第一，防止出现先帝驾崩后因皇位未定而造成的权力空白；第二，天皇家可以排除群臣势力影响而自行确定皇位继承者。

[4] 佐藤長門：「日本古代譲位論—九世紀の事例を中心に—」.『国史学』. 2010年4月. 第5—51页；《历史评论》的组稿论文之一，仁藤敦史：「古代王権論の形成と課題—女帝・譲位・太上天皇の成立—」.『歴史評論』. 2018年2月. 第5—15页；《日本历史》的组稿论文之一，小倉慈司：「「退位」「譲位」の誕生」.『日本歴史』. 2018年5月. 第2—13页。

古代史上天皇首次生前退位。①皇极天皇即宝皇女，是敏达天皇的曾孙舒明天皇的皇后。舒明十三年（公元641年）冬十月，舒明天皇崩于百济宫。翌年，皇后即位，成为皇极天皇。皇极治世期间，以苏我虾夷为大臣，其子苏我入鹿执掌国政，入鹿之威胜于其父。苏我氏专权引起了皇亲与群臣的不满，最终爆发乙巳之变，导致苏我氏宗家的灭亡②，皇极让位。

据书纪记载，皇极天皇四年（公元645年）六月戊申（十二日），中大兄（天智天皇）埋伏于大极殿，在皇极面前斩杀苏我入鹿。面对垂死求饶的入鹿，皇极大惊，诏中大兄曰："不知所作，有何事耶。"中大兄回答苏我入鹿图谋取代天孙，颠覆皇位。皇极随即"起入于殿中"。如此，入鹿当场被斩。己酉（十三日）其父虾夷以及苏我氏宗家被灭，史称"乙巳之变"。庚戌（十四日），皇极让位于轻皇子，立中大兄为皇太子。

就皇极纪简单记载的让位一事，孝德天皇即位前纪中有详细描述。据记载，皇极首先打算传位于其与舒明所生的长子中大兄皇子。谋臣中臣镰子建议中大兄，在有兄（古人大兄）有舅（轻皇子）的情况下，若接受皇位，"便违人弟恭逊之心"，姑且"立舅以答民望"。中大兄采纳中臣镰子的意见，拒绝了王位。被拒后的皇极将让位目标转向了其弟轻皇子，授予其"玺绶"并禅让王位，但轻皇子也再三固辞。无奈，皇极打算将皇位让给舒明与苏我马子之女法提郎女所生的古人大兄皇子。古人大兄拱手辞曰"愿出家入于吉野，勤修佛道，奉祐天皇"。言毕，古人大兄立刻"解所佩刀投掷于地，亦命帐内皆令解刀"，并"自诣于法兴寺佛殿与塔间，剔除髭发，披著袈裟"。古人大兄选择了出家放弃王位。于是，轻皇子不得固辞，"升

---

① 据《日本书纪》安闲天皇即位前纪记载，"二十五年春二月辛丑朔丁未，男大迹天皇（继体天皇）立大兄为天皇，即日男大迹天皇崩"。然而这与继体天皇纪记载的天皇驾崩时间（二十八年岁次甲寅）不符，且继体天皇的驾崩和安闲天皇的即位的先后顺序也难以确定，故难为信史。

② 乙巳之变中苏我虾夷、入鹿父子被灭，这只是代表了苏我氏宗家的消亡，而苏我氏旁支一直延续至中世。（倉本一宏：『蘇我氏—古代豪族の興亡』．東京：中央公論新社，2015年，第132页、第250页。）

坛即祚",成为孝德天皇,接受"百官臣、连、国造、伴造、百八十部罗列匝拜",举行了全新盛大的即位仪式。同日,孝德天皇奉让位的皇极天皇为"皇祖母尊"。

日本古代史上第一次生前让位包含着几个重要的问题。第一,皇极天皇为何生前让位?如前所述,乙巳之变后,苏我氏本家的灭亡是其让位的直接原因。然而,深层历史因素在于皇极天皇是在苏我氏的支持下登基的,长期对苏我氏的纵容,在政治上的"不作为"及由此引发的官臣不满必然使其"被迫"生前让位。

第二,皇极天皇何以实现生前让位?这与其女性天皇的身份密不可分。女性天皇拥有当过皇后的经历,使其具备从政的资质和统治的能力。①更重要的是,女帝的生前让位也符合古代天皇生前让位的实际历史。日本的王、天皇是终生在位制,只有死亡才发生权位交替。但是,在皇极天皇让位之后,以奈良时代为开端,持统天皇、元明天皇、元正天皇、孝谦天皇都是女性天皇进行生前让位。男性天皇的让位,直到圣武天皇才实现。这是日本古代史中皇位继承的特征,与天皇的性别因素是分不开的。②

第三,生前让位的意义何在?乙巳之变使得天皇家与群臣之间的力量平衡发生变化,皇权更加集中,天皇家可以按照自己的意志决定皇位继承人,不受议政官干涉,与之前的群臣推荐有着本质不同。此后,有权力的豪族的意愿虽然能够在"事实上"左右皇位继承,但是在"制度上"的皇位继承则由王权的意志来决定。血统和让位成为了皇位继承的关键词。③

第四,生前让位的原理何在?日本学界长期以来,受吉村武彦学说的影响,④有学者认为在乙巳之变之前,政权的更替方式是在群臣干预(推荐)下决定新大王;同时也有学者认为,皇极天皇在645年让位,该制度确立以后,则权力交替不再有群臣的介入,由王权

---

① 荒木敏夫:『可能性としての女帝』. 東京:青木書店. 1999 年.
② 吉村武彦:『女帝の古代日本』. 東京:岩波書店. 2012 年. 第 107—111 頁.
③ 吉田孝:『歴史のなかの天皇』. 東京:岩波書店. 2006 年. 第 48 頁.
④ 吉村武彦:『古代王権の展開』. 東京:集英社. 1991 年.

自主确定大王。① 在同辈继承为主、直系继承尚未成为主流的时代，皇极天皇最终选择了维持传统，将皇位传给了其弟轻皇子；而不显山露水的轻皇子反而成为了安抚因乙巳之变而发生动荡的政治局势的关键人物。史上首次生前让位的原理十分现实，就是出于政治力量再平衡和再构筑的需要。

有学者认为皇极让位是有计划的、预谋的，② 也有学者认为，皇极实际上是被逼退位，而非主动让位。③ 皇极让位的直接导火索是乙巳之变，目前没有明确的证据证明其之前完全没有准备。早在上宫王家灭亡事件过程中，皇极天皇就"飨宴群臣、伴造於朝堂庭，而议授位之事"（皇极天皇纪二年冬十月丁未朔己酉条），这里的"授位"可能就是"让位"。④ 皇极天皇在舒明天皇的改葬和母亲的坟墓修建告一段落后，或许有了让位的意向或是被要求让位。这或许与当时唐朝要求新罗的善德女王退位相关，而连伴造都参加议事，是因为当时还没有让位的惯例。⑤

当时，轻皇子应该与其同父异母姐皇极年纪相仿，大约在40岁中旬，而皇极与舒明之子中大兄则年仅20岁。虽然皇极天皇与中大兄皇子之间母子情深，⑥ 但中大兄年龄不够，自然难以即位。古人大兄与苏我氏关系密切，见入鹿被斩，便"走入私宫"，生怕牵扯到自己，还对周围的人说"韩人杀鞍作臣，吾心痛矣"，继而"入卧内，杜门不出"。古人大兄眼见皇极天皇因为纵容苏我氏引发乙巳之变而

---

① 佐藤長門：『日本古代王権の構造と展開』．東京：吉川弘文館．2009年。
② 遠山美都男：「「乙巳の変」の再構成——大化改新の新研究序説」．『古代王権と大化改新　律令国家成立前史【普及版】』．東京：雄山閣．1999年．第110—175頁。
③ 篠川賢：『日本古代の歴史2　飛鳥と古代国家』．東京：吉川弘文館．2013年．第137—139頁。
④ 関晃：『関晃著作集第一巻　大化改新の研究　上』．東京：岩波書店．1996年．第80—82頁。
⑤ 市大樹：「大化改新と改革の実像」．大津透等編：『岩波講座　日本歴史　第2巻　古代2』．東京：岩波書店．第259—260頁。
⑥ 佐竹昭：「斉明（皇極）天皇　事を興すことを好む」．鎌田元一編：『古代の人物1　日出づる国の誕生』．東京：清文堂．2009年．第265頁。

引咎退位，甚至可以说是被废黜皇位，[①]自己当然不能继承皇位，以免重蹈覆辙。至此，轻皇子成为了最有力的皇位继承者。

据《藤氏家传》的《镰足传》记载：

> 皇后即位。王室衰微，政不自君。大臣窃慷慨之。方今，天子崩殂，皇后临朝。（山背大兄）心必不安，焉无乱乎。

可见，皇极天皇权势微弱，而其弟轻皇子则是野心勃勃、实力雄厚。

> 后冈本天皇二年岁次癸卯冬十月，宗我入鹿与诸王子共谋，欲害上宫太子之男，山背大兄等，曰⋯⋯

《上宫圣德太子传补阙记》记载，参与谋事的诸王子中有"致奴王子儿，名轻王"，即轻皇子。而且，《藤氏家传》记载，乙巳之变的幕后智囊——中臣镰足后虽跟随中大兄，但是之前与轻皇子有深交。

> 于时，轻皇子，患脚不朝。大臣，曾善于轻皇子。
> 宿故，诣彼宫而侍宿。相与言谈，终夜忘疲。
> 轻皇子，即知雄略宏远，智计过人，计特重礼遇，令得其交。
> 专使宠妃，朝夕侍养。居处饮食，甚异常人。
> 大臣既感恩待，潜告所亲舍人曰，
> 殊蒙厚恩，良过所望。岂无令汝君为帝皇邪。君子不食言，遂见其行。
> 舍人传语于轻皇子，皇子大悦。
> 然，皇子器量，不足与谋大事。

由此可见，乙巳之变的主角并非未成年的中大兄皇子，中大兄皇子只是在有意无意中被轻皇子利用了其超人的军事资质而已。乙

---

[①] 吉川真司：『天皇の歴史2 聖武天皇と仏都平城京』．東京：講談社．2011年．第47頁。

巳之变以及此后的皇极天皇退位的主谋，应该是轻皇子和中臣镰足以及其周边的豪族们，中大兄皇子与这一派势力相比是被孤立的。①

公元645年，孝德天皇"升坛即祚"，接受"百官臣、连、国造、伴造、百八十部罗列匝拜"，举行了全新的仪式。群臣绕拜的仪式彰显了天皇权力，昭示了权威，孝德天皇的新政权由此诞生。同日，孝德天皇奉退位的皇极天皇为"皇祖母尊"。"皇祖母尊"是对上了年纪的女性皇族的尊称，而不是"在世的原天皇"，这与8世纪的律令时代天皇让位后被称为"太上天皇"不同。②但是，作为"皇祖母尊"的皇极天皇同样行使政治权力。皇极天皇四年（公元645年）六月乙卯（十九日），天皇、皇祖母尊、皇太子在大槻树下召集群臣，结盟发誓，拥护皇权。孝德朝末年，皇太子中大兄的一系列行动还必须伴随着让位的皇极天皇，可见后者起到的重要政治作用。③

皇极天皇或许本来就是作为以后要让位的女帝而登极的。④但重要的是，在这一过程中，皇极为了避免和崇峻天皇一样遭遇"杀王"的下场，而明智地创造了"生前让位"这一机制。即便其让位是被迫而行的，但是实施这一政治行为的主体不在于群臣，而在于皇极自身的意志。因此，这一过程体现了皇权更迭方式从群臣干预到皇家自主抉择的转变。同时，也可以看出，皇极并非如人们所说是苏我氏的傀儡，而是具有强大政治实力的天皇，尽管这在其弟孝德天皇面前仍显苍白无力。

孝德天皇驾崩后，皇极天皇重祚，于飞鸟板盖宫登基成为齐明天皇。皇极从天皇生前退位到齐明天皇重祚登基，实现了日本历史上第一次生前退位和重祚，这为此后奈良时代的皇位继承模式打下了深深的烙印。

---

① 遠山美都男：『大化改新 六四五年六月の宮廷革命』．東京：中央新書．1993年．第195—197頁。

② 吉村武彦：『女帝の古代日本』．東京：岩波書店．2012年．第114—115頁。

③ 義江明子：『古代王権論 神話・歴史感覚・ジェンダー』．東京：岩波書店．2011年．第195頁。

④ 水谷千秋：『女帝と譲位の古代史』．東京：文藝春秋．2003年．第101頁。

## 三、律令法与太上皇制度的诞生

日本古代史上的第二次生前退位发生于奈良时代之初,具体事件是持统天皇让位于其孙文武天皇。①

持统天皇是天智天皇的第二个皇女(鸬野赞良皇女),在天武天皇二年被立为皇后。她在壬申之乱中始终跟随天武天皇,并在和平年代"佐天皇定天下",积累了从政经验。朱雀元年(公元686年)九月天武驾崩后,鸬野皇后临朝称制,并于公元690年正月元旦即位,成为持统天皇。经历了壬申之乱的持统天皇似乎早早就决心要确立直系皇位继承的规则,并以此为目标,步步为营,扎实布局。持统不仅重用中臣镰子之子不比等,还除去了其子草壁皇子的皇位竞争对手——大津皇子。然而,事与愿违,天武十年(公元681年)二月被立为皇太子的草壁皇子于持统三年(公元689年)四月英年早逝,年仅28岁。执着于直系皇位继承的持统天皇于是将所有希望寄托在草壁皇子的遗孤——年仅7岁的轻皇子身上。

持统天皇的愿望如此迫切,而实现的路途又如此遥远而艰难。经过漫长的等待,持统十年(公元696年)七月,天武天皇的长子高市皇子死去,时机终于成熟。于是,持统天皇迫不及待地立刻采取了一系列紧锣密鼓的政治动作。持统十一年(公元697年),年仅15岁的轻皇子被立为皇太子;八月一日,"定策禁中,禅天皇位于皇太子"(持统天皇纪十一年八月乙丑朔条)。

"定策禁中"②既显示了大化前期群臣决议性质的制定皇位继承

---

① 奈良时代的开始大致有三种划分方法:第一,710年平成迁都;第二,701年大宝令的施行;第三,697年文武天皇即位。本文取第三种。(坂上康俊:『平城京の時代 シリーズ日本古代史④』.東京:岩波書店. 2011年. 第2頁。)

② 遠藤みどり:「付論 持統讓位記事の「定策禁中」について」.『日本古代の女帝と讓位』. 東京:塙書房. 2015年. 第85—93頁。

【批判】佐藤長門:「書評 遠藤みどり『日本古代の女帝と讓位』」. 歴史学研究会編集:『歴史学研究』No. 960. 東京:績文堂出版. 2017年8月. 第45頁。

人的方式，<sup>①</sup>又显示了决定皇位继承人的困难与复杂程度。<sup>②</sup>同日，轻皇子受禅即位（文武天皇元年八月甲子条），同月十七日颁布宣命体的诏书（文武天皇元年八月庚辰条）。

　　文武天皇的诏书是现存历史最悠久的完整版宣命（在这之前应该都是通过口头或者传诵的形式宣布皇位继承），这体现了文武天皇即位的庄严性，也便于将跨代继承皇位这一史无前例的即位过程合法化。<sup>③</sup>纵观文武天皇的即位诏书，主要强调了三方面的内容：第一，皇位继承追溯到神话时代，强调神圣血脉和子孙永世承袭；第二，表明自己和持统天皇都是"现御神"，即"现世之神"；而即位是接受持统天皇的"大命"，也就是"现御神"的命令；第三，要求官吏们努力工作就可以获得相应的官位。不难发现，诏书的要点在于突出文武天皇即位的正统性，<sup>④</sup>从而达到排除群臣推荐方式，将"皇位继承者指名权"集中到天皇手中的目的。如此，在祖母持统天皇强烈的意愿下，年仅16岁的孙子文武天皇登上了皇位。

　　另一方面，生前让位后的持统天皇被称为"太上天皇"（大宝元年六月庚午条）。生前退位制度虽然起源于中国，但是太上天皇制度是日本古代所特有的，可以说，持统天皇的生前退位是对唐朝制度的变通式吸收。自持统太上天皇起，太上天皇在制度上被合法化。<sup>⑤</sup>仪制令规定，太上天皇拥有和天子、天皇、皇帝并列的地位和权力，属于一种复式皇权。<sup>⑥</sup>持统太上天皇见文武天皇年龄尚幼，政治基础

---

① 遠藤みどり：持統譲位記事の「定策禁中」について．『川内古代史論集　七』．2010年．
② 根据《怀风藻》葛野王（天智天皇之孙，大友皇子之长子）二首的传记可知：高市皇子薨后，皇太后（持统天皇）引王公卿士于禁中，谋立日嗣。时群臣各挟私好，众议纷纭。王子进奏曰，我国家为法也，神代以来，子孙相承以袭天位。若兄弟相及则乱从此兴。仰论天心，谁能敢测。然以人事推之，圣嗣自然定矣。此外谁敢间然乎。弓削皇子在坐欲有言，王子叱之乃正。皇太后嘉其一言定国，特阅授正四位，拜式部卿。时年三十七。（辰巳正明：『懐風藻全注釈』．東京：笠間書院．2012年．第92—93頁．）
③ 坂上康俊：『平城京の時代　シリーズ日本古代史④』．東京：岩波書店．2011年．第10頁．
④ 熊谷公男：即位宣命の理論と「不改常典」法．『歴史と文化』四五．2010年．
⑤ 石尾芳久：『古代の法と大王と神話』．木鐸社．1977年．
⑥ 吉田孝：『歴史のなかの天皇』．東京：岩波書店．2006年．第57頁．

不稳固,就舍命出行(大宝二年十月甲辰条),以自己持有的实权确立皇权的威信与稳定。[①] 又如公式令平出条规定所示,太上天皇的尊贵程度与天子、天皇、陛下相同,这也成为了此后形成院政的理由之一。[②] 总之,持统天皇的生前退位在律令法上获得保障,并创造了太上天皇制度。自文武天皇即位以来,太上天皇和天皇并立成为常态,太上天皇若不驾崩,新天皇则难以即位。从文武即位到持统以太上天皇身份出现在历史舞台上的这四年,可谓"太上天皇"制度建设期。

持统天皇拥立文武天皇即位,自己则成为历史上首位太上天皇,辅佐国政。在监护文武天皇执政5年后,大宝二年(公元702年)持统太上天皇与世长辞,结束了58岁波澜壮阔的生涯。如上所述,持统天皇在法律上确保了生前让位,在制度上保证了太上天皇的权力与地位,与此同时,她也完成了树立"天武—草壁—文武"直系皇位继承规则的夙愿。可以说,确立皇位直系继承的正统性和权威性,不让皇权旁落是她生前让位的目的所在,甚至是持统天皇政治行动的原理,而这一目标是通过颁布与实施律令法的方式得以实现的。律令法在一定意义上既是这次生前退位的产物,也是生前退位的法理依据。日本古代皇权的传承由依据氏族血缘至豪族合议,进而发展到以律令法保障为前提,是一次历史的进步。这次天皇生前让位也对此后奈良、平安时代的政治进程,尤其是对天皇体系和皇权交替方式产生了巨大影响。

## 四、不改常典与直系继承

持统太上天皇死后5年,庆云四年(公元707年)六月十五日,

---

[①] 渡辺晃宏:『日本の歴史 04 平城京と木簡の世紀』. 東京:講談社. 2009 年. 第 88—89 頁。

[②] 仪制令天子条补注。(井上光貞・関晃・土田直鎮・青木和夫:『日本思想大系 3 律令』. 東京:岩波書店. 1976 年. 第 630 頁。)

文武天皇似乎继承了其父草壁皇子的体弱多病的体质，在 25 岁时英年早逝。据元明天皇即位前纪记载，在庆云三年（公元 706 年）十一月，文武天皇曾有"禅位之志"，但由于其母阿闭皇女（天智天皇之女，持统天皇的妹妹）固辞不受，最终生前让位未果。然而，若依据元明天皇的即位诏书所宣（庆云四年秋七月壬子条），则阿闭皇女于六月十五日，即文武驾崩当日接受了皇位，属于生前让位。这个情况与继体天皇让位于安闲天皇的事例相似，难以确定生前让位究竟是否实现。

阿闭皇女于庆云四年（公元 707 年）七月登基，成为元明天皇。元明天皇即位纯属"中继"。据《国家珍宝账》记载，元明天皇被排除在天武天皇流传下来的赤油文槻厨子以及草壁皇子流传下来的黑作悬佩刀的继承系谱以外，[1]这就足以证明她的"临时性"。元明天皇的任务也十分明确，就是为了确保当时年仅 7 岁的孙子——首皇子成为天皇，维持持统天皇创设的直系皇位继承。然而，元明天皇的政治基础并不稳固，甚至她自己都感到不安，[2]因此元明千方百计强调自己即位的正统性。

这一点集中体现在即位宣命中（庆云四年七月壬子条）。即位宣

---

[1] 東京大学資料編：『大日本古文書　四』．東京：東京大学出版会．1968 年．第 121—139 頁。

[2] 和銅元年戊申　天皇の御製
ますらをの　鞆の音すなり　もののふの　大臣　楯立つらしも（一・76）
御名部皇女の和へ奉る御歌
我が大君　物な思ほしそ　皇神の　副へて賜へる　我がなけなくに（一・77）
（小島憲之・木下正俊・東野治之　校注・訳者：『新編日本古典文学全集 6　萬葉集①』．東京：小学館．1994 年．第 65—66 頁。）
钱稻孙译：
和铜元年戊申天皇御制歌
壮士臂皮（早+皮），击响闻宫院；轸怀大将军，讲武列盾干。（一・76）
御名部皇女奉和御歌
吾王其毋忧，在兹非无某；此身神祖授，所以从君后。（一・77）
（钱稻孙：《万叶集精选》．北京：中国友谊出版社．1992 年．第 35—36 页。）
元明天皇的姐姐——御名部皇女奉劝姐姐元明天皇君权神授，请勿担心。

命由四个部分组成：第一，基于天智天皇制定的"不改常典"，[①]持统让位于文武，与文武共治天下；第二，文武欲让位于元明，但元明固辞，直至文武死去；第三，要求百官以净明心侍奉朝廷；第四，大赦天下，恩赐百官。元明天皇登基时首次提到"不改常典"，这是诏书的核心。"不改常典"是持统传位给文武，元正传给圣武，圣武传给孝谦的原理所在，是天智天皇制定的直系皇位继承法。[②]元明在诏书中再三强调文武继承皇位的正统性，唯一的目的就是为了强调文武之子——首皇子继承皇位的必然性，从而为实现父子继承做铺垫。[③]

经过漫长的等待，和铜七年（公元714年）六月，首皇子始加元服（达到14岁）。元明天皇迫不及待地在同月将其立为皇太子。和铜八年（公元715年），元日朝贺在平城宫大极殿盛大举行。八月二十八日，灵龟献上，国家改元。三日后，元明生前让位，但让位的对象并非首皇子，而是其女冰高内亲王。

据让位诏书可知，元明天皇决定生前退位的原因在于"精华渐衰，耄期斯倦，深求闲逸，高踏风云"，即年事已高难以继续开展"兢兢之志，夙夜不怠，翼翼之情，日慎一日"的天皇工作。紧接着，诏书还阐述到由于皇太子"年齿幼稚，未离深宫"，且国家大事"庶务多端，一日万机"，所以将皇位传给了冰高内亲王（灵龟元年九月庚辰条）。

元明天皇看似理所应当的生前退位，其原理远非年龄问题那么简单。一方面，文武天皇就是在15岁时即位的，疑因过度操劳而英

---

[①] 对"不改常典"的解释与研究可以追溯到本居宣长的《续纪历朝诏词解》。（大野晋编：『本居宣長全集第七巻』. 東京：筑摩書房. 1971年）关晃精辟地总结回顾了"不改常典"的研究史，并指出了各派学硕关于"不改常典"是否可做作为"法"，如是，则作为"法"的性质、内容、约束力等方面的矛盾与分歧。（関晃：「いわゆる不改常典」について. 『関晃著作集第四巻 日本古代の国家と社会』. 東京：吉川弘文館. 1997年）近来的主要研究有：藤堂かほる：「天智の定めた「法」について─宣命からみた「不改常典」─」. 『ヒストリア』一六九. 1999年；長田圭介：「不改常典」考. 『皇學館史学』二三. 2008年；中野渡俊治：「不改常典試論」. 『古代太上天皇の研究』. 京都：思文閣出版. 2017年。

[②] 吉村武彦：『女帝の古代日本』東京・岩波書店. 2012年. 第162頁。

[③] 渡辺晃宏：『日本の歴史04 平城京と木簡の世紀』. 東京：講談社. 2009年. 第97頁。

年早逝。元明天皇恐怕是出于对首皇子的爱护，汲取了姐姐持统天皇"拔苗助长"而失败的教训，所以暂将皇位传给了冰高内亲王以为"中继"，为首皇子积累政治经验争取时间；另一方面，即便在元明天皇死后，元正天皇也可以作为太上天皇继续辅佐未来的圣武天皇即位，以保周全。

然而，冰高内亲王能被选为"中继"的女性天皇与其自身素质密不可分。冰高内亲王出生于天武九年（公元 680 年），此时已经 36 岁，是元明天皇和草壁皇子所生女儿，是已经去世的文武天皇的姐姐，首皇子的姑姑，为一品内亲王，又称"日高皇女""新家皇女"。冰高内亲王高龄且长期单身，使其成为在必要的时候中继皇位，并传位首皇子的最恰当人选。[①]更重要的是，首皇子的生母藤原宫子在生育后健康状况不佳，而冰高内亲王极有可能充当了幼年首皇子养母的角色。[②]由于正式即位的天皇，其母亲都为皇族。为了使非皇族母亲的首皇子能够顺利即位，先让其"养母"冰高内亲王成为天皇，形成模拟的母子关系，如此首皇子来日登基就名正言顺了。这也是同为女帝的元明和元正的本质区别，与真正意义上的"中继"女帝元明天皇相比，元正天皇所虚拟的首皇子母亲身份是十分重要的。[③]

和铜八年（公元 715 年）九月二日，冰高内亲王受禅，即位于大极殿，成为元正天皇。元明天皇的让位诏书和元正天皇的即位诏书都用汉文写成（灵龟元年九月庚辰条），这也预示着元正即位的特殊性。[④]如此，在日本古代史上诞生了连续两代，两位女性天皇君临天下的局面，而元明天皇则成为了继持统太上天皇之后的第二位太上天皇。

---

① 松尾光：「元正女帝の即位をめぐって」．『高岡市万葉歴史館紀要』六．1996 年。
② 東野治之：「元正天皇と赤漆文欟木厨子」．『日本古代史科学』．東京：岩波書店．2005 年。
③ 渡辺晃宏：『日本の歴史 04 平城京と木簡の世紀』．東京：講談社．2009 年．第 134—135 頁。
④ 青木和夫、稲岡耕二、笹山晴生、白藤禮幸 校注：『新日本古典文学大系 12 続日本紀 一』．東京：岩波書店．1989 年．第 233 頁；青木和夫、稲岡耕二、笹山晴生、白藤禮幸 校注：『新日本古典文学大系 13 続日本紀 二』．東京：岩波書店．1990 年．第 3 頁。

元正天皇与其母亲一样，政治根基也不稳固。灵龟三年（公元717年）九月，年迈的元明太上天皇效仿持统太上天皇，出游巡查美浓国。她要求当地国司上奏歌舞，以强调太上天皇的权威，巩固元正天皇的地位，并为首皇子即位做好铺垫。养老五年（公元721年）十二月，元明太上天皇驾崩，享年61岁。一年前，首皇子继承皇位的强有力支持者——藤原不比等去世。此事对政界冲击已经不小，元明太上天皇的辞世更是雪上加霜。因此，元明死后，朝廷首次实行"固关"（养老五年十二月己卯条），由此可见当时的政局对元正天皇以及首皇子的不利。[1]元正天皇对母亲的去世伤感万分，停止了元日朝贺（养老六年正月癸卯条），通过抄写经文、铸造佛像等佛教仪式祭奠（养老六年十一月丙戌条）。奈良时代大规模抄写经文的惯例也由此开始，这对圣武天皇后来的兴佛行为产生了巨大影响。

神龟元年（公元724年）二月，元正天皇让位于首皇子，圣武天皇登基。时年，元正45岁，圣武24岁。圣武天皇所发布的即位宣命诏书包含有元正天皇让位诏书的内容，主要分为三部分：第一，强调从高天原的男神女神的神话时代起，天皇统治就具备正统性且无性别差异；第二，再次说明了元明的中继地位以及皇位传至元正的经过；第三，根据"不改常典"，将皇位传给"我子"——圣武天皇；第四，百官应该尽心尽责侍奉朝廷（神龟元年二月甲午条）。第三部分，即圣武按照"不改常典"继承皇位，显然是这份诏书的核心，也是元正天皇生前让位的原理，而其实质就是直系皇位继承制度。圣武即位的历程就是以直系皇位继承制度展开的，而这个过程中的女性天皇或太上天皇起到的是协助辅佐作用。24岁的圣武天皇从其"母亲"元正那里得到了皇位，而此时距文武天皇离世已有17年，可见圣武天皇登基之艰难。没有"不改常典"以及之前的太上天皇制度，元明—元正—圣武的生前退位和即位都是难以实现的。

---

[1] 岸俊男：「元明太上天皇の崩御——八世紀における皇権の所在」．『日本古代政治史研究』．東京：塙書房，1966年。

## 五、生前退位的佛理与法理

圣武治世二十六年，成为了奈良时代在位时间最长的天皇，是奈良时代的核心部分，孕育了绚烂的天平文化。然而，圣武天皇也同样存在后嗣以及皇位继承的烦恼。

圣武天皇起初也是按照"不改常典"，迫切希望实现直系继承。因此，他竟然史无前例地将与藤原安宿媛即光明子所生的刚刚满月的"某王"立为皇太子（神龟四年闰九月丁卯条、神龟四年十一月是日条）。可惜神龟五年（公元728年）九月，婴儿皇太子薨。圣武痛失爱子，伤心欲绝，为之废朝三日。为了追悼亡儿，深受打击的圣武天皇通过修建寺庙、抄送经文等方式，进一步加深了对佛教的依赖，而佛教也由此逐渐进入到王权交替的原理体系中来。

在天平大瘟疫流行即将结束的天平十年（公元738）正月，圣武与光明子的女儿阿倍内亲王被立为皇太子，时年21岁。这是日本古代史上首次皇女，即内亲王被立为皇太子。由于当时圣武天皇另有11岁的安积亲王，因此，阿倍内亲王或许也只是作为"中继"的天皇，让位后用来辅佐光明皇后可能生育的男子，或者是当时年仅11岁的安积亲王。[1]然而，天平十六年（公元744年）闰正月，安积亲王患病而死，当时的光明皇后也已经45岁，难以生育。圣武天皇期待的直系王权继承似乎成为泡影，孝谦天皇呼之欲出。

天平二十年（公元748年）四月，元正太上天皇驾崩，享年69岁。她自和铜八年（公元715年）即位至神龟元年（公元724年）让位，在位十载，让位后也作为圣武天皇的"母亲"太上天皇，保持着政治发言权。如前所述，由于当时不允许同时存在两位太上天皇，因此元正太上天皇之死直接为圣武出家成为太上天皇以及阿倍

---

[1] 吉川真司：『天皇の歴史 2 聖武天皇と仏都平城京』．東京：講談社．2011年．第135—136頁。

内亲王登基成为孝谦天皇创造了条件。另外，在元正太上天皇生病期间以及驾崩以后，圣武天皇开展了大型抄写经文的事业，这对于此后的佛教护国政策也产生了影响。

圣武朝，尤其是从天平时代后半期开始，不仅增加了对于佛教的期待，基于佛教教义的国家体制也被正当化，而且皇位的正统性也开始依赖于佛教。[①]圣武天皇自己的观念也有了明显变化。可能是深受"母亲"元正太上天皇驾崩的打击，根据《扶桑略记》记载，天平二十一年（公元749年）一月，圣武天皇在平城宫的中岛宫接受大僧正行基的菩萨戒而出家。菩萨戒是大乘佛教之戒，授与发誓愿意救济一切众生的人，即便俗家弟子也可受戒。这次受戒受到政治局势不稳定的影响。位于律令国家顶点的天皇，通过出家这一形式规定了神（现人神）与佛的关系。从促进神佛习合的观点来看，圣武的出家在思想史上具有划时代的意义，这不是对天武天皇创造的现人神制度的破坏，反而是对这一制度的完善。[②]由此，圣武成为名副其实的佛家弟子，这也是天皇在历史上首次出家。然而，仅仅受戒似乎仍不能消除实际的政权隐患或者圣武天皇心理上的对政治局势的忧虑。天平二十一年（公元749年）二月二十二日陆奥国出产黄金的喜讯使圣武天皇确定了皈依佛教之心。四月一日，圣武天皇前往东大寺"北面对像"，让左大臣橘诸兄向皇后太子以及群臣百寮宣读宣命，自称"三宝之奴"（天平胜宝元年夏四月甲午朔条）；四月十四日，再次前往东大寺参拜，并在卢舍那佛前颁授官位，更改年号为"天平感宝"，开启了四字年号时代（天平胜宝元年四月丁未条）。[③]最终在五月二十日，首次出现了圣武天皇出家让位的记录，在诏书中其自称"太上天皇沙弥胜满"（天平胜宝元年五月癸丑条），并于五月二十三日移居药师寺并将之作为住所。

---

[①] 坂上康俊：『平城京の時代 シリーズ日本古代史④』．東京：岩波書店．2011年．第126頁。
[②] 東野治之：「現人神の出家」．『図書』五八〇．東京：岩波書店．1997年。
[③] 天平感宝年号从4月14日开始至7月2日，只使用了78天，是历史上使用时间最短的年号，后更改年号为"天平胜宝"，这也是首次在一年内更改两次年号。

另，天平感宝元年（公元749年）七月二日，圣武天皇以身体不堪日理万机之累为由，按照"不改常典"的原理将皇位传于皇太子，正式在仪式上实现了生前退位。阿倍内亲王受禅于大极殿，成为孝谦天皇，并改年号为"天平胜宝"。称德天皇（孝谦天皇重祚）在神护景云三年（公元769年）转述圣武天皇所言可知，圣武天皇要求官僚们在自己退位后，忠诚于光明皇太后和孝谦天皇。也就是说，圣武知道自己成为太上天皇之后无法干政，因此把传统的女性太上天皇作为监护人的职责转交给了光明皇太后，由其来辅佐孝谦天皇。象征天皇权力的驿铃和天皇玉玺也放置在皇太后宫，显示了光明皇太后的权力。换言之，光明皇太后实际上是没有即位的女性太上天皇。[1]

圣武天皇出家退位的过程从严格意义上来考虑，则存在着皇位空缺期，即从一月圣武出家至七月孝谦天皇登基的半年时间。佛教则成为稳定政局、巩固皇权的压舱石。元正太上天皇死后，抄写千部法华经事业从为死者祈福、保佑皇太子阿倍内亲王的安宁祈祷，[2] 逐渐转变为通过抄写护国经典，镇压国内不安稳的政治。[3] 天平胜宝六年（公元754年）鉴真入京后，圣武太上天皇，光明皇太后，孝谦天皇三人再受菩萨戒。孝谦效仿武则天受戒，与其所处的不稳定政治局面有关。鉴真则成为了当时最为合适的人选。[4] 另一方面，天平胜宝元年（公元749年）十二月二十七日，八幡大神祢宜尼大神朝臣杜女上京参拜东大寺，孝谦天皇、圣武太上天皇和光明皇太后随行，出现了神佛习合的前兆。

天平胜宝八年（公元756年）五月，圣武太上天皇驾崩，享年56岁。圣武太上天皇留下遗诏，立道祖王为皇太子。太上天皇死后，

---

[1] 吉川真司：『天皇の歴史2 聖武天皇と仏都平城京』．東京：講談社．2011年．第207—208頁。

[2] 春名宏昭：「百部最勝王経覚書」．正倉院文書研究会編：『正倉院文書研究』一．東京：吉川弘文館．1993年。

[3] 渡辺晃宏：『日本の歴史04 平城京と木簡の世紀』．東京：講談社．2009年．第268頁。

[4] 河上麻由子：「聖武・孝謙・称徳朝における仏教の政治的意義」．『古代アジア世界の対外交渉と仏教』．東京：山川出版社．2010年。

孝谦天皇随时可以退位，因此需要确定皇位继承人。这与元正太上天皇死后立刻可以（也才能）立阿倍内亲王为皇太子同理。

圣武天皇是首位生前让位的男性天皇，也是历史上第一位男性太上天皇。由此出现了出家后与俗世完全脱钩，即不与天皇权力相关的太上天皇。这与作为监护人的女性太上天皇有着本质区别。另外，也正因为圣武既是"太上天皇"，又是"沙弥胜满"，从而不得干预政事，这才有了孝谦天皇登基之事。①作为现人神和祭祀权拥有者，圣武天皇将自身比作转轮圣王，按照经典内容，忠实实现了退位到出家的过程，这一行为为此后佛教与神祇信仰的关系，特别是与王权的关系带来了新的展开契机，②生前退位的原理自然也被渲染了浓厚的佛教色彩。

## 六、神佛习合与世俗皇权

圣武太上天皇弥留时所立皇太子——道祖王当时至少已有40岁，而孝谦天皇是39岁，皇太子的年龄比天皇大，自然不和谐。天平胜宝九岁（公元757年）三月，道祖王因为私生活不检点等不符合其身份的言行而成为被废黜的皇太子（天平宝字元年四月辛巳条）。四月，孝谦天皇决定立舍人亲王之子大炊王为皇太子。大炊王与藤原仲麻吕的儿媳粟田诸姐结婚（粟田诸姐原为藤原仲麻吕之子真从的妻子，但因真从早逝而守寡），并长期住在藤原仲麻吕府邸。大炊王相当于藤原仲麻吕养子，被视为一个可以随意控制的傀儡。天平胜宝九岁（公元757年）六月底七月初，橘奈良麻吕之变失败。八月十三日，改元"天平宝字"，这也是第三个四字年号，是藤原仲麻吕专制权力确立的象征性事件。

天平宝字二年（公元758年）八月，孝谦天皇颁布宣命诏书，

---

① 岸俊男：天皇と出家.『日本の古代7　まつりごとの展開』．中央公論社．1986年。
② 本郷真紹：「聖武天皇の生前退位と孝謙天皇の即位」．『日本史研究』．2017年5月第1—27頁。

在强调了统治的正统性之后，以天下政事劳重事多，年长日久不堪负荷，且欲侍奉母亲光明皇太后为由，禅位于皇太子大炊王，即淳仁天皇（天平宝字八月庚子朔条）。由此可见，此次孝谦天皇的生前退位原理非常"世俗"，由于客观因素所限，既不存在直系继承的"不改常典"之法，也没有任何佛教色彩，这与持统、元明、元正三位之前的女性天皇的情况明显不同。

即位后，在淳仁天皇的周边形成了"孝谦太上天皇—光明皇太后—藤原仲麻吕"三者协调意见，最后决定国家意志的流程，政权运行相对比较顺畅和谐。但是，天平宝字四年（公元760年）6月，光明皇太后的去世打破了这种政治平衡，孝谦太上天皇和淳仁天皇的关系迅速恶化。天平宝字六年（公元762年）五月，"高野天皇与帝有隙"，"帝御于中宫院，高野天皇御于法华寺"（天平宝字六年五月辛丑条）。①

由道镜的传记可知，天平宝字六年（公元672年）五月，淳仁因屡次批评孝谦太上天皇与道镜的交往（道镜照顾生病的孝谦，而孝谦则逐渐宠幸道镜），导致与孝谦关系决裂。六月初，孝谦太上天皇召集百官，宣布淳仁天皇负责"祭祀和小事"，自己负责"国家大事和赏罚"（天平宝字六年庚戌条）。由此，本应在案件裁决和人事处理两方面辅佐天皇的女性太上天皇，反而把最核心的权利和最终决定权占为己有。女性太上天皇的历史使命发生质变。

但事实上，文书行政所需的铃印都在淳仁天皇的中宫院，孝谦要排除淳仁天皇单独行政似乎并不容易。然而，当时世间的一般常识是：太上天皇具有最终的皇位继承者制定权，这是淳仁天皇和藤原仲麻吕难以攻破的理论。在政治上逐渐被孝谦太上天皇逼入窘境的藤原仲麻吕，在天平宝字八年（公元764年）9月11日的驿铃及天皇玉玺争夺战中失败逃亡，后被吉备真备用兵于9月18日斩杀，史称"藤原仲麻吕之乱"。失去了靠山的淳仁天皇的下场可想而知。天平宝字八年（公元764年）十月九日，淳仁天皇也被孝谦太上天

---

① 这里的高野天皇即孝谦太上天皇。

皇废黜帝位，赐其为大炊亲王，并将其发配到淡路国（天平宝字八年十月壬申条）。翌年，淳仁废帝企图从淡路岛逃跑，最终被捕并死去。

除去政敌且控制住局势的孝谦天皇于天平宝字八年（公元764年）十一月举行大尝祭，重祚后成为称德天皇。引起孝谦和淳仁对立的导火索——道镜，在称德天皇战胜藤原仲麻吕之后，被升格为"大臣禅师"；继而在天平神护元年（公元765年）闰十月，被升格为"太政大臣禅师"，世俗地位与太政大臣相当。天平神护二年（公元766年）十月，他又被升为"法王"，俗世地位与天皇相当。神护景云元年（公元767年）三月，设置法王宫职。道镜在没有获得皇太子身份的情况下，事实上得到了与天皇平起平坐的"法王"身份。[①] 作为神的天皇（圣武）出家，出家的太上天皇（称德）再次发挥作为神的作用，出家僧人（道镜）达到天皇的地位。如此，"神""佛""天皇"三者融合，促进了天皇制度的变化，也为称德天皇企图以"神佛"原理在生前让位于道镜创造了条件。

神护景云三年（公元769年），负责太宰府祭祀的习宜阿曾麻吕，假托宇佐八幡神的神谕称，道镜继承皇位则天下太平。这里的宇佐八幡神即天平胜宝元年（公元749年）十二月二十七日天皇家上京参拜的东大寺之神。当时，孝谦天皇、圣武太上天皇和光明皇太后随行，出现了神佛习合的前兆，而八幡大神也被称为"护法善神"。可见称德天皇与此神之间的渊源。然而，此次假托的神谕是完全捏造的。当称德天皇派人前往宇佐八幡询问时，却得到了完全相反的答复，即君臣秩序不可颠倒，皇位需由皇室继承（神护景云三年九月乙丑条）。眼见利用神佛习合的原理进行生前退位的计划破产，称德天皇与道镜法王勃然大怒。虽然严厉处罚了前往问询者，但是道镜也因此与皇位失之交臂。此后，称德天皇似有反省，称：皇位不可强求，须诸圣、天神、地祇确定的人选方能即位（神护景云三年冬十月乙未朔条）。

---

[①] 渡辺晃宏：『日本の歴史 04 平城京と木簡の世紀』．東京：講談社．2009年．第327頁．

一年后的神护景云四年（公元770年）八月四日，称德天皇在平城宫西宫寝殿孤独而终，享年53岁。称德天皇死前"定策禁中"，立时年62岁的白壁王为皇太子。称德尸骨未寒之际，皇太子便立刻下令将道镜发配至下野国药师寺（宝龟元年八月庚戌条）。十月一日，在称德天皇七七忌日之后，皇太子白壁王在大极殿登基，成为光仁天皇，皇统回归天智系。宝龟四年（公元773年）一月，37岁的山部亲王被立为皇太子。天应元年（公元781年）四月，光仁天皇选择了容易发生"革命"的辛酉年，在辛酉日（1月1日）将年号改为了"天应"，并于四月以身体不佳，需要休养为由让位于山部亲王。光仁借用中国古语"知子莫若父"，强调了父子之间的信任关系。由此，在未来将完成平安京迁都的桓武天皇诞生（天应元年四月辛卯条）。[1]同年十二月，光仁太上天皇因病情恶化驾崩。

## 七、结语

奈良时代是天皇生前退位思想变化的重要时期，体现了丰富的多元思想色彩。自摆脱大化前期的豪族合议推荐君主以后，通过借鉴唐朝制度而创造的律令中的"太上天皇"制度，此后为了执着于维持直系继承制度而出现的"不改常典"，以及奈良时代末期神佛习合与世俗王权相结合的思想，都是影响生前让位思想原理变迁的重要因素。日本古代王权也是巧妙地利用上述思想，建立和完善了生前退位以及王权交接制度，形成了所谓的"万世一系"的皇统。

进入平安时代以后，生前退位的原理更加偏重于现实利益的要素。女性太上天皇作为监护人的功能成为历史，在性别上一视同仁的"太上天皇不干预国政的原则"逐渐确立，这对摄关政治产生了重要的影响。太上天皇虽然失去了国家权力，但是保持着不可动摇的社会影响力和连带的经济实力，日本的王权不断向中世天皇制蜕变。

---

[1] 吉田孝：『歴史のなかの天皇』．東京：岩波書店．2006年．第76頁．

# 余　论　女性天皇与上代文学

日本文学发生于约三世纪初至八世纪末平安迁都这段大约五百年间的文学，被称为"上代文学"（じょうだいぶんがく）。

在上代文学所涵盖的历史区间内，尤其在王权继承的过程中，女性天皇是重要特征。日本古代史上先后出现了推古，皇极以及重祚后的齐明，持统，元明，元正和孝谦以及重祚后的称德，共计八代六位女性天皇。这些女性天皇不仅对天皇家王权的维系起到了关键性作用，而且与上代文学的产生、发展和成熟也有密切关系。

上代文学的形式有韵文和散文。韵文主要指诗歌，即汉诗与和歌。现存的汉诗集以《怀风藻》（天平胜宝三年、公元751年）为最古，而和歌集则首推《万叶集》（天平宝字三年、公元759年）。上代文学中的散文主要有《古事记》（和铜五年、公元712年）、日本官修国史之首《日本书纪》（养老四年、公元720年）和各地的古记录《风土记》（和铜六年、公元713年），而这些文献多完成于女性天皇执政时期。此外，上代文学中也包含了对女性天皇丰富的描写，或有她们写的和歌及散文，或有对她们的叙事，这也成为了研究女性天皇的重要资料。

总之，把上代文学称之为"女性天皇的上代文学"亦不为过。

## 一、佛教兴隆与文学记录

推古天皇是日本古代史上第一位女性天皇。公元613年，得到苏我氏支持而即位的推古在宫廷宴请苏我马子等群臣时，留下了其称赞苏我氏能力与忠心的唯一一首和歌（《日本书纪》歌谣103）。

推古朝的政治特点之一便是弘扬佛教。594 年，推古发布佛教兴隆诏书，奠定了佛教在政治中的地位。佛教政策的推进者是推古朝另一位重要的政治人物——厩户皇子，即圣德太子。关于圣德太子的传说有很多，以下一则或对我们理解佛教与文学以及了解当时如何记录文学有所启示。

据《日本书纪》记载，推古二十一年（公元 613 年）十二月，圣德太子在片冈见到饥饿将死之人，就施舍给他衣服饭食，且吟歌感叹。次日，太子派人前往看望，见饥饿者已死，便下令将其埋葬。数日后，太子对身边亲近说，前日所见不是凡人，便派人前往打开墓葬查看。结果墓穴空空，唯有那人放在棺木上叠好的衣服。于是，世人感叹，圣人知圣人也。成书于平安初期的《日本灵异记》也有类似的描述，但稍有不同的是，饿死者"唯作歌书以立墓户"，表示对圣德太子的感恩。

这一细微的差异其实有着重要的意义。今天当我们研究日本古代文史时，木简已经是必不可少的资料了。有学者将在两尺长的木片上以一字一音的形式，单行书写和歌的木简称之为"歌木简"。根据《日本灵异记》的描述，我们不难推测，当时人们将和歌书写在木简上，并直立放置的使用情景。这为研究木简的使用以及和歌与佛教的关系提供了重要参考。

佛教兴隆与上代文学，尤其是与和歌文学的结合，在推古朝时已经逐渐兴起。

## 二、上代文学投影中的畸形母爱

于公元 642 年即位的皇极天皇在乙巳之变中实现了日本历史上天皇第一次生前让位，又在经历了孝德朝（公元 645—654 年）大化改新以后，于公元 655 年实现了第一次重祚而成为齐明天皇。有学者认为皇极是在乙巳之变这场宫廷政变中被迫退位的。然而，笔者认为皇极勇于"创造"生前让位和重祚这两项重要制度的理由仅有一条，那就是成全自己的长子——中大兄皇子，即天智天皇即位，并助其树立自己的王统。

凭心而论，中大兄皇子是一位有勇无谋、行事鲁莽的青年。他发动政变，暗杀大臣，造成政治动荡；他不顾大化改新之成效，强行还都飞鸟，逼死天皇孝德；他误判形势，卷入半岛纷争，以致在白村江一败涂地。种种失误，让他一次又一次与天皇位失之交臂。

然而，作为母亲，皇极（齐明）却一直不离不弃。为保护爱子，她在乙巳之变后创造生前让位机制；后又再登皇位以待天时；最后御驾亲征，客死他乡。皇极是天皇，但她更是一位母亲。在孝德死后不久的公元658年11月，她立刻除去了中大兄皇子最强有力的竞争对手，孝德之子——有间皇子。有间皇子在临刑前吟诵的和歌被收入《万叶集》，流传至今。

有間皇子自ら傷みて松が枝を結ぶ歌二首

岩代の　浜松が枝を　引き結び　ま幸くあらば　またかへり見む（二・141）

钱稻孙译：磐代之松，兹结其枝；苟我有幸，还复见此！

家にあれば　笥に盛る飯を　草枕　旅にしあれば　椎の葉に盛る（二・142）

钱稻孙译：家居之食，盛饭有笥；枕草在途，椎叶载粲。

从第一首的渺茫希望到第二首的彻底绝望，有间皇子感慨自己的命运多舛和齐明的冷酷无情，实在令人唏嘘。

而与有间皇子的作歌中映射出的那个齐明相比，因思念死去的孙儿而凄惨悲凉的齐明又不禁让人怜悯。658年，齐明的长孙建王夭折，齐明吟诵挽歌三首（记纪歌谣116、117、118）。同年十月，在前往温泉疗养的途中，齐明因想念起死去的孙儿而"怆尔悲泣，乃口号"作歌（记纪歌谣119、120、121）。

有间皇子之变与建王夭折相差不过一月，但是齐明为儿铁石心肠，为孙热泪盈眶，仿佛判若两人。

661 年，齐明不顾风烛残年而强行御驾亲征，最终客死他乡。在大军发往九州前线途中，万叶歌人额田王代为作歌如下：

　　熟田津に　船乗りせむと　月待てば　潮もかなひぬ　今は漕ぎ出でな（一·8）
　　钱稻孙译：驾言乘舟，熟田之津，俟月既生，汐涨海滨，鼓楫迈矣，今当其辰。

这首雄壮的军歌体现了齐明视死如归的豪情，而老母亲爱子情深不禁让人感到一丝悲怆。

## 三、忧虑的天皇与繁荣的文化

齐明舍身为子并没有改变中大兄皇子率领下的倭国大军在白村江之战中惨败的命运。此后，倭国进入临战体制，直至经历壬申之乱，天智之弟大海人皇子即位成为天武天皇，日本列岛内的局势才逐步稳定下来。

天武死后，皇太子草壁皇子因为体弱多病而英年早逝。为了维持天武王统，皇后登基，成为第三位女性天皇——持统天皇。持统一方面致力于树立天武的正统权威，将天武歌颂为"神"（神にしませば）；另一方面，竭力维护天武—持统的王统。据《怀风藻》葛野王传记载，持统力排众议，将皇位传给了草壁的遗孤——轻皇子，即文武天皇。公元 696 年，持统让位，成为太上天皇。

然而，事与愿违的是，年轻即位的文武天皇继承了父亲草壁皇子羸弱的体质，以与父亲当年相同的年龄早逝。临终前，文武让位于母亲阿闭皇太妃，后者即位成为元明天皇，以等待文武的遗孤——首皇子，即圣武天皇长大成人。

元明的即位打破了一直以来女性天皇人选须为皇后的惯例，因此，作为"中继"的元明天皇自然内心感到不安。元明不仅在即位宣命中搬出自称是其父天智天皇制定的"不改常典"以强调自己即位的

正统性，而且在即位大典时也流露出了惴惴不安。据《万叶集》记载，

  和銅元年戊申
  天皇の御製

  ますらをの　鞆の音すなり　もののふの　大臣　楯立つらしも　（一・76）
  钱稻孙译：壮士臂皮鞆，击响闻宫院，轸怀大将军，讲武列盾干。
  御名部皇女の和へ奉る御歌

  我が大君　物な思ほしそ　皇神の　副へて賜へる　我がなけなくに　（一・77）
  钱稻孙译：吾王其毋忧，在兹非无某，此身神祖授，所以从君后。

  面对妹妹元明的不安，姐姐御名部皇女通过和歌对答告诉她"无需多虑，天皇位是神赐的，且有我这位姐姐在你身边"。稳重大气的御名部皇女给了元明不少安慰，也体现了两人姊妹情深的一面。

  或许元明认为自己作为天皇的正统性不足，试图以文化事业来巩固统治权威，因此元明朝的文化业绩十分显著。《古事记》的完成、《风土记》的编撰以及元明万叶编写都集中出现在元明朝。元明天皇于灵龟元年（公元715年）让位于自己的女儿，文武天皇的妹妹——冰高内亲王，即元正天皇，以继续等待首皇子的成长。元正朝继承了元明朝对文化建设的投入，完成了六国史的第一部史书《日本书纪》的编撰。从《万叶集》和《怀风藻》的记载来看，当时的日本迎来了一个君臣同乐、诗歌盛行、上代文学繁荣开花的时代。

## 四、天武王权的终结与诗歌文学的大成

  经过元明、元正两代女性天皇的不懈努力，神龟元年（公元724

年）二月，元正终于让位于 24 岁的首皇子，圣武天皇登基，开始了其长达 26 年的治世，成为了奈良时代在位时间最长的天皇，孕育了绚烂的天平文化。

天平感宝元年（公元 749 年）七月二日，已经受戒出家，自称"三宝之奴"的圣武天皇以日理万机身体不堪重负为由让位于阿倍内亲王，这也是第一位被立为皇女的皇太子即位。由此，象征着天武系皇权正统的孝谦天皇诞生了。孝谦改年号为"天平胜宝"，日本古代律令国家迎来了四字年号的鼎盛期。

孝谦时代的文化事业中，最重要的标志性成果之一就是天平胜宝三年（公元 751 年）成书的《怀风藻》。这部日本现存最早的汉诗集的编者或为《唐大和上东征传》的作者淡海三船，他也是日本第二部正史《续日本纪》的编者之一，被认为是给"长屋王之变"平反之人。孝谦天皇即位的远因或可追溯到发生在天平元年（公元 729 年）的长屋王之变。若长屋王不被诬陷致死，就没有孝谦之母光明子立后，当然更不会有孝谦天皇了。

孝谦的诞生在文学上的影响远不止于如此。万叶学者中西进参考成书于公元 11 世纪的《荣花物语》，认为天平胜宝五年（公元 753 年）孝谦下令群臣献上和歌，可能是编纂《万叶集》这一大型文化工程的起点。若做如此考虑，则《万叶集》在一定意义上也可谓"敕撰集"。《万叶集》的编撰者大伴家持同年将自己所作和歌群献给了当时的右大臣——橘诸兄，并在歌群的最后附上了以下名歌。

  うらうらに　照れる春日に　ひばり上がり　心悲しも　ひとりし思へば（十九·4292）

  钱稻孙译：春日怡怡，仓庚高飞；心之哀兮，独自我思。

云雀悲鸣，显示了大伴家持对天皇亲政走向没落的悲思和以藤原氏为中心的官僚机构的不满，暗藏着对孝谦朝政治的批判。天平宝字三年（公元 759 年），大伴家持在因幡国国厅宴请国司郡司等，即有如下作歌：

　　　　新しき　年の初めの　初春の　今日降る雪の　いやしけ吉事（二十・4516）

　　　　钱稻孙译：献岁更新，今日初春，降兹瑞雪，弥益福臻。

若以此作为《万叶集》成书的标志的话，那么这部包含着传世万代心愿的上代文学巨作则给孝谦朝画上了句号。

在此之前的天平胜宝八年（公元756年），圣武太上天皇死去，光明皇太后和孝谦天皇将圣武的遗爱之物捐与东大寺，形成了今天的正仓院宝物；此外还有收录于正仓院文书内的文学作品，这些都成为上代文学的衍生物，延续了奈良朝的文化。由此可见，孝谦朝对上代文学的发展起到了重要的承前启后的作用。

孝谦于天平宝字二年（公元758年）让位于大炊王，淳仁天皇即位。然而，光明皇太后死后，孝谦太上天皇与藤原仲麻吕和淳仁对立；经藤原仲麻吕之乱后，孝谦太上天皇又于天平宝字八年（公元764年）重祚成为称德天皇。称德宠信僧侣道镜，并企图禅位于他，但最终计划破灭，称德也在没有指定继承人的情况下宝龟元年（公元770年）死去，天武皇统至此断绝。不过，这一时期唐风文化更为盛行，神佛习合初现端倪，通往平安时代的大门已经缓缓开启了。

# 附　录：日本古代大陆移民人名辞典[1]

## あ　ア

**阿直岐**

　　阿直岐史の祖。応神十五・八、百済王の使者となり、良馬二匹を貢ったので、これを軽坂上廄にて飼養したが、阿直岐がそれを掌った。またよく経典をよみ、太子菟道稚郎子の師となった。天皇の問に答え、勝れた博士として王仁を推挙した（書紀）。古事記、応神巻では、阿直岐と阿知使主（阿知吉師）とは同一人で、百済王が阿知吉師を貢上し、論語十巻、千字文一巻、并十一巻をこの人に附して貢進したことになっている。恐らく同一人の物語を書紀は分裂させたもので、両者はもと同一人であろう。

**阿曇連比羅夫**

　　阿曇山背連比夫にも作る（皇極元・二条）。皇極元、正百済使人、大仁の地位にあり、この時帰朝し、筑紫より、駅馬で百済からの弔使を伴い来ったこと、及び百済の国情の乱れているのことの二つについて奏上した。同元・二、百済弔使のもとに使してその国の消息を問い、ついで百済王のため島に放たれていた王子翹岐を召して、その家に安置した。天智即位前（斉明七・八）、大花下の地位にあり、前将軍に任じ、後将軍阿倍比羅夫とともに百済を救援した。天智元・五大将軍大錦中の地位にあり、船師百七十艘を率いて、豊璋らを百済国に護送した（書紀）。

---

[1] 本文参照：竹内理三など編：『日本古代人名辞典』. 東京：吉川弘文館, 1958 年－1977 年，选取了研究大陆移民问题中与本课题相关的重要人物加以整理总结。

## 天日槍

　新羅王子。天之日矛（古事記）にもつくる。垂仁三・三、新羅王子天日槍が来帰したとあり、将来せる物は羽太玉一箇、足高玉一箇、鵜鹿々赤石玉一箇、出石小刀一口、出石一枝、日鏡一面、熊神籬一具、計七物であり、これらのものは但馬国に蔵めて神物としたという（書紀）。三宅連の祖であるといい（姓氏録摂津諸蕃）、または糸井造の祖でもあるという（姓氏録大和諸蕃）。播磨国揖保郡揖保里、粒丘の地名説話に、天日槍命が韓国より渡来し、宇頭川のほとりに到り、宿処を葦原志挙乎命に乞うたとがみえ、宍禾郡川音村条の地名説話、天日槍命がこの村同村奪谷条にも、葦原志許乎命が天日槍命とこの谷を奪い合ったのでかく名づけ、また同郡高屋里条に、天日槍命が告げて、この村は他村より高く勝れたりといったのでかく名づけたなどと伝え、同郡柏野里伊奈加川条に、葦原志許乎命と天日槍が占国の時云々、同郡雲箇里波加村条に、占国のとき天日槍命まず此処に至り云々、同郡御方里条に、葦原志許乎命が天日槍命と黒土志爾嵩に至り云々、神前郡多馳里条に粳岡は伊和大神と天日命の二神が各々軍を発して戦った云々などの記事が続いて見える（播磨風土記）。また筑前国怡土軍の説話に、昔穴戸豊浦御宇足仲彦天皇（仲哀）が球磨を討たんとして筑紫に幸したとき、怡土県主等の祖五十跡手が天皇の来たことを聞き、穴門引嶋に迎えた。天皇が勅して誰かと向うたところ、高麗国意呂山に天より降来した苗裔五十跡手であると答えたという。五十跡手は伊覩県主である（釈紀所引筑前風土記）。書紀の一書に、「初天日槍乗艇泊于播磨国、在於宍栗邑時、天皇遣三輪君祖大友主与倭勅祖長尾市於播磨、而問天日槍曰、汝也誰人、且何国人也、天日槍対曰、僕新羅国主之子也、然聞日本国有聖皇、則以己国授弟知古、而化帰之（略）詔天日槍曰、播磨国宍栗邑、淡路島出浅邑、是二邑汝任意居之（略）天日槍自菟道河泝之、北入近江国吾名邑而暫住、復更自近江経若狭国西到但馬国則定住処也、是以近江国鏡谷陶人則天日槍之従人也、故天日槍娶但馬出嶋人太耳女、麻多島、生但馬諸助也、諸助生但馬日楢杵、日楢杵生清彦、清彦生田道間守之」とある。古事記はこれを応神巻にのせ、妻を追うて本朝来り、但馬の国に留り多遅摩俣尾の女前津見を娶り、多遅摩母呂須玖を生んだとしている。

**漢高安茂**

百済の五経博士。継体十・九、さきに我が国にきていた博士段楊爾の代わりとして来朝した（書紀）。

**晏子欽**

唐国の人。宝字五・八、日本の大使藤原河清、高元度の送迎使である沈惟岳の輩下となつて来朝したらしいが、同六・五の記事では、唐客副使、紀喬容らとともに、大使沈惟岳を排斥しようとし、大宰府は府官商量するに実ありとして言上したが、許されなかった。この時司兵の地位にあり、そのまま我に帰化し、延暦三・六、徐公卿とともに、栄山忌寸の姓を賜っている。この時は唐人、賜禄とある（続紀）。姓氏録には、栄山忌寸条に、「唐人正六位上、（本国岳賜禄）晏子欽入朝焉。沈惟岳同時」とある。

## い　イ

**印支彌**

任那日本府の臣。印岐弥にもつくる（欽明五・十一条）。欽明五・三、聖明王が弥麻沙・己連らを遣わして任那の政を奏上したのに対し、詔して的臣らが新羅に往来したのは朕の心ではない。さきに印支弥と阿鹵旱岐とがいた時、新羅のためせめられて耕種し得ず、百済も路が遠いので急を救うことが出来なかったところ、的臣らが新羅と往来したので耕種し得たというように朕は聞いている云々とあり、なた印支弥の後に来た許勢臣の時は新羅が侵すことはなかったとも記している。欽明五・十一、百済聖明王が我国の使者に、任那と百済は昔より子弟の間柄であるのに日本府の印岐弥が新羅と計ってわれを伐とうとしており、また好んで新羅の虚誕譎語を聞いている。一体印岐弥を任那に遣わされたのは、むろんその国を侵害させようがためではありますまい。昔より新羅は無道である。願わくば任那の国おこし、旧日のように兄弟たらんことをと語ったとある（書紀）。

### 爲哥可君
日系百済人。爲哥岐弥非岐につくる（百済本紀）。欽明五・二条によれば、任那日本府の河内直の先祖たち（百済本紀に那干陀甲背）に誘われ、その言信じて国難を憂えず、百済聖明王の心に背いて暴虐をほしいままにしたため、放逐されたという（書紀）。

### 池津媛
百済より雄略天皇に貢上した女。雄略二・七、天皇が召そうとした時、石河楯と通じたので、天皇は大いに怒り、大伴室屋大連に命じ、来目部をして夫婦を焚殺させたという。百済では名を適稽女郎としている。また、同五・四、百済の加須利君は媛が焚殺されたと聞いて、昔は女人を貢り采女としたが、既に礼を欠いて我国の名を失った。今より後は女を貢することを中止すると言ったという（書紀）。

### 池邊直氷田
漢氏の族。我国最初の仏工。敏達天皇の代、和泉国の海中に樟木が漂着して奇瑞があり、蘇我馬子は皇后（推古）の命をうけ、この木で氷田に丈六阿弥陀三尊を刻ませ、豊浦の仏殿に安置した。やがて物部守屋の排仏に遇うと、皇后は屋栖古連に告げ、氷田に、これを稲中に隠させたので厄をのがれ、用明天皇の代に至った吉野の比蘇寺に安置した。後世これを放光阿弥陀像というとある（霊異記上第五）。敏達十三・九、百済より仏像二軀を招来したので、馬子の命により司馬達等らとともに四方に使し、修行者を求め、播磨国に還俗僧、名は高麗恵便を得、司馬達等の娘を出家させ善信尼とし、深く仏法を信じたという（書紀）。書紀には、霊異記と同説話を欽明十四・五の条にかけている。

### 壹萬福
渤海国大使、青綬大夫。宝亀二・六、万福ら三百二十五人が十

五隻の船に乗って出羽国野代湊に著し、ひいて常陸国に安置供給をうけた。同二・十、万福以下四十人は賀正の儀に参会するため召され、十二月入京した。同三・正、方物を貢したが、上表が例にたがい、礼欠くを以て、表及び進物を返却されたので、万福は表文を改めて陳謝し、特に免されて饗宴に列することができ、従三位に叙せられた。同三・二、帰国の途につき、同三・九、送客使武生島守とともに海に入ったが、忽ち暴風に遭って能登に漂着し、福良津に安置され、その後に帰国した。同四・十、送壱万福使の帰国がみえる（続紀）。

## う　ウ

**雲燦**

唐僧。一本に、雲登にもつくる。天平十四、我が学問僧普照の要請をうけ入れた鑑真が、日本へ渡ろうと決意したとき、その随伴者となろうと願い出た。しかし、その志を遂げたか否かは不明である。（唐大和上東征伝、寧下896）。

**雲聰**

高麗僧。推古十・閏十、日本に帰化した（書紀）。

## え　エ

**惠灌**

高麗僧。惠観にもつくる（要録五）。推古三十三・正、高麗国王に貢せられて来朝し、僧正に任ぜられた（書紀）。三国伝通縁起、（巻中三論宗）には、同じく推古三十年に来朝したことがみえ、これは大唐の嘉祥大師に随って三論を受学せる者で、日本に来て日域界の三論の始祖となったとあり、また孝徳天皇の代、元興寺僧として天皇に三論を講じ、その講竟る日に僧正に任ぜられた。これ日本の僧正の第二であるとみえ、さらに僧網補任記に蕙冠法師は推古天皇三十三年に僧正に任ずとあることを引用し、三論一宗は唐土より伝わるに三代の伝があり、一を慧灌というとしている。

また成実宗高麗慧慈、慧観等は並びに三論宗法論の匠で、皆成実にも通じたともある。要録五にも恵観が三論を講じ僧正に任ぜられたのを、孝徳天皇の代としている。元亨釈書一の伝には慧灌とあり、井上寺を創り三論宗を弘めたという。

### 恵光
大唐学問僧。推古三十一・七、新羅使におくられて帰国したが、その渡唐の年時は伝えていない（書紀）。

### 惠宿
百済僧。崇峻元、百済国朝貢使首におくられて貢上された六僧の中に名がみえる（書紀）。元興寺縁起では、この六僧の中に恵宿の名はみえず、令威の弟子恵勳の名がみえる。

### 惠日
百済よりの帰化人徳来の五世孫。宝字二・四、内薬司佑難波薬師奈良等十一人の奏言に恵日は彼等の祖で、推古天皇の代、等に遣わされ医術を学び、帰朝して薬師と号し、遂にこれを姓としたことがみえる（続紀）。

### 惠便
高麗僧。敏達十三・九、百済より鹿深臣、佐伯連が仏像を将来したので、蘇我馬子はこれを請い、司馬達等らを四方に遣わして修行者を求めた。たまたま播磨国に還俗僧で、名は高麗の恵便なるものがあったので、これを得て師とし、司馬達等の女善信尼等三尼を出家させたという（書紀）。元興寺縁起では恵便とともに老比丘尼法明をも得たとなっている。元亨釈書十六の伝には慧便とある。

### 惠彌
百済僧。推古十七・四、百済国の使となって呉国に赴いたが、呉国の乱によって入国せず、本国へかえる途中、海上に於いて暴風に遭い、肥後の葦北浦に漂着した。我が国では難波吉士徳麻呂らをして本国へ送らせたが、対馬に到った時、帰国をやめて我が国に留まらんことを請い、元興寺に住したという（書紀）。元亨釈書十六には慧弥とある。
### 畫部因斯羅我
　百済貢献の手末才伎。雄略七・七、倭の吾広津邑に安置されていたところ、病死者が多いので、大伴室屋に詔し、東漢直掬に命じて陶部、鞍部、錦部、訳語等とともに上下桃原、真神原の三所に遷されたという（書紀）。
### 慧慈
　高麗僧。推古三・五、我が国に来朝した。時に聖徳太子は彼を師として内典を学び、同年来朝した、百済僧慧聰とともに仏法を弘演し、相並んで三宝の棟梁と仰がれた。同四・十一、法興寺が出来ると、慧聡とともに住んだ。同二十三・十一、本国に帰った。同二十八・二、聖徳太子が薨ずると、これを聞き大いに悲しみ、僧を請じて設斎し、親ら経を説く日に、誓って来年のこの日に太子の後を追い自らも死のうと予言したが、果たしてその言の如く寂したので、時人は歎じて独り上宮太子のみが聖でなく、慧慈もまた聖であるといったという（書紀）。法王帝説にも略同様の説話がみえるが、かれが本国に帰るとき、太子著作の三経義疏を持ち帰ったという。三国仏法伝通縁起には三論宗の学匠で、成実宗にも通じたとある。元亨釈書十六にその伝がみえる。
### 慧聰
　百済僧。推古三・五、来朝し、高麗僧慧慈と並んで、三宝の棟梁と称せられ、同四・十一、法興寺なるに及んで、慧慈とともに住した（書紀）。三国仏法伝通縁起（巻中成実宗）に、百済の慧聡、観勒は三論宗法輪の匠で、皆成実に通じ、太子は慧慈、慧聡、観勒を以て師として仏法を学習した。仏法とは三論成実の宗義とみえる。元亨釈書十六で伝には、崇峻元・三、来朝し、蘇我馬子が戒法をうけたという。
### 袁晋卿
　唐人。宝亀九・十二条に、天平七、遣唐使（吉備真備）に従って来朝した。時に年十八、九で、文選爾雅音を学んだことがみえる。神護二・十の舎利会に唐楽を奏し、正六上より従五下に叙せられ、景雲元・二、音博士の職にあり、天皇が大学幸し釈奠を行った日、従五下より従五上に昇叙さらた。宝亀九条に大学頭に任ぜられたことがみえるが、この頃であろう。景雲三・八、日向守、宝亀九・二、玄蕃頭に任ぜられ、同九・十二清村宿祢の姓を賜った。この時も玄蕃頭、従五上。延暦四・正、安房守に任ぜられた。時に同じく従五上（続紀）。なお、後紀延暦廿四・十一、浄村宿祢源の奏言に、外祖父晋卿に引取られ、その子とされたことがみえ、同姓常照の義父にあたる。袁常照の項参照。

**焉清**

　唐人。一本に馬清につくる。正六上で、新長忌寸はその子孫であるという（姓氏録左京諸蕃）。

**縁福**

　百済の臣。大化元・七、百済大使となり、百済調使と任那調使を兼ね領して来朝したが、彼のみは病となり津館に留まって入京しなかった。時に官は佐平。天皇は詔して、我国が百済を内官家とし、中頃、任那を百済に附属させ、臣下を遣わして任那国堺を視察させたことをのべ、しかるに今、百済の調貢に欠けるところがあり、よってこれを却還する。以後は具に国名とその出す調とを記せ、汝佐平等はおもかわりせず再び来朝せよと命じている（書紀）。

## お　オ

**王牛**

　王辰爾の弟。敏達三・十、津史の姓を賜わった（書紀）。延暦九・七条には亥陽君の子午定君が三男を生み、長子は味沙、仲子は辰爾、季子は麻呂というが、これより分れて三姓即ち葛井、船、津連となったという（続紀）。即ち牛は麻呂ともいったのであろう。

**王元仲**

　唐人。養老六・四、始めて飛舟を造って献じ、従五下を授けられた（続紀）。扶桑略記には飛車を造ったとある。選叙令集解所引古記の文によれば、飛丹薬であろう。

**王柳貴**

百済の五経博士。欽明十五・二、我が国に貢せられ、固徳馬丁安と代ったとある（書紀）。

**王辰爾**

延暦九・七、百済王仁貞らの上表によれば、百済王貴須王の孫辰孫王が応神天皇の代に来朝し、その長子太阿郎王は仁徳天皇の近侍となり、この子に亥陽君、亥陽君の子に午定君、その仲子に辰爾があり、船連の祖となった。

**王新福**

渤海（高麗）国大使。紫綬大夫行政堂左允開国の男。宝字六・十、伊吉連益麻呂等に随って越前加賀郡に来着し、同六・閏十二、入京、同七・正、拝朝、正三位に叙せられ、同月、宴を賜い禄を給った。またこの月奏言して唐国は史思明の乱により、朝聘の路が通じ難いと言ったので、大宰府に勅し、来朝中の唐使沈惟岳を安置供給せしめた。同七・二、恵美押勝の宴を受け、同月帰国したとある。

**王仲文**

高麗国人。陰陽家。王中文にもつくる。大宝元・八条に、かつて出家し、僧東楼と称していたが、この時還俗し本姓に復したことがみえ、養老二・正、正六上より従五下に叙せられ、同五・正、学業に優れその道の師範たるに堪えるの故を以て、後世観励のため絁絲布鍬を賜わった（続紀）。また、養老二、以前の官人考試帳に、「従六位下天文博士王中文、右京、能（太一、遁甲、天文、六壬式、算術、相地）、日二百七十、恪勤匪懈善、占卜効験多者」とみえ（廿四553）、家伝下に陰陽家として名のあったことがみえる（寧下 886）。姓氏録左京諸藩下に、王氏は「高麗国人従五位下王仲文之後也」とある。

**王道良**

　百済国易博士。欽明十五・二、勅によって百済より貢上された。位は施徳（書紀）。

**王保孫**

　百済国暦博士。欽明十五・二、勅によって百済より貢上された。位は固徳（書紀）。

**王有悛陁**

　百済国医博士。欽明十五・二、百済より本朝に貢上された。位は奈率（書紀）。

**大原博士**

　百済王氏。法隆寺蔵観音菩薩造像記に、「族大原博士、百済在王、此土王姓」とみえ、僧徳聡、令弁、弁聡らの同族という（寧下965）。

**億仁**

　侍医。百済国人。朱鳥元・五、病んで死に臨み勤大壱位を授けられ、封一百戸をよせられた（書紀）。

**憶禮福留**

　百済国人。憶頼にもつくる（姓氏録）。天智二・九、百済が全く亡び、国民らと共に日本の船師に乗り、我国に亡命した。同四・八、筑紫に遣わされ、大野と椽の二城を築いた。時に位は達率。同十・正、大山下を授けられたが、そこの注に、「兵法に閑へり」とある（書紀）。姓氏録左京諸藩に、百済の近速王の孫で、石野連の祖とある。

**譯麻奈臣**

　珍勲臣の男。欽明天皇の代、帰化した譯氏で、近江、山代、大和の日佐の祖という（姓氏録山城皇別）。譯諸石臣の項参照。

**譯諸石臣**

　珍勲臣の男。欽命天皇の代、同族四人、国民三十五人と来朝した帰化人の遠来を矜み、勅して珍勲臣と称し、三十九人の訳とした。時人は譯氏といった。その男諸石臣、麻呂臣は近江国野州郡の日佐、山代国相楽郡山村の日佐、大和国添上郡山村の日佐の祖という（姓氏録山城皇別）。

**譯語卯安那**

　百済より貢献の手末手伎。雄略七・八、天皇は彼らを倭国の吾礪広津邑に安置したが、病死者が多いので、大伴大連室屋に命じ、上・下桃源、真神原にうつしたという（書紀）。

## か　カ

**迦摩多**

　新羅の間諜者。推古九・九、対馬に来て捕まえられ、上野に流されたという（書紀）。

**乾豆波氏達阿**

　都賀羅（吐火羅）の人。斉明六・七、高麗使人乙相賀取文の帰国に際し、ともに本国に帰ろうとしてその送使を請い、願わくばのちに再び大国につかまつるため、妻を留めて表となすといい、数十人とともに西海の路に入ったという（書紀）。

**買受君**

　解工。養老五・正、学業に優遊し、師範に堪えるを以て、後生勧励のため、絁十疋、布二十端、鍬二十口を賜わった。時に正六下。また、神亀元・五、姓神前連を賜わった（続紀）。姓氏録左京諸藩に、百済国人、正六上、神前連の祖とある。

**亥陽君**

　辰孫王の孫。太阿郎王の子。延暦九・七、百済王仁貞らの上表に、仁徳天皇の代、辰孫王の長子太阿郎王は天皇の近侍とされたが、その子が亥陽君で、亥陽君の子午定君は三男を生んだ。長子を味沙、仲子を辰爾、季子を麻呂といい、これより別れて三姓となり、各々職するところにより氏を命ぜられた。葛井、船、津連はこれであるとみえる（続紀）。

**韓朝彩**

　唐国の勅使。宝字八・七、来朝した新羅使金才伯の言によれば、唐国の勅使として渤海より新羅に来り、先年唐より送付した日本国僧戒融の本郷安著の報がないので、消息を尋ねるため遣わされたといい、そのまま新羅の西津にたって太宰府よりの返牒を待った。これに対して大宰府は戒融が去年十月無事聖朝に帰った旨を報知している（続紀）。

## き　キ

### 紀臣彌麻沙

　日系百済人。欽明二・七条に、紀臣が韓婦を娶って生んだ男で、百済に留って奈率となった。ただしその父は未詳とみえ、同月、安羅日本府の河内直らが新羅と計を通じたときき、百済聖明王に遣わされ、鼻利莫古らとともに安羅に赴き、任那執事を招致して任那復興をはかった。同三、七、己連とともに本朝に使して下韓任那の政を奏し、同四・四、に帰国したという。（書紀）

### 鬼室福信

　百済の西部、官位は恩率。斉明六・七、新羅が唐兵を借りて百済を亡ぼした、福信は赫然発憤して任射岐山に拠り、散卒を聚合して新羅兵を破り、その勢さかんとなった。唐兵は敢て入らず、副信は余自進とともに同国人を鳩合して王城を保ち、国人は尊んで佐兵福信と称した。同六・十、本朝に唐虜を献じ、救援の師を乞い、かつ余豊璋を迎えて王となさんと請うた。同六・十二、天皇はその請をいれ援軍を遣わすことに決した。同七・四、上表して百済の王子糺解を迎えんことを請うた。天智元、正矢十万隻、糸五百斤、綿一千斤、布一千端、韋一千張、稲種三千斛を本朝より賜った。同元・五、豊璋が我軍兵に衛られて本国に還り、王位につくと、国政を悉くこれに返した。又、金策、爵禄を賜った。同二・二、唐俘続守言らを本朝に献上した。同二・六、敵にはかられて讒者の言を信じた国王のため斬せられた。福信が死ぬと、新羅はただちに兵を進め、王城をとり、白村江に倭軍を破った。（書紀）続紀神護二・六条にもその事跡がみえる。

## 義覚

　僧。もと百済の人。その国が破れた時、後岡本宮御宇天皇（斉明）の代に当たり、朝廷に入り、難波の百済寺に住した。法師は身長七尺、広く仏教を学び、般若心経を念誦していた。同寺の僧恵義が夜半行って室中を窺うと、法師は端坐して誦経し、光が口より出ていた。翌日法師は心経一百遍を誦して目を開くと、壁を通して室裏が見透せたと語ったという。（霊異記上第十四）

## 義慈王

　百済国王。舒明三・三、王子豊璋を質として貢上し、斉明六・七、新羅金春秋と唐蘇定方の連合軍に攻められて敗死し、その妻、王子らとともに唐軍に捕らえられ、唐国に送られた。この時百済は滅亡した。（書紀）神護二・六、百済王敬福の薨伝に、敬福は義慈王より出てたとあり、舒明天皇の代、王はその子の豊璋王、および禅広王を遣わして入侍させ、斉明天皇の代に及んで、王の兵が敗れて唐に降つた時、その臣鬼室福信はよく国を復し、豊璋を迎えて絶統を紹興したという。（続紀）東大寺献物帳に、赤漆槻木厨子一口を藤原錬足に贈ったとある（寧下437、四130）。旧唐書九十九、新唐書百四十五百済の条に、璋の子、唐国において病死し、衛尉卿を贈られたとあり、三国史記百済本紀六に伝がみえ、武王の元子、在位二十年、唐軍に捕われ、唐において病死し、金紫光禄大夫衛尉卿を贈られ、孫皓、陳叔宝の側に葬り、碑を立てたとある。姓氏禄右京諸藩に百済王氏の祖とみえ、公卿補任勝宝元年、百済王敬福の条にも、其先は百済国義慈王とみえる。

## 義静

　唐の揚州興雲寺の僧。勝宝五、鑑真に従って、遣唐副使大伴胡万の船に乗って来朝し（唐大和上東征伝）、宝字三・八、鑑真が聖武天皇のために招提寺を建立した時、そこに安置した盧舎那丈六像一軀えをつくったという。（扶桑略紀）。要録四所引大和上にも、鑑真に従って来朝した普照、延慶、星静らとともに、和上位を贈られ、絹、絁、布などを賜ったことがみえ、某年勘出注文に「大唐義静」とみえる。招提千歳伝記上に伝がみえる。
## 吉宜
　百済国人。医術家。古麻呂の父。はじめて僧となって恵俊と称したが、文武四・八、その芸を用いるため還俗させられ、姓を吉、名を宜と賜い、務広肆と授けられた。和銅七・正、正六下より従五下に叙せられた。養老五・正、学業優遊、医術の道の師範たるに堪えるを以て、後生勧励のため、絁、糸、布、鍬を賜う。時に従五上。神亀元・五、吉田錬の姓を賜った。天平二・三、歯衰老のため、その業の廃絶を恐れ、弟子をとって其の業を伝習せしめられた。同五・十二図書頭、同九・九、正五下、同十・閏七、典薬頭に任ぜられた。（続紀）神亀の頃、方士として名があり（家伝下、寧下886）、正五下、図書頭、年七十の時「五言、秋日於長王宅宴新羅客」、「五言従駕吉野宮」の詩二首がある（懐風藻）。又、天平二・四、筑前守山上憶良は京にある宜のもとに、この年正月に大宰師大伴旅人の第に府の官人が集って梅花宴をひらいて詠じた歌や、憶良が部内を巡回し、松浦潟で娘子と贈答した和歌を集め、書状に添えて贈った。これに答え、天平二・七、宜は時の相撲部領使に託して返書を送り、「君を思ふこと未だ尽きず、重ねて題せる二首」とある歌を添えて送った（万葉五864～867）嘉詳三・十一、興世朝臣書頭兼内薬正相撲介吉田連宜であるとみえる。また父古麻呂も内薬正で、並に侍医として累代供奉し、宜は重ねて儒道に長じ、門徒録するありとみえる（文徳実録）
## 清彦
　新羅王子天日槍の曾孫。垂仁八十八・七、天日槍が将来した宝物が但馬にあり、神宝となっているのを、献上すべき勅命を受け、羽太玉一箇、足高玉一箇、鵜鹿鹿赤石玉一箇、日鏡一面、熊神籬一具を献じたが、たた出石という小刀一口を献ずまいとして、袍の中に匿して自ら佩いた。天皇はこれ知らず、清彦に酒を賜った時、その刀が袍の中から顕われたので、匿すことはできず、献上して神府におさめた。しかるにやがて刀子は神府より失せ、清彦のもとに帰ったので、天皇はおそれて二度と求めなかった。その後、出路刀子は自然に淡路島に至り、島人から神として祭られたという。むかし、新羅王子天日槍が艇に乗って但馬国に泊り、其の国の前津耳の女麻拖能鳥を娶って生んだ但馬諸助が清彦の祖父であるという。（書紀）

### 行心

新羅の沙門。朱鳥元（持統即位前紀）・十、大津皇子の謀犯に与し捕られたが、特に優詔あり、加法するに忍びずとして、飛騨国の伽藍にうつされた。（書紀）懐風藻の大津皇子条に、天下の卜筮を解し、大津皇子に太子の骨法は是れ人臣の相ならず、此を以て久しく下位にあらばおそらくは身を全うせざらんと言って逆謀をすすめ、皇子はこの言に迷って、不軌を図り、遂に自殺したのであるという幸甚と同一人だろう。

### 翹岐

百済国の義慈王の子。皇極元・二、百済の弔使の儻人の言によれば、同元・正、百済王の母は薨じ、翹岐、およびその母妹四人を含めた四十余人が島に放たという。同元・四大使翹岐は従者をひきいて拝朝した。その時、蘇我蝦夷は畝傍の家にこれを喚んで親ら対面語話し、良馬一匹、鉄二十延を贈った。同元・五には河内の依網屯倉の前に召されて射猟を観た。同月、従者一人が死去し、ついで児が死去したので、妻とともに死児を忌み畏れて喪にのぞまず、百済大井家に移り、人を遣わして児を石川に葬らしめた。同元・七、百済使智積が朝廷に饗され、翹岐の前で健児の相撲を観たが、宴が終わった後、智積らは翹岐の門を拝した。同二・四、筑紫大宰が馳駅して百済国主の児翹岐弟王子が調使とともに来朝した事を奏した（書紀）。

### 金漢紀武

新羅の臣。爵は波鎮（波珍）・允恭天皇のとき、深く薬方を知るによって天皇の病気を治療したという（古事記）。これは書紀允恭三・正条に、使を遣わして、良医を新羅に求め、同三・八、医が新羅より至り、天皇の病を治した。天皇は歓び、厚く医を賞し、帰国しせめたとある記事に相当するものであろう。

### 金巌

　新羅使副使。官位は級湌。宝亀十一・正、大使の金蘭蓀とともに天皇に拝賀し、方物を献じた。当月、正五品下に叙せられた（続紀）。三国史記四十三列伝によれば、新羅の名医金庾信の玄孫。方術を習し、少壮にして伊湌となり、入唐して宿衛し、陰陽師家法を学んだ。大暦中帰国して、司天大博士となり、良庚漢三州太守、また執事侍郎となる。大暦十四（宝亀十）、倭朝に使したが、天皇はその賢を知り留めんとした。偶偶唐使高鶴林とあい、甚だ歓んだ。倭人は唐国の認める所の故に、敢えて留めなかったとみえる。

### 金才伯

　新羅使。官位は大奈麻。宝字八・七、才伯ら九十一人が大宰博多津に来朝したので、朝廷は右少弁紀牛養らを遣わして由来を問わしめたところ、日本国僧戒融の達不をたしかめるため来朝したとこたえたので、朝廷は去年十月無事着して旨知らせたという。（続紀）

### 金三玄

　新羅国使。官は礼府卿、沙湌。宝亀五・三、、三玄以下二百三十五人が大宰府に到泊したので、朝廷は河内守紀広純らを遣わして来朝の由を問わしめたところ、本国王の教を奉じ、旧好を修め、毎に相聘問せんことを請うとともに、国信物と在唐大使藤原河清の書をもたらした旨答えたので、広純はその用語の無礼をせめ、渡海料を給して放還した（続紀）。

### 金春秋

　新羅の臣。真智王の孫。のち新羅国王となり、武烈王と諡した。大化三・十二、高向黒麻呂、中臣熊らを送って来朝し、孔雀一隻、鸚鵡一隻を献じ、質となった。時にその姿顔美しく、好んで、談笑したとある。官位は大阿湌。持統三・五によれば、孝徳天皇崩御の時（白雉五・十）、巨勢稲持が喪を告げる日に、勅を承った。

時に官位は翳飡（これは伊飡と同じか）斉明六・七、唐大将蘇定方の力を借り、百済を挟撃して、これを滅ぼした。時に名を春秋智を記している。（書紀）。三国史記巻五には、「太宗武烈王立、諱春秋、真智王子伊飡竜春之子也、母天明夫人、舒玄角飡女也」とあり、王は儀表英衛で、幼にして済世の志があり、真徳王に事え、位伊飡を暦、唐帝は授けるに特進を以ていた。真徳王の薨去により、群臣は徳望の重い春秋を迎え王としたとある。また三国史記巻四十二金庾信伝にも、永徽五年、信徳大王薨じ、庾信は宰相とはかり春秋を王に迎えた。是太宗大王であるとし、三国遺事王暦、新羅第二十九太武烈王の条に「名春秋、金氏」として史記巻五と同様な記事を掲げ、三国遺事巻一巻太宗春秋公の条に金庾信の忠誠勇邁なるを知って己の女を与え、その妹を娶り、互いに国事に尽くしたが、女王が死後、嗣がなかったので、庾信は春秋を王位に推したという。（これらの記事によると、春秋は真平王二十五年（AD 六〇三）に生れ、即位の永徽五年（AD 六五四）には五十二歳に達していた。）かくて、庾信とともに大いに唐の文物制度を取り入れ、政治を改め、学術を起こし、産業を奨励してその実をあげたので、百姓はその堵に安んじ、在位七年にして、五十七歳を以て歿した。東国通鑑によれば、来朝したのは、国情をさぐるためであったといわれ、この後、唐に赴き、大宗に謁し、その兵を借りて、百済を滅ぼすことを約したらしい。現在慶州にその壮大な陵がある。

## 金初正

新羅使。官位は級飡。景雲三・十一、初正ら百八十七人と導送者三十九人が対馬嶋に至ったので、同三・十二、朝廷は員外右中弁大伴伯麻呂たを大宰府に遣わし、その来由を問わしめたところ、宝亀元・三、在唐大使藤原河清、学生朝衡らの書をもたらし、その次を以て、土毛を貢ずるため、来朝したと答え、また調を土毛に改称する理由を問われたのに対し、便りに附貢する故と答えた。朝廷は再び左大史壁部使主人主を遣わし、今度のみは、賓礼に預からしめるが、帰国後は国王に告げ、土毛の称を改むべきを諭し、その勤労を嘉して大宰府に命じ安置供給させ、禄物を賜ったという（続紀）。

**金信福**

　新羅使。和銅二・三、来朝した。同二・五、方物を貢し、朝堂に宴せられ、禄を賜った。時に新羅国王には絹、美濃絁、絲、綿を賜うとあり、同日、右大臣藤原不比等は一行を弁官庁内に引見し、新羅国使は古くより入朝するも執政大臣と談話せず、今日披見するは二国の好を結ぶためであるとし、使人らは座をさけ大臣を拝し欣懼したという。同二・六、帰国した（続紀）。

**金霜林**

　新羅王子。持統元・九、級飡金薩慕、金仁述、大舎蘇陽信を従えて、来朝し、国政を奉請し、調賦を献じた。筑紫大宰に天武天皇の崩を告げられ、即日東向して主拝し、発哭三度、同二・正、同じく喪を宣せられ、発哭三度、同月、筑紫の館において饗禄をうけ、帰国した（書紀）。

**金泰廉**

　新羅王子。官位は韓阿飡。勝宝四・閏三、七百余人と共に大宰府に来泊し、同四・六、拝朝し、調を貢し、新羅国王の言を伝え、国王自ら来朝貢進すべきも、国政のため王子を代えて入朝せしめる旨を奏上した。同日朝堂に饗され、前王らは恒礼を失するも、いま前過を改め悔いて王子を入朝せしめ、御調を貢したもとを嘉すと詔せられ、位を進め物を賜った。時に、以後は国王親ら來奏せよとある。数日をへて大安寺、東大寺に就て礼仏し、同四・七、難波館に還った。天皇より絁布酒を賜ったとある。宝字四・九、新羅より金貞巻が来使した時、泰廉入朝の礼が引用され、宝亀十・四条にも、泰廉の入京の日官使命を宣べて迎馬を賜ったので、馬上に答謝したとの故事が引かれ、同十一・正、参議大伴伯麻呂が勅を宣べ、泰廉らの還国後、新羅は常貢を修せず、毎事無礼であるとし、同十一・二にも新羅が藩礼に違ふころを述べ、泰廉還日具に約束をし、貞巻来る時さらに諭告を加えた旨を強調した（続紀）。

### 金體信
新羅使。官位は級飡。宝字七・二、体信以下二百十一人が来朝したが、朝廷は左少弁大原今城らを遣わし、先使金貞巻に約した国礼の旨を問わせたところ、体信は、国王の信を承けてただ調を貢するためのみ、他事は知らずと答えたので、その信なきを責め、以後は王子に非ざば執政大夫らを入朝せしめよ、この状を国王に告げよと命じた（続紀）。

### 金智詳
新羅の臣。官位は波珍飡。天武十四・十一、貢調使として、大阿飡金健勲とともに来朝した。朱鳥元・五、智詳らを饗するため、川内王、大伴宿祢安麻呂が筑紫に遣わされ、同元・四、同じく川原寺の伎楽が筑紫にうつされた。同月。新羅の調物を筑紫より貢上した。国王の献物百余種のほか、智詳、健勲の別献物が各六十余種あった。同元・五、筑紫において饗禄をうけ、これより帰国した。（書紀）

### 金貞巻
新羅使。官位は級飡。宝字四・九、来貢したので、朝廷は陸奥按察使藤原恵美朝獦を遣わし、来朝の由を問わしめると、久しく職貢を修めなかったので、国王の命により、御調を進め、また聖朝の風俗言語を知る者がないので、学語二人を進める旨を答えた。そこで従来入朝の新羅使が礼に違い、我より遣わされた小野田守に対しても、新羅が礼を欠いたことを責めると、田守の来国した日は、たまたま出でで、外官の地位があり、また自分は賤人であるので細旨を知らないと答えたので、使人軽微ならば賓待するに足らず、よろしく本国に還って、「専対之人、忠信之礼、仍旧之調、明験の言」の四者を具備して来朝せよと命じた。宝字七・二、金体信以下が来朝した時、貞巻に約した旨を重ねて推問し、宝亀元・二金初正の来朝した時も同じく、また同十一・二金蘭蓀の帰国に

際して、与えた璽書にも同様な事に論及している（続紀）

## 金道那
　官位は級飡。持統三・四弔天武天皇喪使として来朝し、兼ねて学問僧明聡らを送り、別に金銅阿弥陀像、観世音菩薩像、大勢至菩薩像等を献じた。同三・五、彼の位が前例の弔使より低いのを責められ、同三・六、筑紫小郡で饗禄をうけ、同三・七、帰国した（書紀）

## 金福護
　官位は薩飡。大宝三・正、新羅王孝昭王の喪を告げるために来朝し、同三・閏四、難波館に饗された。天皇はその上表文に、国王が去秋より病み、今春を以て、薨じたとあったので、詔して弔賻使を発遣すると共に副護らの労を嘉し布帛を賜った。同三・五、帰国したが、このとき新羅の漂流民を付して、還らせたとある。（続紀）

## 金蘭蓀
　新羅使。官位は薩飡。名を蘭孫にもつくる。（宝亀十・十条）。宝亀十・十、正を賀し調を貢するために来朝したので、朝廷は大宰府に勅し、諸藩入朝の例として、来朝の由を問い、表函を責め、もし表あらば、渤海の例に准じ案を写し、進めよと令し、同十・十一、勅旨少輔内蔵全成を大宰府遣わし、入朝の由を問わしめた。同十一・正唐使と共に拝賀し、方物を貢し、新羅王の言を奏上した。同月、使人に叙位が行われた時、正五品上に叙せたてた。同十一・二帰国に際し、天皇より新羅国王への璽書を賜った。しかし書中、新羅が藩礼に違い、歳を積んで貢せず、軽使ある時も表奏なく、蘭孫も口奏を陳べたのみであることを責め、以後使者は必ず表函をもたらし、礼を以て進退せよ、表を持たざる使人は境に入るを許さず諭告された。（続紀）

## 金禮信
　唐人。袁晋卿と共に本朝に帰化した。凡河内忌寸、清内宿祢の祖という（三代実録、元慶七、六条）

## く　ク

**久氏**

　百済国人。神功四十六・三、卓淳王末錦旱岐が斯摩宿祢に告げたところによると、甲子年（神功四十四カ）・七、百済より弥州流、莫古と三人で卓淳に至りいうには、百済王が東の方に日本という貴国があることを聞いて、臣等をその国に遣わしたので、道を求めて卓淳に来たのである、もし臣等を通してくれるなら、王は必ず深く徳とするであるうと。卓淳王は、東に貴国が有る事を聞いているが、まだ曽って通ったことがいないので道を知らない。唯海遠く浪嶮しいので大船に乗って僅に通うことができようと答えると、然らは還って船舶を備え、後に通おう、若し貴国の使人が来ることがあれば必ず吾国に告げよといって還ったという。同四十七・四、弥州流、莫古とともに百済王から遣わされ、朝貢した。ところが、貢物を検校してみると、同時に朝貢した新羅に比して著しく少なかったので、その由を問われ、朝貢の途に迷って、新羅に捕えられ、新羅の貢物とすりかえられためであると答えた。そこで皇后は千熊長彦を新羅に遣わし、罪を問責したという。同四十九・三、将軍荒田別、鹿我別とともに新羅を襲わんとして、卓淳国に至り、新羅を破って、比自㶱、南加羅、㖨国、安羅、多羅、卓淳、加羅の七区にを平定した。同五十、吾先に新羅に遣わされていた千熊長彦と共に百済より来朝した。皇后は歓び、すでに汝の国には海西諸韓を賜ったのに、再び来朝したのは何の故かと問うところ、百済王の喜びを伝え、忠誠を致すためであると答えた。同五十一・三、再び百済王に遣わされ、来朝した。帰途、皇后は千熊長彦を副え百済に遣わした。同五十二・九にも千熊長彦に従って来朝し、七枝刀一口、七子鏡一面、および種種の重宝を献じ、百済の西の川の水源である谷那鉄山の鉄をとり、永く聖朝に奉ると奏上した。（書紀）この七枝刀は石上神宮にある七枝刀であるといわれている。

### 久禮志

高麗国人。応神三十七年、阿知使主、都加使主が呉に縫工女を求めようとして先ず高麗に渡った時、久礼波と共に、王命により呉に至る導者となったという（書紀）。

### 鞍作得志

皇極四・四高麗学問僧らの言によれば、得志は虎を友として、その術を学び取り、或いは枯山を変えて青山となし、或いは黄地を変えて白水となすなど、種種の奇術を行った。また虎より万病治癒の針を授けられ、それを柱の中に隠したところ、後に虎が柱を折り、針を取って逃げ去った。帰国しようとしたが、高麗のために毒殺さてたという（書紀）。

### 軍法刀

崑崙国人。勝宝五、鑑真に従い、遣唐副使大伴胡万の船に乗って来朝した（唐大和上東征伝、寧下905）

## け　ケ

### 荊員常

百済国人。官位は達率。香山連の祖（姓氏録左京諸藩下）。

## こ　コ

### 高麗朝臣殿嗣

名を殿継にもつくる。（宝亀八・五、および天応元・五、延暦廿三・正条）。宝亀八・五、大学少允、正六上のとき、渤海使史都蒙を送る使となったが、同十・正、朝賀した渤海使張仙寿の奏言によれば、航海の途中に路を失い、遠夷の境に漂着し、乗舟を破損したので、渤海国は舟二艘をつくり、張仙寿をして送らせるとあり、同九・九、越前国坂井郡三国湊に着き、同九・十、従五下に叙せられた。ついで同十・三、には高倉朝臣とみえ、治部少輔に任ぜられ、天応元・五、大判事、延暦元・三、下総介、同五・十、玄蕃頭、同六・九、左京亮、同七・二、大和介に暦任された（続紀）。同八・二、大和介、従五下とみえ（平安一3）、同十八・二、主計頭となり、同廿三・正駿河守となった。時に従五上。大同元・正、肥後守となった。（後紀）

## 呉懐寶

唐の人。将軍。一本に宝を実につくる。勝宝六・正、に帰朝した遣唐副使大伴宿祢古麻呂の奏言によれば、大唐の天宝十二年、朝賀の儀に、日本使の席次が新羅使の下にあったのを、古麻呂が承服しなかったため、懐宝は之を改めたという。（続紀）。

## 功満王

秦始皇帝の子孫。融通王（弓月君）の父。秦氏の祖。元慶七・十二、右京人秦宿祢永原らの奏言に、秦氏は秦始皇十二世孫功満王の子融通王の苗裔であり、「功満占星之意、深向聖朝、化風之志、遠企日域、而新羅邀路、隔彼来王、遂使衛足之草、空無仰陽之心、属天誅伐罪、官軍払塵、通率百廿七県人民、誉田天皇十四年歳次癸卯、是焉内属也」とある。（三代実録）書紀の応神十四・二条にも、同主旨の渡来説話があるが、功満王はみえない。姓氏録左京諸藩上には、功満王を秦使皇十三世の孫孝武王の男とし、仲哀八年来帰し、その男融通王も応神十四年来朝帰化し、太秦公宿祢の祖となったという説話を詳述している。このほか、同右京諸藩、大和諸藩に、各々秦忌寸の祖、秦使皇帝の四世孫とみえ、摂津諸藩には、秦忌寸祖、太秦公宿祢同祖である。

## 好太王

高麗国王。難波連の祖という。（姓氏録右京諸藩）。その七世の孫延興王は高麗朝臣の祖という（姓氏禄右京諸藩）。日本の文献には他にみえないが、書紀欽明六年条所引百済本記には、王を「狛鵠香岡上王」とし、三国史記にも王の事跡を記すが、最も確実なのは好太王（広開土王）碑であろう。この碑文には、王を「国岡広開土境平安好太王」とし、また「永楽太王」と号したともある。この碑は王位をついだ長寿王が好太王の功績を記したものであるが、（AD四一四）、碑文によると、好太王即位の年、即ち辛卯年

（長楽元、AD三九一）に、倭が海を渡って、半島に侵入し、百済、新羅を臣民をしたが、王は丙申年（永楽六 AD三九六）、自ら水軍を率い、百済を討ち、城村を没収し、王弟、大臣を虜にし、百済王より生口千人を献上させた。その後己亥年（永楽九、AD三九九）百済は高句麗との誓いを破って倭と和通し、新羅の高句麗に倭の攻撃を訴え、援助を求めたので、翌庚子年（永楽十 AD四〇〇）、王は歩騎五万を遣わして、新羅を救い、新羅城に充満せる倭を退却させ、遠く任那、加羅まで進撃したが、甲辰年（永楽十四 AD四十四）、倭は北進して、高句麗に入り、帯方の界まで進撃した。そこで王は再び平壌より兵を出して、迎え討ち、倭を潰敗させ、斬殺無数の戦果をあげた。引き続き、丁未年（永楽十七 AD四〇七）王は歩騎五万を遣わし、倭に潰滅的打撃を与えたとある。

**皇甫昇女**

唐帰化人。神護二・十、法華寺舎利会に、皇甫東朝と共に唐楽を奏して、従五下に叙せられた（続紀）。

**皇甫東朝**

唐帰化人。天平八・八、八人入唐副使中臣朝臣名代らとともに、帰国拝朝し、同八・十一、同副使らと共に位を授けられた。神護二・十、法華寺舎利会に皇甫昇女と共に唐楽を奏したので、従五下を授けられ、景雲元・三、雅楽員外助兼花苑司正に任ぜられ、同三・八、従五上となり、宝亀元・十二、越中介に任ぜられた（続紀）。この間、正倉院文書仏事捧物歴名にも、花園正、従五上とみえ、花一櫃を捧げている（五708）。

**高鶴林**

唐人。宝亀十・十、唐使判官となって、大宰府に来朝中、勅により、新羅貢調使とともに入京し、同十一・正、拝賀した（続紀）。この時のものであろうが、その詞書に、日本に使するに因り、鑑真和上謁せんことを願ったが、和尚はすでに滅度のため、尊顔を観ず、嗟みて述懐するとある五言詩があり、都虞天侯冠軍大将軍、大常卿上柱国とみえる（唐大和上東征伝・寧した908）。

## 高金蔵

　高麗国人。右京人。大宝元・八条に、かつて出家して信成と称していたが、この時、還俗して本姓に復したことがみえ、姓は高、名は金蔵とある、養労七・正、正六下より従五したに叙せられた（続紀）。養老二年以前の官人考試帳に「陰陽師、中上、正七位下行陰陽師高金蔵、年五十八、右京、能（太一、遁甲、天文、六壬式、算術、相地）、日三百九、格勤匪懈善、占卜効験多者最」とみえる。（廿四 552）姓氏禄左京諸藩に、高麗帰化族の高氏は「同国人従五位下高金蔵（法名信成）之後也」とある。

## 高齊徳

　渤海国使。神亀四・九、高仁義とともに、出羽国に来着した。時に渤海郡王使首領とある。この時蝦夷のため、任義以下十六人は殺害された。斎徳ら八人のみ、わずかに難を免れ、存問時服を賜った。同四・十二、入京し、同五・正、中宮において宴を賜い、国王の書および方物を献じ、一行八人とともに正六上を授けられ、当色の服を賜った。同五・四、帛綾綿、および璽書を賜って帰国した（続紀）。

## 高説昌

　渤海通事。宝亀十・十一、高洋粥とともに入朝のとき、鉄利官人が説昌と列位を争ったが、大政官は説昌が遠く滄波を渉り、数回入朝し、その言思忠節なるを以て上列に加え、品秩を顕わした。時に従五下とある（続紀）。

## 高南申

　渤海国人。宝字三・十、迎藤原河清使内蔵忌寸全成を送って来朝した。時に渤海使輔国大将軍兼将軍玄菟州刺史兼押衙官開国公とある。同三・十二、全成とともに、難波江口に来着した。この時は高麗使と記されている。同月、入京し、同四・正、朝して、方物を貢した。この時奏して、国王大欽茂が、日本朝の遣唐大使藤原河清の上表と恒の貢物を献ぜんがため、輔国大将軍南申を遣わして入朝させたと述べ、これに対し、天皇は嘉賞の詔を与えた。

時に渤海国使とあり、同月、正三位に叙せたて、禄物を賜い、国王にも物を賜った。この時は再び高麗国使とある。同四・二、帰藩した。時に渤海使。同四・十一南申を送る使陽候史玲璆が渤海より帰国したとある（続紀）。

## 谷那晋首

　百済国人。官位は達率。天智二・九、百済国滅亡後、余自信、木素貴子、憶礼福留、および残余の国民とともに、日本の船に乗って、日本に帰化した。同十・正、これらの同僚とともに位を授けられた時、兵法に長ずる故を以て、大山下を授けられた（書紀）。

さ　サ

## 沙宅紹明

　百済の帰化人。天智十・正、冠位法度の事を施行せられるに際し、大錦下を授けられた。時に官位佐平（カ）。割註に法官大輔とある。天武二・閏六、卒した。時に大錦下。人となり聡明叡智、時に秀才と称せられた。卒去の時、天皇は驚き、恩詔を降して外小紫位を贈り、重ねて本国の大佐平の位を賜ったという（書紀）。家伝上に百済人、小紫、沙吨昭とあり、才思穎抜、文章冠世とみえ、藤原鎌足の碑を製した（寧下880）。大友皇子の年二十三、皇太子の時の学士で、賓客として招かれた（懐風藻、寧下902）。

## 沙宅千福

　百済の臣。官位は大佐平。斉明六・七条所引伊吉連博徳書によれば、庚申年（斉明六）、唐将軍蘇定方らのために捉えられ、百済王以下五十許人とともに、同年十一月、朝堂に奉進されたが、天子の恩勅により、見前に放著さてたという（書紀）。

## 沙良真熊

　新羅の帰化人。武蔵国新羅郡人。宝亀十一・五、姓広岡連を賜った（続紀）。嘉祥三・十一、治部大輔興世朝臣書主卒去の条に、書主はかつて和琴を能くし、大歌所別当となったが、沙良真熊がよく新羅琴を弾じたので、これに相随って伝習し、遂に秘道を得たといい、天安二・五、宮内卿高枝王薨去の条にも、王は沙門空海の書道を学び、沙良真熊の琴調をも習ったという（文徳実録）。

**塞上忠勝**

　百済王豊璋の弟。一に叔父ともいう。塞城にもつくる（白雉元・二条）。皇極元・二、豊璋と共に本朝に在ったが、百済王は弔使を遣わすついでに、塞上が恒に悪をなすというので、還使に付して召し返さんことを請うた。しかし、天皇は之を聴さなかった。同元・四、蘇我蝦夷は百済の翹岐らを畝傍家に喚んで、親ら語話したが、塞上のみは招かず、白雉元・二、奉賀の儀に、豊璋と共に列席した。時に豊璋の弟とみえ、斉明六・七、百済が新羅に亡されると、同六・十、遺臣鬼室福信が豊璋を迎えて国王となさんことを請うたので、天皇は発遣せしめたが、或本には、豊璋を立てて王となし、塞上を立てて、輔となし、礼を以て、発遣したとある（書紀）。旧唐書列伝三十四、劉に軌伝に、唐将として百済に赴いた時「扶余忠勝忠志等、率士女及倭衆并耽羅国使、一時並降、百済諸城皆復帰順」とあり、忠勝の其後の動静を伝えている。新唐書列伝三十三劉に軌伝、百四十五百済伝にもみえる。

**薩弘恪**

　本朝に帰化した唐人。持統三・六、大唐人続守言らと共に稲を賜い、同五・九、にも続守言らと共に、銀二十両を賜った。あるいは守言と同じく音博士か。同六・十二、にも同様に水田西町を賜った。このときも音博士（書紀）。文武四・六、刑部親王、藤原不比等らと共に、律令撰定の功により、禄を給わった。時に勤大壱（続紀）。

**薩仲業**

　新羅国使大判官。官位は韓奈麻。宝亀十・十、来朝し、同十一・正、新羅使として従五下に叙せられ、当色井に履を賜り同十一・二、帰国した（続紀）。新羅高仙寺誓幢和尚塔碑に、誓幢即ち高僧元暁の孫、官は翰林、大歴之春、日本に来朝し、日本の上宰因口語諸人云々とみえ、三国史記巻四六薛聡伝には、「世伝日本国真人贈新羅使薛判官詩序云、嘗覧云暁居士所著剛三昧論、深恨不見其人、聞新羅国使節即是居士之抱孫、雖不見其祖而喜遇其孫、仍作詩贈之」とみえ、薛聡は仲業の父である。

し　シ

### 四比福夫
　百済国人。官位は達率。天智四・八、憶礼福留とともに筑紫に派遣され、大野椽の二城を築いた（書紀）百済滅亡の時、亡命した遺民であろう。

### 史都蒙
　渤海国人。官は献可大夫司賓少令開国男。宝亀七・十二、光任天皇の即位を賀し、彼国王妃の喪を告ぐるため、渤海大使として、一行百八十人と共に来朝したが、着岸の時、悪風に遭い、漂没するもの多く、残る者僅か四十六人が越前国加賀に安置された。同八・正、天皇は使を遣わし、去る宝亀四年、烏弗潰の帰国に際し、大政官処分によって、渤海入朝使は自今以後、古例によって大宰府に向い、北路をとって来てはならぬと命じたのに、今この約束に違うは如何と理由を問うたのに対し、答えて、烏弗潰が来帰した時、この旨をうけたので、南海府吐号浦より対馬嶋竹室の津を指したが、海中風に遭い、この禁境に着いたもので、違約の罪は致した方のないところであるといった。同八・二、一行三十人と共に入朝し、残りの十六人も同じく入朝を請ｙい許された。同八・四、入京し、方物を貢し、宣命の詔を賜り、正三位を授けられた。同八・五、射騎を見、本国の樂を奏し、綵帛を賜い、同月、渤海への書と、舟．絹・絁・絲・綿・黄金・水銀、金漆・漆、海石榴油、水精念珠、檳榔扇を賜り、また国王后の喪を弔う絹、絁・綿を賜って、帰国した。（続紀）文徳実録の嘉智子の伝に、都蒙は相法をよくし、橘清友を弱冠の時に見、毛骨非常、子孫大貴、冊二に厄があり、此を過ぐれば恙なしといったと見える。

## 芝耆摩呂

　百済の帰化人。推古二十、百済より化来したが、其面身が斑白で、白癩の如く、ために人に異なるのを悪まれ、海の中の嶋にすてられようとしたが、若し臣の斑皮を悪めば、白斑の牛馬を国中でかうことは出来ないだろう。また、臣に小才あり、能く山岳の形を構えうるから、留めて使えば、国のために、利があろうと訴えた。どこで、棄てないで、須弥山の形と呉橋を南庭に構えさせたので、自人は号して路子工といい、また芝耆摩呂とも名づけたという（書紀）

## 思託

　唐僧。唐沂州の人。俗姓王氏。琅琊山仙人王高の後。天台僧。鑑真の門人。もと開元寺に住し、後天台山に入り、元宗の勅によって参玄預り、鑑真を受戒為学とし、鑑真が東帰を決意した最初より行を共にし、共に仏蹟を巡礼し、我国出発しようとして難にあい、天宝十二・十、最後の出発の時もこれに従った。時に台州開元寺の僧とみえ、勝宝六・正、大宰府につき、同六・二、入京した。この間、始終六度経逾十二年とみえる。宝字元・十一、備前国水田と新田部親王旧宅を鑑真に賜った時、和上を勧請してこの地に大伽藍をたて、のち唐僧道睿と大安寺唐院忍基の請をいれ、法励四分律疏、鎮国道場壇餝崇義記を四五年中数遍講じた。宝字七、鑑真が遷化すると、「五言、傷大和上伝燈逝日本」の詩一首を詠じ、時に伝燈沙門とみえ、あた高僧沙門鑑真伝、大唐伝戒師僧名記、大和上鑑真伝をつくった。景雲年間、勅として西大寺に八角塔様を造り、宝亀年間、東大寺攘災大仏行道を行ったという。また延暦年間に延暦僧録をつくった。（寧下　896～908、唐大和上東征伝、日本高僧伝要文抄所引延暦僧録第一）。

## 肖古王

　百済王。神功皇后四十六・三、斯麻宿祢謙人と卓淳人を百済国に遣わして、王を慰労させた時、王は深く歓喜し、厚遇して債彩絹などを謙人に与えた。同四十九・三、荒田別が将軍として新羅を討った時、王も軍を領して来会し、お互いに欣感し、千熊長彦と王は百済国辟支山、古沙山で長く朝貢することをちかった。同五十二・九、谷那鉄山の鉄で、七枝刀一口、七子鏡一面などの重宝を献上し、孫の枕流王に語り、天皇から国土を賜ったことを謝し、忠誠と貢調とを誓ったという。同五十五、薨じた（書紀）。古事記応神巻には、照古王とあり、牡馬、牝馬、各一疋を阿知吉師に付貢上したという。三国史記二十三、百済本記一に肖古王（一云素古）とあるが、年代と系譜からいえば、むしろ同本紀二の近肖古王が妥当しよう。近肖古王は比流古王の第二子で、その孫に枕流王がみえ、契王三年（三四六）に継位、新羅との修好と高句麗との戦争を記し、平壌城攻撃後、敗退し、漢山に移都し、同王三十年（三七五）薨とある。

## 祥彦
　唐揚州崇福寺の僧。鑑真の弟子。天宝元（天平十四）、鑑真が栄叡らの請により、来朝しようとすると、その同伴者となり、難を共にした（唐大和上東征伝寧下 896　898　902）。

## 定安那錦
　百済貢献の手人。錦部の祖。雄略七、百済より貢進された手人定安那錦らが大島より、倭国吾礪広津邑に安置させられたが、病死することが多いので、東漢直掬によって、陶部、鞍部、訳部らと共に、上桃原、下桃原、真神原の三処に遷居せしめられた（書紀）。

## 辰貴
　魏文帝の後安貴公の男。一名、竜。雄略天皇の代、安貴公が四部衆を率いて帰化したとき、辰貴は絵をよくし、武烈天皇はその能を褒め、姓首を賜った。その五世孫が天智天皇の代、倭画師を賜い、のち大岡忌寸姓を賜ったという。（姓氏録左京諸藩）

## 辰孫王
　百済の貴須王の孫。一名智宗王。延暦九・七、の百済王仁貞らの上表に、本系は百済国貴須王の出であるが、応神天皇が上毛野氏の遠祖荒田別を百済に遣わし、有識者を聘した時、貴須王はその孫長孫王を入朝しせめた。天皇は特に龍命を加えて皇太子の師とし、ここにはじめて書籍を伝え、儒風をひらき、文教がおこることとなった。仁徳天皇は辰孫王の長子太阿郎王を近侍としたという。(続紀)

**秦忩期**

唐使。宝亀十・五、朝見し、唐朝の書を上がり、信物を献じた。同月辞見した。(続紀)。

**審詳**

新羅学生。大安寺僧。審詳にもつくる。(七489、八189、十二13)。入唐して香象大師に従い、華厳を学び、天平八、僧正良弁の請により、華厳経を講じ、(三国仏法伝通縁起中)、同十二・十、金鐘道場において師宗となり、華厳経を講じ、綵帛を賜った。(三国仏法伝通縁起中、要録一)天平十六、僧正良弁が華厳経を講ずること厳智に願った所、厳智は審詳を推した。よって審詳は三年間に六十巻を講じ終わった。審詳はこの当時有数の経論所蔵僧で、その経は審詳詩経(五459、十七89外)審詳師書類(十二387、十三22外)と称され、また目録もあり、(十三39、十七116、117)、天平十二より景雲三まで、東大寺写経所ではこれを証本として書写した。即ち天平十二・七、花厳論、取因論など(七489)、同十六・閏正、花厳疏(八188．194)。同十六・五、起信論別記八(189 196)、勝宝さん(カ)密厳経疏(十二 13 21)、同五・正起信論疏など(十二387)高僧伝略集など(三618、十二389)、同五・八、槃舟三昧経略疏など(十三22)この年(十一261)同六・二、唯識枢要記(三646)、同六・八、五門実相論(三651)、同六・十一、摂論疏(三654)、同七・九、起信論疏(十三156)、宝字七・四、法花経(五433)、同七・十、無垢称経(五459)、同七・十二、起信論疏(十六428)、同八・三、真言要訣(十六433)、神護二・十も同じく(十七12)、景雲元・十、維魔経(十七111)、同二・二、大知論章門、瑜伽抄など(十七104 109)、同二・六、成唯識論枢要（十七 91）、同二・閏六、最勝王経（十七 89）、同二・十、審詳師経録（十七 116　117）、同二・十一、百八十七（十七 135）、二百十四巻（十七 141）、同二・十二、雑集論疏（十七 129　130）、五十部二百五十巻（十七 134）、同三・六、十七部（十七 120）などがみえる。その著に、妙法蓮華経釈一巻二部（二十 162）、華厳起信窺法門一巻（諸宗章疏目録）、新羅学生大安寺審詳大徳記（三国仏法伝通縁起中所引）がある。その生存年月については、三国仏法伝通縁起に、天平十四入滅とあるが、天平十六・閏正、「本主審詳師所」に経を返送（八 188　194）、同十六・五、「審詳大徳所」より請来（八 189　196）などの記事があるから、このころまでの生存は疑いないと思われるが、景雲二・四、「審詳師所」に奉写一切経司が花厳経を請うた記事があるので（五 694　695）、あるいは景雲年間にもまだ生存していたかと思われる。

**神會**

　唐僧。鑑真和上の天宝七（天平二十）の第三回東帰の計画に同行し、遭難した（唐大和上東征伝、寧下 900）。宋高僧伝に、姓高氏、襄陽人、国昌寺顥元法師に従って出家し、竜興寺に住し、開元寺中勅によって京に赴き、開元寺般若院に住し、上元年中、卒。年九十三とある。

す　ス

**崇道**

　唐僧。来朝して、本朝にいたが、勝宝六・二、鑑真が難波に至った時、迎慰供養した。（唐大和上東征伝、寧下 906）。要録四諸院章四にもこれを引用している。

**崇忍**

　唐僧。天宝元載（天平十四）、鑑真が東帰を決意した時、随伴者たらんことを願った（唐大和上東征伝、寧下 896）。

## せ　セ

**背奈公廣山**

　高麗朝臣ともある。（宝字六・四条以後）。天平十九・六、福信ら八人と共に背奈王の姓を賜った。時に従八上（続紀）。勝宝元・正、雑物を検納し（三219、十10）、同月より元・閏五まで写経所に上日し、自余は大寺に赴き、「催令写経二千九百十六巻、用紙五万千八百五十張、鋳奉盧舎那仏像供奉二度供奉礼仏十度」とある。時に坊舎人、従八上とみえる（十338）。元、二装潢所解に判を加え、（三201）、写経所解に署し（三200）、写経所解にも署している（三207）。元・三、写署所解に、舎人として署し（三214、十18）、写疏所解にも署し（八474）、写経所解にも署し（十564）、筆墨充帳にみえる。（十555）元・四、写書所の検（廿四587）、同所解に署し（十20）、また写経所の知（十550）、同所解に署し（十549）、借経の案主、知とある（十444）。元・五、写経所の知（廿四177　182）、同所解に署し（十550）、写書所解に自署し（三221　十21〜24　649）、写疏所解に署名（八475）、知とあり（三222、十284）、雑物を検納し（三220）、元・閏五、写書所解に自署している。（十24）勝宝二・正、背奈公福信らに高麗朝臣の姓を賜った時、同時に改姓されたらしく、宝字六・四、遣唐使として安芸国より難波口に至る時、船を損したため、判官中臣鷹主が使となり、その副使に任ぜられた。時に正六上。宝字八・正、外従五下に昇叙した。（続紀）同八・七、双倉雑物出用帳、および施薬院解に署があり、右虎賁衛佐の地位にあった。（四192　194、十六505）

**背奈福徳**

　高麗国人。福信の祖。延暦八・十、高倉（背奈）福信薨去の条に、日本に帰化して、武蔵野に住んだとある。（続紀）

**禪蔵尼**

　漢人夜菩の女。俗名を豊女という。敏達十三、善信尼の弟子として、錦織壷の女恵善尼とともに、高麗僧恵便を師として、得度した。蘇我馬子はこの三尼を崇敬し、氷田直と司馬達等に付して、衣食を供させ、仏殿を宅東方に経営して、百済渡来の石造弥勒を安置し、三尼を屈請して設斎せしめた。ところが、同十四・三、疫病が流行したため、物部守屋らは仏像、仏殿を焼き、余仏を難波堀江に棄て、有司に命じて、善信尼ら三尼の衣を奪い、海石榴市の亭に禁錮し楚撻せしめた。同十四・六、馬子は病のため三宝の力によらんことを請い、詔により三尼を馬子に還付されたので、三尼を頂礼し、新たに精舎を作り迎え入れて供養したという（書紀）。元興寺縁起には、阿野師保斯の女等己売、法名禅蔵とある。

## そ　ソ

### 續守言

　唐人。斉明六年、新羅は唐とともに百済を攻め滅ぼすが、百済の遺臣鬼室福信は余衆を集めて王城を保ち、同七・十、唐俘百余人を我が朝に献上した。これ美濃国不破、片県二郡の唐人であるとみえるが、守言もこの時、唐俘として献上だれたものであろう。同七・十一条所引の日本世紀によれば、同月、福信の獲た続守言が筑紫に至ったとあり、或本には、福信の献った唐俘百六口を近江国の墾田に居らしめたとみえ、また庚申年（斉明六）にすでに唐俘を献上したともある。天智二・二、福信は唐俘守言らを上送したことがみえ、以後、長く朝廷仕えたらしく、持統三・六には天皇より稲を賜り、同五・九、音博士で、銀二十両を賜り、同六・十二にも音博士で、水田四町を賜っている（書紀）。

### 率丹

　百済人。率母にもつくる。（北野本、中臣本釈紀）。天武六・五、勅によって大山下を授けられ、封三十戸を賜った。時に大博士。（書紀）天智十・正、五経に通じた許率母と同一人であろう。その項参照。

### 孫興進

　唐使。宝亀十・四、入京し（続紀、栗里先生雑著所引壬生官務

家文書）、同十五朝見し、唐朝の書と信物を貢進し、同月、朝堂に饗せられ、天皇より唐国の政情、唐使航路の情況などを問われたに対し、本国ほ天子、公卿百姓とも平好で、行路も悪なく、路次の国宰の祇供も法の如くであったと答えた。よって、勅して位階を加授し、禄物を賜った。時に唐使判官とある。同月、さらに右大臣に饗され、綿三十屯を賜い、同月、辞見した。勅して新船二隻を賜い、信物を贈られ、賜物を授けられ、これに対し謝辞を奏し、同月、帰国した。（続紀）

## た　タ

**太阿郎王**

　百済国人。大阿良王にもつくる。（姓氏録摂津諸藩）延暦九・七、百済王仁貞らの奏言に辰孫王（智宗王）の長子で、仁徳天皇の近侍となったとみえる。（続紀）姓氏録右京諸藩に、船連は大阿郎王の三世孫智仁君の後といい、摂津諸藩にも、船連の祖で、菅連の祖で、菅野朝臣同祖と伝える。

**大興王**

　高麗国王。推古十三・四、天皇が銅繡丈六像を造り、鞍作鳥に命じ造仏工とした時、これを伝え聞いて、黄金三百両を献上したという。（書紀）

**段楊爾**

　百済の五経博士。継体七・六、百済より貢され、同十・九、新たに百済より貢された五経博士漢高安茂と交替した。（書紀）

**段光公**

　漢人。字は畠等、一に員姓。応神天皇の代、本国の乱をさけ、阿智王に率いられて来朝した七姓漢人の第一で、高向村主、高向史、高向調使、評首、民使王首等の祖となったとある。（坂上系図所引姓氏録第廿三）

## ち　チ

**知惣**
　漢王の後。田辺史の祖という。（姓氏録右京諸藩）

**智洗爾**
　新羅国人。官位は奈末。智洗遅にもつくる。推古三十一・七、新羅大使として来朝し、仏像、金塔、舎利、大灌頂幡、小幡などを献じた。これが葛野の秦寺と四天王寺に納められたとあり、この時、入唐学問僧恵済らが智洗爾に従って帰朝したとある。同年、新羅が任那を討ったので、天皇は吉士磐金を新羅に遣わして任那の事を問わしめた時、新羅王は磐金に任那を領有しないことを約し、智洗爾遣わして、磐金に副え、また任那使人をも副えて、両国の調を貢らんとしたが、征新羅軍が出発せんとしているのをみて、驚いた帰ったという。（書紀）

**智鳳**
　新羅の僧。勅命によって入唐し、撲楊大師に法相宗を学んで帰り、慶雲三、維摩講師となった。その門葉甚だ昌んで、法を義淵に授けたという。（三国仏法伝通縁起中、法相宗）。僧綱補任抄出に、大宝三、国史に云く、勅命によって入唐し、玄奘にあって法相大乗を学び、慶雲三・十の維摩会の講師とある（この時智宝とみえる）これらの伝は必ずしも正確とはいえない。元亨釈書には、大宝三年入唐とあり、義淵はその門下であるとみえる。

**張道光**
　唐国人。船典賜禄、外従五下。宝字五・八、沈惟岳とともに来朝し、嵩山忌守の祖そある。（姓氏録右京諸藩）延暦三・六、唐人、正六上として、孟恵芝とともに姓嵩山忌守を賜った（続紀）

**澄観**
　唐西京安国寺の僧。天平十四（唐天宝元）、学問僧栄睿、普照に東帰を請われ、鑑真が東帰を決意すると、その随伴を志願した（唐大和上東征伝、寧下896）。

## 沈惟岳

　唐国人。宝字五・八、送迎藤原河清使高元度を蘇州より日本に送る使として大宰府に至った。時に差押手水官、越州浦陽府折衝賞紫金魚袋。同六・正、大宰府に饗せられ、同六・正、唐客副使紀喬容ら三十八人が大使沈惟岳の贓汙あらわれ、下を率いるに足らないゆえに、大使を改めんと請うたが、許さなかった。同六・七、これら唐人を送る使が風波の便なく、渡海することをえないので、同六・八、前例によって大宰府に安置供給され、同七・正にも、唐国荒乱して通じがたい故に、大宰府に勅して安置供給せしめられ、宝亀十一・正、六上より従五下に叙せられ、同十一・十二、姓清海宿祢を賜い、左京に編附し、延暦八・三、美作権掾に任ぜられた。(続紀) 清海宿祢の祖、唐人、従五下とあり、また清川忌守の祖廬如津、清海忌守の祖沈庭昴、嵩山忌守の祖張道光、栄山忌守の祖晏子欽、長国忌寸の祖五税児、栄山忌守の祖徐公卿もそれぞれ沈惟岳と同時に入朝した唐人であるとみえる。(姓氏録左京諸藩)

## 沈庭昴

　唐国人。正六上（本賜禄）。清海忌守の祖。宝五・八、高元度を送って沈惟岳とともに来朝したという。(姓氏録左京諸藩)

## 陳延昌

　唐の優婆塞。開元二十二（天平六）・二、遣唐使国子監大学朋古満（大伴古麻呂）に遺教経を附して流伝せしめた（寧下614）

## 陳思王植

　魏武皇帝の男。一名東阿王。上村主、筑紫史の祖（姓氏録左京諸藩）広階連、平松連の祖（右京諸藩）、河原連、野上連、河原蔵人、河内画師の祖。(河内諸藩) とみえる。貞観八・閏三、左京人上村主八釣らに姓広階宿祢を賜った時、魏の陳思王曹植の後と自称したとある（三代実録）魏志巻十九に伝がある。

## つ ツ

### 洲利帛爾

百済の将軍。州利即次にもつくる（継体・十九条）継体七・六、日本に使し、穂積臣押山に副えて、五経博士段楊爾を貢し、別奏して、伴跛国が百済の己汶の地を略奪したので、天恩を持って本属に還付されんことを願った。同九・二、帰国したが、同十・九、再び物部連に副えて本朝に遣わされ、己汶の地を賜ったことを謝し段楊爾に代えて、五経博士高安茂を貢上した（書紀）

## て テ

### 帝利

後漢の苗裔。桑原史の祖。宝字二・六、大和国葛上郡の桑原史男女九十六人と近江国神埼の桑原史男女千百五十五人が上言して、先祖の苗裔鄧言興と帝利らは、仁徳天皇の代に、高麗より日本に帰化し、もと同祖であったが、今数姓に分けれているので、六氏に桑原直、船直の両姓を賜りたいと願い出て許された（続紀）。

## と ト

### 道因

唐僧。天平十四、学問僧普照らの要請により、鑑真が東帰を決意すると、道興、道杭、神項、如海、思記ら廿人の僧と共に、随行を志願した（唐大和上東征伝、寧下896）。

### 道栄

唐僧。養老四・十二、詔して、比者、僧尼は伝経唱礼に妄に別音をなすというので、道栄及び学問僧勝曉の伝経唱礼によらしめ、余音を停めしめられた（続紀、三代格三）。天平元・八、河内国人賀茂子虫を訓導して、大瑞亀を献ぜしめたので、従五位下の階に擬し、緋色の袈裟並びに物を賜い、位禄料は令条によった。天平の改元はこれによって行われた（続紀）。元亨釈書十六にも伝があ

### 道興

　唐僧。天平十四、鑑真が東帰を決した時、随伴せんことを願い、第一回は挫折したが、第二回目の天平十五年の挙に、随伴者として加わった（唐大和上東征伝、寧上 896　898）。日本高僧伝要文抄三の護命僧正伝に、金光明寺道興大法師とあり、護命十歳の時の師であったという。

### 道欣

　百済の僧。推古十七・四、僧十人、俗人七十五人とともに、肥後国葦北津に泊した。時に大宰府の検問の対えて、百済王の命により、呉に使したが、その国の乱によって入国することができず、さらに本郷に還ろうとしたところ、暴風に遇い、肥後に漂着したといったので、同十七・五、難波吉士徳摩呂らを副えて、本国に送らせた。しかるに対馬に至った時、道欣らの僧十一人は本朝に留らんことを願い、許されて元興寺に住んだとある（書紀）。聖徳太子伝暦にもみえる。

### 道黙

　唐僧。天平十四、学問僧普照らの請により、鑑真が東帰を決意した時、その随伴者とならんことを願った（唐大和上東征伝、寧上 896）。

### 道翼

　唐僧。天平十四、学問僧普照らの請により、鑑真が東帰を決意した時、その随伴せんことを願った（唐大和上東征伝、寧上 896）。

### 徳周

　渤海国使。神亀四・九、最初の渤海国使として、王使高斉徳らと来朝し、出羽国についたが、蝦夷の難にあい、大使（ヵ）高仁義以下十六人は殺害され、斉徳ら八人のみは、同四・十二、入京し、衣服冠履を賜わった。徳周はこの時殺害された中にあったらしい。同五・正、斉徳の上表文には、渤海国王が高仁義・徳周・舎航ら廿四人を遣わし、親交を結ぶ旨がみえ、時に徳周は遊将軍果毅都尉とある（続紀）。
### 徳来
　難波薬師の祖。宝字二・四、難波薬師奈良ら十一人の上表によれば、その遠祖で、もと高麗人、のち百済国に帰し、雄略天皇の代、天皇が百済に才人を求めた時、本朝に貢され、その五世孫恵日が、推古天皇の代、唐に遣わされ医衛を学び、薬師と号したとある（続紀）。
### 曇恵
　百済の僧。欽明十五・二、かれら九人は百済より先に貢されていた僧道深ら七人の代りに貢進された（書紀）。元亨釈書十六に、曇慧とある。
### 曇静
　唐の泉州超功寺の僧勝宝六・二、鑑真に従って来朝した（唐大和上東征伝、寧下904）。宝字三・六、奏状を上り、諸国に放生池を作り、捕魚を禁ぜんことを請い、許された（政事要略廿三、類聚三代格三、三代実録、扶桑略記元慶六・六・三条）。年月未詳、呉原生人疏本送状によると、生人より菩薩戒疏五巻をうけとり、更に止観一両巻を求めた（廿四418）。律苑僧宝伝十、招提千歳伝記中之二、下之二によると唐招提寺金堂の丈六盧舎那仏を思託と共に造るとみえる。曇浄と同一人か。

## に　二

### 仁番
　百済の人。別名を須須許理。応神天皇の世に、秦造の祖、漢直の祖と共に来朝し、酒を醸すことを知っていて、天皇に酒を献上した。天皇はその酒に酔い、「須須許理がかみし　御酒に　吾酔ひにけりことなぐし　ゑぐしに　吾酔ひにけり」と歌ったという（古事記）。書記にはみえない。姓氏録右京皇別、酒部公の条に、仁徳天皇の代、韓国より来て、造酒の才があり、御酒を造ったので、酒肴郎をもって氏としたという兄曾曾保利は、仁番と同一人であろう。古事記裏書、本朝月令の日本決択には、須曾己利とある。酒肴郎子の項参照。

### 如海

　高麗僧。唐に留学した。唐天宝元（天平十四）、僧普照らに請ぜられ、倶に揚州に下り、鑑真が東帰を決意した時、同心随伴することになっただ、同行の道杭のため辱しめられた事を怒り、州の採訪庁に、道杭らは海賊と内通していると誣告した。ために普照、鑑真らは皆官に捕えられ、東帰は挫折した。のち誣告たることが露われて如海は還俗せしめられ、決杖六十、また本貫に帰された。（唐大和上東征伝、寧下896　897）。

### 忍霊

　唐僧。天平十四、鑑真が始めて東帰を決意した時に、同心して鑑真に従わんことを願った（唐鑑真過海大師東征伝）。観智院本にはみえないが、戒壇院刊本、群書類従本等にみえる。

## ぬ　ヌ

### 奴理能美

　山城国筒木の韓人。努利使主、怒理使主、乃理使主にもつくる（姓氏録）。仁徳巻に、皇后石日売命が、木国に幸している間に、天皇が八田若郎女を召したことをきき、大いに恨んで宮に帰らず、難波堀江より、山背の筒木の奴理能美の家に入った。時に奴理能美は、丸邇臣口子、その妹の口比売と三人で議り、皇后が幸したわけは、奴理能美の飼う虫を見るためであると天皇に奏し、三種の虫を皇后に献ったという（古事記）。書記には、単に筒城宮とのみあって、努理能美はみえない。姓氏録左京諸藩に、応神朝に我国に帰化し、その子孫らが、顕宗の代、蚕織し、絹の様を献じたので、調首姓を賜わったとみえ、調連の祖とある。左右京・山城諸藩に、民首の祖とあり、山城諸藩に、伊部造の祖あとあり、河内諸藩に水海連、調日佐の祖とある。

## は　ハ

**波多登呂志公**

　大秦公宿祢の祖。秦始皇帝三世の孫孝武王の後。王の男功満王は仲哀八年に来朝し、男融通王は応神十四年に廿七県の百姓を率いて帰化して、仁徳朝には百廿七県の秦氏を諸郡に分置して養蚕に従事せしめた。その献ずる所の糸綿絹帛が温なること肌膚の如くであった故に、姓波多を賜わった。登呂志公と秦公酒は、雄略天皇の世、糸綿絹帛を積むこと岳の如くであったため、天皇これを嘉して禹都万佐の姓を賜わったという（姓氏録左京諸藩）。

**波怒志**

　韓国人。波能志にもつくる。錦織村主の祖とあり（姓氏録右京諸藩）、錦部村主の祖ともいう（姓氏録山城諸藩）。貞元二・五の太政官符所引の錦宿祢時佐の解所引の旧記によると、時佐の先は漢東海王の後波能志より出で、応神天皇の世、葛木襲津に随って帰化し、仁徳天皇の世、居地により錦織姓を賜わったという（類聚符宣抄第七）。

**白昧淳**

　百済の鑢盤博士。官位は将徳。崇峻元、百済の朝貢使首信に伴われ、本朝に貢せられた（書紀）。

**白加**

　百済の画工。崇峻元、百済の朝貢使首信によって、寺工、鑢盤博士、瓦博士らとともに本朝に貢進された（書紀）。

## ふ　フ

**福因**

　大唐人。医者（ヵ）。推古三十一・七、新羅使智洗爾の来朝に従い、医恵日らとともに我国に来た。時に恵日らと奏聞して、唐国に留学するものは、皆学びて業を成す故、召還すべく、また大唐国は、法式備り定まり、宝の国であって、つれに通交すべきであるとのべたという（書紀）。
### 福嘉
　高麗沙門。持統七・六、詔によって還俗して（書紀）。
### 佛徹
　林邑僧。仏哲にもつくる（大安寺菩提伝来記など）。南天竺波羅門僧正菩提僊那とともに、天平八・五、筑紫大宰府に来着し、同八・八、難波についた（南天竺波羅門僧正碑並序、寧下887）。元亨釈書十五には、林邑国人仏哲とあり、天平八・七、来朝し、菩薩抜頭等の舞及び林邑楽を伝えたとある。要録二供養章三の大安寺菩提伝来記によれば、林邑北天竺国仏哲とあり、渡来後、勝宝四・四の大仏開眼会に、雅楽の師となり、瞻波国で習得した菩提舞、部侶、抜頭等の舞を伝習せしめたとある。拾玉集五所引志摩風土記に、天竺僧仏哲とあり、昔、行基が波羅門僧正と仏哲に請い、三角柏を植え、大神宮の御園とし、天平九・十二、御祭の勤を致したとある。日本高僧伝要文抄一婆羅門僧正伝にもみえる。
### 遍光高
　隋の副尚書祠部主事。推古十六、隋使裴世清らと共に来朝した時、高麗大興王からの元興寺造仏料黄金百二十両をもたらしたという（元興寺縁起、寧上389）。

ほ　ホ

### 法載
　唐の衢州霊耀寺の僧。天平十四・十、唐僧鑑真が、学問僧普照らの請いにより、東帰を決意した時、その随伴者たらんことを志願 s ひ、その後、勝宝五・十、鑑真に随って、遣唐副使大伴胡麻呂の船に乗り来朝した（唐大和上東征伝、寧上896　904、招提千載伝記）。東征一本に、法蔵にもつくり、一部に記事の混乱がある。
### 法明
　百済禅尼。斉明二、中臣鎌足が病にかかった時、法明は奏して、維摩詰経を試みに頌さんとのべ、天皇は悦び、法明が此経を頌すると、偈句の終わらざるうちに、鎌足の疾は忽ちに癒えた。鎌足は感服し、更に転読せしめたとあり、ために斉明三、鎌足は山階陶原家に精舎を立て、斎会を設けた。これが維摩会の始めであるという（扶桑略記）。興福寺縁起、今昔物語十二ノ三、多武峯縁起（法名）、三宝絵にもみえる。元亨釈書十八に、略伝がある。

## ま　マ

### 馬丁安
　百済の五経博士。官位は固徳。欽明十五・二、あらたに百済より上番した王柳貴と代って、帰国した（書紀）。

### 麻奈文奴
　百済の瓦博士。崇峻元、朝貢使首信に伴われて本朝に貢進された（書紀）。元興寺伽藍縁起并流記資財賬所引の露盤銘に、瓦師麻那文奴とみえる。

### 麻呂
　辰孫王四世の孫午定君の子。延暦九・七の百済王らの奏言によれば、仁徳天皇の代、辰孫王長子太阿郎王が天皇の近侍となり、その孫の午定君は三男を生んだが、このうちの季子とあり、津連の祖とみえる（続紀）。

### 萬徳使主
　漢高祖七世の孫。桑原村主、桑原直、桑原史の祖という（姓氏録左京、大和、摂津諸藩）。

## み　ミ

### 味沙
　辰孫王の裔。午定君の長子。延暦九・七、百済王仁貞の上表によれば、応神天皇の時、百済国王貴須王が、その孫辰孫王を日本に入朝させ、辰孫王の長子太阿郎王は天皇の近侍となり、さらにその子亥陽君、亥陽君の子午定君とつづき、その午定君の生んだ三男のうち長子が味沙であり、葛井連の祖とみえる（続紀）。味散君と同一人であろう。

**味散君**

　百済国都慕王十世の孫貴首王の後。塩君の男。葛井宿祢の祖という（姓氏録右京諸蕃）。味沙と同一人であろう。

<h2 style="text-align:center">ゆ　ユ</h2>

**弓月君**

　秦氏の祖。融通追うにもつくる。（姓氏録左京諸蕃、河内諸蕃、和泉諸蕃等）。応神十四年条に百済より帰化したとあり、時に奏して己の国の人夫百廿県を領して帰化しようとしたが、新羅人に拒まれ、皆加羅国に留まっていると述べたので、天皇は葛城襲津彦を遣わし、弓月の人夫を加羅に召した。しかるに襲津彦は三年を経て帰朝しなかったとある。ついで同十六・八条に、平群木菟宿祢、的戸田宿祢を加羅に遣わし、精兵を率いて新羅を討たせ、新羅王は罪に服した。よって木菟らは弓月の人夫を率い、襲津彦と共に帰朝したとある（書紀）。元慶七・十二秦宿祢永原らの奏言によると、秦氏は秦始皇十二世の孫、功満王の子、融通王の苗裔で、功満王が占星の意によって聖朝に帰化する志があったが、新羅に路を遮られ、官軍塵を払うによって、百廿七県の人民を率い、応神十四年帰化内属したとみえる（三代実録）。姓氏録左京諸蕃に、太秦公宿祢は秦始皇帝の三世孫孝武王より出で、その男功満王仲哀天皇の代に来帰し、その男融通王が応神十四年に百廿七県の民を率いて帰化し、金銀玉帛等物を献じた。そして仁徳天皇の代に百廿七県の秦民を諸郡に分置し、養蚕に従わしめ、姓波多を賜った。さらに雄略天皇の代に禹都万佐と号せしめたとある。以下、秦長蔵、秦忌寸、秦造は、何れも融通王の後とあり、秦始皇の五世孫とも記している。同山城諸蕃には、秦忌寸は太秦宿祢同祖で、秦始皇帝の後とあり、功智王、弓月王が応神十四年に来朝したのちさらに帰国し、百廿七県の百姓を率いて帰化し、金銀玉帛種々宝物を献じたので、天皇はこれを嘉し、大和朝津間腋上の地を賜い居住せしめた。そしてその男真徳王、普洞王（浦東君）は仁徳天皇の代に姓波陁を賜ったとし、さらに雄略天皇の代に、秦氏がすべて劫略され、見在するもの十に一を存しないので、勅使を遣わし、検括招集し、秦氏九十二部一万八千六百七十人を得てこれを秦酒君に賜った。酒は秦氏を率い養蚕織絹をもって朝廷に仕え、それを貢進して岳の如く山の如く朝廷に積んだので、禹都万佐の号を賜ったとする。つづいて秦忌寸も秦始皇帝五世孫弓月王の後とある。同摂津諸蕃には、秦忌寸を太秦公宿祢同祖、功満王の後とし、秦人を秦忌寸同祖、弓月王の後としている。同河内諸蕃には、秦宿祢を秦始皇五世孫融通王の後とし、以下秦忌寸、高尾忌寸、秦人を何れも融通王または弓月王の後とし、同和泉諸蕃には、秦忌寸、秦勝を融通王の後としている。

**幽巖**

唐僧。天平十四、学問僧栄叡、普照の要請により鑑真東帰を決意したときに、随行を願った（唐大和上東征伝、寧下896）。

よ　ヨ

**楊承慶**

渤海国の人。輔国大将軍兼将軍行木底州刺史兼兵署少正開国公。宝字二・九、渤海大使として、我が国の使小野朝臣田守に随って、越前国に到った。同二・十二、入京し、同三・正、拝朝し、方物、表文を献じ、ついで正三位に叙せられ、禄を賜わり、藤原仲麻呂の田村第の宴に招かれた。同三・二、帰国した。神護二・三の藤原真楯の薨伝には、帰国に際し、真楯が宴饌を設け、承慶はこれを称嘆したとある（続紀）。

**楊泰師**

渤海国人。宝字二・九、渤海副使として、小野朝臣田守の帰国に従って来朝した。同二・十二、入京し、同三・正、拝朝した。時に帰徳将軍とある。同月、従三位に叙せられ、藤原仲麻呂の田村第の宴に招かれ、当代文士が賦詩し送別するに際し、自らも詩を作りこれに和した。同三・二、帰国した（続紀）。

## ら　ラ

**鸞王**

　漢高皇帝の後。文忌寸の祖。延暦十四文忌寸最弟らの言によれば、漢高帝の後を鸞といい、鸞の後王狗が百済に至り、百済久素王の時、我が国が使を遣わして文人を召した時、久素王は狗の孫王仁を貢した。これが文、武王らの祖であるという（続紀）。姓氏録左京諸蕃上に、文宿祢は漢高帝の後鸞王より出たとある。

## り　リ

**李元環**

　唐人。勝宝にに正六上より外従五下に叙せられ、宝字五・十二、姓李忌寸を賜り、同七・正、織部正となり、同八・十一、従五下に叙せられ、また出雲員外介となり、神護二・十、従五上に叙せられ、宝亀二・十一正、五下に叙せられた（続紀）。姓氏録左京諸蕃上に、清宗宿祢は唐人正五位下李元環の後とある。

**李密翳**

　波斯人。天平八・八、入唐副使中臣名代に従って来朝し、同八・十一、位を授けられた（続紀）。

**理願**

　新羅国尼。遠く王徳に感じ、本朝に帰化し、大納言大将軍大伴万呂の家に寄住し、数年をへた。天平七年、忽ち病にかかって死亡した。大伴坂上郎女は独り留まって屍柩を葬り、歌一首并短歌を作った（万葉三 460461）。

**劉徳高**

　唐国使。朝散大夫沂州司馬上柱国。白雉五・二、遣唐押使高向史玄理が唐で卒した条の注に、定恵が乙丑年（天智四）、劉徳高に従って帰るとあり、天智四・九条に唐国使として一行二百五十四人とともに来朝し、対馬より筑紫にいたり表函を進めたとある。

同四・十一、饗を賜わり、同月、帰国した（書紀）。家伝上貞慧伝によると、唐皇帝は廓武宗、劉徳高らに詔して且夕撫養せしめ、本朝に送るとあり（寧下881）、懐風藻の大友皇子伝には、唐使劉徳高が皇子を見て、此皇子は風骨世間の人に似ず、実に此国の分に非ずとのたとある（寧下912）。

**聆照**

百済僧。崇峻元、朝貢使首信伴われて、本朝に貢せられた（書紀）。元興寺縁起、同所引の露盤銘には、令照律師とある（寧上385388）。

## ろ ロ

**盧如津**

唐人。正六・上（本賜緑）で、沈惟岳とともに来朝し、清川忌寸の祖となったという（姓氏録左京諸蕃上）、沈惟岳の来朝は宝字五・八で、同時に多くの唐人が入朝したらしい。延暦五・八清川忌寸を賜っている（続紀）。

## わ ワ

**王仁**

百済国の人。書首の祖という。和邇吉師につくり（古事記）、王爾にもつくる（舎利瓶記）。応神十五・八、百済王が阿直岐を遣わし、太子菟道稚郎子は阿直岐を師として経典を学んだが、時に天皇は阿直岐に汝より秀れた博士があるやを問い、王仁のあることを聞き、荒田別を巫別を百済に遣わしてこれを召さしめた。同十六・二王仁は来朝し、太子菟道稚郎子はこれを師として典籍を学んだ。王仁は書首の始祖とある（書紀）。古事記応神段には、和邇吉師とあり、論語十巻、千字文一巻を献上したとあり、分注に文首の祖とある。延暦十・四、文忌寸最弟らの上言に、漢高帝の後を鸞と言い、鸞の後王狗が転じて百済にいたり、百済久素王（貴須王）の時、日本が使を遣わし文人を召し、王は狗の孫の王仁を貢進した。これ文、武生らの祖であるとみえる（続紀）。舎利瓶記に、行基は俗姓高志氏で、もと百済王子王爾の後であるとみえる（大日本金石史一128、寧下970）。姓氏録左京諸蕃上には、武生宿祢は王仁の孫阿浪古首の後で、文宿祢同祖とあり、右京諸蕃上には、栗栖首は王仁の後で、文宿祢同祖とあり、河内諸蕃には、古志連派王仁の後で、文宿祢同祖とあり、和泉諸蕃には、古志連は王仁の後で、文宿祢同祖とみえる。

# 参考文献

## 基础史料

**中文史料**

[1] 班固．1962．汉书．北京：中华书局．

[2] 班固撰，颜师古注．2005．简体字本前四史 汉书 中．北京：中华书局．

[3] 陈寿撰，裴松之注．2010．三国志．北京：中华书局．

[4] 范晔．1965．后汉书．北京：中华书局．

[5] 范晔撰，李贤等注．2005．简体字本前四史 后汉书 下．北京：中华书局．

[6] 欧阳询．2007．艺文类聚．上海：上海古籍出版社．

[7] 阮元校刻．2008．十三经注疏．北京：中华书局．

[8] 汪向荣校注．2000．中外交通史籍丛刊 唐大和尚东征传．北京：中华书局．

[9] 萧统编，李善注．1977．文选．北京：中华书局．

[10] 姚思廉．1973．梁书．北京：中华书局．

**日文史料**

[1] 青木和夫など校注．1989．新日本古典文学大系 12 続日本紀一．東京：岩波書店．

[2] 青木和夫など校注．1990．新日本古典文学大系 13 続日本紀二．東京：岩波書店．

[3] 青木和夫など校注．1992．新日本古典文学大系 14 続日

本紀三．東京：岩波書店．

　　[4]青木和夫など校注．1998．新日本古典文学大系 16　続日本紀五．東京：岩波書店．

　　[5]井上光貞、関晃、土田直鎮、青木和夫校注．1976．日本思想体系 3　律令．東京：岩波書店．

　　[6]植垣節也校注・訳．1997．新編日本古典文学全集 5　風土記．東京：小学館．

　　[7]江口孝夫．2000．全注釈　懐風藻．東京：講談社．

　　[8]黒板勝美．1934．新訂増補国史大系第三巻　日本後紀・続日本後紀・文徳天皇実録．東京：吉川弘文館．

　　[9]黒板勝美編修．1937．新訂増補国史大系　第二十六巻　交替式　弘仁式　延喜式．東京：吉川弘文館．

　　[10]黒板勝美編修．1938．新訂増補国史大系　第五十三巻　公卿補任．東京：吉川弘文館．

　　[11]黒板勝美編．1968．新訂増補　国史大系〔普及版〕令義解．東京：吉川弘文館．

　　[12]黒板勝美．国史大系編集会．1979．日本書紀　前編・後編．東京：吉川弘文館．

　　[13]黒板勝美．国史大系編集会．1980．日本後紀．東京：吉川弘文館．

　　[14]黒板勝美．国史大系編集会．1980．続日本後紀．東京：吉川弘文館．

　　[15]国史大辞典編集委員会．1984．国史大辞典　第 4 巻．東京：吉川弘文館．

　　[16]小島憲之．1964．日本古典文学大系　懐風藻　文華秀麗集　本朝文粋．東京：岩波書店．

　　[17]小島憲之、直木孝次郎、西宮一民校注・訳．1994．新編日本古典文学全集 2 日本書紀①．東京：小学館．

　　[18]小島憲之、直木孝次郎、西宮一民校注・訳．1994．新編日本古典文学全集 3 日本書紀②．東京：小学館．

[19]小島憲之、直木孝次郎、西宮一民校注・訳．1998．新編日本古典文学全集4 日本書紀③．東京：小学館．

[20]小島憲之、直木孝次郎、西宮一民校注・訳．1994．新編日本古典文学全集6 万葉集①．東京：小学館．

[21]小島憲之、直木孝次郎、西宮一民校注・訳．1995．新編日本古典文学全集7 万葉集②．東京：小学館．

[22]小島憲之、直木孝次郎、西宮一民校注・訳．1995．新編日本古典文学全集8 万葉集③．東京：小学館．

[23]小島憲之、直木孝次郎、西宮一民校注・訳．1996．新編日本古典文学全集9 万葉集④．東京：小学館．

[24]近藤圭造．1973．改定史籍集覧 第廿三冊．東京：近藤出版部．

[25]筒井英俊．1944．東大寺要録．大阪：全国書房．

[26]東京帝国大学．1901．大日本古文書 二．東京：大日本図書株式会社．

[27]東京帝国大学．1925．大日本古文書 二十四（補遺一）．東京：東京帝国大学．

[28]東京大学史料編纂所．1968．大日本古文書 四．東京：東京大学出版会．

[29]東京大学史料編纂所．1980．大日本古文書 家わけ第十八 東大寺文書之五．東京：東京大学出版会．

[30]奈良国立文化財研究所．各年度．平城宮発掘調査出土木簡概報 二一、二三、二五、二七、二八．奈良：奈良国立文化財研究所．

[31]奈良国立文化財研究所．1991．平城京 長屋王邸宅と木簡．東京：吉川弘文館．

[32]奈良国立文化財研究所．1995．平城京長屋王邸跡．東京：吉川弘文館．

[33]奈良国立文化財研究所．1995．平城京木簡 一、二．東京：吉川弘文館．

[34] 奈良国立文化財研究所．1974．平城宮跡発掘調査報告．東京：吉川弘文館．

[35] 中西進．1983．万葉集 全釈注・原文付（四）．東京：講談社．

[36] 大野晋編．1968．本居宣長全集第十卷．東京：筑摩書房．

[37] 山口佳紀、神野志隆光校注・訳．1997．新編日本古典文学全集 1 古事記．東京：小学館．

[38] 与謝野寛覆刻．2007．日本古典全集 懐風藻 凌雲集 文華秀麗集 経国集 本朝麗藻（オンデマンド版）．東京：現代思想新社．

## 专著期刊

### 中文文献

[1] 葛继勇．2015．七至八世纪赴日唐人研究．北京：商务印书馆

[2] 韩升．1995．日本古代的大陆移民研究．台北：文津出版社．

[3] 李卓．1984．古代大陆移民在日本．历史教学，9：30-35.

[4] 李卓．2013．"儒教国家"日本的实像．北京：北京大学出版社．

[5] 刘晓峰．2007．东亚的时间．北京：中华书局．

[6] 钱稻孙．1992．万叶集精选．北京：中国友谊出版社．

[7] 沈仁安．2004．日本起源考．北京：昆仑出版社．

[8] [美]万志英．2018．《左道——中国宗教文化中的神与魔》．廖涵缤译．北京：社会科学文献出版社．

[9] 王海燕．2012．日本古代史．北京：昆仑出版社．

[10] 王健群．1984．好太王碑研究．长春：吉林人民出版社．

[11] 王凯．2010．铜镜与日本原始王权．日本研究，1：58-61.

[12] 王凯．2010．日本古代大陆移民文学与古代王权——以难

波津之歌为中心. 日语学习与研究, 5: 117-123.

[13] 王凯. 2011. 日本古代大陆移民与倭国的内政外交. 日本研究, 4: 69-73.

[14] 王凯. 2012. 日本古代大陆移民与万叶古歌. 外国问题研究, 4: 37-42.

[15] 王凯. 2013. 日本古代大陆移民的"文学性"政治斗争-基于《万叶集》的一考察. 日语学习与研究, 2: 120-127.

[16] 王凯. 2014. 从邪马台国到大和朝廷的变迁——三角缘神兽镜的铸造和前方后圆坟的营建. 南开日本研究, 0: 237-246.

[17] 王晓平. 2000. 《怀风藻》的山水与玄理. 天津师大学报（社会科学版）, 6: 58-66.

[18] 王晓平. 2001. 《怀风藻》的炼字技巧. 天津师范大学学报（社会科学版）, 5: 59-65.

[19] 王勇, 中西进主编. 1996. 中日文化交流史大系 10 人物卷. 浙江: 浙江人民出版社.

[20] 王勇编. 1996. 中国江南: 寻绎日本文化的源流. 北京: 当代中国出版社.

[21] 肖瑞峰. 2000. 《怀风藻》: 日本汉诗发轫的标志. 浙江大学学报（人文社会科学版）, 30（6）: 60-68.

**日文文献**

[1] 綾村宏. 1991. 長屋王とその時代//奈良国立文化財研究所. 平城京 長屋王邸宅と木簡. 東京: 吉川弘文館. 第107-112頁.

[2] 荒木敏夫. 1985. 日本古代の皇太子. 東京: 吉川弘文館.

[3] 荒木敏夫. 1999. 可能性としての女帝 女帝と王権・国家. 東京: 青木書店.

[4] 荒木敏夫. 2006. 日本古代王権の研究. 東京: 吉川弘文館.

[5] 井上光貞. 1943. 王仁の後裔と其の佛教—上代佛教と帰化人の関係に就ての一考察. 史学雑誌, 54（9）: 1-71.

[6] 井上光貞. 1964. 井上光貞著作集 一. 東京: 岩波書店.

[7] 井上光貞．1985．井上光貞著作集 第一巻．東京：岩波書店．
[8] 石母田正．1971．日本の古代国家．東京：岩波書店．
[9] 石尾芳久．1977．古代の法と大王と神話．東京：木鐸社．
[10] 李成市．2013．東アジア文化圏の形成．東京：山川出版社．
[11] 市大樹．2014．大化改新と改革の実像//大津透等編．岩波講座 日本歴史 第2巻 古代2．東京：岩波書店．
[12] 稲岡耕二．1985．万葉集全注 巻第二．東京：有斐閣．
[13] 伊藤博．1974．万葉集の構造と成立 下 古代和歌史研究2．東京：塙書房．
[14] 伊藤博．1992．万葉集全注 巻第十八．東京：有斐閣．
[15] 犬養孝．1964．万葉の風土 下．東京：社会思想社．
[16] 犬飼隆．2008．木簡から探る和歌の起源——「難波津の歌がうたわれ書かれた時代」．東京：笠間書院．
[17] 入江曜子．2016．古代東アジアの女帝．東京：岩波書店．
[18] 上田正昭．1965．帰化人 古代国家の成立をめぐって．東京：中央公論社．
[19] 上野誠．2009．難波津歌典礼唱和説批判——いわゆる「万葉歌木簡」研究覚書．国文学：解釈と教材の研究，55（6）：58-63．
[20] 江上波夫．1967．騎馬民族国家—日本古代史へのアプローチ．東京：中央公論社．
[21] 佐藤長門．2017．書評 遠藤みどり『日本古代の女帝と譲位』//歴史学研究会．歴史学研究（960）．東京：績文堂，45-48．
[22] 遠藤みどり．2015．日本古代の女帝と譲位．東京：塙書房．
[23] 遠藤みどり．2010．持統譲位記事の「定策禁中」について．川内古代史論集，7：17-23．
[24] 近江昌司．1985．仲麻呂政権下の高麗福信//林陸郎先生還暦記念会．日本古代の政治と制度．東京：吉川弘文館．
[25] 王凱．2015．『万葉集』と日本古代大陸移民—「東亜交往民」の概念提起について—．國學院雜誌，2015（1）：188-210．
[26] 王勇．1974．聖徳太子時空超越．東京：大修館書店．

［27］大野保．1957．懐風藻の研究．東京：三省堂．

［28］大野晋編．1971．本居宣長全集第七巻．東京：筑摩書房．

［29］大平聡．1986．日本古代王権継承試論．歴史評論，1：3-20．

［30］大坪秀敏．1992．背奈氏に対する賜姓の一考察．国史学研究，18：34-65．

［31］大津透．1999．古代の天皇制．東京：岩波書店．

［32］大山誠一．1993．長屋王家木簡と奈良朝政治史．東京：吉川弘文館．

［33］大山誠一．1998．長屋王家木簡と金石文．東京：吉川弘文館．

［34］直木孝次郎．1968．奈良時代史の諸問題．東京：塙書房．

［35］直木孝次郎．1975．飛鳥奈良時代の研究．東京：塙書房．

［36］直木孝次郎．1994．難波宮と難波津の研究．東京：吉川弘文館．

［37］沖森卓也、佐藤信、矢嶋泉．1999．藤氏家伝 鎌足・貞慧・武知麻呂伝 注釈と研究．東京：吉川弘文館．

［38］折口信夫．1972．国文学の発生（第一稿〜第四稿）//折口博士記念古代研究所．折口信夫全集第一巻．東京：中央公論社．

［39］折口信夫．1972．妣が国へ・常世へ//折口博士記念古代研究所．折口信夫全集第二巻．東京：中央公論社．

［40］折口信夫．1973．常世浪//折口博士記念古代研究所．折口信夫全集第十六巻．東京：中央公論社．

［41］折口信夫：1972．水の女//折口博士記念古代研究所．折口信夫全集第二巻．東京：中央公論社．

［42］尾崎暢殃．1978．常世にあれど//古代文学会．古代文学18．東京：武蔵野書院，1-47．

［43］鬼頭清明．1993．古代木簡の基礎的研究．東京：塙書房．

［44］筧敏夫．2002．古代王権と律令国家．東京：校倉書房．

［45］梶川信行．2009．アジアの中の「万葉集」—旅人周辺の

百済系の人々を中心に—．国語と国文学，4：1-14．

[46] 梶川信行．2009．万葉集と新羅．東京：翰林書房．

[47] 梶川信行．2011．万葉集を読む 11 歌が詠めなかった秦朝元—帰国子女の悲哀？—．語文，139：40-48．

[48] 加藤謙吉．2002．大和政権とフミヒト制．東京：吉川弘文館．

[49] 加藤謙吉．2002．日本古代中世の政治と宗教．東京：吉川弘文館．

[50] 金子裕之．1988．長屋王は左道を学んだか//歴史読本 臨時増刊特集 古代天皇家と宗教の謎（33：24）．東京：新人物往来社．

[51] 河内祥輔．2014．古代政治史における天皇制の論理【増訂版】．東京：吉川弘文館．

[52] 河上麻由子．2010．古代アジア世界の対外交渉と仏教．東京：山川出版社．

[53] 岸俊男．1966．日本古代政治史研究．東京：塙書房．

[54] 岸俊男．1969．藤原仲麻呂．東京：吉川弘文館．

[55] 岸俊男．1977．県犬養橘宿祢三千代をめぐる臆説//宮都と木簡．東京：吉川弘文館．

[56] 岸俊男．1986．日本の古代 7 まつりごとの展開．東京：中央公論社．

[57] 木下正俊，東野治之．1988．萬葉集全注 巻第二十．東京：有斐閣．

[58] 喜田貞吉．1915．喜田貞吉著作集 三．東京：平凡社．

[59] 君島久子．1972．洞庭湖の竜女説話—浦島説話に関する新資料—．中国大陸古文化研究，6：1-6．

[60] 木村康平．2003．「難波津の歌」とその周辺．帝京国文学，10：1-29．

[61] 窪田空穂．1985．万葉集評釈．東京：東京堂出版．

[62] 熊谷公男．2010．即位宣命の論理と「不改常典」法．歴史と文化，45：9-39．

[63] 倉本一宏．2015．蘇我氏―古代豪族の興亡．東京：中央公論新社．

[64] 倉本一宏．1998．奈良朝の政変劇 皇親たちの悲劇．東京：吉川弘文館．

[65] 小沢正夫、松田成穂．1994．新編日本古典文学全集 11 古今和歌集．東京：小学館．

[66] 小澤毅．2003．日本古代宮都構造の研究．東京：青木書店．

[67] 小島憲之．1962．上代日本文学と中国文学 上．東京：塙書房．

[68] 小島憲之．1964．上代日本文學と中国文學 中．東京：塙書房．

[69] 小倉慈司．2018．「退位」「譲位」の誕生」//日本歴史学会．日本歴史．東京：吉川弘文館，5：2-13．

[70] 鴻巣盛広．1934．万葉集全釈 第五冊．東京：広文堂書店．

[71] 小林敏男．1987．古代女帝の時代．東京：校倉書房．

[72] 佐伯有清．1962．新撰姓氏録の研究 本文篇．東京：吉川弘文館．

[73] 佐伯有清．1983．新撰姓氏録の研究 考証編．東京：吉川弘文館．

[74] 佐伯有清．1974．馬の伝承と馬飼の成立//森浩一編．日本古代文化の探求・馬．東京：社会思想社．

[75] 斎藤融．1992．太上天皇管見//黛弘道編．古代国家の歴史と伝承．東京：吉川弘文館．

[76] 崔光準．2007．『万葉集』と古代東アジア．日本大学精神文化研究所紀要，37：61-81．

[77] 西郷信綱．2005．古事記注釈 第二巻．東京：筑摩書房．

[78] 坂本太郎．1964．日本古代史の基礎的研究 下．東京：東京大学出版会．

[79] 坂本太郎．1978．日本古代史の基礎的研究 上．東京：

吉川弘文館．

　　［80］坂上康俊．2011．平城京の時代 シリーズ日本古代史④．東京：岩波書店．

　　［81］鷺森浩幸．2004．王家と貴族//歴史学研究会・日本史研究会編．日本史講座 第2巻 律令国家の展開．東京：東京大学出版社．

　　［82］笹山晴生．1992．奈良の都-その光と影．東京：吉川弘文館．

　　［83］佐竹昭．2009．斉明（皇極）天皇 事を興すことを好む//鎌田元一編．古代の人物1 日出づる国の誕生．東京：清文堂．

　　［84］釈清潭．1926．懐風藻新釈．東京：丙午出版社．

　　［85］篠川賢．2013．日本古代の歴史 2 飛鳥と古代国家．東京：吉川弘文館．

　　［86］佐藤長門．2009．日本古代王権の構造と展開．東京：吉川弘文館．

　　［87］佐藤長門．2010．日本古代譲位論——九世紀の事例を中心に——．国史学，4：5-51．

　　［88］佐藤長門．2009．日本古代王権の構造と展開．東京：吉川弘文館．

　　［89］澤田総清．1933．懐風藻注釈．東京：大岡山書店．

　　［90］澤瀉久孝．1968．万葉集注釈．東京：中央公論社．

　　［91］塩沢一平．2010．万葉歌人 田辺福麻呂論．東京：笠間書院．

　　［92］品田悦一．2002．万葉集の発明 国民国家と文化装置としての古典．東京：新曜社．

　　［93］島田敏男．1991．長屋王邸宅の住まい//奈良国立文化財研究所編．平城京長屋王邸宅と木簡．東京：吉川弘文館．

　　［94］新川登亀男．1986．奈良時代の道教と仏教—長屋王の世界観//速水侑．論集日本仏教史 第二巻．東京：雄山閣．

　　［95］杉本行夫．1943．懐風藻．東京：弘文堂書房．

［96］鈴木靖民．1984．アジア諸民族の国家形成と大和王権//歴史学研究会・日本史研究会編．講座日本歴史1 原始・古代1．東京：東京大学出版会．

［97］関根淳．2020．長屋王の変と聖武天皇//日本歴史学会．日本歴史．東京：吉川弘文館，5：1-15．

［98］関晃．1977．帰化人．東京：至文堂．

［99］関晃．1996．古代の帰化人．東京：吉川弘文館．

［100］関晃．1996．関晃著作集第一巻 大化改新の研究 上．東京：岩波書店．

［101］関晃．1997．日本古代の国家と社会 関晃著作集第四巻．東京：吉川弘文館．

［102］関晃．2009．帰化人 古代の政治・経済・文化を語る．東京：講談社．

［103］竹内理三 1944年．寧楽遺文 下巻．東京：東京堂．

［104］竹内理三など．1960年．日本古代人名辞典1．東京：吉川弘文館．

［105］武智功．2014．皇極紀にみえる常世神事件の再検討//日本歴史学会．日本歴史．東京：吉川弘文館，5：8-12．

［106］田島公．2012．日本、中国・朝鮮対外交流年表（稿）—大宝元年～文治元年—〔増補改訂版〕．东京：无（自編）．

［107］辰巳正明．1994．悲劇の宰相 長屋王．東京：講談社．

［108］辰巳正明．2000．懐風藻 漢字文化圏の中の日本古代漢詩．東京：笠間書院．

［109］辰巳正明．2008．懐風藻—日本的自然観はどのように成立したか．東京：笠間書院．

［110］辰巳正明．2012．懐風藻全注釈．東京：笠間書院．

［111］田中俊江．1999．常陸国風土記と「常世之国」//古代文学会編．古代文学38．東京：武蔵野書院，83-95．

［112］田中史生．1997．日本古代国家の民俗支配と渡来人．東京：校倉書房．

[113] 田中史生．2005．倭国と渡来人─交差する「内」と「外」．東京：吉川弘文館．

[114] 千田稔．2013．古事記の宇宙─神と自然─．東京：中公新書．

[115] 寺崎保広．1999．人物叢書新装版 長屋王．東京：吉川弘文館．

[116] 国文・漢文学部会．2007．古典日本語の世界 漢字がつくる日本．東京：東京大学出版会．

[117] 東京帝国大学文学部史料編纂所．1939．大日本古文書巻之二十四（補遺一）．東京：東京帝国大学文学部史料編纂所．

[118] 藤堂かほる．2000．天智の定めた「法」について─宣命からみた「不改常典」─．ヒストリア』，169：26-50．

[119] 東野治之．1978．平城京出土資料よりみた難波津の歌．万葉，98：45-46．

[120] 東野治之．1983．日本古代木簡の研究．東京：塙書房．

[121] 東野治之．1996．長屋王家木簡の研究．東京：塙書房．

[122] 東野治之．1997．「現人神の出家」．『図書』五八〇．東京：岩波書店．

[123] 東野治之．2005．日本古代史科学．東京：岩波書店．

[124] 東野治之．2007．遣唐使．東京：岩波書店．

[125] 遠山美都男．1999．古代王権と大化改新 律令国家成立前史【普及版】．東京：雄山閣．

[126] 遠山美都男．1993．大化改新 六四五年六月の宮廷革命．東京：中央新書．

[127] 土橋寛．1968．古代歌謡の世界．東京：塙書房．

[128] 土屋文明．1977．万葉集私注．東京：筑摩書房．

[129] 中田祝夫,和田利政,北原保雄編．1983．古語大辞典．東京：小学館．

[130] 長田圭介．2008．「不改常典」考．皇學館史学，23：42-86．

［131］中西進．1972．万葉集の比較文学的研究．東京：桜楓社．

［132］中西進．1963．万葉集の比較文学的研究．東京：桜楓社．

［133］永藤靖．2007．『常陸風土記』の＜常世＞．明治大学文学部紀要：文芸研究，103：56-57．

［134］中野渡俊治．2017．古代太上天皇の研究．京都：思文閣出版．

［135］中村順昭．2016．長屋王//佐藤信編．古代の人物 2 奈良の都．大阪：清文堂出版株式会社．

［136］奈良国立文化財研究所編．2001．長屋王家・二条大路木簡を読む．東京：吉川弘文館．

［137］成清弘和．1999．日本古代の王権継承と親族．東京：岩田書院．

［138］成清弘和．2005．女帝の古代史．東京：講談社．

［139］西嶋定生．2000．古代東アジア世界と日本．東京：岩波書店．

［140］仁藤敦史．2000．古代王権と官僚制．京都：臨川書店．

［141］仁藤敦史．2006．女帝の世紀 皇位継承と政争．東京：角川選書．

［142］仁藤敦史．2012．古代王権と支配構造．東京：吉川弘文館．

［143］仁藤敦史．2018．古代王権論の形成と課題―女帝・譲位・太上天皇の成立―．歴史評論，2：5-15．

［144］西宮一民．1984．萬葉集全注 巻第三．東京：有斐閣．

［145］塙保己一．1931．群書類従・第六輯．東京：続群書類従完成会．

［146］馬場基．2019．平城京を探る//川尻秋生編．シリーズ古代史をひらく 古代の都―なぜ都は動いたのか．東京：岩波書店．

［147］早川庄八．1986．日本古代官僚制の研究．東京：岩波書店．

［148］早川庄八．1993．補講「長屋親王宮」木簡を読む//続

日本紀〔古典購読シリーズ〕』岩波セミナーブックス．東京：岩波書店．

[149] 林古渓．1958．懐風藻新注．東京：明治書院．

[150] 林屋辰三郎．1971．日本の古代文化．東京：岩波書店．

[151] 春名宏昭．1990．太上天皇制の成立．史学雑誌，2：1-38．

[152] 春名宏昭．1993．百部最勝王経覚書//正倉院文書研究会編．正倉院文書研究一．東京：吉川弘文館，20-39．

[153] 平野邦雄．1961．秦氏の研究．史学雑誌，70（3）：262-283．

[154] 平野豊雄．1978．『古事記伝』の方法—宣長の「常世」論について—．文学，6：747-749．

[155] 藤間生大．1951．日本民族の形成—東亜諸民族との関連において．東京：岩波書店．

[156] 古畑徹．2021．渤海国と東アジア．東京：汲古書院．

[157] 正宗敦夫編纂校訂．1931．日本古典全集 倭名類聚抄 自一巻至七巻．東京：日本古典全集刊行会．

[158] 松尾光．1996．元正女帝の即位をめぐって．高岡市万葉歴史館紀要，6：95-107．

[159] 水谷千秋．2003．女帝と譲位の古代史．東京：文藝春秋．

[160] 水野祐．1954．日本古代王朝史論序説．東京：小宮山書店．

[161] 三浦祐之．2008．神仙譚の展開—蓬莱山から常世国へ—．東京：岩波書店．

[162] 本居宣長．1978．玉勝間//吉川幸次郎，佐竹昭広，日野龍夫校注．日本思想体系40 本居宣長．東京：岩波書店．

[163] 本間満．2014．日本古代皇太子制度の研究．東京：雄山閣．

[164] 本郷真紹．2017．聖武天皇の生前退位と孝謙天皇の即位．日本史研究，5：1-27．

[165] 森岡秀人．2004．農耕社会の成立//歴史学研究会・日

本史研究会編．日本史講座 第 1 巻．東京：東京大学出版会．

　　　［166］森公章．2000．長屋王家木簡の基礎的研究．東京：吉川弘文館．

　　　［167］森公章．2008．遣唐使と古代日本の対外政策．東京：吉川弘文館．

　　　［168］森公章．2009．奈良貴族の時代史 長屋王家木簡と北宮王家．東京：講談社．

　　　［169］森田悌．1994．長屋王の謎 北宮木簡は語る．東京：河出書房新社．

　　　［170］山上憲太郎．2021．長屋王家の写経事業とその変遷//日本歴史学会．日本歴史．東京：吉川弘文館，3：1-17．

　　　［171］山口佳紀、神野志隆光校注・訳．1997．新編日本古典文学全集 1 古事記．東京：小学館．

　　　［172］山口敦史．2000．東アジアの漢詩と僧侶―『懐風藻』僧伝研究序説//辰巳正明編．懐風藻 漢字文化圏の中の日本古代漢詩．東京：笠間書院，163-164．

　　　［173］山下信一郎．2019．第 6 講 長屋王の変//佐藤信編．古代史講義【戦乱編】．東京：筑摩書房．

　　　［174］吉井巌．1984．萬葉集全注．東京：有斐閣．

　　　［175］義江明子．2011．古代王権論 神話・歴史感覚・ジェンダー．東京：岩波書店．

　　　［176］義江明子．2017．日本古代女帝論．東京：塙書房．

　　　［177］吉川真司．2004．律令体制の形成//歴史学研究会・日本史研究会編．日本史講座 第 1 巻 東アジアにおける国家の形成．東京：東京大学出版会．

　　　［178］吉川真司．2011．天皇の歴史 2 聖武天皇と仏都平城京．東京：講談社．

　　　［179］吉川真司．2014．天平文化論//大津透等編．岩波講座 日本歴史第 3 巻．東京：岩波書店．

　　　［180］吉川敏子．2006．律令貴族成立史の研究．東京：塙書房．

[181] 吉田孝．2006．歴史のなかの天皇．東京：岩波書店．

[182] 吉原浩人編．2018．南岳衡山と聖徳太子信仰．東京：勉誠出版．

[183] 吉村武彦．1991．古代王権の展開．東京：集英社．

[184] 吉村武彦．2012．女帝の古代日本．東京：岩波書店．

[185] 吉村武彦．1996．日本古代の社会と国家．東京：岩波書店．

[186] 吉村武彦．2004．古代の文化と思想//歴史学研究会・日本史研究会編．日本史講座1 東アジアにおける国家の形成．東京：東京大学出版社．

[187] 渡辺晃宏．2009．日本の歴史04 平城京と木簡の世紀．東京：講談社．

**数据库**

[1]木简库：https://mokkanko.nabunken.go.jp/ja/?c=index.index&page=1&limit=96

[2]奈良文化財研究所木简数据库：http://www.nabunken.go.jp/Open/mokkan/mokkan.html

[3]东京大学史料編撰所奈良时代古文书数据库：http://wwwap.hi.u-tokyo.ac.jp/ships/shipscontroller